LA FAMILLE INCERTAINE

LOUIS ROUSSEL

LA FAMILLE INCERTAINE

essai

ÉDITIONS ODILE JACOB
15, rue Soufflot, 75005 Paris

ISBN 2-7381-0047-3

L'individu recherche une époque tout agréable, où il soit le plus libre et le plus aidé. Il la trouve vers le commencement de la fin d'un système social. Alors, entre l'ordre et le désordre, règne un moment délicieux. Tout le bien possible que procure l'arrangement des pouvoirs et des devoirs étant acquis, c'est maintenant que l'on peut jouir des premiers relâchements de ce système. Les institutions tiennent encore. Elles sont grandes et imposantes. Mais, sans que rien de visible soit altéré en elles, elles n'ont guère plus que cette belle présence ; leurs vertus se sont toutes produites ; leur avenir est secrètement épuisé ; leur caractère n'est plus sacré ou bien il n'est plus que sacré ; la critique et le mépris les exténuent et les vident de toute valeur prochaine. Le corps social perd doucement son lendemain. C'est l'heure de la jouissance et de la consommation générale.

Paul Valéry

« Montesquieu », dans le *Tableau de la littérature française*, Gallimard, T. II, 1939, p. 227.

Introduction

> *Ainsi, ce qu'il y a d'apparent et de sensible dans le groupe nous découvre sa vie psychologique... Autrement, autant dire qu'au théâtre, quand un personnage est sur la scène, c'est un corps féminin, ses traits et sa figure physique, que je perçois et non la jalousie et la passion de Phèdre, visible dans ses gestes, et que je puis entendre parler par sa bouche.*
>
> Maurice Halbwachs.

Au début des années soixante, en Europe, la famille ne faisait guère problème. Il semblait alors que d'un pays à l'autre, d'un groupe social à l'autre, à quelques variantes près, un même modèle dominant fût admis et généralement pratiqué. Les indices démographiques paraissaient établis à des niveaux qui permettaient un large renouvellement des générations. La famille paraissait pour longtemps stabilisée. Aussi bien ne faisait-elle guère recette dans les médias. Elle occupait dans les périodiques une place fort discrète, réduite le plus souvent au « Courrier du Cœur ». Peu d'articles véritables en traitaient, encore moins de livres. Quant aux sociologues, bien rares étaient ceux qui pensaient trouver là un thème digne de leurs recherches [1].

Cette indifférence n'est plus de mise. Les sciences humaines consacrent désormais à ce domaine, peut-être plus qu'à tout autre,

1. Il faut néanmoins citer, dans des horizons tout différents, Alain Girard et Andrée Michel. Ils furent sans doute ceux qui, en France, contribuèrent le plus alors au développement de cette discipline.

crédits et personnel. Les colloques sur le sujet se multiplient, des commissions internationales se constituent, des enquêtes, souvent lourdes, se succèdent. La sociologie de la famille, qui existait à peine en 1970, fait désormais, parmi les spécialisations multiples de la sociologie, figure de discipline à part entière.

Simultanément, le thème a réalisé dans les médias une entrée fracassante. Ceux-ci multiplient désormais sur la famille reportages, entretiens, comptes rendus. La couverture des magazines et les films publicitaires trouvent là des images capables de séduire le public.

Toutes les publications s'accordent d'ailleurs pour constater que la famille est une valeur bien cotée à la bourse de l'opinion : parmi tous les biens possibles, avant la santé, devant la richesse, la réussite familiale obtient un peu partout en Europe le prix d'excellence[2]. D'où vient donc cet engouement du public et cette sollicitude nouvelle des sociologues ?

Il est vrai que tout a changé. Le modèle des années cinquante a cessé d'être dominant. Les normes alors en cours ont souvent cessé d'être suivies. Ce qui alors était prescrit est parfois ridiculisé ; ce qui était interdit au moins toléré. L'exceptionnel d'hier est tombé dans la banalité. Bref, en deux décennies, les changements ont été plus importants qu'autrefois en un siècle, au point que les adultes d'aujourd'hui ont du mal à retrouver chez leurs fils et leurs filles les images de leur propre jeunesse. Cette évolution a déconcerté jusqu'aux spécialistes des questions familiales. Aussi bien, parmi ceux-là mêmes qui portent la famille aux nues dans les sondages d'opinion, beaucoup ne peuvent se défendre en même temps d'un certain nombre de questions. Ainsi, paradoxalement, le mariage, et souvent pour les mêmes personnes, est à la fois exalté et remis en cause. Disons-le en un mot : d'assurée, la famille est devenue incertaine. Par ce qualificatif, il ne faut pas entendre seulement que d'aucuns doutent, une fois de plus, de sa permanence à moyen terme. L'incertitude porte d'abord sur le présent, en ce sens que les grands régulateurs qui allaient de soi, il y a vingt ans, ont perdu de leur évidence et que, de ce fait, la plupart des choix ici ne se font plus désormais sans quelque hésitation.

Sur l'ampleur de ces changements, l'accord est assez général. Ne suffit-il pas de regarder autour de soi, d'observer voisins et col-

2. Jean Stoetzel, *Les valeurs du temps présent : une enquête européenne*, Paris, PUF 1983.

lègues ? Les statistiques permettent, certes, d'affirmer que l'expérience quotidienne n'est pas biaisée : elle ne révèle rien d'essentiel qui échapperait à l'homme de la rue. En revanche, sur deux points les opinions divergent. Ces bouleversements sont-ils turbulences spectaculaires, mais fugaces, ou bien présentent-ils une forte inertie ? Dans le premier cas nous traverserions une phase anecdotique de l'histoire des mœurs qui ne mériterait qu'une curiosité futile. Dans l'hypothèse opposée, il faudrait au contraire chercher à comprendre cette évolution et à en mesurer la portée. Ceux-là mêmes qui s'affirment partisans de la dernière thèse sont, entre eux, divisés.

Les uns tiennent que le changement a été bénéfique ; il correspondrait à un progrès qualitatif dans les relations familiales : le couple délivré des contraintes de l'institution aurait enfin trouvé sa véritable signification. Les autres au contraire estiment que les mouvements récents ont été néfastes et que, s'ils se prolongent, ils mettront en péril l'existence même de la famille et, indirectement, la viabilité de notre société.

Ce n'est pas là simple débat académique. Chacun est partie prenante et saisit, au moins confusément, l'importance de l'enjeu pour sa propre vie. Il s'est donc engagé, sur la famille, une véritable guerre pleine de tumultes et qui déborde considérablement le champ de spécialistes[3]. Dans ce brouhaha, les thèses extrêmes, sous forme de questions au moins, se font de nouveau entendre, ainsi ce titre du numéro spécial d'une revue : *Finie, la famille ?*[4]

Mais sommes-nous dès maintenant capables d'établir un véritable bilan ? Ne serait-il pas plus prudent, avant de proposer même un essai, d'attendre que les tumultes actuels se soient apaisés et que de nouveaux modèles se soient durablement installés ? Enfermés que nous sommes dans le présent, avons-nous la distance suffisante pour trancher d'une manière définitive ? Par impatience, les préjugés plus que la raison risquent de régler ici les perspectives et les jugements. La multiplication actuelle des livres sur la famille nous étourdit plus qu'elle ne nous éclaire. La sagesse, dans ces conditions, ne serait-elle pas d'attendre encore, une dizaine d'années par exemple, pour mieux juger alors du sens véritable d'un mouvement aujourd'hui encore confus ?

---

3. Brigitte et Peter Berger, *The War over the Family*, New York, Auchor Books, 1984 Ronald Laing, *La politique de la famille*, trad. franç. Paris, Stock, 1972. John Scanzoni, *Shaping to morrow's family*, Londres, Sag, 1983.

4. *Autrement*, 1975, 3ᵉ trim.

L'impossible sagesse ! C'est une vue naïve de vouloir ici suspendre son jugement jusqu'à ce que tous les doutes soient écartés. Connaîtrons-nous vraiment dans dix ans le sens de ce qui, maintenant, nous demeure obscur ? Et surtout, ce que sera alors la famille ne dépendra-t-il pas de la manière dont aujourd'hui sont perçus et compris les changements qui la touchent ? L'État, lui, en attendant les certitudes des chercheurs, s'abstiendra-t-il de prendre position sur des questions qui remettent déjà en cause de vieux équilibres ? Réagira-t-il à la multiplication des situations de fait, à ces couples non mariés qui vivent ensemble, à ces couples séparés qui, pour autant, ne recourent pas au divorce ? Comment, dans ces conditions, prétendre enfermer étroitement le démographe dans le simple constat quantitatif du présent, d'un présent qui, d'une manière ou d'une autre, pèsera sur l'avenir ? Bon gré, mal gré, il n'est pas possible de remettre à demain l'étude de ce qui nous touche aujourd'hui, même si nous ne disposons pas de toutes les données souhaitables.

Que s'est-il donc passé, au cours des deux dernières décennies, dans l'instance familiale pour que les valeurs les plus éprouvées s'y soient soudainement effritées ? La question en dissimule une autre, implicite mais fondamentale : de quoi parlons-nous vraiment quand nous prononçons le mot « famille » ? Certes, on voit bien à quelle réalité morphologique le terme renvoie. Il désigne tantôt l'ensemble d'une constellation de personnes liées par le sang ou l'alliance, et tantôt le cœur seul de ce réseau, le groupe nucléaire ; le contexte suffit généralement à lever cette ambiguïté.

Il ne suffit pas pourtant de repérer la famille pour la définir. Comme le note Levi-Strauss : « Le mot famille paraît si clair, le genre de réalité qu'il désigne si proche de l'expérience quotidienne, que l'on pourrait avoir affaire à une situation simple[5]. » En réalité, depuis les découvertes des ethnologues, l'idée d'une famille « naturelle » et donc, en principe, universelle, a perdu tout crédit et les sociologues ne cessent de s'interroger sur la nature de cette instance : les perturbations récentes ont seulement donné une acuité et une urgence nouvelles à ce problème.

On se demandait jusqu'ici quel était le sens unificateur d'une instance sociale qui revêtait, dans *l'espace*, des formes si variées. La question s'est compliquée du fait qu'en un *temps* très bref, dans la

---

5. Claude Lévi-Strauss, *Annales de l'Université d'Abidjan*, Série F, tome 3, 1971.

même société, la famille a connu de si manifestes transformations. Sur la question : « Que s'est-il donc passé ? » s'en greffe donc une autre, plus radicale : « Qu'est-ce donc que la famille ? »

Pour tenter d'y répondre, plusieurs approches ont été utilisées. L'une consiste à explorer et comparer les législations qui règlent la formation, le fonctionnement et éventuellement la rupture de cette famille. On s'efforce aussi de suivre, sur les dernières décennies, les modifications que la puissance publique y a apportées. On fait l'hypothèse, en effet, qu'à sa manière le droit civil et le droit social reflètent, en partie au moins, les représentations collectives et que les mouvements qui s'y observent traduisent les remous de l'opinion. Le doyen Jean Carbonnier joua dans ces recherches un rôle considérable et sa contribution fut, en Europe, décisive. La sociologie du droit de la famille y a conquis, grâce à lui, droit de cité parmi les autres sciences de l'homme[6].

Certains sociologues ont tenté de leur côté, tel le démon Asmodée, de soulever le toit des maisons pour y observer les actions et réactions de leurs habitants, pour voir comment parmi eux se partageaient l'autorité et les rôles, comment s'y réalisaient « au quotidien » les échanges intérieurs et les relations extérieures. On part ici de l'analyse de cas particuliers et l'on essaye d'y répertorier les normes diverses qui règlent la vie commune. C'est dans cette perspective, par exemple, que se situent les recherches de Jean Kellerhals et de son équipe[7].

Tout autre pourtant sera, dans le présent ouvrage, le point d'observation sur la réalité familiale. C'est que l'auteur est avant tout un démographe, sensible aux mouvements massifs, tels qu'ils s'expriment dans les statistiques. Sont démographes non pas tous ceux qui parlent de population, mais ceux-là seulement qui en traitent à partir de données quantitatives contrôlées et analysées. Ces chiffres multiples, qui tentent de mesurer des comportements collectifs, qui peuvent se rapporter au passé aussi bien qu'au présent, voilà le champ de leur recherche.

Pour le sociologue, ces données ne sont pas vides de sens. Chacune condense des milliers de résolutions individuelles. Le taux de nuptialité résulte d'innombrables rencontres, de coups de foudre,

6. Dans son article « Ordre familial, ordre social, ordre légal »Jacques Commaille présente un bilan des recherches faites dans cette jeune discipline, *Année sociologique*, 1987, pp. 265-290.

7. Jean Kellerhals, *Mariages au quotidien*, Lausanne, Favre, 1982.

d'hésitations et, finalement, de démarches administratives dûment enregistrées. De ces grands rassemblements de nombres que sont les statistiques démographiques, n'est-il pas possible d'obtenir des indications sur les modèles qualificatifs qui règlent les comportements familiaux ? En comparant les chiffres entre eux, en les agrégeant et en les désagrégeant, en observant ici des corrélations et là des indépendances, ne peut-on s'aider à comprendre ce à quoi ils renvoient ?

A cette tâche, Maurice Halbwachs s'était attaché. A travers sa *Morphologie sociale*, il tentait de mieux saisir le fonctionnement des groupes et les normes auxquelles ceux-ci se conformaient[8] : pour lui, la « figure physique » rendait « visible » et laissait « entendre » les sentiments et la « passion ». Plus récemment, Philippe Ariès s'y efforçait à son tour, convaincu qu'il était que les statistiques démographiques nous éclairent sur la manière de vivre des hommes, sur la conception qu'ils ont d'eux-mêmes, sur leur attitude devant la vie[9].

Cette hypothèse générale, à notre sens, est féconde. Mais comment en tirer parti, comment la rendre opératoire ? La démarche fondamentale consiste probablement à trouver, pour l'ensemble des données disponibles, une logique unique qui soit compatible avec tous ces chiffres. Pour ce faire, le démographe s'aidera au besoin de données empruntées à d'autres disciplines et à d'autres méthodes. Mais la spécificité de sa démarche est que l'interprétation qu'il avancera devra s'accorder avec *toutes* les données quantitatives. La valeur de son interprétation, son statut épistémologique si l'on veut, est donc celui d'une hypothèse qui n'a pas été invalidée par les faits. Évidemment, plus nombreuses seront les hypothèses invalidées, plus forte sera la vraisemblance de celles qui ne l'auront pas été. Paradoxalement, l'activité du démographe est ici négative : elle s'efforce simplement de limiter le nombre des interprétations qui demeurent possibles. C'est pourquoi ce livre porte le sous-titre d'« essai ».

Ce terme marque précisément les limites de l'ouvrage. Il doit être bien entendu qu'aux données chiffrées du démographe, qui sont avérées, se mêlent les interprétations que pense pouvoir en donner le sociologue qui, elles, sont simplement vraisemblables. Mais, en revanche, la reconnaissance explicite de ce caractère d'« essai » autorise, sans outrecuidance, à traiter de thèmes qu'il aurait été impos-

---

8. Maurice Halbwachs, *Morphologie sociale*, Paris, Armand Colin, 1946.
9. Philippe Ariès, *Histoire des populations françaises*, Paris, Seuil, édit. 1971. (1ère édition 1948.)

sible d'aborder dans un travail qui se serait voulu rigoureusement scientifique : « Que devient aujourd'hui la conjugalité ? Comment les changements actuels retentissent-ils sur l'enfant ? Peut-on imaginer entre vie privée et domaine public une véritable rupture ? Le chemin où semble s'engager la famille est-il impasse ou voie royale ? »

A tous ces problèmes, il ne sera pas possible d'apporter des réponses péremptoires. Mais comment dans un « essai » esquiver des questions où chacun se trouve si intimement impliqué, comment ne pas accepter les risques de l'incertitude là où l'enjeu final est si important : ne s'agit-il pas en effet de la place et du sens que, dans un environnement souvent anonyme, chacun accorde aux quelques visages de ceux qui portent son nom ?

CHAPITRE I

L'institution familiale ou le temps des certitudes

Je sais maintenant que chaque homme porte en lui-même et comme au-dessus de lui un fragile et complexe échafaudage d'habitudes, réponses, réflexes, mécanismes, préoccupations, rêves et implications, qui s'est formé et continue à se transformer par attouchement perpétuel de ses semblables.

Michel Tournier.

Il était une fois la famille traditionnelle. Comme son nom l'indique, elle était tout orientée vers la reproduction de la vie et la transmission, de génération en génération, d'un patrimoine biologique, matériel et symbolique. De ce patrimoine culturel, une part, sans doute faible dans la majorité des cas, était propre à chaque famille, c'était la mémoire lignagère. Le reste, la plus grande partie, était composé de représentations collectives et de normes communes. Nous désignerons par « institutions » l'ensemble de ces normes, lois, écrites ou non, coutumes, bref tout le côté normatif de la culture.

Ces institutions recouvraient l'ensemble des activités humaines. Dire que la famille est une institution, c'est donc observer d'abord que ses membres ne peuvent agir suivant leur bon plaisir et que leurs conduites sur les points essentiels sont programmées, immémorialement et de la même manière pour tous, par la société.

Précisons d'emblée, pour qu'il n'y ait pas de malentendu, le statut ontologique de la société. N'allons pas supposer que celle-ci est une réalité distincte des individus qui la composent et comme un législateur transcendant. Elle n'est rien d'autre que la reconnaissance par chacun, dans sa propre subjectivité, d'images, de normes, bref de représentations qu'il partage avec les autres membres du groupe. C'est la conscience de ce fonds commun qui donne l'illusion d'une société réifiée. C'est elle aussi qui permet la cohérence et la solidarité du groupe. Le contenu de cette culture n'est pas arbitraire. Il constitue une réponse viable à des contraintes multiples. La plus fondamentale de celles-ci est sans doute le régime démographique.

I. Survivre par tradition

Le régime démographique était partout défini par les indices élevés, mais sensiblement égaux, de la mortalité et de la fécondité. Cette mortalité nous paraît aujourd'hui exorbitante [1] : le quart des enfants mouraient avant leur premier anniversaire, la moitié avant d'atteindre 20 ans. A cet âge, l'espérance de vie ne dépassait guère 20 ans. De plus, la probabilité de mourir n'était pas concentrée à certaines phases de la vie : on pouvait décéder à tous âges. Enfin, au risque personnel s'ajoutaient les épidémies, qui en une année pouvaient faire disparaître le tiers d'une population. Il résultait de tout cela que les générations ne se chevauchaient pas, mais se succédaient, la grande majorité des pères ayant disparu au moment où les enfants devenaient adultes.

Quant à la fécondité, elle n'était pas « naturelle », comme il est dit parfois. Elle était contrôlée par des coutumes précises, par exemple la durée de l'allaitement et l'abstention de tout rapport sexuel tant que celui-ci n'était pas interrompu. Dans chaque famille, le nombre final des naissances vivantes était imprévisible et dépendait de la plus ou moins grande fécondité des femmes. La moyenne dans la France du XVIIe siècle s'établissait autour de 6 ou 7, mais la dispersion était très grande, d'une stérilité totale à plus de 12 enfants.

Ces données réglaient le calendrier de la vie. Dans certains couples, les deux conjoints vivaient l'un et l'autre au-delà de 40 ans.

1. Il existe pourtant encore actuellement, dans certains pays non industrialisés, des mortalités analogues à celle qui est présentée ici.

Leur descendance commune à ce moment-là avait été réduite par la mortalité le plus souvent à quatre enfants ou moins. Pour 1 000 hommes mariés à 27 ans, 530 seulement survivaient à 50 ans, – dont 300 étaient encore mariés à leur première femme, 170 remariés et 60 veufs[2]. Toute la vie conjugale de la femme était faite d'une série de grossesses et d'allaitements. Entre l'élevage de ses enfants et les tâches qu'elle assumait, elle était constamment mobilisée. Mais la durée moyenne des unions ne dépassait guère 15 ans. Que l'épouse mourût précocement, l'homme se remariait. La mort multipliait les marâtres et les demi-frères.

Mais où donc, dans tout cela, est la fonction de l'institution ? Elle se situe surtout dans l'organisation de la nuptialité : « Avec qui se marier ? A quel âge le mariage pour l'homme ? Et pour la femme ? Quels liens crée l'alliance entre les familles des conjoints ? Quelles règles de résidence adopter ? » En somme, alors que la mortalité et la fécondité étaient plutôt réglées par le destin, la nuptialité, elle, relevait de l'institution. Quelle marge, dans ces conditions, restait-il à la décision individuelle ?

Pierre Bourdieu a montré que, dans le choix de l'alliance précisément, plusieurs stratégies restaient possibles, au moins dans certaines populations[3]. En réalité, il ne s'agissait que d'arrangements secondaires destinés à assurer, en dépit de contraintes particulières, la finalité ultime du système matrimonial, sa reproduction.

Finalement, en dépit de la pluralité des formes qu'il pouvait revêtir, ce régime démographique se caractérisait par le fait qu'il était *subi :* la vie ne cessait d'être précaire ; on acceptait les enfants « que le ciel envoyait » ; on se mariait suivant la coutume. Tout n'était pas dit dès la naissance ; mais peu d'événements, jusqu'à la mort, relevaient d'une décision.

Institutions et destin n'étaient d'ailleurs pas des réalités indépendantes : les premières devaient aménager le second, faire en sorte que celui-ci ne crée pas de difficultés insurmontables pour la vie collective. A partir des conditions biologiques propres à l'espèce

---

2. Jean Fourastié, « De la vie traditionnelle à la vie tertiaire. Recherches sur le calendrier démographique de l'homme moyen », *Population,* 1959, n° 3. Voir aussi sur ce point : Massimo Livi Bacci, « Le changement démographique et le cycle de vie des femmes », in : *Le fait féminin,* Paris, Fayard, 1978, p. 467. Les marâtres avaient alors très mauvaise réputation. La Bruyère dans *Les Caractères* (« De la société et de la conversation » n° 46) n'écrivait-il pas : « Les marâtres font déserter les villes et les bourgades et ne peuplent pas moins la terre de mendiants, de vagabonds, de domestiques et d'esclaves, que la pauvreté » ?

3. Pierre Bourdieu, « Les stratégies matrimoniales dans le système des stratégies de reproduction », *Annales ESC,* numéro spécial sur la famillle, 1972.

humaine, de l'environnement physique particulier, du capital technologique disponible, les institutions, et d'abord celles qui concernent la vie, devaient s'organiser en un système aussi cohérent et stable que possible. Qu'elles n'y parvinssent pas, et le groupe disparaissait. Il y avait donc là une logique particulière qui se constituait en stratégie de survie et de reproduction. Murdock avait bien montré qu'existe entre les règles de résidence, de filiation, de succession, de définition de l'inceste, une interdépendance qui les lie : elles sont autant de moyens de réaliser, dans des conditions données, la finalité commune à toutes les familles traditionnelles, la survie du groupe. Utilisant le concept de « structure », Claude Lévi-Strauss développe cette idée. Il tend à rendre manifeste, dans les systèmes de parenté comme dans la signification des mythes, l'unité radicale de l'institué, et plus spécialement les correspondances entre l'organisation de la famille et celle de la société globale.

II. Autrefois dans les Pyrénées

Pour montrer cette systématicité des institutions, il est sans doute plus éclairant de partir d'un exemple. La thèse récente d'André Etchelecou sur la démographie des cantons montagneux des Pyrénées occidentales nous le fournira[4]. Les populations de ces hautes vallées furent longtemps affrontées à un environnement difficile : sol aride, climat rude aux longs hivers, économie essentiellement pastorale. Là vécurent des populations géographiquement enclavées dans un territoire assez facile à défendre ; elles purent ainsi, longtemps, sauvegarder leur autonomie politique et maintenir leur spécificité culturelle. Elles n'en étaient pas moins menacées en permanence par la faiblesse de leurs ressources et par la convoitise de voisins puissants. Leur survie, du moins comme entité indépendante, exigeait donc d'elles une mobilisation constante de tous leurs moyens propres.

Cette situation impliquait une très forte cohésion du groupe. Toutes les coutumes visaient précisément à assurer cette solidarité. Celle-ci était fondée sur la conscience d'une égalité relative de tous

---

4. André Etchelecou, *Démographie et aménagement de l'espace dans les Pyrénées occidentales*, Thèse de Doctorat d'État, Paris-VIII, 1987.

les membres de la communauté villageoise. Ainsi la hiérarchie sociale était-elle assez floue. Point de souverains absolus, ni de seigneurs tout-puissants, mais un équilibre entre quelques nobles assez distants et un peuple d'hommes libres et égaux. Le trait le plus significatif de cette organisation politique était la règle d'unanimité, indispensable pour les décisions importantes. Ainsi chacun, pour sa part, se sentait responsable des choix collectifs. Dans des contextes tout différents, certaines sociétés, africaines par exemple, animées par le même besoin d'unanimité, utilisent le « palabre » : la discussion publique dure et parfois s'éternise, parce que l'assemblée ne se sépare pas avant d'avoir abouti à une décision qui rallie tous les participants et confirme la solidarité du groupe. Ce n'est pas là temps perdu, mais bien au contraire indispensable réactualisation de l'unité du groupe.

Au point de vue économique, la différence entre pauvres et riches était également aussi réduite que possible. Deux dispositions permettaient d'y parvenir. D'une part, l'importance considérable des « communs », ces terres à usage collectif, des prairies le plus souvent ; à tour de rôle les familles avaient accès aux pacages les plus gras. Plus généralement, l'égalité dans les droits d'usage compensait plus ou moins l'inégalité des propriétés particulières [5].

L'autre procédure portait sur les règles de l'alliance. Était interdit tout mariage qui aurait accusé les inégalités de patrimoines. Ainsi un héritier potentiel ne pouvait épouser qu'une personne qui, elle, était exclue de tout héritage. La règle sur ce point était l'hétérogamie. Comme la loi de succession était le droit d'aînesse, comme garçons et filles pouvaient y prétendre, la plupart des mariages unissaient un fils aîné et une cadette, ou une fille aînée et un cadet. Le but de ces coutumes était de maintenir constante la distribution des patrimoines, en nombre et en relative valeur. Aussi bien, l'homme qui épousait une héritière changeait-il souvent de nom pour adopter celui de la « maison » où il entrait ; il indiquait par là que l'objectif prioritaire de l'union était le maintien d'une lignée autant dans son patrimoine symbolique que dans son enracinement foncier.

Le bon fonctionnement de ce système impliquait certaines contraintes démographiques. Il ne pouvait se produire dans chaque

5. Le Play parlait de cette tendance comme d'une « propension universelle des peuples sauvages ». Il donnait en particulier l'exemple des paysans russes. *La réforme sociale en France déduite de l'évaluation comparée des peuples européens*, Genève-Paris, Slatkine, 1982, pp. 98-99 (1re édition : 1864).

famille que deux mariages, celui d'un garçon et celui d'une fille. Même dans un régime démographique où la mortalité infantile était très forte, il fallait donc n'avoir que quatre ou cinq enfants. Une fécondité plus forte faisait problème. A une époque où la contraception était inconnue, la seule stratégie pour limiter la descendance était le mariage tardif. On ne se mariait guère, dans ces hautes vallées, avant 25 ans.

Il arrivait pourtant que la descendance adulte dépassât le nombre d'enfants souhaités. L'intérêt du groupe était alors, comme dans la plupart des sociétés traditionnelles, de maintenir sur place, comme force de travail utile, cet excédent de population. L'impératif de la constance du nombre des maisons contraignait donc ces cadets à un célibat définitif : ils vivaient chez leurs parents ou chez un collatéral et apportaient là, sans grande contrepartie, toute leur force de travail.

On voit que dans les populations pyrénéennes, la nuptialité joue au moins un double rôle : par son calendrier tardif, elle limite la descendance ; par le système d'alliance, elle tend à maintenir une certaine égalité entre les familles. De même, la faible fécondité permet d'intégrer la totalité de la population dans une économie qui était essentiellement pastorale et donc relativement pauvre. L'indissolubilité du mariage et le remariage des veufs garantissaient la stabilité de l'unité élémentaire de cette société : la « maison ».

Toutes ces coutumes peuvent, dans un premier temps, apparaître comme indépendantes les unes des autres. A y regarder de près, A. Etchelecou y perçoit pourtant le fil d'or qui donne son unité à l'apparente juxtaposition des normes. Cette logique, il la trouve dans l'organisation de l'espace, c'est-à-dire dans l'articulation de deux facteurs distincts : l'environnement physique avec ses contraintes et l'organisation que l'homme lui impose, c'est-à-dire la manière dont il l'utilise, le partage, le transmet, les moyens techniques et juridiques qu'il met en œuvre pour l'exploiter au mieux, autrement dit, pour en faire un lien entre les hommes, assurer la cohésion du groupe et, par là, sa survie.

Ajoutons, et cette remarque trouvera plus tard son utilité, que l'équilibre du système des hautes vallées fut, d'abord, menacé par les changements du régime démographique. Vint un temps, en effet, où la baisse de la mortalité ne permit plus de maintenir sur place la totalité de la population adulte. A la régulation traditionnelle par le mariage tardif, il fallut ajouter, à partir du XVIIIe siècle, le dispositif des migrations définitives. Ce n'était pas la fin du système, mais le signe que l'on pouvait y échapper et donc une preuve de sa contingence et de sa faiblesse.

Cette description du régime familial des hautes vallées pyrénéennes, si sommaire soit-elle, met en évidence deux traits, communs à l'ensemble des modèles traditionnels : sa finalité déterminante est la survie du groupe ; sa stratégie caractéristique [6], l'utilisation de l'institution comme régulateur du comportement. On le comprendra sans doute mieux encore en se référant aux hypothèses qui ont été formulées, en particulier par Claude Lévi-Strauss, sur l'origine de l'institution.

III. La famille institution

L'espèce humaine partage avec les autres espèces animales ce qu'on peut appeler, pour simplifier, l'instinct de conservation. Tout se passe en effet comme si les comportements biologiquement programmés s'organisaient autour de l'objectif prioritaire de la survie du groupe. Or, un des traits de notre espèce est sa singulière précarité biologique. Mal dotée pour l'attaque, la défense ou la fuite, elle est affectée de « néoténie », c'est-à-dire que les petits y naissent incomplètement formés et longuement dépendants de leurs parents. En somme, une espèce insuffisamment munie d'instincts précis, une espèce en quelque sorte « floue ». Ainsi, mal équipée pour la « sélection naturelle », elle aurait dû assez rapidement disparaître. Pour qu'il n'en fût pas ainsi, il lui fallait donc, dans une évolution marquée par la lutte pour la vie, compenser de quelque manière sa faiblesse naturelle. Elle parvint à survivre en « inventant » un moyen original de corriger la précarité des individus par la solidarité du groupe.

6. Nous utilisons ici le mot « stratégie » dans le sens que lui donne P. Bourdieu. La stratégie est un dispositif qui doit permettre de comprendre « la logique de toutes les actions qui sont raisonnables sans être le produit d'un dessein raisonné ou, à plus forte raison, d'un calcul rationnel ; habitées par une sorte de finalité objective sans être consciemment organisées par rapport à une fin explicitement constituée ; intelligibles et cohérentes sans être issues d'une intention de cohérence et d'une décision délibérée ; ajustées au futur sans être le produit d'un projet ou d'un plan » (P. Bourdieu, *Le sens pratique*, Paris, Éditions de Minuit, 1980).

Si nous suivons l'explication que donne Claude Lévi-Strauss de cette innovation, nos ancêtres lointains étaient encore affaiblis par une permanente violence, qui tenait avant tout à la compétition des mâles pour les femelles[7]. Violence particulièrement dangereuse chez eux parce que, à la différence des autres espèces, la sexualité des femelles n'y est pas limitée par un rythme saisonnier[8]. La première solution avait sans doute consisté, comme chez d'autres primates, à reléguer les jeunes mâles à la périphérie du groupe. C'était là une stratégie coûteuse : elle privait les adultes de la force des jeunes mâles. Sans compter que ceux-ci luttaient, épisodiquement au moins, contre ces adultes pour tenter de leur enlever de force leur monopole. L'humanité était ainsi constituée de groupes livrés en permanence à la compétition et, de ce fait, rendus très vulnérables[9].

L'institution matrimoniale permit de faire l'économie de cette violence en interdisant à tous les mâles du groupe l'accès à toutes les femelles du groupe. Du coup, ces femmes devenaient disponibles pour un échange avec les femmes d'un autre groupe. L'institution n'aboutissait pas seulement à l'abolition de la violence interne, elle permettait, à l'extérieur, de fonder un réseau d'alliances et de transformer les ennemis en alliés. Grâce à cet artifice, fondateur à la fois de la famille et de la société, l'espèce survécut.

L'institutionnalité est donc artificielle, mais non arbitraire puisqu'elle permet la survie du groupe en exorcisant la violence des individus : « L'humanité, écrit Catherine Labrusse-Riou, faisant référence à la famille, consiste en cet art magnifique et fragile d'inventer patiemment les moyens et les raisons de sortir de la violence[10]. » L'institution, et singulièrement l'institution familiale, définit la condition même des hommes, parce qu'elle instaure entre eux un mode d'être et un type d'échange qui n'existent dans aucune autre espèce. Comme le remarque en effet Arnold Gehlen[11], l'homme cesse de vivre au niveau de l'instinct, ou plutôt il informe cet instinct et le corrige par ces représentations collectives que sont les institutions.

7. Claude Lévi-Strauss, *Les structures élémentaires de la parenté,* Paris, PUF, 1949.

8. Si importantes que soient les divergences de Maurice Godelier avec Claude Lévi-Strauss sur l'origine de la famille et de la société, il faut noter qu'il le rejoint sur le point, pour nous ici essentiel, de l'invention d'une institutionnalité pacifiante. Voir *Le Monde* du 26 août 1987 (propos recueillis par Guittapessis-Paternak).

9. Robin Fox, *The Red Lamp of Incest.* New York, Dutton, 1980.

10. Catherine Labrusse-Riou, *Le Monde,* 10 juin 1987.

11. Arnold Gehlen. *Der Mensch : seine Nature und seine Stellung in der Welt,* Leipzig, 1940.

La stratégie de la distanciation

La violence, comme l'a bien montré René Girard, résulte de l'indifférenciation des êtres : si toutes les femmes sont également accessibles, chacun peut donc prétendre à toutes et les conflits sont inévitables [12]. La paix n'est assurée que si la compétition perd sa raison d'être, c'est-à-dire si des différences sont reconnues. En distinguant ce qui va ensemble de ce qui est incompatible, l'institution sépare ce qui, mêlé, provoquait le chaos et la violence. Elle oblige les individus à reconnaître entre eux des frontières et des différences. Non pas qu'ils doivent à cause de cela être séparés, mais plutôt parce que leur distinction seule permet une solidarité permanente. L'institution sépare pour rendre possibles des liens fondés sur une nécessaire complémentarité.

La première distinction que confirme et amplifie l'institution concerne les différences entre les sexes. A l'inverse de ce qui existe chez les autres primates, les fonctions communes sont, dans les sociétés traditionnelles, réduites au minimum. Chaque sexe détient seulement une partie des fonctions indispensables à la survie des individus. Ceux-ci ne peuvent donc exister qu'en symbiose. Cet exemple illustre bien la nature de l'institution : celle-ci, dans ce cas comme dans les autres, n'est rien d'autre qu'une réinterprétation collective des différences biologiques ou de l'instinct. « La première chose, la plus importante, écrit Bruno Bettelheim, c'était : " Tu es un homme ; tu es une femme. " Beaucoup de choses étaient jouées et sans doute les plus importantes, dans ce premier partage entre les nouveau-nés [13]. »

Cette disposition n'aboutit pas nécessairement à l'interdit du célibat : elle empêche du moins la survie de tout groupe où la présence permanente des deux sexes ne serait pas assurée. L'homme et la femme sont ainsi distingués, liés non plus seulement par la complémentarité biologique, mais par ce que Françoise Héritier [14] appelle un « contrat d'entretien », et celui-ci exige une constante soli-

---

12. René Girard, *La violence et le sacré*, Paris, Grasset, 1972.
13. Bruno Bettelheim, *Survivre*, Paris, Laffont, 1979, p. 266.
14. Françoise Héritier, « Les dogmes ne meurent pas », *Autrement*, 3/1975, pp. 159 et sq.

darité. Celle-ci n'est jamais égalitaire. L'hypothèse d'une époque matriarcale est aujourd'hui presque unanimement abandonnée. Le statut inférieur de la femme, dans ces sociétés, se manifestait dans le pouvoir accordé à l'homme de décider pour la famille. Quelle que fût la forme de cette autorité et quelle que fût l'autonomie laissée à la femme, sa situation s'expliquait fondamentalement par le fait qu'elle était toujours, dans le mariage, objet de l'échange, et à aucun moment acteur de l'alliance.

Émile Benveniste note d'ailleurs que, « dans le vocabulaire indo-européen de la parenté, la situation de l'homme et celle de la femme n'avaient rien de commun... ; pour l'homme les termes sont verbaux ; pour la femme nominaux... ; l'absence d'un verbe propre indique que la femme n'épouse pas, elle est épousée. Elle n'accomplit pas un acte, elle change de condition »[15]. Cette sujétion originelle marquait définitivement son rang.

Deuxième distinction fondamentale : celle qui sépare, pour les hommes, les femmes mariables de celles qui ne le sont pas, autrement dit l'interdit de l'inceste. Sont prohibées les proches, étant entendu que cette proximité est différemment définie suivant les sociétés. Ce dispositif établit l'alliance entre les groupes, en composant entre eux une nécessaire complémentarité des marchés matrimoniaux. La société cesse ainsi d'être l'entre-soi de l'indifférenciation. Elle prend forme dans des solutions instituées où les femmes sont à la fois instrument et gage. La prohibition de l'inceste, comme le dit Claude Lévi-Strauss, « tisse » ensemble les lignages en une société plus large.

Enfin, l'institution interdit la confusion des générations. La survie du groupe n'exige pas seulement la cohésion présente, mais la transmission, d'une génération à l'autre, des capitaux symboliques et réels. La première condition en est, bien entendu, qu'il faut avoir des enfants. Point de devoir là, mais l'évidence d'une nécessité d'autant plus vive qu'une forte probabilité de décès à court terme pèse sur chaque nouveau-né. Pour les rois comme pour les paysans, l'accès au plein statut d'adulte passe par la naissance d'un enfant, d'un fils de préférence, dans les sociétés patrilinéaires. Le couple est-il stérile, la faute en incombe à la femme. Des stratégies parfois fort sophistiquées corrigent alors la situation : la répudiation de l'épouse stérile est la

---

15. Émile Benveniste, *Le vocabulaire des institutions indo-européennes*, Paris, Éditions de Minuit, 1969, pp. 239-241.

plus simple, mais d'autres voies détournées permettaient d'établir, à défaut d'une parenté biologique, une parenté socialement reconnue[16].

Entre ces parents et leurs enfants, tout est centré sur l'idée de transmission. Chaque génération représente un moment du temps. Les enfants sont moins les contemporains de leurs parents que leurs successeurs. Ils peuvent bien aider leurs parents, mais non rivaliser avec eux. Dans certaines ethnies par exemple, la fécondité des mères doit s'arrêter lorsque commence celle de la fille aînée. Le respect des enfants s'explique largement par la conscience d'appartenir à deux générations différentes. Cette rupture a pour conséquence une solidarité généralement très forte à l'intérieur d'une même classe d'âge, du groupe qui ensemble prendra, dans la communauté villageoise comme dans le lignage, le relais de la génération précédente, lorsque celle-ci aura fini « son temps ». La distance, ici encore, interdit la « mêlée, par la distinction », et, ce faisant, provoque ou renforce d'autres types de cohésion.

La mise à distance, de même que la relative rigidité des formes, constituent ainsi dans la société traditionnelle un ordre, avec des repères et des seuils. Le chaos a fait place à un univers où l'individu, de par sa naissance, se trouve situé. L'évolution de son statut était elle-même statutairement déterminée, de telle sorte que les différences d'itinéraire écartaient, dans leurs principes mêmes, la compétition : les destins étaient parallèles. L'identité de chacun se trouvait réduite, en principe du moins, au statut social.

Le ressort de l'institution

Dans la société traditionnelle, l'« invention » de l'institution, en corrigeant l'instinct, en le surimprimant en quelque sorte, avait donc pour but de donner à l'espèce humaine une chance supplémentaire de survie. Du côté de l'institution, et de ce côté-là seulement, était la solution. Encore fallait-il que ce dispositif fût accepté par les individus. Il ne pouvait l'être que si l'évidence d'une mort toujours possible était présente à la conscience de tous. Ce qui a été dit plus haut

16. Voir sur ce point : Françoise Héritier-Augé, « Don et utilisation de sperme et d'ovocytes. Mères de substitution », in : *Génétique. Procréation et Droit*, Paris, Actes Sud, 1985.

du régime démographique explique que cette perception était permanente : la mort traînait toujours quelque part dans le cercle des familiers.

Voici le compte, moyen et forcément approximatif, que donne Jean Fourastié des décès que 1 000 hommes à 50 ans avaient déjà enregistrés dans leur parenté :

2 720 frères et sœurs
1 940 pères et mères
1 120 grands-parents
435 épouses
2 580 enfants.

Au total donc, 8 855 proches parents, soit presque 9 par homme, dont 2 ou 3 décès parmi les propres enfants [17]. Comment dès lors, ne pas vivre dans la hantise de la mort ? Comment ne pas céder à son chantage ? S'il n'était pas possible en effet de conjurer ou même de retarder sa propre mort, du moins fallait-il ne pas en augmenter le risque en se désolidarisant du groupe. « Hors de la société, point de salut », pourrait-on dire, parodiant ainsi une formule de l'Église. C'est ce qui apparaissait clairement à l'homme traditionnel. Sa propre vie était liée, sans recours possible, à la survie du groupe.

Aurait-il douté de cette dépendance, il lui suffisait d'observer que chacun autour de lui la tenait pour indubitable et se pliait à ses exigences. Cette visibilité sociale, cette évidence d'un respect général de la loi, indiquaient sans équivoque l'impossibilité de s'écarter des interdits du groupe. L'idée d'une autonomie de l'individu était ainsi barrée jusque dans l'imaginaire collectif. Sur des points précis, et l'institution matrimoniale en était un, le respect des normes collectives était inévitable. Cet ensemble d'interdits cohérents était donc « sacré ». Le titre de l'ouvrage de René Girard associe bien, comme les termes d'une alternative, les mots « violence » et « sacré ». A l'horizon de l'institution, la mort menaçait en permanence la vie, et c'est la crainte de cette mort individuelle qui finalement permettait à la collectivité d'assurer sa survie. Comme l'avait bien observé Michel Foucault, l'opérateur principal dans le régime traditionnel est bien la mort [18].

Pourtant ce régime n'était pas celui de la terreur. La pression sociale ne contredisait pas les projets des individus. Elle était si radi-

17. Jean Fourastié, art. cit, p. 430.
18. Michel Foucault, *La volonté de savoir*, tome I, Paris, Gallimard, 1976.

cale qu'elle définissait leurs attentes elles-mêmes. Dans ces conditions, la plupart des hommes, le plus souvent, faisaient spontanément et précisément ce que la société attendait d'eux. Il était « naturel » d'être social. Cette docilité intérieure s'expliquait, comme on l'a dit plus haut, par la perception confuse du lien entre le respect de la loi et la survie personnelle. La conscience de ce lien, éprouvée d'abord à l'intérieur de la famille, permettait une très efficace socialisation des enfants. Que celle-ci fût surtout familiale comme dans nos sociétés, ou surtout collective comme dans les sociétés à initiation, l'apprentissage reposait toujours sur la crainte et se proposait de maintenir cet état de crainte. Il s'agissait de tenir la conscience dans une disposition qui justifiait la soumission aux normes sociales. Artificiellement, ou par simple immersion dans la réalité, l'enfant très vite devait intérioriser la loi commune et considérer toute transgression grave comme dangereuse.

Le mythe ou l'humanisation de l'institution

Pour que l'institution fonctionnât plus facilement (et l'institution matrimoniale n'échappait pas à cette règle) il était indispensable à la fois que la crainte de la mort ne se démentît pas et que demeurât refoulé de la conscience claire le montage social qui permettait la survie du groupe. Que l'acteur sache qu'il est pour une part responsable du scénario, et le voilà aussitôt disposé à prendre des libertés avec le texte. Si au contraire l'homme est conditionné pour ignorer que l'institution est de son fait, il en attribuera l'existence à quelque être supérieur. Alors la volonté de survivre sera ennoblie ; alors la pression collective apparaîtra comme la loi de quelque dieu ; alors les prescriptions des lois deviendront morales. La nécessité sera métamorphosée en Bien. Ainsi le droit dans la société traditionnelle n'était pas perçu comme un pacte ; c'était la reconnaissance d'une loi externe dictée par un être supérieur, ancêtre prestigieux ou divinité, qui avait disposé toutes choses suivant un ordre juste et bon. Pour assurer le présent, il ne suffit pas que celui-ci reflète le passé. Encore faut-il imiter le dieu ou le héros qui présida à l'origine des temps.

L'homme, de la sorte, « humanise » l'institution en ce sens qu'il croit s'y plier non parce qu'il a peur, mais parce qu'il donne une signification à son obéissance. Celle-ci se trouve ainsi justifiée. La crainte se transforme en droit. Empruntons un exemple à Françoise Héritier-Augé. S'agit-il, pour les Baruya de Nouvelle-Guinée, de justifier la primauté des hommes sur les femmes ? Le mythe raconte qu'« à l'aube des temps, ce sont elles (les femmes) qui ont inventé les flûtes et l'arc que les hommes ont dérobés ensuite et qui sont les signes de leur pouvoir. Mais elles avaient monté l'arc à l'envers et tiraient à l'aveuglette, de façon anarchique, autour d'elles. Les hommes, après l'avoir volé, ont monté l'arc à l'endroit : ils tuent désormais à bon escient. Là où les femmes créatrices apportaient le désordre, l'homme apporte l'ordre, la mesure raisonnable des choses [19].

Du rôle essentiel des mythes, de leur fonction de justification, les ethnologues ont eu très vite une claire conscience. Une large part de l'œuvre de Claude Lévi-Strauss y est consacrée. Tout récemment, Marcel Gauchet a consacré aux relations entre le fonctionnement des sociétés et les croyances religieuses un livre remarquable [20]. Il y montre bien que l'homme, jusqu'à des jours tout récents, a légitimé les Tables de la Loi et voulu ainsi que son salut ne résultât pas seulement d'une stratégie habile et d'une crainte, si justifiée fût-elle. Dans ce cadre général les institutions familiales ont, comme les autres, reçu une consécration qui les justifiait à la fois dans leur existence et dans leur contenu. La peur ainsi se métamorphosait en dignité.

De ces mythes, celui qui relativisait le mieux les difficultés de l'existence et la rigueur des institutions était la croyance en une nouvelle vie au-delà de la mort. Les comptes définitifs n'étaient pas clos ici-bas. L'existence terrestre n'était qu'une épreuve. L'ordre véritable des choses serait un jour rétabli, tous les méchants punis et tous les justes récompensés. Dans les sociétés chrétiennes, la foi dans l'au-delà a sans doute permis à beaucoup de supporter la souffrance et d'accepter la mort. L'espèce humaine ne consent vraiment à l'institution que si celle-ci a été d'abord légitimée.

Les limites de l'institution

La famille institutionnelle n'en était pas pour autant totalement satisfaisante. Par construction en quelque sorte, puisque sa stratégie

19. Françoise Héritier-Augé, « L'Africaine, sexe et signes », *Les cahiers du GRIF*, n° 29, hiver 84-85.

20. Marcel Gauchet, *Le désenchantement du monde*, Paris, Gallimard, 1985. Voir, dans le même

était précisément de n'autoriser que certains comportements. Dans son principe même, en effet, la stratégie d'évitement de la violence imposait des frontières, séparait les individus, plaçait des seuils, et maintenait l'irréversibilité de certaines situations. Chacun était ainsi enfermé dans le faisceau de statuts qui définissaient sa place dans le groupe. La cohésion de la famille, comme celle de la société, reposait sur l'adoption de limites rigides.

En outre, mais n'est-ce pas un corollaire de ce qui vient d'être dit, l'institution – et donc la famille – ne pouvait guère durer que dans la répétition. Les statuts permettaient d'attendre de chacun des comportements stables, tandis que la transmission des statuts assurait de génération en génération une reproduction sans changement sensible pour le groupe. L'homéostasie était la règle, parce qu'elle paraissait présenter, pour la survie, la meilleure garantie. Certes l'histoire comportait de l'inattendu et l'impact du destin. Arnold Toynbee a souligné l'importance de ces « défis » pour l'évolution des sociétés. Ces coups étaient pourtant rares. Le temps se déployait le plus souvent sous le signe de la continuité. La brièveté de l'espérance de vie favorisait d'ailleurs plutôt ce processus. Il suffisait que chacun eût le temps d'engendrer et d'élever ses enfants. Ainsi il vivait jusqu'à ce que son remplaçant fût adulte. La transmission des statuts et des patrimoines se faisait, en principe du moins, sans difficulté ni conflit, dans un système où l'objectif de la vie était de se répéter. Ce régime limitait les innovations. Il y avait bien des changements, mais ceux-ci étaient si progressifs qu'ils donnaient le sentiment de la continuité.

Enfin et surtout, le coût de l'homéostasie était très lourd : les régulations étaient en effet souvent d'ordre catastrophique, comme l'a montré Le Roy Ladurie dans sa conférence inaugurale au Collège de France[21]. Il y décrit l'évolution de la population française entre 1330 et 1710. A ne considérer les effectifs qu'aux dates extrêmes, la population n'aurait guère varié : elle était au départ comme à l'arrivée d'environ 17 millions d'habitants. Mais cette stabilité apparente dissimule une série de cycles qui faisaient successivement passer la population d'un effectif maximum à un effondrement. Le mécanisme

---

sens : Jean Bottero, *Naissance de Dieu*, Paris, Gallimard, 1986. Sur le rôle du mythe, voir aussi G. Balandier, *Anthropo-logiques*, Paris, PUF, 1974, pp. 14 et sq.

21. Emmanuel Le Roy Ladurie, « L'histoire immobile », in : *Territoire de l'historien*, tome II, chap. 1, Paris, NRF, 1979.

de ces séismes était simple : il résultait de la combinaison d'un taux de croissance naturelle positif et d'une production agricole relativement constante.

Le système fonctionnait « à la limite », c'est-à-dire que la population croissait jusqu'à ce que son niveau fût insupportable et que s'établît une famine, et avec elle, les épidémies. L'effectif retombait alors brusquement au-dessous du seuil compatible avec les subsistances disponibles. Le même processus se reproduisait alors. Le Roy Ladurie remarque que dans l'exemple choisi, l'ampleur des crises alla en diminuant. C'est la mort donc qui, ici encore, était le régulateur suprême. Régulateur efficace certes, mais combien dangereux pour la société ! D'abord parce qu'il risquait d'en réduire trop massivement l'effectif et de contraindre par là à une réorganisation difficile des institutions. Mais aussi parce que, durant ces périodes où la mort menaçait de trop près, ces institutions apparaissaient comme un recours inefficace. Un tel constat peut favoriser, provisoirement au moins, un oubli des nécessaires solidarités et un retour à la violence. De toutes manières, ces crises entraînaient toujours un fort coût symbolique.

L'institution, matrimoniale ou autre, n'est donc pas toute-puissante. Elle est crispation sur la vie et elle renonce pour cela au changement. L'idée de progrès, dans ce type de société, n'est guère concevable. Il faut apprivoiser lentement toute innovation. De même l'idée de bonheur personnel n'a guère de consistance. On se satisfait de ne pas avoir à traverser des épreuves trop lourdes. On vivra donc, mais au plus juste, en famille comme ailleurs.

La définition présentée au début de ce chapitre insistait sur l'aspect contraignant de l'institution. Le lecteur aura compris que celle-ci n'était pas arbitraire, qu'elle constituait seulement une stratégie, et sans doute la moins coûteuse et la plus efficace, dès lors que le groupe limitait son ambition à la survie. S'il est vrai que l'humanité a, jusqu'aux temps modernes, vécu dans une situation d'urgence permanente, comment aurait-elle pu se proposer des objectifs plus ambitieux, mais où les risques auraient été plus grands ? Il y a une logique de l'état de siège ou de la loi martiale, et cette logique veut que tout ce qui ne contribue pas à se préserver de la mort est pour un temps réputé vain. Pour l'espèce humaine, le « pour un temps » a duré presque jusqu'à nos jours.

La diversité des systèmes matrimoniaux

Ce dispositif général, on le sait, prend des formes très variées suivant les sociétés. Rien de plus divers, de plus étrange que les systèmes matrimoniaux décrits par les ethnologues. Ici l'épouse ne quitte pas sa famille d'origine et les enfants qu'elle a de son conjoint sont destinés à l'oncle maternel, son frère. Là elle abandonne son lignage pour celui de son époux. Ici le mari est souverain, là il est insignifiant. Ici l'homme épouse une femme de son âge, là une femme beaucoup plus jeune et, dans un cas extrême, une toute petite enfant. Ici l'on vit en unités domestiques nombreuses ; là, et point seulement dans les sociétés modernes, la famille conjugale est très largement dominante. Ici l'échange des femmes est très simple : un frère « donne » sa sœur pour recevoir la sœur d'un autre homme ; là l'échange passe par des détours et exige un long délai. Bref, l'esprit humain ne s'est pas lassé de broder, sur le canevas de base, les dessins les plus variés.

Entre tous ces modèles, il était tentant de rechercher une loi générale d'évolution : on a dit plus haut que cette entreprise paraissait, dans l'état de nos connaissances, trop ambitieuse. Chaque système présente bien, du moins s'il a quelque peu duré, l'indispensable logique interne nécessaire à sa cohérence et à son maintien, mais la généalogie de ces systèmes nous échappe.

A défaut, peut-on tenter de les classer ? Les essais dans ce sens ont été nombreux. Un seul exemple montrera combien pouvaient être différentes les stratégies pratiquées pour assurer la survie du groupe. Germaine Tillon propose une distinction entre deux modèles généraux[22]. Elle en voyait le principe dans deux types d'utilisation du sol : celui des économies pastorales et celui de l'agriculture.

Chez les pasteurs berbères, on trouve des arrangements qui privilégiaient systématiquement la parenté matrilatérale. Ces populations utilisaient le mariage comme un instrument d'alliance et de paix avec les groupes voisins. Elles avaient monté des dispositifs économiques qui empêchaient l'accumulation du capital[23]. Chez les

22. Germaine Tillon, *Le harem et les cousins*, Paris, Seuil, 1966.

23. De tels dispositifs étaient fréquents. On les a signalés à propos des populations des hautes vallées pyrénéennes. Ils existaient également dans beaucoup d'ethnies africaines. Leur but était partout le même : éviter que la compétition économique n'affaiblisse la cohésion du groupe.

agriculteurs berbères, immigrés en Kabylie, les normes étaient inversées : elles accordaient la priorité à la parenté patrilatérale, favorisaient l'endogamie, la croissance de l'effectif du groupe, l'accumulation du capital. Familles ouvertes et pacifiques d'un côté, fermées sur elles-mêmes mais conquérantes de l'autre. Même si la théorie de G. Tillon a attiré de nombreuses réserves, elle illustre clairement l'idée que les modèles matrimoniaux étaient subordonnés à des stratégies plus générales qui d'ailleurs furent parfois très contrastées.

Cet exemple permet de mieux comprendre l'origine de la pluralité des systèmes familiaux. La finalité dans tous les cas est la même dans les familles traditionnelles, la survie du groupe. Mais les moyens pour y parvenir vont se différencier suivant les circonstances, l'environnement physique, le niveau technologique, la densité démographique. Ainsi seront écartées un certain nombre de solutions théoriquement possibles, mais incompatibles avec les circonstances. On observera d'ailleurs que des groupes ethniques proches, sur les plans géographique et technologique ont parfois adopté des institutions, matrimoniales en particulier, très différentes. Dans la gamme des possibles, un certain choix demeurait ouvert. Il y a une part de contingence dans la formation des institutions. L'humanité, dans l'invention de ses systèmes matrimoniaux, a fait preuve ici, comme le souligne Cl. Lévi-Strauss, d'une extraordinaire imagination.

IV. La résistance de l'individu

La connaissance de l'institution matrimoniale ne nous donne de la vie familiale qu'un schéma : voici les droits et devoirs des conjoints, voici le cycle de vie programmé, voici le mécanisme qui explique l'efficacité de l'institution. Mais, même institutionnalisée, la vie ne se réduit pas à l'institution. Ces couples mariés ne se définissent pas seulement par un système de rôles et de relations. Même reconnue comme légitime, et en quelque sorte naturelle, l'institution ne supprime pas l'affectivité. S'il est un espace d'où le sentiment, même dans le régime traditionnel, ne peut être évacué, c'est bien celui de la famille. C'est là que l'enfant comble ses attentes affectives, là qu'il connaît aussi ses premières terreurs. Lorsqu'à son tour il grandit et forme une famille, c'est là qu'il éprouve ses gratifications les plus vives et ses angoisses les plus fortes. Là naissent les grandes joies. Là perdurent aussi les douleurs inextinguibles.

Les sentiments

Nous avons peu d'informations sur la vie intime des couples dans les familles traditionnelles, même dans notre civilisation. L'institution exerçait un contrôle assez strict du sentiment. Plus précisément, elle interdisait que les attachements fussent trop vifs. Elle excluait donc du mariage la passion ; elle réglait jusque dans la famille les affections de manière qu'elles fussent tempérées et comme exténuées de tout caractère pathétique[24].

On connaît sur ce point l'opinion de Montaigne, qui n'était pourtant pas un « père de l'Église » : « C'est une religieuse liaison, et dévote, que le mariage : voilà pourquoi le plaisir qu'on en tire ce doit être un plaisir retenu, sérieux et mêlé de quelque sévérité[25]. » Au XVIe siècle encore, le théologien Jean Benedicti, reprenant un mot de saint Jérôme, n'écrivait-il pas : « L'homme qui se montre plustot débordé amoureux envers sa femme que mary, est adultère[26]. » Jean-Louis Flandrin, analysant le texte d'un examen de conscience du début du XVIIIe siècle[27], y constate que les questions portent beaucoup plus sur le risque d'un attachement excessif que sur une attitude trop indifférente. Quant aux relations sexuelles dans le mariage, elles relèvent de l'équité et chacun est censé s'y soumettre comme un débiteur paye sa « dette ».

On est tenté de voir dans cette réserve, et cette hypothèse est sans doute partiellement vraie, un effet de la méfiance de l'Église à l'égard de toute volupté trop vive. On sait mieux aujourd'hui que cette attitude fut sans doute empruntée aux stoïciens plutôt qu'innovée par le catholicisme[28]. En fait, toutes les sociétés traditionnelles, même celles qui valorisent les plaisirs érotiques, se méfient des liens affectifs qui pouvaient lier excessivement les conjoints.

---

24. Georges Duby, *Le chevalier, la femme et le prêtre*, Paris, Hachette, 1981.
25. Montaigne, *Essais*, Livre 1, chapitre XXX.
26. Jean Benedicti, *Somme des pechez*, 1584, texte cité par J.-L. Flandrin, *Familles*, Paris, Seuil, 1984, p. 157.
27. Il s'agit d'un texte rédigé par Antoine Blanchard et publié à Paris en 1713. Voir J.-L. Flandrin, *ibidem*, p. 143.
28. Michel Foucault, *La volonté de savoir, op. cit.*, T. II. introduction.

C'est que la passion amoureuse risque d'amener le couple à se constituer en monde clos et à subordonner des solidarités plus larges et nécessaires, aux gratifications internes que chacun pourrait attendre d'un univers familial clos. La société traditionnelle n'empêchait pas toujours que se forment des couples d'amants. Luc Thoré, dans deux articles très suggestifs, a insisté sur le fait que les fragiles sociétés archaïques, en revanche, ne toléraient entre conjoints mariés qu'une solidarité affective légère [29]. Françoise Héritier-Augé fournit quelques exemples d'une attitude identique, largement majoritaire hier encore dans la plupart au moins des ethnies de l'Afrique occidentale [30].

Dans quelle mesure ces coutumes étaient-elles suivies ? Une réponse péremptoire est sans doute impossible. Après tout, entre plusieurs conjoints possibles pour leur fils ou leur fille, les parents retenaient peut-être celui pour qui ils avaient deviné, de la part de leur enfant, une certaine inclination. Assurément aussi, avec le temps, des fiancés indifférents se transformaient parfois en époux amoureux. Sans doute faudrait-il aussi reconnaître des différences suivant les groupes sociaux ; mais la population agricole englobait alors 80 % au moins de la population totale, et l'amour « courtois » n'y trouvait probablement guère de conditions favorables à son épanouissement.

Entre autres indices, la tiédeur des sentiments conjugaux est suggérée par la promptitude avec laquelle, en milieu agricole surtout, les veufs se remariaient. Dans un régime démographique où une partie non négligeable des unions se terminaient, après moins de dix ans d'existence, par la mort d'un conjoint, la fréquence des remariages de veufs était nécessairement forte. La présence d'enfants, les servitudes de l'exploitation agricole, rendaient vite indispensable la présence d'une maîtresse de maison ; on attendait parfois moins de deux mois pour se remarier.

« Nécessité fait loi », dira-t-on. C'est précisément ce que l'on affirme ici : l'urgence envahissait tout le champ de la conscience, y compris la vie familiale, y imposait ses contraintes et laissait peu de place aux préférences personnelles, *a fortiori* à cette espèce de mobilisation affective qu'est le sentiment amoureux. Impossible, dans ces conditions, de suivre les détours délicieux de la carte du tendre.

Finalement, le mot « amour » n'avait pas alors le même sens

---

29. Luc Thoré, « Langage et sexualité », *Revue d'Action Populaire*, mars 1965, mai 1965.
30. Françoise Héritier-Augé, *L'Africaine, sexe et signes*, *op. cit.*

qu'aujourd'hui, pas plus d'ailleurs que le mot « bonheur ». Il y avait certes des ménages heureux et des ménages malheureux, des ménages où les attentes réciproques des conjoints étaient comblées, d'autres où elles ne l'étaient pas. Heureux mariage que celui où l'entreprise familiale était prospère, où les époux demeuraient en bonne santé, où la majorité des enfants survivaient, où les disputes étaient rares et la violence exclue, où le temps établissait entre les époux une tendre connivence et une réciproque estime ! En résumé, les couples heureux étaient sans doute plus nombreux qu'aujourd'hui, parce que la satisfaction y venait de la modestie des attentes plutôt que de la satisfaction de désirs exorbitants.

Cette réserve entre conjoints se doublait-elle d'une certaine indifférence à l'égard des enfants ? Sur les liens qui unissaient parents et enfants, sur l'évolution de ces liens, Philippe Ariès, le premier d'une manière systématique, a attiré l'attention des historiens de la famille et, plus généralement, de tous ceux qui s'intéressent à ce que celle-ci fut autrefois dans notre pays[31].

Catéchismes et recueils de prédications prescrivaient, entre parents et enfants, des obligations réciproques. En un mot, les parents devaient aimer leurs enfants et les enfants leurs parents. Mais que l'on ne soit pas dupe des mots. Ce devoir d'amour consistait avant tout à ne pas se haïr et à s'accorder réciproquement les services que chacun était en droit d'attendre des autres. Dévouement des parents, gratitude des enfants, assistance mutuelle, telles étaient les formes que devait prendre, entre les générations, cet amour très raisonnable.

Là aussi, posons-nous pourtant la question de savoir comment il en allait dans la réalité. Observons d'abord que la très forte mortalité infantile – un enfant sur quatre mourait avant son premier anniversaire – n'était pas sans influencer l'attitude des parents. Ce petit être de quelques jours ou de quelques mois avait une existence trop précaire pour qu'il fût considéré comme un enfant tout à fait né. On suspendait donc le moment de l'attachement véritable jusqu'au seuil où les principaux dangers avaient été écartés. Que les parents modérassent leurs investissements affectifs à l'égard d'un être, encore virtuel en somme, les exemples en sont nombreux dans les sociétés traditionnelles les plus variées. Si d'ailleurs la mort d'un enfant avait

31. Philippe Ariès, *L'enfant et la vie familiale sous l'Ancien Régime*, Paris, Plon, 1960.

alors constitué un événement aussi tragique qu'aujourd'hui, sa répétition aurait brisé l'équilibre d'un grand nombre de familles. Sans doute la mort d'un nouveau-né ne laissait-elle pas la mère indifférente, mais il s'agissait là d'un accident très douloureux et non d'une tragédie. On trouvait encore de telles réactions au début du XXe siècle dans certaines régions françaises. Dans *La soupe aux orties*, Émilie Carles nous en donne une exacte description[32].

Mais peut-on s'interroger sur les sentiments des mères à l'égard de leurs enfants sans évoquer sommairement la pratique de la mise en nourrice, de ce que l'on a appelé l'« industrie nourricière » ? Comment des mères aimantes pouvaient-elles se séparer, dès la naissance, et, souvent, pour plusieurs années, d'un enfant dont elles savaient que l'éloignement accentuerait encore les risques de mort ?

Qu'en est-il donc de cet instinct maternel qui serait un attribut universel, puisque naturel, de la femme ? Que l'amour maternel ne soit pas le résultat d'un pur et vif instinct, Élisabeth Badinter a raison de l'affirmer[33]. Mais quel sentiment chez l'homme n'est pas informé par la culture, quel sentiment dans la société traditionnelle n'est pas contrôlé et parfois transformé par l'institution ? Ces femmes qui confiaient leurs enfants à des étrangères n'étaient pas des monstres, si graves que puissent nous paraître les conséquences de leur comportement. Elles obéissaient à des normes probablement très contraignantes et ce sont ces normes, dans le contexte de cette époque, qu'il faudrait tenter de comprendre.

La mise en nourrice correspondait sans doute à un moment où, dans certains milieux surtout, ceux des artisans et des commerçants, l'allaitement était perçu par les femmes comme incompatible avec leur situation d'aide dans l'entreprise familiale et d'épouse. N'oublions pas que cet allaitement durait alors plus d'un an. Le texte suivant de Jean-Louis Flandrin est particulièrement suggestif : « Parce qu'ils n'acceptaient ni la contraception ni l'infidélité conjugale, les théologiens catholiques avaient trouvé dans la mise en nourrice la solution de l'incompatibilité des fonctions de nourrice et d'épouse[34]. » Autrement dit, l'allaitement ne constituant pas une garantie suffisante contre une nouvelle conception, il fallait choisir entre l'abstention de toute relation sexuelle pendant la durée nor-

32. Émilie Carles, *La soupe aux orties*, Paris, éd. Simoën, 1977.
33. Élisabeth Badinter, *L'amour en plus. Histoire de l'amour maternel, XVIIe-XXe siècle*, Paris, Flammarion, 1980.
34. Jean-Louis Flandrin, *op. cit.*, p. 222.

male de cet allaitement et le risque de compromettre la vie de l'enfant. On sait que beaucoup de sociétés traditionnelles, en Afrique par exemple, avaient opté pour la première solution. Il faut dire que généralement elles pratiquaient la polygamie. La nôtre préféra recourir aux services de nourrices. Le bon air de la campagne n'était sans doute, pour nos aïeules, qu'une mauvaise raison dont elles soupçonnaient plus ou moins le caractère fallacieux. Le désir de ne pas interrompre la vie du couple, et, dans les villes, de ne pas gêner le rôle économique des femmes, telles étaient sans doute les véritables motivations de ces abandons provisoires de l'enfant. Il n'est pas sans signification que ce choix soit intervenu au moment précisément où perçait l'idée d'une ère nouvelle [35] et où se renforçaient les liens affectifs entre les conjoints. Mais le sujet mériterait sans doute d'être encore approfondi.

Il existait donc dans cette tiède affection qui liait souvent parents et enfants, une certaine correspondance avec les sentiments qu'éprouvaient l'un pour l'autre les conjoints. Avec la famille traditionnelle, nous sommes en effet, dans un régime affectif à faible tension. Encore une fois, le système, pour fonctionner, avait besoin de faire l'économie d'affections trop intenses.

En revanche, la solidarité familiale s'étendait largement au-delà de la famille nucléaire. Il n'était pas rare d'ailleurs de vivre en « communion » : parents, fils aîné marié, fils et filles adultes mais célibataires, habitaient alors sous le même toit. La main-morte qui excluait du droit de succession ceux qui ne vivaient pas dans cette communion favorisait, dans certaines régions au moins, la formation et le maintien de familles élargies [36]. Plus généralement, à l'intérieur de la parentèle, le père et la mère n'avaient pas le quasi-monopole de la tendresse des enfants. Oncles et tantes jouaient souvent un rôle considérable, sans parler du parrain et de la marraine. Les voisins eux aussi faisaient un peu partie de la famille. On s'entraidait, au moins pour les gros travaux agricoles, on passait ensemble les veillées d'hiver. Les familles nombreuses et l'étroitesse du marché matrimonial multipliaient les cousinages. Des haines naissaient aussi, vives et tenaces ; mais plus souvent se développait une familiarité active et stable. La solidarité affective de chacun s'étendait donc à un champ

35. Emmanuel Le Roy Ladurie, *Le territoire de l'historien*, tome I Paris, Gallimard, 1973, p. 444.
36. M. Vernus, *La vie comtoise au temps de l'Ancien Régime*, Lons-le-Saunier, éd. Marque-Maillard, 1983, Tome 1, pp. 173 et *sq*.

beaucoup plus vaste qu'aujourd'hui. Le repli sur la vie privée, et sur une vie privée très étroitement définie, ne s'était pas encore produit[37].

La vie concrète ne se réduisait donc pas à des mécanismes institutionnels qui auraient réglé les problèmes familiaux dans une totale indifférence affective. Les institutions ne se substituaient pas aux sentiments mais les contrôlaient et les orientaient. On se souvient de la phrase de Durkheim : « En voyant dans l'organisation de la famille l'expression logiquement nécessaire des sentiments humains inhérents à toute conscience, on renverse l'ordre des faits ; tout au contraire, c'est l'organisation sociale des rapports de parenté qui a déterminé les sentiments respectifs des parents et des enfants[38]. » Si Durkheim veut signifier par là que les institutions filtraient pour ainsi dire l'affectivité, sa thèse correspond bien à la situation de la famille traditionnelle. Des sentiments y circulaient, moins vifs qu'aujourd'hui, plus dispersés, davantage censurés, mais finalement, eux aussi, bien réels.

C'est une caricature en effet d'imaginer les sociétés traditionnelles comme des mondes dénués de sentiments. Toute la littérature et l'iconographie sont là pour témoigner que la vie quotidienne de nos ancêtres n'était pas exempte de joies, de rires, de tendresse et d'exaltation. Leur cœur n'était pas si différent du nôtre. Ce qui nous distingue radicalement d'eux, c'est que leurs sentiments devaient davantage se plier aux règles du droit ; et cela parce que l'affectivité n'était pour eux, ni le fondement de leur identité ni la finalité de leur vie. Le sens de l'existence était défini ailleurs, dans ces mythes justificateurs et rassurants où chacun trouvait une commune signification à la vie. Ni bien suprême, ni mal intrinsèque, le sentiment impliquait un risque de subversion que l'institution maintenait dans un registre modéré et qu'éventuellement elle utilisait.

Les fêtes

Pourtant cette « domestication » de l'affectif comportait des exceptions licites : les fêtes. Que l'on n'entende pas ce terme dans le

37. Richard Sennett, *Les tyrannies de l'intimité,* trad. franç. Paris, Seuil, 1979.
38. Émile Durkheim, *De la division du travail social,* Thèse, Paris, 1893.

sens exténué qu'il a pris aujourd'hui. Il ne s'agissait pas alors de ces tranquilles réunions que les familles se ménagent dans la chaleur douillette d'un appartement confortable et dont la caractéristique principale est une courte et dispendieuse poussée de la consommation. Le mot « fête », dans les sociétés traditionnelles, renvoyait à une véritable subversion, collective mais très provisoire, de l'ordre, à un retour très bref au paradis durablement impossible du chaos. Alors le mendiant, une journée, devenait roi ; les femmes se déguisaient en hommes, les adolescents prenaient le pas sur les adultes ; ce qui était défendu soudain devenait permis. Tout à coup, pour un temps limité, les distinctions s'estompaient et les hiérarchies s'inversaient[39]. « Dans certaines fêtes, écrit René Girard, [la promiscuité sexuelle] peut aller jusqu'à l'inceste généralisé[40]. » Dionysos l'emportait alors sur Apollon et la cité, un instant, se dissolvait dans l'ivresse. Il s'agirait donc d'une brève résurgence de l'indifférenciation originelle, d'une abolition générale mais éphémère des institutions, du mariage et de la prohibition de l'inceste, institution fondatrice de toutes les autres.

Une telle description est sans doute outrée, dans la mesure où elle ne tient pas assez compte du fait que, dans ses débordements mêmes, la fête demeurait soumise à la censure discrète et permanente de l'institution. La durée réglementée témoigne en réalité d'un contrôle efficace qui maintenait les réjouissances collectives à l'intérieur d'infranchissables limites. L'inversion des rôles ne suppose-t-elle pas d'ailleurs préservé le souvenir de leur hiérarchie quotidienne ? La distribution des acteurs, pour un temps, était changée, mais l'intrigue n'en était pas pour autant radicalement modifiée.

La fête n'était donc pas une nouvelle immersion dans le chaos, immersion qui aurait risqué d'être sans retour. Elle était plutôt un rite réactualisant, sous surveillance, pour ceux qui y participaient, l'ivresse et l'indistinction de l'état pré-institutionnel. De cette situation, elle prenait, un instant, le meilleur, la ferveur fusionnelle, tout en contrôlant le pire, la violence suicidaire. Ainsi elle avait ce pouvoir de catharsis qui permettait de supporter la banalité de la vie quotidienne. D'où sa capacité d'exaltation collective[41]. Mais avant tout, elle exerçait une fonction d'avertissement, car elle laissait, un

---

39. Mircea Éliade, *Le sacré et le profane*, Paris, NRF, 1965, pp. 67 et *sq* ; René Caillois, *L'homme et le sacré*.

40. René Girard, *La violence et le sacré*, Paris, Grasset, *op. cit.* p. 171.

41. René Bastide, *Les religions afro-brésiliennes*, Paris, PUF, 1960.

instant, entendre de nouveau à la collectivité réunie, le grondement toujours menaçant du désordre originel.

Même ainsi contenue, la fête devait apparaître dans les sociétés modernes comme un risque excessif. Parce que sans doute l'institution n'avait pas ou plus assez de prise sur la vie sociale, ce type de fête devait progressivement être condamné par les autorités et disparaître en se transformant en de simples manifestations folkloriques de plus en plus souvent maintenues ou restaurées selon des finalités commerciales. Les carnavals contemporains ne sont généralement que les survivances très édulcorées de ce qui fut, une fois, subversion radicale de l'ordre quotidien[42]. Déjà dans le passé, une signification toute nouvelle leur avait été donnée en « surimpression » : les festivités qui accompagnaient le solstice d'hiver devinrent ainsi la célébration de la naissance du Christ. Cette « conversion » rendait évidemment difficiles les manifestations extrêmes qui les accompagnaient autrefois, en particulier les transgressions de l'ordre social et sexuel.

La faute

C'est sans doute à partir de ces déchaînements collectifs qu'il faut définir la faute. Celle-ci n'était rien d'autre qu'une fête individuelle et à contretemps. C'était la recherche du dionysiaque par un seul individu et dans un temps qui était celui de l'ordre et de la mesure. La faute consistait donc avant tout à se séparer des autres en rompant ponctuellement avec le monde institué. La société traditionnelle ne pouvait accepter cet écart car il contredisait la nécessaire visibilité sociale de l'ordre. Elle punissait donc la transgression par des sanctions qui se proposaient l'exemplarité, empêchant ainsi la contagion du désordre. Le juge se préoccupait moins des motivations du coupable que de l'efficacité sociale de la condamnation. Celle-ci consistait, dans les cas graves, à séparer le coupable des autres membres de la société, par l'exil, la prison ou la mort. Bref, la société circonscrivait la violence dans l'espace, comme elle avait contrôlé la fête par la limitation de sa durée.

Les sentiments même modérés, la fête même contrôlée et la

42. Emmanuel Le Roy Ladurie, *Le carnaval de Romans*, Paris, Gallimard, 1979.

faute même sanctionnée révélaient finalement que le magma primitif demeurait toujours en fusion et que les cendres accumulées par l'immémorial respect des institutions étouffaient mal le feu originel. L'évacuation de cet « entre-soi » aux attentes indéfinies était sans doute impossible : là persistait un risque mortel ; là aussi demeurait vivant l'espoir d'une vie qui échapperait partiellement aux normes du groupe.

De cette réalité latente mais toujours vive, le sorcier était le témoin permanent et discret. Quand les instruments coutumiers s'avéraient inefficaces, quand la société paraissait incapable d'écarter le malheur ou de réaliser le désir, un homme ou une femme était là qui prétendait pouvoir évoquer et influencer les forces souterraines, étranges, terribles, mais capables de contrecarrer le destin ou de court-circuiter les procédures courantes. Ce recours à un univers différent de celui de la société remettait en cause l'efficacité et la légitimité de celle-ci. Il existait certes des formes très diverses de sorcellerie, dont certaines intégrées à l'ordre collectif. Mais, dans son principe, celle-ci était subversive : elle en appelait de l'impuissance de la société face aux pouvoirs mystérieux mais supposés plus efficaces d'une autre instance. Les sorciers se multipliaient d'ailleurs dans les moments de crise où s'effritaient le pouvoir et le prestige de la société. C'était aussi le moment où celle-ci ne trouvait d'autres parades contre ses rivaux que le bûcher.

Les problèmes familiaux n'échappaient pas plus que les autres à l'influence des sorciers. C'était peut-être dans ce domaine que leur intervention était le plus souvent sollicitée pour sauver ou pour détruire. Ainsi, cette vie domestique réglée le plus souvent par les normes collectives faisait sa place, en cas de nécessité ou d'urgence, à des forces mal contrôlées, celles précisément que l'institution généralement occultait et maîtrisait. Cette tension constante entre un monde apparemment en ordre et de souterraines aspirations explique que ce type de société n'ait cessé, lentement, d'évoluer[43]. Ce qui la caractérise ce n'est pas son immobilité mais que, pour consentir à un changement, elle avait besoin d'en trouver d'abord, dans la tradition, la préfiguration ou la promesse.

---

43. Georges Balandier, *Le désordre*, Fayard, 1988, Deuxième partie, *Désordre dans la tradition*. Sur la sorcellerie, *ibidem*, pp. 108 et *sq*.

Conclusion

La charpente des systèmes matrimoniaux traditionnels est leur institutionnalité. Ce fondement explique les principales caractéristiques de ce qu'était alors la vie familiale. C'était une histoire où les droits et devoirs, les rôles respectifs étaient clairement définis. Étaient exclus les rêves inconsistants, les projets irréalistes. La voie, d'avance, était connue, où chacun devait s'avancer. « Le passé des adultes, écrit M. Mead, y est l'avenir de chaque génération[44]. » Le champ des choix et du doute y était fort étroit ; les cas de conscience, exceptionnels. Cela ne signifiait pas que la vie fût toujours sans difficulté, mais seulement que le devoir était clair. Clair, mais non point monotone, car le temps était lui aussi institutionnellement différencié et scandé : une saison pour semer, une autre pour récolter, certes. Mais aussi un temps pour la prière, un temps pour le travail, un autre pour le repos ; un temps pour le jeûne, un autre « pour embrasser[45] ». Ce temps était donc réparti, comme étaient distingués tous les êtres vivants et inanimés. Le monde était en ordre et il suffisait de suivre cet ordre manifeste.

Il ne faudrait pas pour autant que le lecteur sous-estime le prix à payer pour que fonctionne le système. La menace constante de la mort, le contrôle des sentiments, l'absence relative de vie privée, des conditions d'existence très dures au regard de notre confort. On voyait disparaître soudain ses enfants aussi bien que ses parents, ses frères puinés ou encore sa jeune épousée. Le destin menait la danse, et c'était bien souvent une « danse macabre ». Dürer donne sans doute de la réalité d'alors une image plus fidèle que Le Nain ou Greuze. S'il arrive à certains de nos contemporains d'éprouver une véritable nostalgie pour ces temps, c'est qu'ils y projettent leurs insatisfactions et leurs désirs présents. S'ils y regardaient de plus près, leurs regrets seraient moins vifs : cet univers-là n'était rien moins qu'idyllique.

Fallait-il à nos ancêtres, pour s'y soumettre, un grand effort de

44. Margaret Mead, *Le fossé des générations*, trad. franç., Paris, Denoël, 1971, p. 28. Voir aussi : Bruno Bettelheim, « Devenir femme », *Harper's Magazine*, oct. 1962.

45. Jean-Louis Flandrin, *Un temps pour embrasser*, Paris, collection l'Univers historique, 1983.

volonté ? Probablement pas, du moins dans les circonstances ordinaires. C'est que l'institution apparaissait comme fait de nature. La socialisation efficace et la pratique quotidienne en faisaient une sorte d'« habitus » inconscient. Enfin l'unanimité des contemporains attendait de chacun qu'il se conformât à la norme collective, et derrière ces contemporains, invisible mais toujours persuasive, la foule innombrable et confuse des ancêtres.

Tel était donc, pour reprendre l'expression de Peter Laslett, le monde que nous avons perdu[46]. Un monde ordonné, rassurant, fragile aussi et où la mort exerçait une permanente police. Telle était également la famille que nous avons perdue. Famille merveilleuse au regard de certains de nos contemporains, famille inhumaine pour les autres. Famille solide, dans ses principes, pour compenser la faiblesse de l'État et, le plus souvent, son absence. Famille tiède aussi parce qu'elle ne pouvait prendre le risque du tumulte de la passion. Famille quotidiennement sage, mais immergée parfois dans l'ivresse éphémère de la fête collective. Famille orientée, comme la société, vers la répétition du passé, parce qu'elle ne pouvait concevoir que l'innovation pût être bénéfique. Famille nombreuse, mais décimée par la mort. Famille où tous avaient une place, un statut, des devoirs, mais où la satisfaction des individus était constamment contrariée ou du moins limitée par l'impératif de la survie du groupe. Famille où les individus ne s'appartenaient pas, mais où ils se considéraient comme gardiens d'un patrimoine qu'ils avaient reçu et devaient transmettre, et comme gouvernés par une mémoire collective.

Cette famille-là fonctionnait donc sans trop d'aléas ni de résistance : une ruse de la société faisait croire à chacun de ses membres que le système matrimonial était naturel. Dans ces conditions, la famille était bien le fondement de la société, non pas uniquement, comme on le dit parfois, parce qu'elle en constituait la cellule élémentaire, mais d'une manière beaucoup plus radicale, parce qu'elle témoignait quotidiennement de l'étrange efficacité d'un artifice qui, seul, avait rendu possible la survie de notre espèce : l'institution.

Et peut-être, à ce point, pouvons-nous mieux définir celle-ci. N'est-elle pas simplement, en chacun de nous, la reconnaissance que son propre salut passe par la cohésion du groupe, l'évidence en somme qu'il n'est d'objectifs durablement accessibles que dans la

---

46. Peter Laslett, *Un monde que nous avons perdu : les structures sociales pré-industrielles*, trad. franç., Paris, Flammarion , 1967.

solidarité inconditionnelle ? Évidence qui se confirme d'autant plus fortement dans la conscience de chacun qu'elle est partagée par tous. Quand l'objectif est la survie, l'enjeu implique que chacun accepte les normes communes et d'avance reconnaisse la légitimité, en cas de transgression, d'une sanction exemplaire. L'homme y consent à ses propres limites : il reçoit en échange la promesse d'une durée. Cela s'appelle un ordre. Cette « conscience collective » n'a d'autre réalité que la présence constante, en chaque conscience individuelle, des « mots de la tribu » et l'institution familiale a été sans doute le premier de ces mots.

CHAPITRE II

La famille moderne et l'inflation des attentes

Les cinquante ou soixante années qui précèdent 1789 sont caractérisées ... par la hausse inflationniste de l'espoir.

Emmanuel Le Roy Ladurie.

Le monde moderne, pas plus que la famille moderne, ne débute en France le 14 juillet 1789. Si importante que soit devenue la référence à la Révolution, si légendaire qu'elle paraisse, elle ne fut que la soudaine émergence d'un vaste mouvement qui, parti de loin, s'accéléra en cette fin de XVIIIe siècle. Alors, ce qui n'avait été jusque-là qu'opinions de philosophes, espoirs du Tiers-État, trouva sur un point limité de l'Europe, et pour une durée d'abord brève, l'occasion de se coaliser et de renverser un régime, déjà perçu comme « ancien ». On ne voulait rien d'autre que donner force de loi à la raison. Un instant, celle-ci eut son temple et sa liturgie. Le mariage, alors, comme le reste, se transforma.

Pas plus que la Révolution n'avait marqué le début de la modernité, la Restauration n'en fixa le terme. Au total, les institutions anciennes furent bien rétablies mais les idées et les attentes nouvelles restaient : elles marquèrent l'Europe du XIXe siècle, sa première partie surtout, par des révolutions qui se réclamaient des idéaux nouveaux. Réprimés, contrôlés, puis tolérés, les rejets innombrables et diffus de la Ire République finirent par s'implanter durablement. Mais il fallut plus d'un siècle pour que les « arbres de la liberté » fissent vraiment partie du paysage de l'Europe.

Encore faut-il préciser que la majorité de la population resta longtemps réfractaire au Nouveau Régime [1]. La population rurale, et plus particulièrement la population agricole qui en constituait les trois quarts, n'adhéra que tardivement aux idées et aux pratiques des « gens de la ville » [2]. Les institutions traditionnelles devenues plus souples, plus fragiles, mais toujours efficaces, continuèrent à régler à la campagne la vie quotidienne comme les décisions familiales importantes. A partir de 1945, ces ruraux devinrent largement minoritaires. En même temps, la rupture entre citadins et paysans s'était estompée. La ville avait envahi la campagne, lui imposant ses idées et ses normes [3]. Au moment même où les citadins commençaient à rechercher les meubles rustiques, une sorte de honte pénétrait les villages et poussait leurs habitants à brader leur vieux mobilier et à acheter les salles à manger produites en série. Ici et là, sans doute, un isolat étroit gardait encore, pour quelques années, les coutumes qui avaient réglé la vie traditionnelle. Mais Mendras [4] a bien montré que, vers 1950, la « fin des paysans », longtemps retardée, était advenue en France. C'était déjà chose faite depuis longtemps en Allemagne et en Angleterre.

I. Vivre par raison

Le début de cette évolution avait coïncidé, très approximativement, avec celui de la transition démographique. Cette période s'étale en Europe sur deux siècles, pendant lesquels un déséquilibre s'établit d'abord entre mortalité et natalité ; l'intensité du premier phénomène baisse, tandis que celle du second demeure d'abord constante : on meurt moins, on naît autant. Puis la natalité tend à rejoindre la mortalité. Ce long processus s'installe en France vers 1740 [5].

1. On sait par exemple que les lois sur l'égalité des droits de succession continuèrent à être tournées par les agriculteurs.
2. C'est vers 1935 seulement que la population urbaine en France dépassa 50 %. Ce pourcentage était déjà atteint en Allemagne et en Grande-Bretagne depuis plus d'une décennie.
3. A. Mendras, *La fin des paysans*, Paris, A. Colin, 1967.
4. A. Mendras, *La fin des paysans*, Paris, *op. cit.*
5. Elle commença plus tard en Allemagne (vers 1820) et en Grande-Bretagne (1838). Jean-Claude Chesnais, *La transition démographique*, Paris, PUF-INED, 1986.

On meurt moins. En effet, en quelques décennies, l'espérance de vie se mit à augmenter. Celui qui se mariait, autour de 25 ans, avait désormais devant lui 35 années de vie probables, alors que ses grands-parents ou arrière-grands-parents ne disposaient que de 20 à 25 ans. Les épidémies, qui avaient longtemps décimé la population à intervalles plus ou moins réguliers, semblaient écartées. La dernière peste toucha Marseille en 1710. Le temps de vivre cessa d'être aléatoirement mêlé à celui de mourir. Le risque pour un jeune homme de décéder avant 50 ou 60 ans devint faible. La vie adulte n'était certes pas encore très longue ; du moins était-elle plus assurée.

Désormais donc les efforts et les investissements d'un individu se faisaient d'abord à son bénéfice, et ensuite seulement au profit de son héritier. Celui qui plantait jeune voyait ses arbres grandir, celui qui construisait habitait sa maison, celui qui amendait ses terres constatait l'augmentation de leur rendement. Le temps des investissements à long terme trouvait dans l'intérêt personnel une nouvelle motivation. Bref les conditions biologiques de l'individualisme étaient acquises.

De ce changement, Ph. Ariès a bien montré que nous n'avons pas vraiment établi la ou les causes[6]. Les médecins du XVIIIe siècle ne semblent pas avoir été plus savants que ceux de Molière et la pharmacopée n'avait guère progressé. Qu'importait d'ailleurs, puisque l'immense majorité de la population n'avait guère de contact avec les rares médecins et que presque toutes les campagnes en étaient restées aux « simples », aux recettes de bonnes femmes et à l'art des rebouteux. Sans doute une nourriture meilleure et plus abondante permit d'éviter la famine et ses séquelles. Sans doute l'hygiène publique s'améliora-t-elle, en particulier dans les villes où la mortalité avait été longtemps supérieure à celle de la population rurale. Tout cela garda pourtant un caractère très général et les mécanismes précis de l'amélioration de la santé demeurent encore mal compris. Aussi bien Ariès, à tout faire, invoque-t-il une raison plus englobante encore : c'est l'homme qui aurait changé d'attitude devant la mort et qui, de victime passive, devenait progressivement acteur : à défaut de conjurer la mort, il tentait d'en reculer le moment : on « s'écouta » davantage. Le corps devint l'objet de soins plus attentifs.

Considérer en effet l'existence comme un destin n'encourageait

6. Philippe Ariès, *Histoire des populations françaises, op. cit.*

pas à prendre contre la mort les précautions les plus élémentaires. Estimer au contraire, même s'il y avait là une part d'illusions, que l'on peut agir sur son corps, conduit à se ménager, à se mieux protéger du froid et à éviter l'excès de fatigue. Quoi qu'il en ait été, l'homme de 1800 mourait plus tard et, petit à petit, il prenait conscience de cette longévité nouvelle et agissait en conséquence.

Les hommes étaient d'autant plus sensibles à la baisse de la mortalité que celle-ci rendait soudain moins praticables les modalités traditionnelles de la succession. Les enfants, en effet, arrivaient plus nombreux à l'âge de la majorité, tandis que les pères s'attardaient davantage dans la vie. Le système de la succession avait jusqu'alors plus ou moins régulièrement fonctionné en remplaçant une génération par les survivants de la suivante : quand le père mourait, commençait le temps du fils ; alors celui-ci se mariait, alors il reprenait le patrimoine et l'exploitait. Cette procédure ne pouvait fonctionner qu'à deux conditions qui furent longtemps remplies dans la majorité des cas. Il fallait qu'au moment de la mort du père, un ou parfois deux fils seulement en moyenne survécussent ; il était nécessaire aussi que cette échéance coïncidât à peu près avec l'entrée du fils aîné dans la vie adulte. Avant la transition, le cas le plus fréquent était que le fils aîné avait en moyenne 23 ans au moment de la mort de son père[7]. Dans le nouveau régime, plusieurs fils généralement survivaient au moment de la mort du père et l'aîné avait alors entre 30 et 35 ans. Pour la première fois dans l'histoire de l'humanité, le père et le fils étaient simultanément adultes pendant une dizaine d'années. Désormais les générations ne se succédaient plus : elles se chevauchaient. On avait gagné dix ans d'espérance de vie à 20 ans et tout était changé.

Le contrat tacite passé traditionnellement entre les générations était, en effet, par la force des choses, rompu, ou du moins les termes de l'échange en étaient profondément modifiés. Le fils survivant avait jusqu'alors troqué, en somme, quelques années de son travail utile, une dizaine en moyenne, contre la quasi-certitude d'hériter ensuite du patrimoine familial. Désormais il fallait travailler beaucoup plus longtemps si l'on était l'aîné. Cadet, on n'avait d'autre chance d'hériter que celle de voir l'aîné mourir. Il restait sans doute à ce cadet la possibilité de demeurer comme « aide familial » sur l'ex-

---

7. Nous reprenons ici les chiffres avancés par Norman Ryder dans son remarquable article « Fertility and family structure », United Nations, *Population Bulletin*, n° 15, 1983.

ploitation de l'aîné. Il n'était pas exceptionnel qu'il le fît, mais l'on comprend aisément que les intéressés aient souvent préféré se séparer assez vite de leur famille. L'exode rural fut d'abord celui des cadets[8]. Cette réaction d'élimination permit au système successoral traditionnel, mais aussi aux normes culturelles qui le sous-tendaient, de se prolonger à la campagne bien plus longtemps qu'en ville. Les grands-pères ruraux de ceux qui ont aujourd'hui 60 ans n'avaient sans doute pas, du mariage et de la famille, des idées bien différentes de celles qui, à la campagne, avaient cours au XVIIIe siècle.

Par ailleurs, les changements démographiques, économiques, politiques, que connaissaient les citadins n'étaient pas l'effet du hasard ; leur simultanéité encore moins. Ils exprimaient chacun dans leur domaine, que ce soit celui de la population, du droit, de l'économie, un ébranlement général et même une révolution, le passage à un système différent de celui que, jusque-là, les hommes avaient suivi. Si le mot « révolution », un peu galvaudé aujourd'hui, garde un sens, il désigne, avant tout autre changement, cette mutation globale qui fit passer, tour à tour, certaines sociétés de l'ère de la tradition à celle de la modernité. C'est dire que le changement fut fondamentalement culturel, même si ses conditions furent économiques et technologiques.

II. La fonction d'utopie

Tout, jusque-là, s'était organisé autour d'une finalité prioritaire, la survie du groupe. Chacun trouvait son identité dans sa position sociale, dans ses rôles sociaux et familiaux, chacun se définissait comme un faisceau de statuts. La dignité de l'individu tenait à une fidélité sans faille à tous ces liens. L'obstination à tenir cette place en dépit de tout était la vertu essentielle, elle s'appelait l'honneur. La « parole d'honneur » engageait donc la personne tout entière. Et comme la place occupée reproduisait celle qu'avaient occupée déjà les ancêtres, l'honneur était la loyauté envers le passé, envers le moment fondateur où se situait le modèle idéal du présent.

8. André Etchelecou, *op. cit.*

Avec la modernité, une double inversion se produit. L'individu, et non plus le groupe, occupe désormais le centre de la scène. Chacun devient pour soi-même sa propre fin et la société ne trouve sa légitimité que dans le rôle qu'elle joue dans la protection de la liberté des citoyens : expression de la volonté générale, elle se propose, comme objectif primordial, le bonheur singulier de ses membres. La nécessaire harmonie entre cette idée toute « neuve » de bonheur et l'établissement d'une cité idéale, voilà peut-être l'espoir qui donne son plein sens et sa logique générale à l'émergence de la modernité. On voit bien que Jean-Jacques Rousseau en fut sans doute le théoricien à la fois le plus précis et le plus enthousiaste ; mais cette première inversion, cette installation de l'individu au centre de son histoire, n'était concevable qu'en vertu d'une seconde qui portait sur le pouvoir de l'homme et le sens du temps. La tradition, comme on l'a dit, se donnait pour but de maintenir, contre le destin, la survie du groupe. Elle plaçait sa confiance dans les institutions qui avaient fait leurs preuves et qui pouvaient être définies comme le meilleur moyen pour que le présent demeurât aussi proche que possible du passé. La permanente précarité ressentie conduisait à la prudence et la prudence commandait de reproduire ce qui avait réussi. On ne survivait qu'en se niant comme être singulier et tout innovateur était un hérétique persécuté, voire brûlé. L'homme, pourtant, dans le temps qui précéda la modernité, se mit à soupçonner que ses pouvoirs étaient peut-être plus étendus et le poids du destin plus léger que ses pères ne l'avaient pensé.

Dès lors devenait possible une autre stratégie, celle qui consistait à transformer le monde, et à substituer à la prudence institutionnelle la volonté de changer le cours des choses, la passion d'exister comme acteur de son histoire. Le monde se sauverait désormais en suivant des voies nouvelles, sans doute plus risquées, mais où les attentes devenaient indéfinies. Il fallait donc abandonner les coutumes arbitraires et aliénantes et ne reconnaître comme autorité que celle de la déesse Raison. De même, la vertu essentielle n'était donc plus l'honneur, mais cette générosité à exister qui ne devait pas avoir de mesure et que Danton appelait l'audace. Pourtant, plus que le recentrage des finalités sur l'individu, plus que la réorientation du temps collectif vers l'avenir, ce qui définit sans doute le mieux cette période fut qu'elle voulut tenir ensemble les deux bouts de la chaîne et qu'elle plaça dans une même devise la Liberté, l'Égalité et la Fraternité ; qu'elle concilia en somme la recherche du « bien-être » individuel et le respect du contrat social. Alors la famille, comme la société, cessa d'être la condition nécessaire de la survie pour devenir le lieu présumé du bonheur.

Une nouvelle conception de l'institution

Du coup, l'institution change de sens. Sa finalité n'est plus de permettre au groupe de s'unir et de survivre. « L'abandon, écrit Mircea Eliade, était définitif du paradis des archétypes et de la répétition[9]. » Ce qui importe désormais c'est donc le bonheur, un bonheur présent et qui s'amplifiera avec le temps. Mais ce revirement ne va-t-il pas aboutir à un retour rapide à la violence et au chaos ? Non, s'il y a correspondance entre le désir individuel et la volonté générale. Cette harmonie est, en principe, acquise, puisque la nature humaine est la même pour tous. Telle est, dans son principe, la foi nouvelle. Mais il est trop clair qu'en pratique, l'impatience, la jalousie, l'égoïsme peuvent encore, en ces temps où le peuple reste ignorant, se traduire par des troubles sociaux et des injustices. Précisément, la fonction de l'institution est de dire comment, aujourd'hui, rendre ensemble compatibles le bien public et la réalisation du désir individuel. C'est de cette conciliation concrète, toujours perfectible, que la loi désormais tient sa nouvelle légitimité.

Fondamentalement, l'idéologie laïque du XIXe siècle est sans doute une foi, analogue à celle du charbonnier, et qui tient pour acquise l'harmonie entre la satisfaction sans limite des aspirations individuelles et la marche inexorable de la société vers le Progrès. Dans une œuvre comme celle de Charles Fourier, le mot clé est celui d'« harmonie »[10]. La loi n'est rien d'autre que la nature : le bonheur est donc au bout de la loi.

Or, si les conditions sociales d'une cité idéale sont encore difficilement réalisables, en raison de l'ignorance et des préjugés, la famille, une famille cette fois fondée sur la passion peut, elle, dès maintenant apporter le bonheur. Telle est, par exemple, l'idée de

---

9. Mircea Eliade, *Le mythe et l'éternel retour*, Paris, Gallimard, 1969.
10. Charles Fourier, *Le nouveau monde amoureux*, Paris, éd. Slatkine, 1979 (1re édition 1845).

Fourier. Le groupe domestique est en somme, pour ceux au moins qui suivent la nature, réalisation anticipée d'une harmonie plus large. Il préfigure, comme les premiers phalanstères, une société nouvelle où l'homme, enfin, sera réconcilié avec lui même.

On comprend donc que Le Roy Ladurie ait pu caractériser la modernité par cette flambée d'espérance qu'il appelle « la hausse inflationniste de l'espoir ». La résignation, de vertu devenait vice, et sans doute le pire de tous. L'âge d'or n'existait plus que dans la mentalité obscurantiste. Avec beaucoup de naïveté, on estimait que ce nouveau monde était à portée de la main, qu'il suffisait, pour y rentrer, d'un peu de courage, en un mot d'une révolution.

Les temps étaient donc changés et, avec eux, la famille. L'organisation traditionnelle, on l'a vu, était devenue très difficile en raison des nouvelles conditions d'établissement des enfants. Mais cette difficulté, après tout, dans un autre contexte, n'aurait sans doute pas été insurmontable. Par contre, cette inflation des attentes, dont la famille était l'objet privilégié, modifiait radicalement les relations entre conjoints, entre parents et enfants. La question désormais, pour la plupart des familles, n'était plus « comment survivre ensemble », mais « comment être heureux ensemble ».

Aussi bien, très rapidement, les nouveaux législateurs modifièrent-ils profondément le droit matrimonial. La fin du monopole de l'Église dans ce domaine ne fut qu'un des aspects de cette réforme. Le changement essentiel fut la transformation de ce qui était jusque-là une institution en un contrat passé entre deux individus libres et égaux devant la loi. Le divorce était une conséquence logique de cette nouvelle définition. Il fut voté le 20 septembre 1792, le jour de la victoire de Valmy. Il fut largement utilisé dans la capitale puisqu'en l'an VI de la République, il y eut à Paris plus de divorces que de mariages. Il resta pourtant exceptionnel dans la France profonde des campagnes où résidaient encore les quatre-cinquièmes de la population. De même était-il logique que la puissance paternelle fût abrogée et que la famille nucléaire s'émancipât du contrôle lignager. Ainsi se trouvait légalement défini un véritable espace privé où la solidarité familiale était réglée davantage comme une association délibérée que par la lettre de l'institution [11].

11. Georges Desmottes « De la législation révolutionnaire au Code civil », in : *Renouveau des idées sur la famille*, Cahier de l'INED n° 18, Paris, 1954.

III. Les compromis

Les idées nouvelles, celles qui concernaient la famille par exemple, n'étaient-elles pas finalement un mouvement superficiel et éphémère qui ne devait toucher que quelques grandes villes et pour quelques années ? Vers 1830 un observateur aurait pu encore le croire. Partout l'ordre ancien avait été partiellement restauré. Juridiquement, le divorce, d'abord rendu plus difficile par le Code civil, avait en fin de compte été abrogé en 1817. Dans les pays où il était légalement autorisé, il n'en était pas moins socialement stigmatisé. Les enfants illégitimes se trouvaient de nouveau exclus de la succession. L'autorité du mari sur la femme avait été rétablie comme celle des parents sur leurs enfants. L'Église avait retrouvé ses pouvoirs et s'efforçait de reprendre son contrôle sur la vie privée. Les nobles aussi étaient revenus et s'efforçaient de recouvrer une partie au moins de leurs droits. Tout en somme, et pas seulement en France, semblait retourner, avec la Sainte-Alliance, à l'ordre ancien. De la Révolution française, n'allait-il rester qu'un souvenir mauvais pour les uns, nostalgique pour les autres ?

Qui eût ainsi pensé aurait mal pensé. Sans doute les changements sociaux et familiaux de la fin du XVIIIe siècle avaient-ils surtout touché la bourgeoisie et les grandes villes, mais ils exprimaient des mouvements latents ; que ceux-ci se soient d'abord manifestés dans les cités n'impliquait pas que les campagnes y fussent définitivement réfractaires.

La part maudite

La bourgeoisie urbaine restait donc largement marquée par les idées nouvelles. Le XIXe siècle fut généralement pour elle une période de prospérité. Dans le même temps pourtant, l'exode rural poussait vers les grandes villes, et d'abord vers Paris, des flux de populations jeunes, souvent analphabètes, sans qualification, sans ressources et le plus souvent coupées de leur réseau familial [12]. Elles constituèrent ces

---

12. La population de Paris passe de 550 000 habitants en 1801 à 1 050 000 en 1846. C. Pouthas, *La population française pendant la première moitié du XIXe siècle*, Paris, PUF, 1956.

« classes laborieuses » et « dangereuses » que Louis Chevalier a décrites avec précision [13]. L'importance de leurs effectifs eut pour premier effet d'enfler le marché du travail et de faire descendre les salaires à un niveau dérisoire. Impossible de vivre sur une seule paye. Il fallait donc s'agréger, souvent vaille que vaille, en ménages de toutes sortes.

Locataire de garnis et de taudis, habitant galetas et caves, vivant sans hygiène possible, décimée par les épidémies, travaillant presque toujours dans des emplois précaires, prompte à s'installer et toujours prête à déguerpir, cette population demeure étrangère à la nation et, suivant le mot très suggestif de Marx, elle y « campe ». La misère prend d'ailleurs des visages différents suivant l'âge et le sexe. Les bandes d'enfants laissés à eux-mêmes existent partout, gavroches innombrables. Quant aux femmes, beaucoup d'entre elles sont poussées à la prostitution. « Pressées par la misère, une multitude de filles, écrivait Étienne Cabet, sont réduites à se prostituer. Des mères vendent leurs enfants, des maris leurs femmes [14]. »

Est-ce là tableau poussé au noir ? Dans ces descriptions, des hommes aussi différents que Marx, Le Play, Villermé se rejoignent pour témoigner de l'horreur de ces situations [15]. L'analyse des causes et les solutions proposées divergent, mais les faits observés sont les mêmes. Un des mérites de Louis Chevalier a été d'utiliser, pour mieux saisir cette population, les rares données statistiques qui la concernent. Il le fit à travers l'estimation de la population vivant dans une situation matrimoniale illégitime. Tous les indigents ne vivaient pas dans l'illégitimité et il était des personnes installées qui se contentaient d'union libre. Toutefois les pauvres n'avaient le plus souvent ni les moyens ni les raisons de contracter mariage. Leur analphabétisme rendait difficiles les formalités administratives. Mais surtout la précarité de leur situation, l'instabilité de leur emploi, ne permettaient guère un engagement qui, de soi, impliquait une certaine durée. En évaluant la population hors la loi du mariage, Louis Chevalier nous fournit sans doute une approximation acceptable de l'effectif des « misérables ».

---

13. Louis Chevalier, *Classes laborieuses et classes dangereuses à Paris pendant la première moitié du XIXe siècle*, Paris, Plon, 1958. Pour l'Angleterre, on consultera avec profit : Karl Polanyi, *La grande transformation*, Paris, Gallimard, 1983 (1re édition anglaise 1944) ; l'auteur insiste sur le fait que, pour la première fois, les phénomènes économiques devenaient indépendants du système culturel.

14. E. Cabet, *Voyage en Icarie*, Paris, 2e édition 1842.

15. Le Play, dans *Les ouvriers européens*, Paris, 1855, révélait à beaucoup de ses contemporains l'extrême misère de cette partie de la population. Villermé avait fait de même dans son *Tableau de l'état physique et moral des ouvriers employés dans les manufactures de soie, coton et laine.*

A partir d'une statistique des naissances illégitimes, Bertillon avait proposé une estimation du nombre des couples de concubins à Paris en 1880. L. Chevalier, reprenant la même méthode, a mené, pour la période 1837-1844 un calcul analogue. Pour un nombre total de naissances voisin de 30 000, la part de celles qui étaient illégitimes oscillait, à Paris, vers 1840, autour de 32 %. L. Chevalier pense que l'on peut en déduire que, pour une population d'environ un million d'habitants, 100 000 à 110 000 personnes vivaient dans l'« illégitimité »[16]. Cette sous-population se recrutait entièrement dans la classe ouvrière, et plus précisément parmi les indigents de cette classe.

D'autres estimations furent faites pour Paris. Honoré de Balzac – mais à partir de quelles données ? – parle « de cette effroyable armée de 100 000 coquins »[17]. A Lille, en 1875, les indigents représentent sans doute 20 % de l'ensemble de la population, et à Manchester, en 1842, la proportion est encore supérieure[18].

Ces espèces d'anomies sociale et familiale, ce « quart-monde » perdurèrent jusqu'à nos jours, mais leur champ progressivement se rétrécit. La même détresse existe encore, mais contenue dans de plus étroites limites. Les unions libres de misère se résorbèrent peu à peu, moins en raison d'efforts, par ailleurs méritoires, comme ceux de la société St-François Régis, que par une transformation des conditions de vie : la misère céda la place à la pauvreté ; les enfants des analphabètes entrèrent dans l'école « obligatoire » ; les cités ouvrières remplacèrent les taudis ; beaucoup d'unions libres devinrent mariages. Ces familles précaires entrèrent progressivement dans deux nouveaux modèles familiaux.

La famille close

Ceux-ci sont décrits par Richard Sennett dans sa thèse sur les types de familles observés à Chicago vers 1880. Les conclusions qu'il propose sont applicables, à quelques variantes près, aux populations urbaines de l'Europe de la même époque. L'exode rural conduisait

16. Louis Chevalier, *op. cit.*, p. 384.
17. Honoré de Balzac, *Le code des gens honnêtes*, Paris, 1855.
18. Martine Segalen, « La révolution industrielle : du prolétaire au bourgeois », in : *Histoire de la famille*, Paris, Armand Colin, 1986.

alors à la ville des jeunes sans formation professionnelle. D'aides familiaux qualifiés sur une exploitation agricole, ils devenaient, en ville, une simple « force de travail » à louer. L'absence ou la difficulté d'une scolarisation régulière les maintenait dans la population des « sans qualification professionnelle ».

Mais voici que l'emploi devient plus régulier, les salaires moins misérables, les conditions de travail un peu plus humaines. La famille, pour eux, devient alors également possible ; elle sera même, « contre la ville »[19], la plus sûre sinon la seule protection. Il se produit donc un repli, un renfermement sur le couple et les enfants. Telle est cette famille « fermée au reste du monde, comme l'écrit Ariès, exerçant une pression interne sur ses membres, leur interdisant la jouissance d'un espace privé, et entravant le développement de leur personnalité »[20]. La finalité de la survie retrouve ici une certaine priorité, mais la stratégie s'est inversée : le salut n'est plus dans l'intégration à la communauté, mais dans la résolution de s'en écarter.

La précarité des ressources, l'étrangeté du monde industriel, les nouvelles relations de pouvoir entre les hommes sont perçues comme des menaces permanentes. On peut comprendre que des familles placées dans de telles conditions fussent fécondes : elles ne calculaient guère le coût d'un enfant supplémentaire, conscientes qu'elles étaient que, quoi qu'elles fissent, elles demeureraient pauvres. « Nos enfants sont notre richesse », disaient-elles, et il y avait dans cette affirmation une part de vérité. Si l'enfant était d'abord une bouche à nourrir, il devenait vite un petit salarié, et, la vieillesse venue, un recours possible pour les parents. L'enclave familiale, pour se bien protéger, exigeait une certaine densité. L'univers était ainsi divisé en deux parties : la famille chaleureuse et solidaire, et le monde extérieur redoutable, avec l'usine, la tentation de l'alcool et, au mieux, l'indifférence de tous. On n'existait en réalité que chez soi. Ce type de famille, qui au demeurant, ne se rencontrait pas seulement chez les pauvres, était l'ultime patrie. Appelons ce modèle, suivant l'expression de R. Sennett, « famille intense fermée ». Un titre de Christopher Lasch correspond bien à cette fonction de la famille : « Refuge dans un monde cruel »[21]. Pour que ce modèle fonctionnât, il fallait évidemment que

19. Richard Sennett, *La famille contre la ville,* trad. franç. Paris, Encre, 1980.
20. Philippe Ariès, Postface du livre de Sennett, *op. cit.,* p. 228.
21. Christopher Lasch, *Haven in a heartless world,* New York, Basic Books, 1977.

la solidarité du couple, sa cohésion interne fût forte. Une solidarité affective « chaude » pouvait seule compenser les agressions extérieures. Pour les parents qui avaient de la société cette vision pessimiste, il fallait que la tendresse de leurs enfants compense autant qu'il était possible l'indifférence de leurs concitoyens. Tout se passait dans ces familles comme si un énorme reflux s'était produit d'une affectivité autrefois diffuse et tiède vers ce refuge étroit mais chaleureux. On comprend bien que ces havres étaient aussi des prisons et que c'est probablement pour avoir vécu dans ces sortes de familles qu'André Gide et François Mauriac, deux écrivains si différents par ailleurs, ont gardé de leur famille des images aussi négatives.

La famille ouverte

Simultanément existait un modèle plus ouvert sur l'extérieur, plus confiant dans son environnement social, plus décidé à en exploiter les opportunités. Appelons-le, par symétrie, la « famille tiède ouverte ». Elle présentait quelque analogie avec la famille traditionnelle par une certaine austérité certes, mais aussi par sa préoccupation de demeurer liée à la société, non plus à une place définie d'avance, mais dans un constant effort de promotion. On recherchait certes le bonheur dans ce type de famille, mais non plus dans le confinement ouaté du ménage.

La volonté de promotion sociale est en effet ici prioritaire. Les parents l'attendent sans doute de leur propre ascension. Mais conscients de leurs limites, ils misent avant tout sur la réussite de leurs enfants. Ceux-ci se voient confier une sorte de délégation à la promotion. Les parents « se sacrifient » donc pour permettre à leurs garçons d'aller au lycée et de préparer un grade universitaire, et à leurs filles de faire un « beau mariage ». En contrepartie, ils s'identifient à ces enfants virtuellement glorieux. Ils jouissent ainsi d'une identité nouvelle : ils se sentent à l'origine de destins prestigieux. « Sans doute, écrit Philippe Ariès, on a toujours aimé ses enfants n'importe où et n'importe quand, mais pas n'importe comment. On n'a pas toujours été aussi ambitieux pour eux, au point de placer dans leur réussite sociale la fin suprême de cette vie[22]. »

22. Philippe Ariès, *Histoire des populations françaises*, *op. cit.*, p. 342.

Pour être dignes des « sacrifices » de leurs parents, les enfants, de leur côté, devront d'abord répondre à l'attente de ceux-ci. Ils accepteront une éducation rude. Ils ne ménageront pas leurs efforts pour forcer la porte étroite d'une grande école. Ils ne s'opposeront pas au mariage utile proposé par leurs parents. Enfin, ils témoigneront à ceux-ci une juste et constante gratitude. Dans *Le Père Goriot,* Balzac montre qu'une telle stratégie se soldait, dans certains cas au moins, par de douloureux échecs. Ainsi pourtant devait se produire la « capillarité » sociale[23].

En face de cette société du XIXe siècle en pleine transformation, conquérante, entreprenante, mais dure aux pauvres et aux faibles, les conjoints, désormais soucieux de bonheur, accordent une grande importance à la famille. Dans les deux cas, l'importance de la solidarité familiale est considérable. Dans les deux cas les liens entre les membres de cette famille sont étroits, les identifications, provisoirement au moins, intenses. Mais les finalités sont différentes. Dans un cas les conjoints se jettent dans le mouvement général, s'y investissent directement et à travers leurs enfants, et tentent d'avoir d'eux-mêmes une image sociale rassurante. Les autres se replient plutôt sur le ménage pour y trouver des gratifications que la société ne pourrait jamais leur accorder.

Il serait sans doute très simpliste d'affirmer que le premier choix fut celui de la bourgeoisie, des commerçants et, dans une certaine mesure, de la paysannerie, tandis que le second convenait davantage à la classe ouvrière. Les tempéraments et les occasions jouèrent sans aucun doute un certain rôle. Il reste que le choix de l'ouverture n'était opportun, et donc attirant, que pour ceux qui pouvaient, raisonnablement, escompter y trouver leur bénéfice dans une promotion. La mobilité sociale était trop faible pour que les pauvres fussent généralement incités à faire de tels projets : ils n'imaginaient même pas que leurs enfants puissent devenir médecins ou professeurs.

Si différents que fussent ces deux modèles, ils avaient donc en commun plusieurs traits. La famille urbaine avait cessé d'être une unité autarcique de production. Elle tirait ses moyens de vivre d'un ou de plusieurs salaires obtenus chez un employeur. Cette famille était dispersée dans la journée. Mère et enfants restaient à la maison le plus souvent, tandis que le père partait tôt le matin pour 10 ou 12

23. L'expression est d'Arsène Dumont, *Dépopulation et civilisation,* Paris, 1890.

heures de travail. Jamais les situations de l'homme et de la femme n'avaient été si différentes. Les paysannes, en effet, ne s'étaient jamais contentées de tenir la maison : elles prenaient en charge maints travaux agricoles et, au moment des récoltes, elles travaillaient aux côtés des hommes.

Un certain nombre de ces nouvelles citadines étaient, pourtant, ouvrières dans une usine, de tissage par exemple. Elles cumulaient leurs « journées » et les tâches ménagères, mais cette situation devenait difficilement supportable dès lors qu'elles avaient plusieurs enfants. Ceux-ci, tout jeunes, commençaient à travailler – l'âge légal de première embauche demeura longtemps fixé à 8 ans – ; leurs petits salaires contribuaient souvent à équilibrer le maigre budget familial [24]. Ils continuaient d'ailleurs jusqu'à leur mariage à remettre régulièrement leur paye à leur mère. En ce qui concerne les rapports de pouvoir à l'intérieur du couple, la femme n'était pas sans recours ; elle administrait en effet le revenu total du ménage, décidait ce que l'on pouvait ou ne pouvait pas acheter : elle devait « économiser » de telle sorte que, d'une paye à l'autre, on pût « joindre les deux bouts ».

Progressivement, dans les deux modèles, les parents voyaient leurs fonctions se limiter, et donc leur autorité perdre de sa légitimité. Analphabètes, comment pouvaient-ils prétendre enseigner à leurs enfants, alors que les écoles se multipliaient ? Sans qualification professionnelle, comment les préparer à un métier spécialisé ? Salariés, ils étaient soumis aux aléas de l'emploi. Enfin, il était patent que, dans un monde difficile, les adultes étaient souvent écrasés et désarmés. De leurs enfants écoliers, les parents pouvaient parfois être fiers. Mais ils avaient souvent perdu à leurs yeux tout prestige.

De même cessèrent-ils d'être reconnus compétents pour soigner leurs enfants malades. Auparavant, la mère, du moins pour les cas bénins, connaissait le remède. Elle guérissait rhumes, grippes et maux de gorge. Quant aux soins à donner aux petits enfants, cela relevait bien entendu de son savoir et de son expérience [25]. Or l'État progressivement multipliait ses contrôles sur la santé des nourrissons. Il décidait aussi, parfois, de confier à des établissements spécialisés les enfants dont les parents étaient jugés « indignes » [26].

---

24. Martine Segalen, *op. cit.*, pp. 385 et 386.

25. Cette attitude fut tenace. Une enquête menée en 1959 par Alain Girard et Louis Henry montre qu'elle demeurait très prégnante dans le nord de la France. Elle se traduisait par un retard de cette région dans la baisse générale du taux de mortalité infantile.

26. Jacques Donzelot, *La police des familles*, Paris, Éditions de Minuit, 1977. Voir aussi la thèse de Catherine Rollet, « La politique à l'égard de la petite enbfance sous la Troisième République » Paris-V, 1988.

Dans un article très dense du numéro 1 de la revue *Population*, Jean Stoetzel insistait sur ces changements qui paraissent enlever à la famille toutes ses justifications traditionnelles. La société multiplie les cantines, les dispensaires et les garderies, elle vaccine et soigne l'enfant, impose l'instruction. C'est elle qui apprend à la mère les règles élémentaires de l'hygiène à l'usage des petits enfants. Dès lors, la famille apparaît à certains comme vidée de toute substance. Tel fut d'ailleurs, pour des raisons idéologiques, l'objectif des nazis : prendre en charge très vite la formation des enfants et, à terme, dissoudre la famille dans la solidarité plus large de la nation. Rêve absurde, dira-t-on. Certes, mais qu'en serait-il advenu en cas de victoire allemande ? Stoetzel, au lendemain de la guerre, pensait au contraire que la réduction des fonctions utilitaires allégeait la famille et lui permettait de mieux assurer ses véritables vocations : l'équilibre affectif des conjoints, l'éducation de l'enfant et, plus généralement, tous les aspects ludiques de l'existence[27]. Il reconnaissait, après l'évolution séculaire de la famille, l'avènement d'un stade nouveau que devait décrire et justifier plus longuement, quelques années plus tard, Talcott Parsons.

IV. La théorie de Parsons

On le sait, l'ambition de ce théoricien n'était rien moins que de tenter une théorie générale des comportements sociaux. Son œuvre visait à réaliser une vaste synthèse des sciences humaines. Au point de départ de cet espoir, l'analyse du fonctionnement des « petits groupes ». Leur solidarité se fondait sur la complémentarité d'un « leader instrumental » responsable de l'efficacité du groupe, et d'un « leader expressif » assurant sa cohésion affective. L'entente entre les deux leaders témoignait en permanence de la nécessaire complémentarité de l'efficacité et de la solidarité. Cette évidence cessait pour peu que l'un des deux leaders prétendît assumer seul la responsabilité et décidât, pour cela, de l'emporter en s'alliant, contre l'autre leader, avec la totalité ou une partie des simples membres du groupe.

27. Jean Stoetzel, « Sociologie et démographie », *Population*, 1946, n° 1.

L'analyse du fonctionnement de petits groupes s'était développée, durant la dernière guerre mondiale, à partir de l'observation des équipages d'avions militaires. N'avait-on pas observé que les meilleurs d'entre eux, ceux qui comptaient le plus de victoires, étaient ainsi composés d'un meneur d'hommes qui se faisait obéir, et d'un camarade qui inspirait à tous le sentiment qu'ils composaient ensemble une valeureuse et solidaire unité ? La famille ne devait-elle pas être considérée, elle aussi, comme un cas particulier d'un ensemble plus vaste, celui des petits groupes, ensemble régi par des lois communes ? Il fallait donc se demander si les observations faites sur les équipages d'aviateurs se trouvaient vérifiées pour ces équipages particuliers que constituent les familles. Parsons crut pouvoir le montrer : la femme dans la famille assumait la fonction expressive, elle était responsable de la cohésion affective ; l'homme, lui, avait le rôle de direction instrumentale et, à ce titre, il assurait les relations avec la société globale[28].

La famille hôpital

Cette société, dans les années cinquante, est en plein développement. Une organisation rationnelle a permis le progrès technologique et les réussites économiques. A l'origine de cette évolution, la fin du monde traditionnel, où la fonction de chacun était statutairement fixée. La société moderne, au contraire, fonctionnait « au mérite ». Chacun y était incité ainsi à un comportement plus efficace. Mais cette rationalité impliquait la réduction des agents sociaux à leur seule réalité instrumentale. Chacun certes y éprouvait des sentiments, le plus souvent la fatigue, l'ennui, rarement la satisfaction d'une promotion ou d'une tâche moins monotone. Parsons avait bien conscience de cette situation difficile pour l'individu. Il estimait pourtant que l'entreprise de production n'avait pas à prendre en charge ces états d'âme. La situation des ouvriers s'était, depuis le XIXe siècle, singulièrement améliorée. Des indigents demeuraient, mais ils étaient moins nombreux et mieux assistés. Pourtant le prix à payer pour la prospérité impliquait, dans le domaine de la production, une certaine agressivité à l'égard des concurrents et, pour les

28. Talcott Parsons, *Family, Socialization, and Interaction Process*, Glencoe, Free Press, 1955.

salariés, des contraintes parfois lourdes. L'univers économique était une jungle bureaucratique, contrôlée néanmoins par certaines normes. Celles-ci réglaient la coexistence des entreprises et entérinaient des rapports de force entre groupes d'acteurs. Les idées et les idéaux y étaient plutôt un habillage et le respect des grands et petits sentiments, une illusion.

Dans cette situation, la principale fonction de la famille était de constituer un espace où restaient possibles des relations personnelles, c'est-à-dire où le souci d'efficacité ne l'emportait pas sur le sentiment. Là chacun trouvait, quels que fussent sa conduite et son mérite, l'assurance d'une tendresse qui lui revenait de par sa seule position à l'intérieur de la famille, conjoint ou enfant. Dans une société où le progrès social exigeait la disparition des statuts, la famille, seule, offrait encore des relations statutaires, et donc inconditionnelles. Ainsi le bonheur de la famille était nécessaire au bon fonctionnement de la société.

Mais, dans l'esprit de Parsons, le danger dans la famille n'est pas l'insuffisance de gratifications affectives. C'est l'inverse qui menace : une fusion aliénante entre conjoints et surtout entre mère et enfants. Ici Parsons reprend l'analyse de Freud et conçoit le père comme celui qui s'oppose à une trop forte et exclusive solidarité entre la mère et son fils ou sa fille ; l'époux s'introduit entre eux comme un tiers, tandis que progressivement le couple doit pousser l'enfant vers son autonomie et le rendre capable d'assumer la loi de la société, celle d'une relation fondée sur le seul mérite, anonyme. Pas plus que dans les autres petits groupes, un des deux « leaders » ne peut faire alliance contre l'autre avec les membres de la famille : il s'agirait là, au moins au sens large, d'une forme d'inceste.

L'expressivité au sein de la famille ne vise donc pas à la fusion ; les statuts respectifs constituent des droits à l'affection mais aussi des distances. Distance entre les conjoints dont témoigne la différence des rôles ; distance entre parents et enfants qui s'accusera progressivement jusqu'à la pleine autonomie affective du jeune adulte.

Ainsi Parsons estime avoir décrit la forme idéale et ultime de famille, du moins celle qui correspond le mieux au développement de son pays. Elle répond en effet aux vœux de bonheur des individus. Au commencement du couple n'est pas l'institution, mais une forme d'interaction particulière, le sentiment amoureux entre un homme et une femme. Celui-ci s'inscrit dans une institution qui à la fois le contrôle et en fait une sorte de droit. Simultanément, ce type de solidarité permet à l'extérieur une rigoureuse insertion de l'individu dans la société : en effet, l'homme hors de sa famille devrait, idéalement, être pure instrumentalité. Le sentiment ne vient plus perturber des activités dont le bon fonctionnement suppose l'indifférence affective des agents. Bonheur de l'individu et efficacité sociale ne se trouvent-ils pas ainsi assurés ?

Pourtant Parsons reconnaît que le fonctionnement de ce système est délicat. Aussi compare-t-il souvent la famille à un hôpital. L'homme est malade de son exigeante et quotidienne instrumentalité anonyme dans le monde du travail. La fonction spécifique de la famille est de le guérir en le pourvoyant largement d'« expressivité ». Mais ce rôle lui-même est très difficile à assumer. Aussi cet hôpital est-il souvent incapable de guérir ses malades. Bien plus, les relations internes de la famille créent parfois de nouvelles et insupportables tensions. La solidarité du couple peut se distendre. L'enfant tenu trop longtemps ou trop étroitement captif peut en éprouver des troubles. Dans ce cas, des spécialistes doivent intervenir pour que la famille puisse retrouver sa fonction thérapeutique : les experts en relations humaines se trouvent ainsi légitimés.

Peut-être ce terme d'« hôpital » veut-il suggérer que la famille ne serait pas une fin en soi, qu'elle se justifierait seulement par sa fonction indispensable dans la bonne marche de la société globale. Telle n'est peut-être pas la pensée exacte de Parsons, mais, le lisant, il est difficile parfois de ne pas l'interpréter ainsi. C'est pourquoi la continuité qu'Ariès croit voir entre la famille intense fermée de la fin du XIXe siècle[29], et le modèle de Parsons paraît peu fondée. La famille close et intense n'accordait en effet guère de sens à la société. Ce dont rêve le sociologue américain, c'est d'une famille qui gratifie l'individu mais, en même temps, promeut la société ; une famille à la fois intense et ouverte ; et, entre les deux finalités, la seconde, à son sens, est peut-être plus déterminante que la première.

Le retard de Parsons

A peine était-elle formulée, que la théorie de Parsons se trouva spectaculairement démentie par les faits. Son modèle, présenté comme tout à fait ajusté à la mentalité et à l'organisation sociale des

---

29. Philippe Ariès, postface du livre de R. Sennet : *La famille contre la ville, op. cit.*

Américains, fut soudain, et d'abord sur les campus universitaires, violemment contesté. Il devint vite difficile, dans le brouhaha des contradicteurs, de soutenir la valeur d'une famille fonctionnelle et l'avenir de ce modèle. Très vite beaucoup de sociologues se rallièrent aux étudiants, et les thèses de Parsons, dans les exposés universitaires, servirent parfois de repoussoir. Et il est bien vrai que Parsons se référait à un modèle qui, au moment même où il le formulait, était en train de devenir minoritaire.

Sur quel point Parsons fut-il particulièrement attaqué ? Ce fut le plus souvent sur sa conception des rôles différents suivant le sexe. Il avait bien insisté sur l'égale dignité de ces rôles, mais les féministes ne virent là qu'une manière habile de justifier la prééminence effective de l'homme. Elles avaient bien compris que les champions de la société traditionnelle avaient perdu toute actualité et qu'il était devenu difficile de soutenir que l'homme était supérieur à la femme. L'adversaire véritable était, dès lors, celui-là qui refusait encore que l'homme et la femme fussent, à l'intérieur de la famille comme dans les rapports avec la société globale, naturellement identiques. Si la féminitude est le fait de la seule société, celui qui fonde l'équilibre de la famille sur la différence entre les sexes contribue à maintenir l'artificielle distinction qui légitimait la supériorité de l'homme.

D'autres raisons opposaient Parsons aux générations qui, vers 1960, étaient à l'université. La présentation optimiste d'une société au fonctionnement un peu trop huilé et le panégyrique de la compétition ne lui ralliaient guère de suffrages enthousiastes. La coupure entre le monde de la famille et celui de la société était ressentie comme une dissociation arbitraire. Beaucoup rêvaient alors d'une nouvelle solidarité, conviviale, dont les normes et les valeurs puissent régler aussi bien le fonctionnement de la famille que celui de la société. Parsons, en somme, était venu trop tard ; le système qu'il décrivait était sur le point de disparaître ou, du moins, de perdre son crédit parmi les jeunes générations. La lecture de son œuvre reste pourtant fort instructive. Elle exprime, et à sa manière résout, le problème qui fut constamment celui de l'ère de la « transition » : concilier la solidarité globale et le désir de l'individu, l'aspiration à un progrès collectif et la revendication d'un bonheur personnel. Parsons, finalement, ne s'est pas trompé. Mais il théorisa un modèle familial qui devait rapidement perdre sa réalité. C'est la modernité même qui se trouvait tout à coup bouleversée, tandis qu'il rédigeait ses derniers écrits.

Conclusion

Au-delà, en effet, des débats autour de la famille, et ils furent nombreux, un problème général avait été soulevé : celui du choix entre deux types de relations sociales, celles qui fondaient une solidarité communautaire, sentimentale, et celles qui établissaient une solidarité anonyme, raisonnable. On aura reconnu ici la distinction qu'établissait Tönnies à la fin du XIXe siècle entre *Gemeinschaft* et *Gesellschaft*[30]. D'autres auteurs, sous une forme parfois différente, reprirent à leur compte cette distinction et le difficile problème de leur articulation. Nisbet considère que cette question fut un des thèmes dominants de ce qui est pour lui l'âge d'or de la sociologie, la fin du XIXe siècle. Il estime que nous vivons encore, largement, sur cette problématique[31]. La « Gemeinschaft » doit-elle être reléguée à l'intérieur de la famille et doit-elle en exclure toute norme anonyme ? La « Gesellschaft » doit-elle être vidée de toute relation personnelle ? Comment concilier la recherche du bonheur individuel et le souci du bien public, tel demeure le problème central. Il se pose aujourd'hui, non pas seulement à la sociologie de la famille, mais à la sociologie tout court, et peut-être à toute pensée un peu consciente des contradictions où vit notre époque[32].

Quels que soient les écarts, et ils sont très importants, entre les réponses données à ces questions, il est un point sur lequel les « experts » comme l'« homme de la rue » se trouvent d'accord : entre la manière traditionnelle de vivre et celle du monde moderne, la différence tient dans une indéfinie inflation des attentes. Sans doute celle-ci est-elle le moteur du progrès économique. Peut-être est-elle aussi à l'origine des comportements familiaux dont les démographes ont été tout surpris, vers 1970, de voir inscrites sur leurs courbes les premières manifestations.

---

30. Ferdinand Tönnies, *Gemeinschaft und Gesellschaft*, 1887.
31. Robert A. Nisbet, *La tradition sociologique*, Paris, PUF, 1984, avant-propos et chapitre I.
32. Richard Sennett, *Les tyrannies de l'intimité*, trad., Paris, Seuil, 1974.

CHAPITRE III

Les surprises du démographe

Les statistiques démographiques nous éclairent sur la manière de vivre des hommes, la conception qu'ils ont d'eux-mêmes, de leur existence familière : leur attitude devant la vie.

Philippe Ariès.

La démographie occupe, parmi les sciences sociales, une place à part, et d'une certaine manière privilégiée. Elle s'intéresse à des données mesurables et dispose pour le faire d'une méthode mathématique. Elle fait donc un peu figure de « science exacte » puisqu'elle se fonde, non sur des principes généraux, mais sur une observation rigoureusement analysée. Elle perd un peu de sa belle assurance lorsqu'elle accepte de formuler des perspectives. Mais le risque d'erreur est-il vraiment important ? Tous ces calculs s'appliquent à des structures présentant une forte inertie, la pyramide des âges par exemple, et se fondent sur des tendances séculaires dont l'évolution est généralement lente et régulière. C'est que celles-ci concernent des attitudes fondamentales quant aux rapports entre hommes et femmes, à l'image de l'enfant, de la vie et de la mort, toutes représentations collectives qui relèvent de la longue durée. Ainsi, assuré par une double inertie, morphologique et culturelle, le démographe paraît bien armé pour proposer, avec une probabilité d'erreur assez faible, des perspectives à plus ou moins long terme.

Sans doute un événement, en général catastrophique, guerre ou récession économique grave, rompt parfois d'une manière imprévisible la régularité d'une courbe. La population va retarder, durant la crise, mariages et naissances. La paix ou la prospérité revenue, les couples se marieront ou auront les enfants un temps empêchés. Un phénomène de rattrapage se produit alors. Au bout du compte, la courbe sera rompue par une double rupture, un fossé et un clocher. Elle reprendra ensuite sa pente antérieure. Le démographe ici, comme tout un chacun, est pris de court par l'accident, mais la rupture tient à des changements externes et ne remet pas en cause sa compétence, puisque rapidement tout rentre dans l'ordre. Une fois passé le tumulte, les perspectives proposées ont toutes chances de ne pas trop s'écarter des chiffres escomptés. Ainsi le démographe paraît à l'abri de véritables surprises. Quand, durant plusieurs décennies, la fécondité n'a pas cessé de baisser, ni la divortialité d'augmenter, ni la nuptialité de rajeunir, ne peut-on raisonnablement estimer qu'à moyen terme ces tendances se maintiendront ? Or, en trente ans, entre 1945 et 1975, deux ruptures, sans cause extérieure manifeste, sont venues surprendre le démographe et démentir ses calculs.

I. Le premier retournement

Entre 1945 et 1950, l'immédiate après-guerre avait donc vu se produire les classiques « rattrapages » démographiques : poussée de la fécondité, hausse de la nuptialité, fréquence soudaine de la divortialité. Mais de tels effets de compensation, de par leur nature même, sont provisoires. « La prudence des démographes, écrit Philippe Ariès, a d'abord hésité à y reconnaître autre chose que la conséquence éphémère de la guerre[1]. » Les spécialistes s'attendaient donc à retrouver assez vite des indices correspondant aux tendances observées vers 1935. Or, il n'en fut rien. Ce qui avait d'abord été tenu pour réactions de court terme se prolongea, bien au-delà des délais prévus, et fit bientôt figure de tendance stabilisée.

Mais avant de le montrer dans le détail, il est indispensable de dire un mot des instruments de mesure qu'utilisent le plus couram-

1. Philippe Ariès, « Familles du demi-siècle », in : *Le renouveau des idées sur la famille*, Paris, PUF, Cahier de l'INED n° 18, 1954, p. 162.

ment les démographes. D'une part, ils calculent des indices conjoncturels destinés à l'estimation de l'intensité d'un phénomène, une année donnée. Ils additionneront, par exemple, pour 1988, les taux de fécondité des différentes générations de femmes : de celle de 15 ans à celle de 44 ans. La somme de ces taux indique ce que serait l'intensité du phénomène en cas de stabilisation de ces taux. Cet indice est presque partout utilisé pour la fécondité. Les démographes français procèdent de même pour mesurer la nuptialité du moment, la divortialité du moment, etc. Cet indice n'est pas parfait[2] ; il apparaissait pourtant comme le plus précis et comme celui qui permettait, d'une année à l'autre, la comparaison la plus sensible. Nous appellerons les mesures de ce type « indices du moment »[3]. D'autres analyses suivent dans le temps le comportement d'un groupe de personnes : une génération, c'est-à-dire un ensemble de personnes nées la même année, ou une cohorte, c'est-à-dire des personnes qui ont connu la même année un même événement, le mariage par exemple. Dans ce cas, la mesure est tout à fait satisfaisante. Elle n'est possible, hélas, qu'une fois terminée la période d'activité démographique de l'ensemble suivi : on ne mesurera précisément la descendance totale des femmes de la génération 1960 qu'au début du prochain millénaire. Les deux types d'analyse présentent donc à la fois des inconvénients et une complémentaire utilité.

Cela étant dit, considérons d'abord, dans le renversement des années cinquante, la fécondité. C'est dans ce domaine en effet que le changement par rapport à l'avant-guerre s'est manifesté le plus nettement. Le tableau n° 1 (p. 70) fournit des « indices du moment ».

D'une population à l'autre, pour une même date, ces taux diffèrent plus ou moins, mais le mouvement général est le même, baisse jusque vers 1940, reprise après la guerre et croissance continue jusqu'au milieu des années soixante. Ces trois pays ne sont pas exceptionnels. Belligérants ou non, vaincus ou vainqueurs, en Amérique du Nord comme en Europe, les populations des États industriels atteignent toutes durant une vingtaine d'années un niveau de fécondité bien supérieur à celui de la dernière décennie de l'avant-guerre. Les remontées ont été plus ou moins fortes, plus ou moins

---

2. En effet, en période de rajeunissement de la fécondité, il suggère une mesure excessive par rapport à ce que serait la valeur de l'indice dans un calendrier constant.

3. On l'appelle aussi parfois « indice synthétique » ou « somme des événements réduits ». Il semble que l'on s'oriente actuellement, pour la nuptialité, vers des indices qui rendraient mieux compte de la réalité du moment.

tardives[4], elles se sont partout produites, et partout assez nettement pour surprendre les spécialistes. Cette évolution dura assez longtemps pour que la descendance finale des générations 1920, et surtout 1930, se révèle finalement plus féconde que celles des générations du début du siècle. La figure 1 le montre clairement pour des pays comme la France ou les États-Unis, d'une façon beaucoup moins perceptible dans d'autres cas, la Finlande ou la Suisse.

Tableau 1. – Indices du moment de fécondité en France, en Angleterre et en Allemagne de 1921 à 1965

Années d'observation	FRANCE	ANGLETERRE	ALLEMAGNE (a)
1921-1925	2,42	2,39	2,62
1926-1930	2,30	2,01	2,10
1931-1935	2,16	1,79	1,84
1936-1940	2,07	1,79	2,24
1941-1945	2,11	1,98	1,90
1946-1950	2,98	2,39	2,07
1951-1955	2,72	2,19	2,10
1956-1960	2,70	2,51	2,33
1961-1965	2,84	2,83	2,50

(a) A partir de 1945, il s'agit de la République Fédérale d'Allemagne.

Source : Patrick Festy, *La fécondité des pays occidentaux de 1870 à 1970*, Paris, PUF, Cahier INED n° 85, 1979, pp. 97-98 et p. 152.

Si l'on a d'abord parlé de la fécondité, c'est que les contemporains furent surtout sensibles à ce changement. Mais cette évolution ne fut pas la seule ; on assista, entre autres, à un rajeunissement général de l'âge au mariage, dont le tableau 2 fournit trois exemples[5].

Tableau 2. – Pourcentage des femmes célibataires à différents âges (France, États-Unis, Suisse)

Age	FRANCE				ÉTATS-UNIS				SUISSE			
	1946	1954	1962	1968	1940	1950	1960	1970	1941	1950	1960	1970
20 ans	78	73	67	67	64	52	46	36	91	91	86	79
25 ans	34	26	27	22	30	17	13	14	58	49	37	29
30 ans	19	15	12	12	17	10	9	8	33	26	20	15

Sources : Recensements ou estimations par les organismes statistiques officiels.

4. Plus tardive dans les nations vaincues.
5. C'est délibérément que l'auteur ne reprend pas systématiquement les mêmes pays. Il veut ainsi rendre plus manifeste la généralité des mouvements alors observés.

Figure 1. – Descendance finale des générations 1900-1930 dans quelques pays.

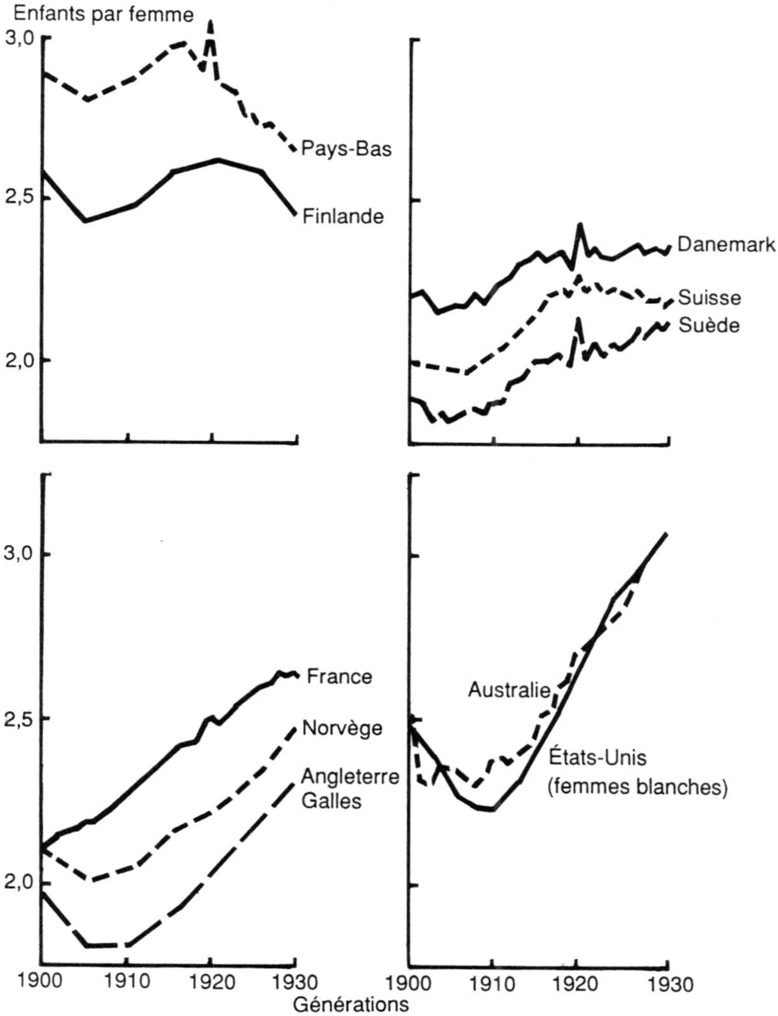

Sources : La fécondité des pays occidentaux de 1870 à 1970, Paris, PUF, INED, cahier n° 85, 1979, p. 123.

En trente ans, de 1940 à 1970, un peu partout, le pourcentage des femmes célibataires à un âge donné diminua considérablement. Ainsi, aux États-Unis, à la première date de référence, 64 % des femmes étaient encore célibataires à 20 ans ; au même âge, en 1970, elles n'étaient plus que 36 %. La baisse est d'ailleurs forte aux trois âges retenus, 20 ans, 25 ans, 30 ans. En outre les pourcentages à 30 ans montrent, surtout en France et aux États-Unis, que le taux de célibat définitif, celui observé à 50 ans, ne pourra être que très faible.

Il est difficile d'interpréter cette hausse de la nuptialité. Elle ne tient pas à un rapport de masculinité qui, aux âges du mariage, serait devenu plus favorable pour les femmes. Sont sans doute intervenus deux facteurs qui se sont combinés : d'une part, la facilité plus grande du mariage – l'amélioration du niveau de vie et le plein emploi rendaient économiquement possibles des unions précoces – ; d'autre part, l'attitude à l'égard du mariage se serait modifiée ; ce qui était plus aisé serait devenu aussi plus attrayant. Le calendrier ne cessa, pendant vingt ans, de rajeunir. Les conditions matérielles d'un mariage furent de plus en plus aisément remplies. Du désir de se marier tôt, on ne peut d'ailleurs dire d'une manière sûre s'il fut toujours vif mais contrarié ou si soudain il devint plus fort.

Ces mariages contractés de plus en plus jeune n'amenèrent pas une augmentation globale des indices de divortialité du moment, en dépit de la corrélation souvent observée entre précocité du mariage et fragilité de l'union. L'étonnement ici fut que, passée la période des contentieux d'après-guerre, la tendance resta au niveau de la fin de la décennie 1930. Jusqu'à cette date, la fréquence du divorce avait constamment augmenté et l'indice, vers 1935, était généralement de l'ordre de 10 pour 100 mariages. Or on retrouvait cet ordre de grandeur en 1965. Il semble, par ailleurs, que la proportion de remariages parmi les divorcés soit restée relativement stable, de l'ordre des deux tiers en France.

A rapprocher toutes ces données, on doit convenir qu'on assistait alors, sans que l'on fût en mesure de l'expliquer, à un changement général des tendances démographiques, celui-ci s'accompagnant d'un renouveau des idées sur la famille.

Le prix attaché à la vie de famille se mesure, par exemple, à la promptitude avec laquelle, en 1945 et 1946, les femmes, entrées massivement sur le marché du travail quelques années plus tôt, cédèrent leur emploi aux hommes démobilisés et redevinrent simples maîtresses de maison. Le cas des États-Unis ne fut pas exceptionnel : les femmes qui, un peu partout, avaient assumé durant des années la responsabilité de « chef de ménage », abdiquèrent, semble-t-il sans difficulté, leur régence et s'accommodèrent de leurs rôles de mères et d'épouses. Pour un temps court, on le verra, le féminisme d'avant-guerre parut une attitude désuète. Chacun s'efforçait de former ou de retrouver une famille.

Dans le même temps, la plupart des États industriels proclamaient l'attachement qu'ils portaient à la famille[6]. En 1948, la Déclaration universelle des droits de l'homme manifestait solennellement que cette institution constituait l'élément naturel et fondamental de la société (1er alinéa). En France, un Code de la famille avait été instauré dès 1939. Aussitôt après la guerre, un Ministère de la Population était créé. Le montant des allocations familiales avait été substantiellement augmenté. Une Union nationale des associations familiales regroupait l'ensemble des mouvements qui se proposaient de défendre les intérêts de la famille. Sans doute la France, dans ce domaine, était-elle en avance sur les autres pays européens ; mais sous une forme ou sous une autre, partout la famille était reconnue comme une instance nécessaire au développement de la société. L'Union Soviétique, pour qui la guerre avait été un désastre démographique, poursuivit et accentua la politique en faveur de la famille qu'elle avait pratiquée depuis 1936[7].

Aussi bien, tout converge pour faire de ces deux décennies une période de « renouveau ». Les indices démographiques manifestent une tendance vers une famille plus nombreuse, vers un mariage plus précoce, vers une stabilité maintenue. Les États se montrent pleins de sollicitude à l'égard des parents et des enfants. La littérature elle-même renonce à ses attaques classiques contre le mariage. Ce n'était pas le retour à la famille traditionnelle, puisque le sentiment amoureux demeurait le ciment de la solidarité conjugale. Mais il semble qu'alors un nouvel équilibre est trouvé entre l'institution et le désir de bonheur. La prospérité économique et la croissance assurée faciliteront ce concordat. C'est le moment où, aux États-Unis, T. Parsons fait la théorie de la famille moderne, d'une famille caractérisée préci-

---

6. Jean Daric, « Place de la famille dans les textes constitutionnels des États modernes », in : *Renouveau des idées sur la famille, op. cit.*, pp. 185-196.

7. Henri Chambre, « L'évolution de la législation familiale soviétique », in : *Renouveau des idées sur la famille, op. cit.*, pp. 206-227.

sément par sa chaleur interne et son adaptation à un monde économique en pleine expansion.

Tout ce consensus suggérait donc que ce modèle avait un bel avenir devant lui. Se fondant sur les tendances démographiques d'avant-guerre, on avait, vers 1940, attendu pour 1960 une Europe vide et vieillie. Ce fut au contraire une population jeune et nombreuse qui, à cette date, la peuplait. Une prospérité économique apparemment assurée de longs développements permettait d'y vivre dans une aisance de plus en plus grande à une population de plus en plus dense. Dans cette embellie démographique, les experts calculaient des perspectives de croissance très optimistes. Mais, cette fois encore, et brusquement, un nouveau retournement de situation devait s'inscrire en faux contre leurs perspectives.

II. Une nouvelle rupture : 1965

La fécondité

Le premier avertissement vint d'une baisse générale de la fécondité à partir de 1965. Elle laissa sceptiques beaucoup de démographes. La famille se portait bien. La nuptialité demeurait très forte : entre 1960 et 1970, le pourcentage des femmes célibataires à 25 ans est demeuré stable (États-Unis) ou a encore sensiblement diminué, comme le montre le tableau 3.

Tableau 3. – Pourcentage des femmes célibataires à différents âges (France, États-Unis, Suisse)

Age	FRANCE			ÉTATS-UNIS			SUISSE		
	1962	1975	1985	1960	1970	1984	1960	1970	1980
20 ans	69	67	85	46	57	74	86	79	90
25 ans	23	22	37	13	14	34	37	29	45
30 ans	14	12	20	9	8	18	20	15	19

Sources : Recensements ou estimations par les organismes statistiques officiels.

L'environnement économique continuait à être favorable. Le changement d'indice du moment n'était-il pas seulement un effet de calendrier ? Les jeunes générations retarderaient désormais leur fécondité, mais le nombre final d'enfants par femme demeurerait le même. Il suffirait d'attendre quelques années.

Mais les indices étaient têtus. La baisse se poursuivit. Bien vite elle s'accéléra. La figure 2 montre que ces taux du moment étaient, vers 1965, compris entre 3,2 et 2,5 enfants par femme ; en 1970, ils s'échelonnaient entre 2,5 et 2,0 ; en 1975, la grande majorité d'entre eux se situaient entre 2,0 et 1,5 : impossible dans ces conditions de maintenir l'hypothèse d'un simple effet de calendrier.

Figure 2. – Évolution de l'indice synthétique de fécondité depuis 1964 dans quelques pays d'Europe occidentale.

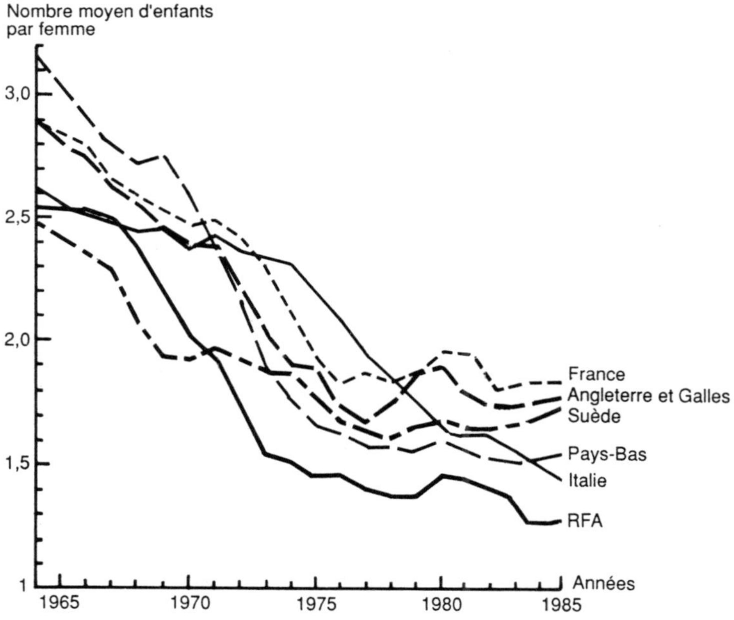

Source : Onzième rapport sur la situation démographie de la France. Pour les années 1981-1985, A. Monnier, « La conjoncture démogaphique », *Population,* n° 4-5, 1987.

Ajoutons que des baisses analogues s'observèrent aux États-Unis et au Canada[8]. Dans la grande majorité des pays industriels, dès 1975, la fécondité était descendue au-dessous du seuil de remplace-

8. Ce taux du moment *(Total Fertility Rate)*, entre 1965 et 1984, passa aux États-Unis de 2,91 à 1,82, et au Canada de 3,15 à 1,69. Source : A. Monnier, « La conjoncture démographique », *Population*, 1985, n° 4-5.

ment des générations (2,10 enfants par femme). Depuis lors, avec de très légères oscillations, elle est demeurée à ce niveau.

Nous pouvons aujourd'hui, avec le recul, mesurer la descendance finale des femmes pour les générations qui ont le plus participé à la baisse des années 1970. Nous comparerons donc la fécondité des femmes nées en 1955 à celle de la génération 1935, et à celle de la génération 1910.

Tableau 4. – Descendance finale des femmes des générations nées en 1910, en 1935 et en 1955 dans quelques pays européens

	1910	1935	1955
Allemagne (RFA)	2,0	2,2	1,5
Angleterre-Galles	1,8	2,4	2,0
Danemark	2,2	2,4	1,8
France	2,2	2,6	2,1
Norvège	2,1	2,5	2,0
Pays-Bas	2,9	2,5	1,8
Suède	1,9	2,2	1,9
Suisse	2,0	2,2	1,7

Source : Pour les générations 1910 et 1935 : P. Festy, *La fécondité des pays occidentaux de 1870 à 1970, op. cit.*
Pour la génération 1955, estimations INED. Suivant les pays, la génération de référence varie de 1952 à 1956.

La descendance de la génération 1935 est caractéristique de la fécondité des femmes qui ont eu la majorité de leurs enfants entre 1955 et 1965. Elle se situe, dans les pays présentés, d'ailleurs représentatifs de la très grande majorité des cas, entre 2,60 et 2,20 enfants. La génération 1955, dont on peut déjà estimer assez précisément la descendance finale, verra ses indices s'établir, suivant les pays, entre 2,1 et 1,5.

On peut approximativement résumer les changements survenus dans la fécondité entre 1960 et 1980 en disant que la taille la plus fréquente du nombre d'enfants par famille est passée de trois enfants à deux. Ce changement s'inscrit nettement sur les pyramides des âges des pays industriels ; leurs bases présentent désormais un rétrécissement qui, à terme, annonce une diminution nouvelle des naissances et un vieillissement de la population.

La nuptialité

Les démographes attachent une attention particulière à l'étude de la fécondité. Celle-ci en effet est considérée comme un bon baromètre de l'état de la population. Elle entre comme une variable essentielle dans le calcul des perspectives. Elle ne constitue pas pour autant une variable tout à fait indépendante. L'intensité de la nuptialité et, dans une certaine mesure, son calendrier, jouent un rôle dans la taille de la descendance finale. La période de haute fécondité avait correspondu à une forte et précoce nuptialité. La baisse de la fécondité s'accompagna d'une baisse des taux de nuptialité du moment.

Tableau 5. – Indice du moment de la nuptialité pour 1 000 célibataires sexe masculin

	1965	1970	1975	1980	1983	1985
Allemagne (RFA)	910	900	730	640	600	590
Angleterre-Galles	1 000	990	840	750	670	650
Danemark	1 020	780	620	490	500	540
France	1 010	920	820	740	610	530
Italie	1 000	1 020	940	760		
Pays-Bas	1 120	1 010	770	660		
Suède	980	600	570	500	470	490

Source : Alain Monnier, « La conjoncture démographique : L'Europe et les pays développés d'outre-mer », *Population*, 4-5, 1987. Les données ont été arrondies à la dizaine la plus proche.

On le voit, c'est à un véritable effondrement de la nuptialité que l'on assiste. On observe sans doute une certaine stabilisation des indices à partir de 1980, mais le palier atteint est alors très bas, généralement entre 500 et 600 mariages pour 1 000 personnes. Comme nous sommes dans une période où l'âge au mariage continue à vieillir, ces taux doivent être interprétés avec prudence : ils surestiment probablement assez largement ce que sera le taux de célibat définitif dans les générations masculines qui ont aujourd'hui 20 ans.

La baisse de l'âge moyen au premier mariage avait contribué à gonfler les taux de nuptialité du moment jusqu'à 1970. L'augmentation très rapide de cet âge moyen joue, à partir de cette date, en sens inverse. Jamais la nuptialité n'avait, en temps de paix, diminué avec une telle ampleur et une telle soudaineté.

Figure 3. – Age moyen au premier mariage (France).

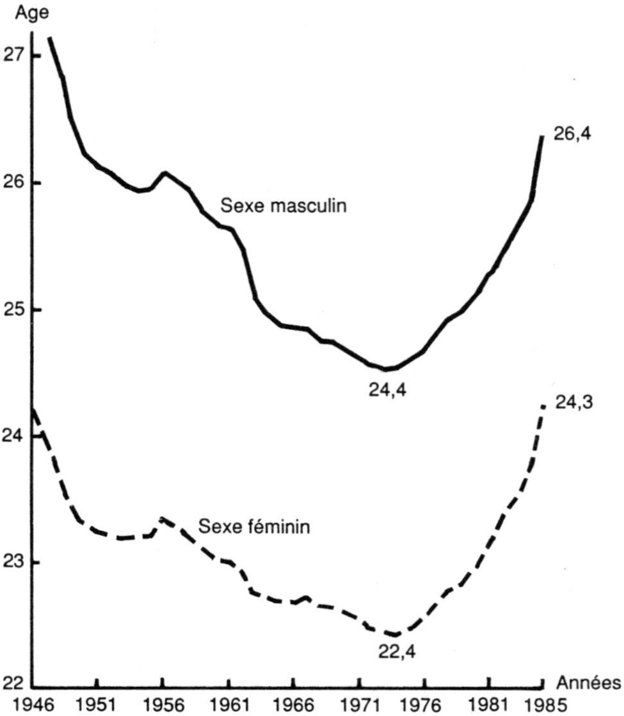

Source : Douzième rapport sur la situation démographique de la France, INED, 1983, p. 23, et, pour les années 1981-1985, B. Faur et Y. Court, *La situation démographique en 1985,* INSEE, 1987, p. 56.

Dans ces indices du moment, il n'est pas possible, on l'a dit, de faire la part précise des effets d'intensité et des effets de calendrier. Des estimations convergentes, à partir de méthodes différentes, considèrent pourtant comme vraisemblable pour la France l'hypothèse, dans la génération 1955, d'un taux de célibat définitif supérieur à 20 %, pour les hommes comme pour les femmes. Il dépasserait 30 % pour la Suède [9].

Mariages plus rares donc, mais aussi plus fragiles. D'une manière générale, les indices du moment de divortialité se situaient,

9. Hervé Le Bras et Louis Roussel, « Retard ou refus du mariage : l'évolution récente de la première nuptialité en France et sa prévision », *Population*, 1982, n° 6. Jean-Paul Sardon, « Évolution de la nuptialité et de la divortialité en Europe depuis la fin des années 1960 », *Population*, 1986, n° 3.

avant 1965, autour de 10 %. Le pourcentage moyen actuel s'élève à 30 %, et ce niveau est déjà largement dépassé dans un certain nombre de pays, comme le montre la figure 4. (p.80)

On notera d'abord le brusque redressement de toutes les courbes après la phase de stabilité qui dure jusqu'en 1965. L'année d'inflexion de la courbe, comme pour la fécondité, se situe au milieu de la décennie soixante. Les exemples ici présentés correspondent à une tendance dont l'extension géographique a été plus large. A cette même date, aux États-Unis comme en URSS, au Canada comme en Australie, le même phénomène se produit. Il est bien évident qu'ici aussi la réduction du changement à une simple évolution du calendrier (divorces plus précoces) a perdu toute vraisemblance. Ce facteur pourtant a contribué et continue encore dans certains pays à « gonfler » l'indice du moment [10]. De plus, le mouvement n'est pas toujours régulier, des pointes et des creux brisent le profil de la courbe. Ces accidents tiennent le plus souvent à l'effet, généralement très bref, d'une réforme de la législation du divorce dans le sens d'une plus grande facilité ou d'une moins longue durée de la procédure [11].

Assez curieusement, la soudaine augmentation de la divortialité ne fut pas toujours considérée comme un signe de rupture par rapport à la situation précédente. Il s'agissait là d'un ajustement mineur qui ne remettait pas vraiment en cause le fonctionnement de l'institution [12]. Il est bien vrai que dans un premier temps, jusque vers 1965 en France, la fréquence des remariages après divorce demeura élevée. Une corrélation semblait exister entre la fréquence du divorce parmi les mariés et celle du remariage parmi les divorcés. Le divorce suivi de remariage pouvait donc être interprété comme un régulateur, dont la fonction aurait été de maintenir dans l'institution ceux-là qu'une première union avait déçus. Mais la baisse de la fréquence des remariages, en dépit de l'intensité de la divortialité, devait rapidement invalider cette hypothèse.

Ici encore la France ne fait pas exception. Partout en Europe les taux de remariages, aussi bien masculins que féminins, ont très sen-

---

10. Patrick Festy, *Le divorce en Europe occidentale*, Paris, CIRD-CETEL-INED, 1983, p. 175. Au Canada, la valeur modale du taux de divortialité se situait après 13 ans dans les promotions de mariage 1950-1951 ; elle se place vers 7 ans pour les cohortes 1960-1961 : *La conjonction démographique, Rapport sur l'état de la population du Canada, 1983*, Ottawa. Statistique Canada, 1985.

11. Voir sur ce point : *Le divorce en Europe occidentale, op. cit.*, conclusion.

12. Peter Berger, in : *Affrontés à la modernité*, Paris, Centurion 1980, p. 43 (traduction).

Figure 4. – Indices du moment de la divortialité depuis 1950. L'incidence de la législation est étudiée chapitre IV.

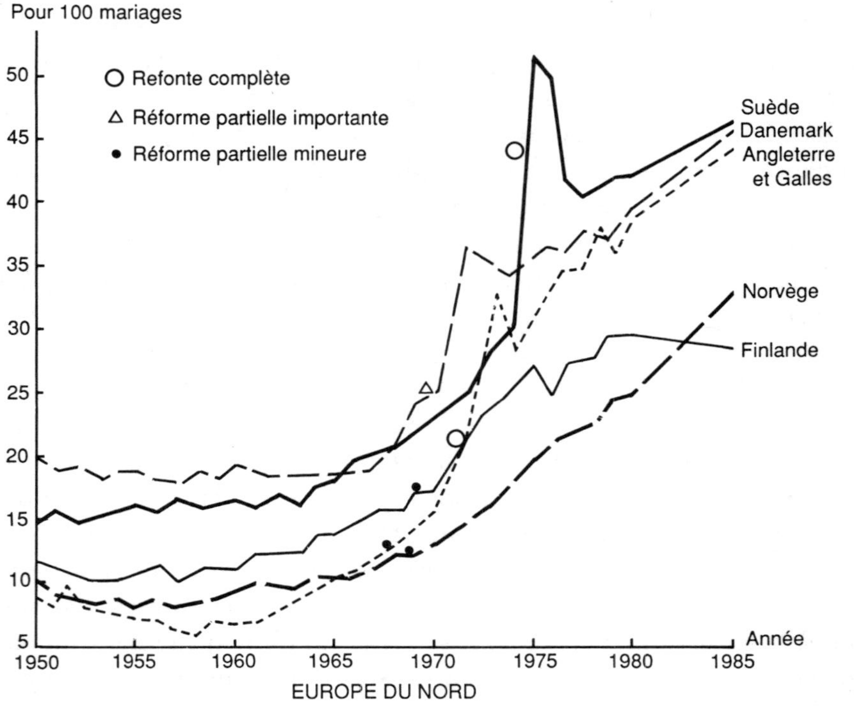

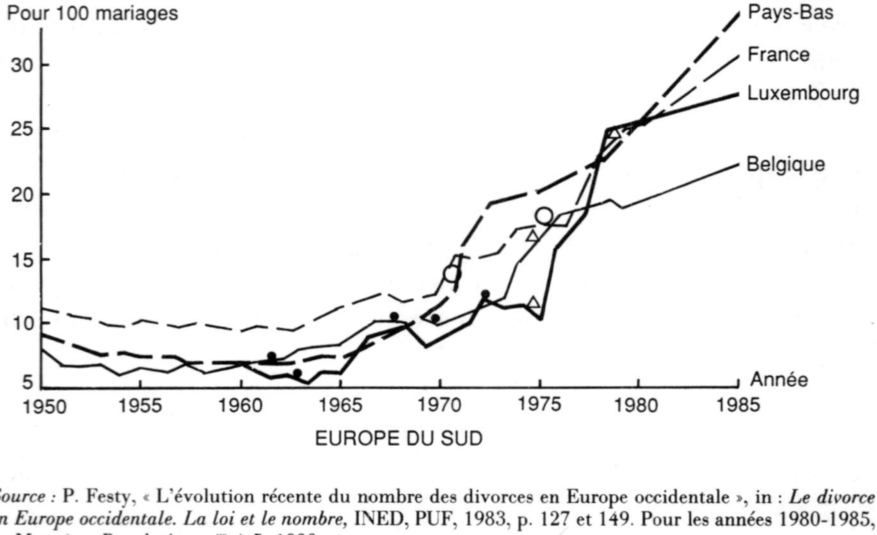

Source : P. Festy, « L'évolution récente du nombre des divorces en Europe occidentale », in : *Le divorce en Europe occidentale. La loi et le nombre,* INED, PUF, 1983, p. 127 et 149. Pour les années 1980-1985, A. Monnier, *Population*, n°s 4-5, 1988.

siblement baissé[13]. Dans certains pays, comme les États-Unis et le Canada, la baisse a, jusqu'à présent, été plus faible[13].

Tableau 6. – Fréquence du remariage des divorcés (en %) France

Année du remariage	Sexe masculin	Sexe féminin
1975	64,7	57,8
1976	61,9	56,3
1977	63,7	57,3
1978	59,9	54,0
1979	55,3	49,2
1980	52,2	47,6
1981	48,2	44,3
1982	46,4	42,1
1983	44,0	41,1
1984	41,1	38,3
1985	38,4	36,2

Les fréquences sont calculées comme rapport des remariages de divorcé(e)s d'une année au nombre moyen des divorces prononcés au cours des cinq années précédentes.

Source : Seizième rapport sur la situation démographique de la France, Paris, INED, 1987.

Ainsi donc, on se marie désormais moins et plus tard ; on divorce davantage et plus tôt, on a moins d'enfants et on les met au monde à un âge plus élevé, on se remarie moins souvent à la suite d'un divorce. Ces changements dans les comportements des individus et des couples retentissent nécessairement sur la structure des ménages. Rappelons que le ménage, ou groupe domestique, est l'unité élémentaire de solidarité quotidienne et que la co-résidence en est le critère. Il s'agit donc d'une réalité qui joue un rôle déterminant dans l'organisation du mode de vie. Les évolutions les plus marquantes concernent les ménages d'une personne, d'un couple avec au moins un enfant, d'un seul parent avec enfant (voir tableau 7, p. 82).

Dans les quatre exemples fournis, et leurs évolutions sont représentatives de celles de la plupart des pays industriels, la fréquence du type de ménage, longtemps dominant, deux parents avec au moins un enfant, diminue sensiblement tandis qu'augmente au contraire celle des ménages monoparentaux ou celle des ménages formés par une seule personne.

13. Louis Roussel, « Le remariage des divorcés », *Population*, 1980, n° 6.

Tableau 7. – Évolution de la répartition des ménages suivant leur structure

Pays	Dates de références	Couples avec enfants (a)		Personnes seules		Ménages monoparentaux		Autres		Total
		1re date	2e date	1re date	2e date	1re date	2e date	1re date	2e date	
Allemagne (RFA)	1972, 1981	36	30	26	31	3	4	35	35	100
États-Unis	1970, 1982	40	29	17	23	5	8	38	41	100
France	1968, 1983	43	38	20	23	4	5	33	34	100
Suède	1970, 1980	30	25	25	33	3	4	42	38	100

(a) Les enfants pris en compte ici sont ceux de moins de 16 ans.
Source : L. Roussel, « L'évolution récente de la structure des ménages dans quelques pays industriels », *Population,* 1986, 6, p. 933.

Pourtant, comparée aux bouleversements des comportements démographiques, l'évolution des structures de ménages semble avoir été bien modeste. Mais il ne faut pas s'y tromper : les statistiques des ménages concernent des « stocks » où pèsent encore lourdement les comportements antérieurs à 1965, tandis que les indices annuels de comportement se rapportent aux flux du moment. Ainsi la brusque augmentation des divorces entre 1965 et 1975 n'a affecté qu'assez légèrement le poids de l'ensemble des ménages des divorcés vivant seuls : la plupart d'entre eux avaient en effet rompu leur mariage avant 1965. Les mouvements sont donc ici plus lents. Il faut que les flux se succèdent longtemps dans le même sens pour que la structure du stock se déforme d'une manière sensible : elle gardera longtemps la configuration que des mouvements antérieurs lui avaient hier imposée. Cette histoire démographique des années récentes ne serait pas complète si l'on ne tentait pas, d'une manière cette fois plus *qualitative,* d'en résumer les traits généraux.

III. Un bilan provisoire

Des évolutions qui viennent d'être présentées, on peut en première approximation dire que, dans les pays industriels, elles furent simultanées, qu'elles prirent des formes très proches suivant les pays, qu'elles affectèrent tous les comportements, qu'elles furent soudaines et, apparemment au moins, sans raison. Il faut toutefois nuancer ces traits communs.

Sans doute peut-on parler de simultanéité, puisque le début de l'évolution se situe généralement entre 1965 et 1970. Pourtant, la diffusion s'est en réalité faite du Nord au Sud : les pays scandinaves étaient déjà en pleine transformation quand les populations méditerranéennes restaient proches des indices de 1965. C'est en effet avec un retard d'une dizaine d'années qu'elles ont à leur tour présenté des indices révélateurs de changements profonds.

Tableau 8. – Évolution de la fécondité et de la nuptialité en Espagne, en Grèce, en Italie, au Portugal, de 1960 à 1984 (indices du moment)

Année	Fécondité (pour 1 femme)				Nuptialité des célibataires (pour 1 000 femmes)			
	Espagne	Grèce	Italie	Portugal	Espagne	Grèce	Italie	Portugal
1960	2,81	2,22	2,37	3,01	999	985	973	909
1965	2,92	2,55	2,55	3,07	973	1 185	1 024	1 008
1970	2,85	2,40	2,38	2,62	999	1 057	1 007	1 102
1975	2,80	2,33	2,19	2,59	1 045	1 159	934	1 309
1980	2,18	2,21	1,63	2,22	772	872	778	878
1984	1,73	1,82	1,50	1,89	640	727	709	810

Source : Francisco Munoz Perez, « Le déclin de la fécondité dans le sud de l'Europe », *Population*, 1987, n° 6.

Ces données ne montrent pas seulement le « retard » de ces trois pays. Elles prouvent qu'ils ont compensé ce décalage temporel par la rapidité de leurs évolutions. Vers 1980, la fécondité était encore, en Espagne, en Grèce et au Portugal, au-dessus du niveau de renouvellement des générations, alors que la plupart des autres pays s'étaient, depuis 1975, établis nettement en dessous. En ce qui concerne la nuptialité, l'écart est encore plus manifeste. Quelle ne fut pas la surprise d'apprendre tout récemment que l'Italie a aujourd'hui, avec 1,25 enfant par femme, l'indice de fécondité le plus faible d'Europe, et sans doute du monde [14]. Mais où sont les taux d'antan ? De même se marie-t-on moins aujourd'hui en Espagne qu'en France.

Que l'évolution ait été partout semblable, qu'elle se soit produite dans le même sens, on en conviendra facilement. C'est un même mouvement qui a touché l'Europe occidentale et aussi l'Amérique du Nord et l'Australie. Il serait pourtant excessif d'affirmer que

14. Déclaration (à Vérone, le 12.2.1988) d'Antonio Golini, Directeur de l'Institut italien de recherche sur la population.

la vague a partout eu les mêmes effets. Les taux de fécondité sont très différents en France, où ils demeurent relativement proches du seuil de renouvellement des générations, et en Italie comme en Allemagne de l'Ouest, où ils en sont très éloignés. En revanche, la fréquence de la divortialité est restée faible en Italie, alors qu'elle est très élevée dans la plupart des autres pays industriels. La nuptialité suédoise est bien plus faible que celle de l'Allemagne ou de l'Angleterre. Partout les changements vont dans le même sens, mais partout aussi les spécificités culturelles, les mentalités particulières modulent, et parfois très sensiblement, l'importance des changements.

Le titre de ce chapitre veut souligner la véritable stupéfaction des démographes devant cette évolution. C'est que rien ne semblait annoncer ces vastes transformations. Aucun événement spectaculaire n'était survenu qui aurait pu rendre compte de cet ensemble de changements. Dira-t-on qu'il s'agissait plutôt de la soudaine émergence de tendances latentes ? Soit ; mais rien jusqu'alors n'annonçait, dans les comportements, l'importance de ces mouvement souterrains. Faut-il rétrospectivement tenir pour un avertissement la croissance, entre 1955 et 1965, de la fréquence des conceptions prénuptiales [15] ?

Tableau 9. – Évolution de la proportion de conceptions prénuptiales pour 100 mariages

Pays	Mariages célébrés			
	vers 1955	vers 1960	vers 1965	vers 1970
Allemagne (RFA)		29	28	28
Angleterre-Galles	13	16	20	18
Belgique	16	16	19	19
Danemark	31	33	34	21
Finlande	36	36	36	33
France	18	19	22	26
Pays-Bas	17	17	19	18
Suède	32	31	33	25
Suisse	24	26	29	25

Source : France Prioux-Marchal, *Population,* n° 1, 1974.

Incontestablement, dans les dernières années de la période de haute fécondité, le nombre des conceptions prénuptiales a augmenté.

15. On parle de « conception prénuptiale » lorsque le mariage a précédé la naissance de moins de huit mois.

Cela témoignait sans doute d'un certain relâchement des normes matrimoniales. Les mariages qui suivaient le plus souvent ces conceptions, qu'ils fussent ou non « forcés », indiquaient néanmoins que, pour l'essentiel, l'institution demeurait la règle. On pouvait certes prendre avec elle quelques libertés ; le mariage n'en restait pas moins la condition obligée de la vie commune et de la fécondité. Après tout, ces comportements avaient été, ici et là, largement admis autrefois dans certaines régions, dans d'autres contextes historiques il est vrai, sans que pour autant l'on ait crié au déclin de la famille. Si l'augmentation de ces conceptions prénuptiales était un avertissement, reconnaissons qu'il était bien discret.

Notons la désuétude dans laquelle est actuellement tombé l'intérêt pour cet indice, comme si ce qui était hier une anomalie avait désormais perdu toute signification. La fréquence de ce comportement a d'ailleurs très sensiblement baissé en raison de la pratique générale d'une contraception efficace parmi les couples non mariés qui ne désirent pas d'enfants.

Faut-il considérer comme un véritable signe prémonitoire négligé les cohabitations sans mariage qui se manifestaient déjà dans les pays scandinaves vers 1930, et plus généralement la tolérance plus grande qui y régnait à l'égard des relations sexuelles prénuptiales ? Ces « déviances » avaient, vues de France au moins, un parfum d'exotisme. On les attribuait à des mentalités anciennes, et l'idée d'une contagion possible avec le reste de l'Europe paraissait tout à fait hors de propos.

Sans doute, dans les premières années de la décennie soixante, aurait-il fallu remarquer plutôt les progrès du mouvement féministe. Il s'opposait vigoureusement à un système matrimonial qui distinguait et hiérarchisait les sexes ; il réclamait pour la femme la maîtrise de sa fécondité. Il remettait en cause radicalement les principes qui gouvernaient encore les relations entre les sexes. Mesuré au nombre de ses militantes, le succès du mouvement est demeuré limité. Mais son influence a très largement débordé le cadre des « partisanes » déclarées. En particulier chez les jeunes, ce qui d'abord était revendication prit assez vite figure de droit et d'évidence.

De toute manière, il est certain que les changements visibles des années soixante-dix ont été précédés de modifications latentes que la bonne santé apparente de la famille masquait. La soudaineté des changements statistiques est incontestable. La rupture brusque dans les mentalités est invraisemblable. Simplement, la dérive culturelle fut lente et souterraine. On tentera, plus loin, de montrer pourquoi, semble-t-il, l'année 1965 apparaît pourtant comme une sorte de seuil.

La simultanéité dans les différents pays, comme la soudaineté des changements, furent donc relatives. De même faut-il préciser le sens du mot « général » : tous les comportements démographiques furent bien affectés, mais il ne faudrait pas en conclure que ces changements se sont produits indépendamment les uns des autres. Ce n'est pas un effet du hasard que l'ensemble des taux ait bougé, même si l'on constate que ces évolutions présentent entre elles un certain décalage temporel. Ce sont en réalité les attitudes radicales à l'égard du couple et de la famille qui ont massivement bougé. Il s'agit d'un bouleversement global qu'il faudra plus loin tenter de définir. Constatons pour l'instant que le système tout entier a basculé et retenons l'hypothèse que les transformations sectorielles ont simplement répercuté un ébranlement central.

A considérer maintenant les évolutions observées dans la distribution des ménages, on pressent déjà que le mouvement général ne s'est pas réalisé au profit d'un nouveau système, mais plus probablement qu'il a favorisé plusieurs nouvelles manières de vivre en famille ou sans famille. On a constaté qu'il n'existe plus désormais un type de ménage dominant, mais diverses formes, dont certaines étaient jusqu'à une date récente encore marginales. Cette redistribution manifeste doit néanmoins être interprétée avec prudence. Le pourcentage des personnes vivant seules, à un moment donné, ne signifie pas que dans notre société une telle proportion de la population a choisi la solitude domestique comme mode de vie, mais seulement que telle conception générale du couple et de la famille conduit, *à un certain moment du cycle de vie*, à vivre seul. S'il y a pluralisme, c'est celui des histoires démographiques. Les données du moment ne sont jamais que le résultat instantané d'un enchevêtrement de types différents de biographies [16].

Dans la famille traditionnelle, la forte mortalité conduisait à des profils de vie et à des cycles familiaux différents suivant que le décès d'un conjoint venait ou non rompre prématurément la solidarité du couple. La régression de la mortalité, la concentration de son calen-

16. Louis Roussel, Données démographiques et structures familiales, *Année sociologique*, 1987, pp. 45 et sq.

drier aux âges avancés, devait progressivement réduire cette disparité. Dans les générations nées entre les deux guerres, 80 % des trajectoires biographiques étaient semblables : mariage, naissance des enfants, départ des enfants, veuvage.

A ce point de notre analyse, il est déjà clair que dans un nombre de plus en plus important de familles, le divorce introduit une différence importante entre les biographies. L'existence ou la non-existence d'un remariage distinguera à son tour, parmi les divorcés, des solidarités domestiques variées et des histoires dissemblables. La décision des individus produit donc désormais, et sans doute d'une manière plus accusée, ce qu'imposait hier le destin : des histoires de vie familiale diverses[17].

Conclusion

Ce constat ne signifie pas que le destin ne joue plus aucun rôle. Il est toujours présent : la mort prématurée, une longue infirmité ou un handicap permanent continuent à signifier aux hommes qu'ils ne peuvent encore s'assurer absolument contre le malheur. Mais ceux-là, et ils sont heureusement les plus nombreux, qui sont épargnés par ces coups du sort, créent la diversité des histoires par leurs choix successifs. Le démographe doit prendre acte de ce pluralisme délibéré.

Les analyses classiques d'ailleurs se révèlent aujourd'hui insuffisantes pour rendre compte aussi bien des changements récents que de la situation actuelle. Dans les vingt dernières années en effet s'est développé, dans les pays industriels, à côté des comportements encore régis par le Droit, un régime un peu souterrain, et en tout cas difficilement mesurable : une fraction de plus en plus large de la population y refuse, au moins pour un temps, le cadre de l'institution matrimoniale. Cette démographie « sauvage » n'est pas le fait d'une fraction marginale ou déviante de la population. Elle touche surtout, parmi les jeunes, des pourcentages non négligeables de la population. Ce sont ces comportements « hors la loi » qu'il faut maintenant considérer.

---

17. Louis Roussel, « Le nouveau pluralisme démographique », communication au Colloque démographique de Tokyo (novembre 1988).

CHAPITRE IV

La double désinstitutionnalisation

Là où la vie privée, intime, est en jeu, le vent dominant est au renoncement du droit.

Jean Carbonnier.

La description qui vient d'être faite de l'évolution récente des indices démographiques classiques ne donne qu'une image partielle des changements survenus au cours des vingt dernières années. Il faut la compléter en prenant en compte la diffusion de comportements qui se sont récemment multipliés en dehors de l'institution matrimoniale. Ces conduites, apparemment au moins, ne sont pas nouvelles, puisqu'il s'agit de concubinages et de naissances illégitimes. Pourtant, la rapidité avec laquelle, de statistiquement marginales, elles ont atteint une fréquence relativement élevée, comme la facilité avec laquelle elles semblent aujourd'hui admises par la majorité de la population, sont étonnantes. Ces constats amènent à se demander s'il s'agit bien de situations traditionnelles ou si, derrière une similitude morphologique, ne se dissimuleraient pas des attitudes originales à l'égard de l'institution matrimoniale.

Par ailleurs, le droit de la famille, qui n'avait longtemps subi que des révisions de détail, connut soudain, entre 1968 et 1975, dans la plupart des pays, des réformes profondes, qui, toutes, d'une manière ou d'une autre, accordaient plus de liberté aux acteurs en réduisant le champ de l'institution. On assiste en effet, au cours des vingt dernières années, à un double mouvement : d'une part une sorte d'hésitation des couples à entrer dans l'institution, et d'autre part un assouplissement de la loi qui, dans l'esprit des législateurs, devait atténuer cette réticence. Pour employer un mot barbare, mais clair, on assiste donc à une double désinstitutionnalisation, l'une dans les comportements, l'autre dans la législation elle-même.

I. Des comportements moins convenus

L'analyse ici n'est pas simple : elle exige de difficiles mesures statistiques ; elle appelle de délicates interprétations des résultats obtenus.

Quelques données disponibles

Un phénomène s'est massivement diffusé depuis vingt ans, la cohabitation sans mariage. La manière sans doute la plus simple d'en

Tableau 1. – Nombre de couples non mariés (en milliers) et proportion par rapport à l'ensemble des couples

Pays	Dates de références	Nombres et pourcentages		
		1re date	2e date	3e date
Allemagne (RFA)	1981		520 (7 %)	
États-Unis	1970, 1980, 1984	523 (1 %)	1 980 (4 %)	2 000 (4 %)
France	1975, 1982, 1985	446 (4 %)	809 (6 %)	1 000 (7 %)
Grande-Bretagne (15-49 ans)	1979		(3 %)	
Canada (Québec)	1981		121 (8 %)	
Suède	1975, 1980, 1985	228 (11 %)	300 (15 %)	380 (18 %)
Suisse	1980		58 (4 %)	

Sources : Les articles précités. Pour la France : P.A. Audirac, Le développement de l'union libre, *Premier résultats, INSEE,* n° 22, juillet 1984. Pour la Grande-Bretagne, A. Brown et K. Kiernay, Cohabitation in Great Britain : evidence from the General Household Survey, *Population Trends,* 25, Autumn 1981. Pour le Québec : L. Duchesne, *Les cohabitants non mariés au Québec,* Université de Montréal, novembre 1984. Pour la Suède, *Annuaire statistique 1987.* Pour la Suisse : O. Blanc, les ménages en Suisse, *Population,* 4-5, 1985.

estimer l'importance consiste à rapporter leur nombre à l'effectif total des couples, mariés ou non, mais cohabitant en permanence. Le tableau suivant montre que la croissance de ces unions consensuelles a été généralement très rapide, même si leur pourcentage final est resté relativement faible.

Que valent ces données ? Il est certain que la nature même de ces unions rend difficile une mesure exacte. Dans la plupart des pays, les pourcentages ici présentés sont sous-estimés. En France par exemple, une enquête récente de l'INED montre qu'il faut probablement les réévaluer de 30 %.

Les différences de fréquence d'un pays à l'autre sont considérables. Entre les 18 % de la Suède et les 4 % des États-Unis, l'écart traduit des attitudes très dissemblables à l'égard du phénomène. Ces chiffres sont toutefois trop globaux pour donner de l'évolution une idée précise. En examinant, par groupe d'âge quinquennal cette fois, les pourcentages d'unions consensuelles par rapport à l'ensemble des unions, on remarque que l'évolution récente est avant tout le fait des générations de moins de 30 ans (Tableau 2). De toute manière, il est manifeste que la fréquence du phénomène a, parmi ces jeunes, changé d'ordre de grandeur : on est passé de l'exceptionnel au vraisemblable.

On constate que, partout, les pourcentages les plus élevés de cohabitants non mariés se trouvent parmi les 20-24 ans. En Suède, et pour ce groupe d'âges, les personnes dans la situation de cohabitation sans mariage, hommes ou femmes, sont beaucoup plus nombreuses que celles qui sont mariées.

Ce tableau permet de répondre à une autre question : la croissance de la simple cohabitation a-t-elle été suffisante pour combler le déficit des mariages ? Autrement dit, les pourcentages totaux de personnes vivant en couple sont-ils aujourd'hui aussi élevés qu'hier ? En Suède, au Danemark et aux Pays-Bas, dans le groupe d'âge 20-24 ans au moins, il semble que ces pourcentages aient plutôt augmenté jusqu'en 1980. Pour les États-Unis, en revanche, la baisse est manifeste. La possibilité de cohabiter sans se marier n'a donc pas été partout l'occasion de vivre plus précocement en couples. Le recul du mariage s'est alors traduit par une forte augmentation du nombre des jeunes célibataires vivant seuls.

Là où l'on peut disposer des statistiques postérieures à 1980, on assiste le plus souvent, semble-t-il, parmi les 20-24 ans, à une sta-

Tableau 2. – Cohabitants mariés et cohabitants non mariés par sexe et suivant le groupe d'âge, dans cinq pays

		Hommes			Femmes		
DANEMARK		1967	1976	1980	1967	1976	1980
15-19 ans	Déjà mariés	–	–	–	6	4	2
	Cohabitants	–	–	–	–	3	1
20-24 ans	Déjà mariés	24	24	17	44	51	41
	Cohabitants	–	10	9	–	11	14
25-29 ans	Déjà mariés	72	69	60	87	82	75
	Cohabitants	–	7	12	–	5	9
FRANCE		1968	1975	1986	1968	1975	1986
15-19 ans	Déjà mariés	1	–	–	7	4	3
	Cohabitants	–	–	–	–	1	1
20-24 ans	Déjà mariés	29	26	17[a]	54	47	35[a]
	Cohabitants	–	2	13	–	3	19
25-29 ans	Déjà mariés	70	72	54	86	83	69
	Cohabitants	–	3	17	–	2	11
PAYS-BAS					1970	1975	1982
15-19 ans	Déjà mariés				5	4	3
	Cohabitants				–	1	2
20-24 ans	Déjà mariés				54	53	46
	Cohabitants				–	10	16
25-29 ans	Déjà mariés				86	86	79
	Cohabitants				–	–	10
SUÈDE		1960	1975	1985	1960	1975	1985
15-19 ans	Déjà mariés	–	–	–	3	1	–
	Cohabitants	–	1	1	–	8	5
20-24 ans	Déjà mariés	18	9	3	43	22	19
	Cohabitants	–	19	18	–	29	32
25-29 ans	Déjà mariés	59	44	20	79	58	34
	Cohabitants	–	21	31	–	17	31
ÉTATS-UNIS		1967	1976	1982	1967	1976	1983
15-19 ans	Déjà mariés	3	3	2	12	9	7
	Cohabitants	–	–	–	–	–	–
20-24 ans	Déjà mariés	46	38	28	67	57	44
	Cohabitants	–	2	3	–	2	3
25-29 ans	Déjà mariés	85	75	64	90	85	77
	Cohabitants	–	1	3	–	1	3

(a) 21-24 ans, et non 20-24.

Sources : Pour les « déjà mariés », on a retenu la somme des mariés, veufs et divorcés, présentée dans les annuaires statistiques nationaux. Pour les cohabitants, les sources sont les suivantes : Danemark : Statistiske Efterretninger, A 1977, 33 et A 1982, 30. France : H. Leridon et C. Villeneuve-Gokalp, Enquête sur les situations familiales, Paris, INED, 1988, p. 41. Pays-Bas : Maandstatistick van de Bevolking, Février 1984. Suède : 1975, Situation démographique française, 1983, 1985, Annuaire statistique (Suède) 1987. États-Unis : Marital Status and Living Arrangements, March 1976, March 1982.

gnation ou à une baisse de pourcentages sans que, pour autant, dans ce groupe d'âge, les taux de nuptialité aient remonté. La figure 1 traduit, pour la France, cette nouvelle tendance chez les hommes comme chez les femmes.

Figure 1. – Évolution (1968-1986) des proportions de femmes et d'hommes vivant en couples non mariés, suivant le groupe d'âge.

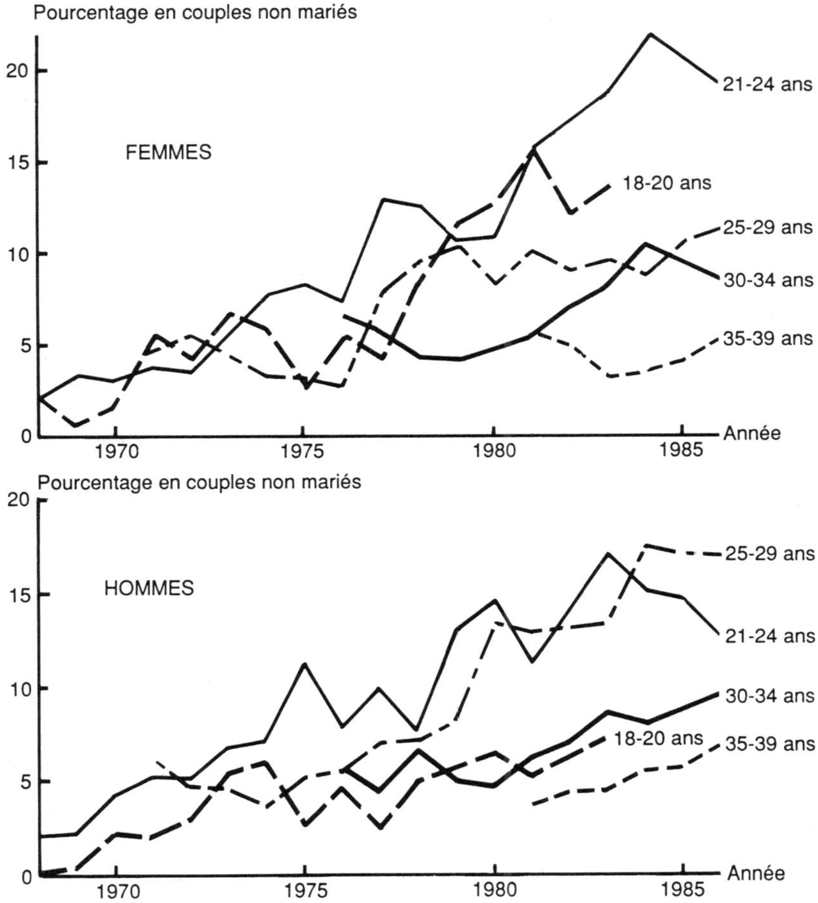

Source : H. Leridon et C. Villeneuve-Gokalp, *Enquête sur les situations familiales,* INED, 1988, p. 62. Le pourcentage est relatif à l'effectif total du groupe d'âge d'un sexe.

Comment interpréter ce changement ? Nous ne pouvons ici que formuler quelques hypothèses : on constate, face à l'aggravation du chômage, un départ plus tardif des jeunes hors de leur famille d'origine. Or la cohabitation avec les parents constitue encore un certain handicap pour la cohabitation avec un partenaire célibataire. Ce facteur économique joue sans doute un rôle déterminant. Cela signifie qu'aujourd'hui, une partie de ces cohabitations est sans doute remplacée par des modèles plus souples, des liaisons sans cohabitations, mais qui, elles aussi, se définissent comme des relations durables. C'est ce que semble suggérer l'enquête récente de l'INED : parmi les personnes ne résidant pas en couple, un peu moins du tiers ont déclaré qu'elles étaient engagées dans une relation amoureuse stable [1]. On peut d'ailleurs se demander si, en dehors de toute contrainte économique, une partie de ces jeunes adultes ne considère pas qu'une vie commune, même sans mariage, est pour eux un engagement prématuré. Ils auraient en somme, à propos cette fois de la cohabitation, la réaction que leurs aînés avaient, voici dix ans, à l'endroit du mariage.

Tableau 3. – Pourcentage de mariages précédés d'une cohabitation

Suède	1965 *48 %*	1975	1980 *92 %*	1985
France	1960-1969 *8 %*	1975-1979 *20 %*		1980-1985 *57 %*
Grande-Bretagne	1961-1965 *3 %*	1971-1973 *10 %*	1977-1979 *34 %*	

Sources : Suède : B. et J. Hoem, The swedish family, Stockholm Research Reports, in : *Demography*, n° 43, oct. 1987.
France : H. Leridon et C. Villeneuve-Gokalp, *op. cit.*, p. 52.
Grande-Bretagne : A. Brown and Kathleen Kiernam, Cohabitation in Great Britain, *Population Trends*, Autumn 1981.

Les chiffres jusqu'ici présentés recouvrent en fait des attitudes très différentes à l'égard du mariage : refus définitif, hésitation, ou simple report. Pour l'instant, ces cohabitations demeurent dans leur grande majorité des situations d'attente : elles sont généralement prénuptiales. La fréquence de ce type de cohabitation se mesure par le pourcentage, parmi les mariés d'une année, de ceux dont l'union légale a été précédée par une simple cohabitation.

Dans un certain nombre de cas, les pays scandinaves certes, mais aussi la France et peut-être la Grande-Bretagne, la cohabitation

1. Henri Leridon et Catherine Villeneuve-Gokalp, « Les nouveaux couples : nombre, caractéristiques et attitudes », *Population* 2, 1988, p. 331-374.

prénuptiale est devenue la norme et ceux-là sont désormais minoritaires qui, directement, commencent par le mariage leur vie commune. La cohabitation prénuptiale peut durer plusieurs années, deux en moyenne en France. Sa fréquence varie un peu partout en fonction du niveau des études : elle est d'autant plus élevée que les études ont été plus longues. L'intensité de la pratique religieuse a joué elle aussi un rôle important. Avant 1980, parmi les pratiquants réguliers, en France, 10 % seulement cohabitaient avant de se marier. Leur proportion atteindrait aujourd'hui 50 %[2]. Ce changement s'inscrit dans une évolution beaucoup plus large et, semble-t-il, commune à de nombreux pays industrialisés, particulièrement là où l'influence de l'attitude religieuse sur les comportements familiaux s'atténue rapidement[3]. Presque partout, ce qui était encore vers 1960 une situation fortement stigmatisée est devenu aujourd'hui comportement sinon majoritaire du moins largement admis. Dans tous les groupes sociaux, la cohabitation prénuptiale, en 1988, choque sans doute moins que la conception prénuptiale en 1960.

Mais toutes les cohabitations ne se terminent pas par un mariage. Certaines unions demeurent durablement « libres ». On ne peut évidemment pas, parmi les cohabitations observées à un moment donné, faire le partage entre celles qui se termineront par un mariage et celles qui demeureront une situation de fait. Il est possible pourtant d'observer comment ont évolué, trois ans après le début de la vie commune, certaines cohortes de cohabitants. L'étude, sur ce point, de Britter Hoem et Jan Hoem, pour la Suède, est exemplaire. Le tableau 4 (p.96) montre d'abord que dans les deux cohortes, les unions sans mariage préalable sont plus instables, du moins dans les premières années de vie commune, que celles qui ont été précédées d'un mariage. Mais surtout, il fait apparaître que, d'une cohorte à l'autre, les biographies des cohabitantes se sont profondément modifiées. Au bout de trois ans de vie commune, dans la cohorte la plus ancienne, 72 % des couples étaient mariés ; ils ne sont plus que 21 % dans la plus récente. Enfin, parmi ceux qui avaient entamé leur union par une simple cohabitation et qui, trois ans plus tard, étaient

2. Henri Leridon et Catherine Villeneuve-Gokalp, *op. cit.*, p. 53. A cette même page, les auteurs indiquent que, si parmi les mariages célébrés entre 1980 et 1985, 57 % avaient été, pour l'ensemble de la France, précédés d'une cohabitation, à Paris, le pourcentage était de 75 %.

3. Nicole Marcil-Gratton, *Catholique ou pas, le ferme propos de ne plus procréer*, Cahier du Département de démographie de l'Université de Montréal, n° 177, 1984.

demeurés dans le même statut, 9 % avaient alors des enfants dans la cohorte 1975, contre 21 % dans la cohorte 1977.

Tableau 4. – Situation des femmes suédoises trois ans après le début de leur première union (cohortes 1965 et 1977)

Année du début de la cohabitation	Toujours cohabitante		Mariée		Rupture de cette union	Total
	sans enfant	avec enfants	sans enfant	avec enfants		
1965 : – Union consensuelle	11	9	13	59	8	100
– Mariée	–	–	23	77	–	100
1977 : – Union consensuelle	32	21	8	13	26	100
– Mariée	–	–	33	67		100

Source : B. et J. Hoem, « The Swedish family », *op. cit.*, p. 9.

C'est qu'un changement d'attitude très précis s'est, dans l'intervalle, produit. Avec un certain décalage dans le temps, on trouverait dans les autres pays industriels la même transformation : de plus en plus souvent, délibérément, un couple non marié désire à la fois demeurer dans ce statut et avoir un enfant. Ce changement tout récent a été un peu partout observé. La brusque augmentation des naissances hors mariage exprime cette attitude nouvelle.

Tableau 5. – Pourcentage des naissances hors mariage dans un certain nombre de pays industriels (pour 100 naissances)

Pays	Années d'observation			
	1965	1975	1984	1985
Angleterre et Pays-de-Galles	7,7	9,1	17,3	
Danemark	9,5	21,7	40,6 (a)	
France	5,9	8,5	18,0	24,1 (1987)
Pays-Bas	1,8	2,1	7,7	
Suède	13,8	32,4	43,7	46,3
Suisse	3,9	3,7	5,5 (a)	6,0
Canada	6,7	10,1	15,5 (b)	
États-Unis	7,7	14,2	18,9 (c)	19,4

(a) 1983 ; (b) 1982 nés de femmes célibataires ; (c) 1981.
Sources : Annuaires démographiques.

On part, en 1965, d'une situation qui partout reste très proche des taux du début du siècle. Les naissances hors mariage constituaient alors des événements très rares, même en Suède. Dans la plupart des pays, l'évolution la plus forte se situe entre 1975 et 1985, mais le phénomène, dans les populations scandinaves, est plus précoce. Lorsque la fréquence, parmi l'*ensemble des naissances,* dépasse 40 %, cela signifie d'ailleurs que plus de 50 % des *premières naissances* interviennent avant le mariage. Les exemples de la Suisse et des Pays-Bas montrent que cette évolution n'a pas été générale et que l'extension des cohabitations prénuptiales et des unions libres n'a pas entraîné automatiquement une augmentation massive de la fréquence des naissances hors mariage.

Les données statistiques relatives aux situations de fait devraient permettre de distinguer plusieurs catégories morphologiquement différentes, aussi bien parmi les unions sans mariage que parmi les enfants nés hors mariage. Pour ce qui est des cohabitations, on retiendra les types suivants :

– Les « cohabitations juvéniles ». On désigne généralement par là des couples formés de célibataires sans enfant, dont l'homme a moins de 35 ans. Cette catégorie était, vers 1965, tout à fait minoritaire dans l'ensemble des cohabitations sans mariage ; elle en représente aujourd'hui, en France, plus du tiers. Dans la plupart des pays industrialisés, cette proportion est égale ou supérieure à celle de notre pays [4].

– Les couples de célibataires avec enfant (un peu plus de 10 %, en France, de l'ensemble des couples non mariés [5]).

– Enfin, les couples où un au moins des conjoints n'est pas célibataire. En France, plus de la moitié de ces ménages ont un enfant, né d'une union précédente ou du couple actuel.

Bien entendu, cette typologie est fondée sur une observation transversale. Les statistiques, on l'a dit, ne peuvent pas en effet distinguer, parmi ceux qui vivent ensemble au moment de l'observation, ceux pour qui cette situation est une étape vers une union légale et ceux qui s'installeront définitivement hors mariage.

Les deuxièmes unions par exemple sont, en France et dans d'autres pays européens, presque toujours précédés par une cohabitation plus ou moins longue, mais le nombre des unions libres stables,

4. Pierre Alain Audirac, « La cohabitation : un million de couples non mariés », *Économie et Statistique,* n° 185, février 1986. Pour l'auteur, il s'agit de cohabitations juvéniles dans 375 000 cas. Probablement est-ce cette catégorie d'unions sans mariage qui est la plus sous-estimée.

5. Henri Leridon et Catherine Villeneuve-Gokalp, *op. cit.,* p. 57.

après un premier mariage, est loin d'être négligeable, même s'il est difficilement estimable. Ici aussi, pour avoir une image fidèle de la réalité, c'est une typologie fondée sur des données longitudinales qui, seule, serait satisfaisante.

De même, le concept d'enfant né hors mariage est-il trop large. Dans un avenir prochain, la distinction s'imposera de plus en plus, ne serait-ce que pour des raisons de droit social, entre ceux qui vivent avec un seul parent et ceux qui résident avec leurs deux parents non mariés.

D'une manière générale, le domaine des situations de fait résistera toujours plus ou moins aux curiosités des statisticiens. Ainsi aujourd'hui, on sait que certains conjoints mariés se séparent sans sanctionner leur rupture par un divorce, du moins pendant de longues années. Cette situation se rencontre plus souvent dans les catégories sociales aisées, plus souvent aussi chez des conjoints qui ont dépassé 40 ans. Mais sur l'ampleur du phénomène nous ne possédons pas d'estimation sérieuse : le groupe des « mariés séparés » agrège en effet les personnes en instance de divorce et celles qui n'ont pas engagé cette procédure. La situation se complique encore pour ceux et celles qui, mariés et séparés, vivent avec un nouveau conjoint.

Au total, les changements démographiques, dans tous les domaines, ont été, depuis vingt ans, considérables, qu'il s'agisse de comportements classiques, fécondité et nuptialité, ou des formes nouvelles de couples et de familles. La figure 2 (p. 99) représente, pour la France, les plus significatifs de ces changements. En prenant pour référence (100) l'année 1950, on constate la grande stabilité des courbes jusqu'en 1965 et leur brusque inflexion par la suite. Avec des nuances, plus ou moins importantes, on retrouverait dans la plupart des pays industriels des profils analogues. La surprise des démographes est bien compréhensible (voir figure 2, p. 99).

L'interprétation des données

Les statistiques montrent donc qu'une évolution est intervenue, forte et soudaine : des comportements hier marginaux sont devenus fréquents, voire majoritaires. Mais ces changements sont-ils purement quantitatifs ? Une forte fréquence implique nécessairement une transformation qualitative, ne serait-ce que celle qui, d'une déviance stigmatisée, fait une conduite quasi normale.

Ces comportements d'union libre et de cohabitation prénuptiale étaient, voici un demi-siècle, plutôt rares ; on a vu pourtant, au chapitre précédent, que dans certaines populations (Paris, vers 1835), s'étaient déjà multipliées les unions libres. Par manque de recul his-

Figure 2. – Évolution de quelques indices pour une valeur 100 en 1965.

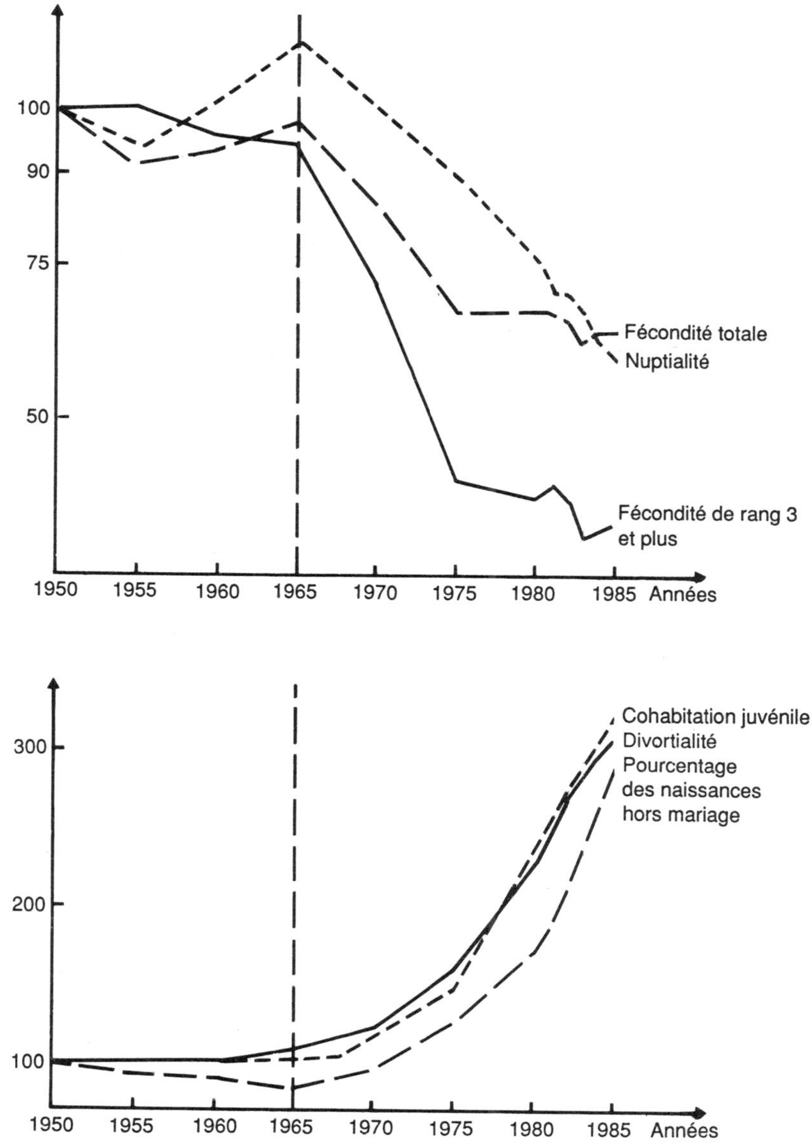

torique, et par goût de la nouveauté, ne nous imaginons-nous pas à tort que ce que nous observons aujourd'hui est sans précédent historique ? Ainsi n'utiliserions-nous l'expression de cohabitation, juvénile ou non, que pour éviter de reprendre l'appellation traditionnelle de concubinage. N'est-ce pas là un pauvre artifice pour masquer une continuité effective entre le passé et le présent, et, du même coup, éviter d'utiliser pour nos contemporains un mot à consonance péjorative ? En réalité nous aurions simplement affaire à la résurgence massive d'un mode de vie commune qui, à plusieurs reprises, a déjà été adopté par des fractions non négligeables de la population. Ne faut-il pas penser, comme le suggère Françoise Zonabend, « que ce que notre société pense être des innovations a déjà existé et que nous n'inventons rien »[6] ?

Ces cohabitations juvéniles répéteraient donc, surtout lorsqu'elles sont prénuptiales, des modèles traditionnels qui, en Europe, autorisaient autrefois entre jeunes gens et jeunes filles des relations quasi conjugales, comme le maraîchinage vendéen ou l'albergement dans les vallées alpines. Ne sont-ce pas là d'ailleurs des formes locales d'une tendance beaucoup plus générale sous l'Ancien Régime, celle de ne pas reconnaître, dans la pratique, une véritable discontinuité entre fiançailles et mariage ? En témoigne, en tout cas, en France, cette longue lutte du clergé contre une conception trop libérale de la période des fiançailles. N'a-t-il pas été nécessaire, dans certains diocèses au moins, pour clarifier la situation, d'enlever tout caractère religieux aux fiançailles ? Ne sommes-nous pas ici encore dupes d'une illusion : nous croyons innover alors que le manège tourne en rond ?

A cette question, la réponse, à notre sens, est résolument négative. En effet, toutes ces coutumes prénuptiales ne constituaient aucunement des refus de l'ordre social. Qui pratiquait le maraîchinage s'inscrivait dans une tradition contrôlée par la communauté. Il ne prétendait nullement remettre en cause le mariage, mais bien plutôt en adopter une stratégie acceptée par le groupe. Il ne revendiquait pas pour lui une sorte de souveraineté dans le domaine de la vie privée, mais il avait bien conscience de suivre ainsi la voie commune.

Certes, la cohabitation juvénile actuelle a perdu en dix ans le caractère de révolte contre l'ordre social qu'elle avait d'abord affiché.

---

6. Françoise Zonabend, « L'air du temps », *Dialogue*, 2e trimestre 1987.

Comment désormais crier à la déviance quand la moitié de la population suit ce modèle ? Il n'en demeure pas moins que les jeunes maintiennent leur refus de voir leur vie intime réglée par les prescriptions d'un code général, ce qui constitue une différence radicale avec nos maraîchineurs coutumiers.

Quant aux unions libres actuelles, rappellent-elles vraiment ce qui, au début de l'ère industrielle, résultait d'une anomie de misère ? Est-ce une excessive pauvreté, une insécurité évidente qui, autour de 1975, multiplia les unions de fait ? Comment expliquer alors que le modèle se soit le plus souvent diffusé parmi les fils et les filles de la classe aisée ou de la moyenne bourgeoisie ? Aujourd'hui, les couples, avec ou sans enfants, qui demeurent durablement non mariés n'obéissent pas aux contraintes de la pauvreté : ils refusent délibérément, pour un temps au moins, l'institution. Le projet est bien nouveau, à notre sens, de vouloir garder la maîtrise totale de sa vie privée ; et n'est-ce pas là le sens de ces cohabitations sans mariage ?

Le thème de la spécificité de la situation actuelle peut paraître relever d'une érudition plutôt vaine. En réalité, l'enjeu, théorique et pratique, est considérable. Théoriquement, la question se présente comme un cas particulier d'un problème beaucoup plus vaste : l'histoire, celle des mœurs comme celle des idées, est-elle un éternel retour à quelques rares positions, définitivement inventoriées, et entre lesquelles un mouvement cyclique reconduit, tour à tour, les acteurs sociaux[7] ? Permissivité et rigueur se succéderaient ainsi dans un retour monotone de modèles opposés. Ou bien faut-il penser que l'homme innove nécessairement, ne serait-ce que par l'expérience de ses échecs et l'intégration de son passé ? Est-il vraiment possible d'imaginer qu'un comportement, même morphologiquement semblable, garde, dans un contexte culturel tout différent, la même signification ? C'est le sens et non la morphologie qui fonde la spécificité. Les objections relatives à l'originalité des cohabitations actuelles sans mariage tiennent sans doute à une mise en cause très générale de la capacité de l'homme à innover plus qu'à une véritable analyse des comportements effectifs. Les différences observées avec le passé, comme la classe sociale de plus forte diffusion ou la revendication d'une vie privée « émancipée », plaident, elles, plutôt pour l'originalité que pour la pure et simple résurgence.

7. Mircea Éliade, *Le mythe de l'éternel retour,* Paris, Gallimard, 1969.

On voit aussi que cette interprétation entraîne des conséquences pratiques. Simple répétition du passé, une diffusion des unions libres aboutirait, dans ce cas comme dans les précédents, plus ou moins rapidement, à un mouvement de reflux. Il serait, dans ces conditions, bien inutile de vouloir changer les lois pour les adapter à un phénomène, qui, de lui-même, s'effacerait dans une ou deux décennies. Va-t-on sans cesse remanier le Code sous prétexte que son contenu, durant quelques années, se trouve en discordance avec le comportement effectif d'une fraction de la population ? Nous reviendrons plus loin sur le rapport entre la loi et les mœurs. Bornons-nous pour l'instant à constater que nos jeunes contemporains refusent de plus en plus d'être, en matière matrimoniale, « institués » et que c'est là, en dépit des apparences, une attitude nouvelle.

Mais de quel droit parler de nos « jeunes contemporains » comme s'ils constituaient un groupe unanimement favorable aux modèles nouveaux ? Comment soutenir qu'un changement de régime démographique est en cours, quand 80 % de la population, comme on l'a noté plus haut, continue à se marier et quand 75 % des naissances sont légitimes ? Les arguments statistiques du démographe ne se retournent-ils pas contre lui : impressionné par la brusque poussée des unions libres, il aurait naïvement oublié qu'elles restaient en réalité le fait d'une petite minorité ?

Il ne faut pas minimiser cette objection. Sans doute les statistiques sous-estiment-elles plus ou moins largement l'importance de ces comportements désinstitutionnalisés. Mais cette correction, si nécessaire soit-elle pour apprécier l'ampleur véritable du phénomène, n'enlève pas à l'objection sa force. C'est entendu, répondra-t-on en effet, les cohabitants non mariés sont un million trois cent mille, voire un million quatre cent mille, et non pas un million. Mais l'ordre de grandeur ne change pas : il reste bien quelque onze millions de couples qui sont, eux, mariés. Nous sommes loin d'une société où la majorité de la population aurait renoncé à l'institution. On ne saurait mieux dire, mais l'affaire n'est pas réglée pour autant. A ne prendre en compte que les moins de 30 ans, la répartition entre couples mariés et couples non mariés est toute différente : en France, 22 % des couples ne sont pas mariés dans cette tranche d'âge, et la proportion atteint 55 % en Suède.

Mais surtout, avant de se rendre à la thèse de la résurgence, il faut en effet se demander si les mariages actuels gardent le sens de ceux qui furent contractés il y a trente ans, et, en particulier, s'ils conservent pour les conjoints leur valeur d'institution. Le fait de se marier légalement n'est pas en effet univoque. Les conjoints peuvent bien, comme autrefois, penser que cet acte transforme à la fois leur solidarité véritable et leur statut social. Mais d'autres, tout en se mariant eux aussi, ne verront là qu'une formalité socialement utile. Dans une enquête qui date maintenant d'une dizaine d'années, on demandait « si le fait de se marier ajoutait quelque chose, pour les conjoints eux-mêmes, à leur union ». 80 % des personnes interrogées, et davantage encore à Paris, répondaient négativement[8]. Sous des formes différentes, la même question a, depuis lors, été reprise dans d'autres enquêtes d'opinion. Partout, à notre connaissance, le pourcentage de ceux qui estimaient que le mariage était une simple opportunité sociale dépassait 50 %. Cette proportion pouvait varier suivant la région, suivant le niveau de pratique religieuse des conjoints, leur dotation scolaire, le sens et l'intensité des pressions familiales qui s'exerçaient sur eux. Mais, dans la plupart des cas, l'utilité administrative de cette formalité semblait, seule, justifier, pour la grande majorité des personnes enquêtées, que l'on s'y prêtât.

Qui n'a entendu des jeunes, à la veille de se marier, protester que le fait de « passer devant Monsieur le Maire » n'ajouterait rien à leur union et qu'ils s'efforceraient de garder, en dépit de cet apparent conformisme, toute la spontanéité et la singularité de leur lien ? Sans doute y a-t-il parfois de la bravade dans ces discours et le désir de ne pas se démarquer trop des couples qui, eux, ne se soumettent pas au rite. Et la décision de se marier aurait finalement une grande importance pour ceux-là même qui lui dénient une véritable incidence sur leur solidarité. Pourtant, le refus de reconnaître la valeur intrinsèque d'une légalisation témoigne que, dans certains milieux, la norme est bien de ne se marier qu'en déclarant que l'on cède simplement à des contraintes sociales[9]. Si bien qu'en réalité, la différence existe sans doute moins entre ceux qui se marient et ceux qui ne le font pas qu'entre ceux qui attribuent une valeur intrinsèque au mariage et ceux qui la refusent. Ainsi tombe l'objection fondée sur le faible poids statistique de ceux qui refusent d'« instituer » leur relation. Du

---

8. Livre collectif, *Le divorce et les Français*, Tome I, Paris, PUF-INED, 1974, p. 21.

9. Louis Roussel et Odile Bourguignon, *Générations nouvelles et mariage traditionnel. Enquête auprès de jeunes de 18-30 ans*, Paris, PUF, 1979.

coup, perdrait également sa force l'argument de l'étrange ressemblance entre les comportements des couples « libres » et ceux des mariés. L'observation est exacte. Elle ne démontre pourtant pas que les premiers, dans leur conduite quotidienne, rallient le camp des couples légitimes, mais sans doute plutôt l'inverse : beaucoup de mariés, eux-mêmes, ont, en réalité, abandonné l'institution. La plupart des conjoints, parmi la jeune génération, refusent donc que leur vie privée, et d'abord leurs comportements démographiques, soient soumis à la loi et, plus généralement, au contrôle social.

Faut-il avancer un argument supplémentaire en faveur de cette indistinction fondamentale entre les mariés par opportunité et les non-mariés ? On le trouvera dans l'attitude générale très conciliante à l'égard de ceux qui, juridiquement, demeurent des déviants. Le temps n'est plus où il n'était pas de bon ton de recevoir chez soi un divorcé, a fortiori un couple de concubins. Qu'entend-on aujourd'hui à propos de ces situations ? « Je n'approuve pas, mais après tout chacun est libre. » « C'est leur affaire. » « Pourquoi pas ? » Admirable tolérance, peut-être. Mais aussi conviction largement répandue que la vie intime est le domaine réservé des conjoints et que, comme le charbonnier de La Fontaine, chacun y est « maître chez soi ». Plus probant encore que ces déclarations est sans doute le changement intervenu dans le vocabulaire : qui utilise désormais des termes comme fille-mère, bâtard, concubins [10] ? De même qu'en 1968 il était interdit d'interdire, il devient choquant de parler, dans le domaine de la famille au moins, d'illégitimité. De ce reflux de l'institutionnalité dans la vie privée, on trouve un écho dans l'évolution, au cours des vingt dernières années, de la législation matrimoniale.

II. Un droit matrimonial plus « flexible » [11]

L'État intervenait peu dans le fonctionnement de la famille traditionnelle. D'abord parce qu'il n'en avait guère les moyens ; mais aussi parce que ces intrusions n'étaient pas nécessaires, tant la pré-

10. On notera toutefois le choix délibéré de ce terme par Sabine Chalvon-Demersay pour le titre de son livre, *Concubin, Concubine*, Paris, Seuil, 1983.

11. Le terme « flexible » est emprunté au titre d'un ouvrage de Jean Carbonnier : *Flexible droit. Textes pour une sociologie du droit sans rigueur*, Paris, LGDJ, 1979.

gnance de l'institution, coutumière ou légale, suffisait en général à faire la « police » des familles.

Il en alla autrement au XIXe siècle. L'évolution sociale, dans la première moitié du XIXe siècle, avait créé, dans les grandes villes, de larges zones d'anomie matrimoniale. Il s'agissait pour l'État de les réduire. L'Administration se proposa alors de réinsérer dans le corps social une partie de cette population, les enfants surtout, en les soustrayant à l'autorité de parents jugés indignes. Plus généralement, l'État entendait contrôler tout comportement qui lui paraissait s'éloigner de la conception dominante de la famille. Ainsi, le divorce, rétabli en 1884, était du ressort exclusif du juge. C'est celui-ci qui acceptait ou refusait de le prononcer, lui qui en fixait les clauses, lui aussi qui désignait le coupable et l'innocent. D'une manière générale, l'État pratiquait plutôt, comme le fait remarquer Philippe Ariès, une politique de population qu'une politique familiale. Le développement de l'hygiène, les mesures de santé publique, la « protection de la mère et de l'enfant », l'obligation scolaire, autant de mesures qui exprimaient la volonté de prendre en charge la croissance de la population, sa santé et sa qualification. Dans les années 1870, nombreuses furent les personnalités qui insistèrent pour cette mise en place progressive d'un vaste dispositif de normalisation de la famille. Cette « police des familles » fut-elle aussi rigoureuse et générale que certains sont tentés de le penser ? Comme le note J. Commaille, M. Foucault lui-même se posait la question : il se demandait en effet pourquoi « nous disons avant tant de passions, ... contre notre passé le plus proche, contre notre présent et contre nous-mêmes, que nous sommes réprimés »[12].

En réalité, le contrôle, sous sa forme administrative, fut probablement limité aux classes jugées « dangereuses », dont l'importance statistique se réduisait progressivement. Cette relative discrétion du pouvoir s'expliquait à cette époque encore par le fait que la stigmatisation sociale demeurait dans l'immense majorité de la population un régulateur efficace : le Droit, intériorisé, gardait encore sa prégnance. L'utilité et la légitimité de l'institution matrimoniale demeuraient reconnues : la famille et ses normes continuaient à être perçues comme naturelles.

12. Jacques Commaille, « Ordre familial, ordre social, ordre légal », in : *Année sociologique,* 1987. La citation de M. Foucault est extraite de *La volonté de savoir, op. cit.* 1976, p. 16. L'expression « police des familles » reprend le titre de l'ouvrage de Jacques Donzelot, *op. cit.*.

Les renoncements du Droit

Au moment où le contrôle de l'État était le plus vigoureusement dénoncé, au moment aussi où la loi était de plus en plus souvent tournée ou ignorée, dans presque tous les pays de l'Europe occidentale, des législateurs entreprirent, par une série de réformes convergentes, de réduire, dans le domaine de la famille, la compétence du droit.

De ce reflux de l'institutionnalité matrimoniale, l'exemple le plus suggestif est sans doute la reconnaissance légale du divorce par consentement mutuel. Certes, c'est toujours le juge qui prononce celui-ci, mais il se contente, dans ce cas, d'enregistrer la décision des conjoints. Ceux-ci se trouvent-ils d'accord sur l'attribution des enfants, le partage des acquêts, le montant de la pension alimentaire, le juge ne peut guère qu'acquiescer [13]. Tout se passe d'ailleurs comme si le législateur souhaitait que cette procédure se réalise le plus souvent possible, de manière que l'intervention du juge se limite aux cas où les parties n'auraient pu trouver elles-mêmes un terrain d'entente.

Dans ce dernier cas, le juge garde-t-il le pouvoir de désigner et de sanctionner un coupable ? De moins en moins, car le critère ultime de ses décisions a changé. Il ne s'agit plus d'abord pour lui d'apprécier les torts passés, mais d'atténuer en aval les conséquences fâcheuses de la rupture, pour l'enfant certes [14], mais aussi pour les conjoints. La conformité à la loi a cessé d'être la seule référence ; s'y ajoute, et de manière parfois décisive, le souci de l'intérêt, à terme, de tous les protagonistes. On peut dire sans exagération que, de plus en plus, le droit trouve dans cette finalité le seul fondement incontesté de sa légitimité.

Autre renoncement, l'abrogation, ou la très forte atténuation des lois réglementant la maîtrise de la fécondité. C'est au couple désormais de régler, par la contraception, voire par l'avortement, le nombre et le calendrier des naissances. L'État, certes, garde un cer-

---

13. En cas de doute, il lui appartient pourtant de vérifier que l'accord est réel et n'a pas été extorqué à l'un des conjoints.

14. Irène Théry, *La référence à l'intérêt de l'enfant,* Thèse de Doctorat de 3e cycle, Paris, Université Paris-V, René-Descartes, 1983.

tain contrôle et maintient certaines conditions. Mais le principe est admis que la femme, en accord le plus souvent avec son conjoint, est ici souveraine, même si certaines formalités demeurent obligatoires.

Enfin, et d'une manière plus générale, les récentes réformes matrimoniales ont gommé la plupart des différences que consacrait la loi antérieure. Époux et épouses sont désormais égaux, ils partagent le pouvoir parental. Le caractère de légitime ou d'illégitime des enfants perd toute signification pratique. Quant aux conjoints, qu'ils soient mariés ou non, leurs droits sont, en fin de compte, peu différents. Cette disparition ou cette atténuation des différences statutaires ne constitue pas vraiment un changement d'institution, mais que cela paraisse néfaste ou bénéfique, elle aboutit à un certain effacement de l'institutionnalité dans le domaine matrimonial.

La loi et les mœurs

Tout se passe, à s'en tenir aux apparences, comme si, la loi, au sens traditionnel du mot, pour de mystérieuses raisons, s'était retirée du champ de l'intimité et de la famille. Comment s'étonner alors que les comportements, déliés d'interdits, aient, soudain, été bouleversés ? Ne faut-il pas, dans ces conditions, porter au compte des modifications législatives les changements démographiques des vingt dernières années ? La poussée des divorces serait une conséquence immédiate des réformes. La baisse de la fécondité résulterait directement de la libéralisation en matière de contraception et d'interruption de grossesse. Voilà qui a le mérite de la clarté. Voilà aussi qui suggère, à ceux qui considèrent ces changements comme néfastes, un remède efficace : l'abrogation des nouvelles lois.

Nul ne contestera, certes, que les lois sur la maîtrise de la fécondité ont permis d'empêcher la naissance d'un certain nombre d'enfants. On le mesurera plus précisément dans le chapitre sur l'enfant. Mais en mettant l'accent sur l'efficacité de la contraception, ne cherche-t-on pas à éviter une question fondamentale, celle de savoir pourquoi cette maîtrise est utilisée pour réduire à ce point la fécondité ? Pourquoi, dans les sociétés où les problèmes de subsistance sont presque éliminés, où règne une relative aisance, ce butoir sur une descendance finale de deux enfants ? Et qui pense vraiment aujourd'hui que l'abrogation des lois récentes suffirait à relever sensiblement le niveau de la fécondité ? On peut comprendre l'opposition, pour des raisons idéologiques, à la contraception et à l'avortement ; il est plus difficile de penser qu'il suffirait de les interdire pour retrouver la fécondité des années cinquante. Les désirs et les résistances ne plient pas aussi facilement devant la loi.

Faut-il donc considérer désormais les lois, au moins dans le domaine matrimonial, comme la simple expression de l'état des mœurs ? L'habillage juridique serait une illusion. L'institution ne prescrirait jamais que ce qui est statistiquement « normal ». L'ordre du droit serait en définitive illusoire. Cette conclusion, d'abord, semble confirmée par l'analyse des processus qui aboutissent à un changement législatif. Les hommes d'État, en France au moins, qui ont proposé et appuyé les réformes récentes, n'étaient pas des ennemis farouches de la famille, de la stabilité conjugale, et d'une fécondité généreuse. C'étaient plutôt des conservateurs, au sens large du terme. S'ils se sont finalement résolus à des réformes libérales, c'est que le statu quo leur paraissait la plus mauvaise solution, celle qui, finalement, comportait pour l'institution familiale les risques les plus élevés.

Un des motifs pour lesquels ces hommes consentirent à une réforme fut la conscience qu'ils avaient de l'ineffectivité des lois anciennes. L'avortement était pratiqué sans souci de sanctions estimées désormais archaïques. De plus en plus souvent, les juges, en matière de divorce, feignaient de croire aux artifices classiques qui dissimulaient bien mal le consentement mutuel des parties. Hommes de loi et justiciables admettaient la désuétude des codes. C'est tout le système matrimonial qui paraissait dérisoire et, à le maintenir tel quel, c'était de larges pans du Code civil qui risquaient d'être frappés d'ineffectivité. Il fallait bien tenter, dans un domaine aussi important, de rendre aux lois leur dignité. Sans doute était-ce aussi reconnaître qu'il n'est pas d'institutions véritables à partir du moment où celles-ci s'éloignent trop des pratiques communes et de l'opinion majoritaire. Les évidences, sur quoi se fondait il y a un siècle la pertinence de ces lois, étaient atteintes de ce « soupçon généralisé » qui marque notre époque. Pour reprendre une expression du doyen Jean Carbonnier, notre législation était, sur ce point aussi, devenue sceptique [15].

15. Jean Carbonnier, *op. cit.*, p. 17.

Deux attitudes symétriques s'opposent donc, sur les relations entre la loi et ce qu'on appelle, d'un terme commode, les mœurs : l'une qui explique le changement de la première par l'évolution des secondes ; l'autre qui soutient la relation inverse. Il n'y a guère de sens à dire que la vérité serait entre les deux. En réalité, lois et « mœurs » font système. La loi introduit bien dans la réalité sociale une transformation symbolique qui, à terme, n'est jamais sans retentissement sur les attitudes des citoyens. Mais une trop grande distance entre les comportements et l'institution qui est censée les régler, ébranle la loi et la réduit à une sorte de règlement irréaliste. La promulgation d'une disposition nouvelle accélère peut-être l'évolution de certains indices, mais elle n'eût pas été élaborée si, d'abord, les conduites ne s'étaient sensiblement modifiées. A la vérité, il n'est pas possible de désigner une raison qui aurait été le « primum movens » dans ces causalités évidemment réciproques[16].

On comprend mieux, dès lors, que le législateur, avant de promulguer une réforme, soit enclin à s'assurer d'abord de l'accueil qu'elle recevra probablement. Les enquêtes réalisées par l'INED, avant la réforme du divorce, ne constituaient nullement un test dont les résultats auraient été considérés comme décisifs, en faveur de la réforme ou contre elle. Elles visaient plutôt à mieux informer le législateur sur l'attitude des justiciables à l'égard de la vieille loi de 1884 et à pressentir leur éventuelle réaction à une réforme[17]. Elles se proposaient seulement de préciser les limites entre lesquelles la réforme ne risquait pas, d'emblée, d'être ineffective.

Plus généralement, au cours des quinze dernières années, dans la plupart des pays « développés », sur le divorce, mais aussi sur le fonctionnement de la famille, de nouvelles législations ont été élaborées, promulguées et mises en application. Peut-on déjà porter sur leurs effets un jugement objectif ? Il est sans doute trop tôt. Prenons, par exemple, le *Family Law Act,* adopté en 1975 en Australie. Cette réforme est généralement considérée comme l'une des expressions les plus poussées et les plus cohérentes de la tendance à laisser les

16. Louis Roussel et alii, *La loi et le nombre,* vue d'ensemble, p. 237 et suivantes. Jacques Commaille, *Ordre familial, ordre social, ordre légal, op. cit.*, p. 279 et suivantes.

17. Ces deux enquêtes d'opinion avaient été réalisées conjointement, entre 1971 et 1973, par le Service de la coordination de la recherche du ministère de la Justice, le Laboratoire de sociologie juridique et l'Institut national d'études démographiques. Les résultats furent publiés dans deux rapports : *Enquête d'opinion,* Paris, PUF, 1974, et *L'expérience des divorcés,* Paris, PUF, 1975.

conjoints décider, dans l'égalité, de leur vie conjugale et éventuellement de la rupture de leur union. Qu'une opposition se soit manifestée contre un tel projet et qu'elle se soit prolongée après la promulgation de cette loi, rien d'étonnant à cela. Il est plus significatif qu'un professeur australien, Stéphanie Charlesworth, montre que la nouvelle législation « n'a pas réussi à satisfaire les aspirations de ses auteurs, mais (...) a de plus contribué à provoquer une crise au sein même du droit »[18]. Il a fallu très vite, en effet, devant le mécontentement de certains justiciables, prendre des mesures pour protéger les juges des tribunaux de la famille. Un attentat devait tuer, en 1980, l'épouse de l'un d'entre eux. Un nombre important de décisions de ces tribunaux n'ont été ni acceptées ni exécutées. Dans certains cas, les conflits entre ex-conjoints se trouvaient exacerbés et prolongés par la nouvelle procédure. Ces échecs, semble-t-il, doivent être mis sur le compte de l'absence de formalisme juridique, c'est-à-dire de solutions juridiques irrécusables et irréversibles. L'introduction du critère « intérêt des justiciables » ruinerait la force du droit, chacun pouvant estimer désormais que le juge n'a pas exactement mesuré les conséquences de sa décision et a mal apprécié les conditions d'un retour à une vie normale. Stéphanie Charlesworth est, dans sa conclusion, pessimiste : elle estime que le droit et les institutions qui prennent en compte l'intérêt à terme des ex-conjoints « ne peuvent plus longtemps vivre sous le même toit ». Il lui semble clair néanmoins que « personne ne souhaite en revenir à l'ancien système du divorce-sanction »[19]. Force est de reconnaître qu'il y a quelque naïveté à imaginer que l'amenuisement de l'institution aboutit spontanément à la disparition, dans le divorce comme dans la vie conjugale, de tous les problèmes. Ajoutons qu'en 1983, la moitié des articles de la loi de 1975 ont été amendés. L'exemple australien est suggestif parce que la réforme avait, dans ce pays, été particulièrement systématique. Mais les questions finalement posées sont théoriques : elles ne tiennent pas à la difficulté des pratiques, mais à la compatibilité des principes. Pour cette raison, elles se posent en des termes analogues dans l'ensemble des pays industriels.

---

18. Stéphanie Charlesworth, « Vers un grand " divorce " : y a-t-il rupture inéluctable dans les relations entre Tribunaux de la Famille et normes légales ? », *Annales de Vaucresson* n° 27, 1987, n° 2, p. 46.

19. *Ibidem*, p. 45.

Conclusion

Le chapitre précédent avait présenté les principaux changements, observés entre 1965 et 1985, dans les indices classiques démographiques. L'on avait alors noté que cette évolution traduisait une accentuation du pluralisme des conduites ou, plus précisément, des modèles d'histoires familiales et de biographies conjugales. Hier nettement dominante, la séquence « mariage, fécondité, départ des enfants, veuvage » était désormais concurrencée par d'autres profils où le divorce constituait le principal facteur de diversification.

Le présent chapitre a montré d'autres mutations qui ont encore accentué le pluralisme des modèles de biographies socialement admis. Désormais, il est loisible de mener, en dehors de l'institution matrimoniale, durablement ou provisoirement, une vie commune, délibérément féconde ou stérile. Les types d'histoire démographique s'en trouvent multipliés. On peut reprendre ici la phrase de Ph. Ariès en remplaçant le mot « civilisation » par le terme « sous-population ». « Chaque sous-population a sa forme démographique, comme elle a sa manière d'être, de vivre et de mourir[20]. » Ce pluralisme amène à considérer désormais les indices démographiques nationaux comme des moyennes pondérées des indices de plusieurs sous-populations aux comportements contrastés.

Cette situation nouvelle n'est devenue possible que par l'affaiblissement de l'institutionnalité qui assurait auparavant, à l'intérieur d'une société, le caractère sinon exclusif, du moins nettement dominant d'un « régime » démographique. Ce serait néanmoins interpréter d'une manière caricaturale la réalité que d'imaginer une évacuation totale de l'institution. Les mouvements observés depuis vingt ans marquent un changement important ; ils n'ont pourtant épuisé ni l'inertie du passé, ni surtout la complicité que trouve, dans une part de nous-mêmes, tout ce qui semble garantir sécurité et durée. Les générations contemporaines répugnent bien aux contraintes de la loi, mais elles gardent, plus ou moins consciente,

20. Philippe Ariès, *Histoire des populations françaises, op. cit.*, p. 16.

la nostalgie d'un mode de vie où les désirs étaient balisés par une loi. Et ceci, bien que le régulateur institutionnel ait désormais cédé la première place, dans la formation du couple au moins, à ce qui, jusqu'alors, en avait été, plus ou moins efficacement, tenu à l'écart, le sentiment amoureux.

CHAPITRE V

Du sentiment amoureux

Les exigences de cette redoutable entreprise qu'est l'amour... ne sont pas à la mesure de cette vie et nous ne sommes pas de taille à y répondre dès nos premiers pas. Mais si, à force de constance, nous acceptons de subir l'amour comme un dur apprentissage, au lieu de nous perdre aux jeux... qui permettent aux hommes de se dérober à la gravité de l'existence – alors peut-être un insensible progrès... pourra venir à ceux qui nous suivront, et longtemps encore après nous. Et ce serait beaucoup.

Rainer Maria Rilke.

L'institution ne réglait pas seulement le fonctionnement de la famille : elle présidait à la formation de celle-ci. C'est elle qui donnait au mariage le sens d'une alliance entre deux lignages ; elle qui déterminait qui *pouvait* épouser qui, ou même parfois qui *devait*, préférentiellement, épouser qui ; elle qui confiait aux parents le soin du bon choix d'un conjoint pour leurs enfants ; elle enfin qui définissait les critères de ce choix, à savoir les conditions les plus favorables au maintien ou à l'accroissement du patrimoine et, ce faisant, à la survie de la lignée. C'étaient donc des raisons, ou si l'on veut des calculs, qui réglaient les alliances et, du même coup, l'arrangement des mariages. En témoignent les proverbes traditionnels pleins de menaces pour les couples dont le mariage serait fondé sur l'inclination ou la passion.

Qui consentirait aujourd'hui à laisser aux parents le choix de son futur époux ou de sa future épouse ? Qui accepterait de dire que son mariage est une bonne affaire ? Pourquoi refuser aujourd'hui ce qui hier était tout « naturel », à savoir que l'on recherchait avant tout une fructueuse alliance ?

Tous les calculs, en matière de choix du conjoint, sont désormais honteux. Seul est avouable le sentiment amoureux : « Je l'ai épousé parce que je l'aimais. » L'ampleur des changements est telle que l'on obtiendrait en somme une bonne image du mariage contemporain en le considérant comme le négatif du mariage traditionnel.

Singulier revirement : ce qui, dans la société traditionnelle, était considéré comme incompatible, en principe au moins, avec le mariage, en devient l'indispensable fondement. Le sentiment existait certes autrefois chez certains, avant ou après le mariage. Il ne pouvait pourtant pas, dans la vie familiale, occuper une place qui l'aurait mis en concurrence avec les exigences des solidarités plus larges qu'imposait l'institution. Après avoir été confiné hors le mariage, le sentiment amoureux devient, pour la majorité de la population, la condition même de l'entrée en mariage. Le choix du conjoint n'est plus stratégie délibérée d'ajustements patrimoniaux, mais désir réciproque d'union. Ainsi la violence n'est-elle plus évitée par l'interdit ou la prescription, mais en raison d'un sentiment à la fois intense et exclusif : la compétition cède cette fois devant la particularité du désir.

Si importante que soit aujourd'hui l'affectivité dans la formation du couple, on pourrait penser qu'il n'est pas indispensable de s'attarder à sa description. Voilà en effet une situation que la quasi-totalité des hommes et des femmes traverse, et souvent plusieurs fois dans leur vie. Tant de poètes l'ont chantée, tant de psychologues ou de sociologues ont travaillé sur ce thème. Et pourtant, aussi bien chez les spécialistes que parmi ceux, innombrables, qui ont connu cet état, les opinions divergent. Ce qui a souvent provoqué les choix les plus graves d'une vie demeure mystérieux à celui-là même qui s'est décidé sur l'évidence de ce critère. Comment, dès lors, pour qui s'intéresse au mariage, ne pas traiter sommairement de ce qui en est désormais le préalable obligé ?

Précisons bien qu'il ne s'agit pas ici de l'amour, du moins au début de ce chapitre. Cette notion est très complexe et, pour certains, d'une portée métaphysique[1]. Parlons plutôt d'« amour naissant », comme le fait Francesco Alberoni[2], et contentons-nous, puisqu'il y a

1. Emmanuel Lévinas, *Le temps et l'autre,* Paris, PUF, 1979.
2. Francesco Alberoni, *Le choc amoureux,* Paris, Ramsay, 1980.

un certain consensus sur ce point, de décrire les bouleversements éprouvés par ceux-là qui sont « tombés » amoureux.

I. Le vécu amoureux

On reconnaît d'abord que l'on est amoureux à la capacité qu'un autre acquiert de vous émouvoir au sens fort du terme, de remuer chez vous le monde plus ou moins stabilisé des habitudes, des opinions, des sentiments, des comportements. Voici soudain que deux êtres se trouvent dotés du redoutable pouvoir réciproque de dispenser à l'autre, par un mot, ou un geste, une joie vive ou une irrépressible angoisse. Voici que les deux amoureux se trouvent établis dans une situation d'extrême dépendance affective l'un vis-à-vis de l'autre. Tout se passe comme si chacun rejoignait dans l'autre une part de soi-même, comme si deux êtres incomplets soudain fusionnaient et trouvaient ainsi leur plénitude [3].

Alors, leur relation les installe dans un monde nouveau, où, en dépit de leurs expériences amoureuses passées, tout ce qu'ils avaient éprouvé jusqu'alors n'aurait été que faux-semblant. Après une période plus ou moins longue d'approches mesurées, de cour plus ou moins pressante, d'appréhension et d'espoir, voici que l'aveu réciproque les fait entrer dans cet univers nouveau ; tout alors paraît possible et d'avance promis. Les relations entre les deux amoureux ne sont plus réglées, comme dans l'existence ordinaire, par les habitudes, les calculs, la gratitude, l'estime, bref par des sentiments raisonnables, au sens fort de l'adjectif. Voici que chacun pense connaître l'autre, par empathie et comme de l'intérieur. Voici qu'avec cet autre, un regard est plus décisif qu'un long dialogue. En même temps, l'être aimé apparaît d'une richesse inépuisable : il est l'inconnu, l'inattendu, celui dont le partenaire ne pourra saisir, même avec le temps, la totalité. Voici que pour un être au monde, celui qui est aimé est devenu singulier et irréductible.

3. Georg Simmel, in : *The sociology of Georg Simmel*, trad. et édit. Kurt H. Wolff, New York. The Free Press of Glencoe, 1964, IVe partie : « Que ce soit dans le mariage ou dans l'amour libre, on est fort tenté de se laisser complètement absorber par l'autre, de perdre toute réserve, tant spirituelle que physique. Pourtant dans la plupart des cas, cet abandon menace probablement sérieusement l'avenir de la relation » (p. 328).

A quoi tient cette soudaine transformation ? C'est que tout se passe comme si chacun trouvait enfin sa propre identité dans le temps même où il découvre celle de l'autre. « J'étais, pense l'amoureux, un petit employé ; j'avais mes habitudes, mes qualités et mes défauts. J'étais ordinaire. Et voici que quelqu'un m'affirme que je suis unique, merveilleux ; voici que moi-même je ne puis m'empêcher de lui faire de semblables aveux. J'étais estimé peut-être, j'avais des amis, mes parents trouvaient plaisir à me voir. Mais soudain, un autre être me dit que je suis pour lui toute sa raison de vivre. Voici que je suis enfin pour lui, non pas seulement agréable, mais nécessaire. » Comment n'y aurait-il pas rupture entre ces deux « régimes » de relations ? En ce sens, par cette relation unique, les amoureux sont bien « seuls au monde ».

Ce sentiment de re-naissance se conforte du fait de la « gratuité » du sentiment amoureux. Même s'il a fallu des efforts et du temps pour être reconnu par l'autre, il semble toujours qu'il n'y ait aucune commune mesure entre ce qui a été fait et ce qui a été obtenu. Une limite a été franchie. Le couple est rentré dans un « ailleurs » dont il n'avait pas jusqu'ici connaissance. Ce nouvel univers est comme une « grâce ».

Cette révélation implique toujours que ce sentiment apparaisse entre deux êtres qui jusqu'alors ne se connaissaient pas. Trop familier, comment l'autre pourrait-il donner cette conscience de découverte inopinée ? Inconnu, il doit l'être et il l'est le plus souvent au sens banal : celui qui m'aime, je ne l'avais jusqu'alors pas rencontré. Inconnu, il peut aussi l'être en ce sens que je trouve soudain dans un familier une étrangeté jusqu'ici inaperçue, qui seule explique mon changement d'attitude à son endroit. D'une manière ou d'une autre, on ne peut être amoureux que d'un inconnu. Tout se passe donc comme si chacun découvrait alors en soi un être nouveau, jusqu'alors latent et soudain éveillé. C'est là ce que veut dire Robert Musil lorsqu'il écrit : « Les grandes, les implacables passions amoureuses sont toutes liées au fait qu'un être s'imagine voir son moi le plus secret l'épier derrière les rideaux des yeux de l'autre [4]. » En somme, le sentiment amoureux, c'est peut-être d'abord ce don réciproque d'une *nouvelle* identité, ou plus précisément, de ce qui est perçu par l'un et par l'autre comme leur *véritable* identité, hier encore secrète, aujourd'hui exaltée.

4. Robert Musil, *L'homme sans qualités*, Paris, Seuil, 1956, Tome II, p. 272.

Pour autant, le sentiment amoureux n'est pas « aveugle » : l'autre a ses faiblesses, mais par une étrange métamorphose, ses défauts mêmes deviennent objet d'amour, comme s'ils étaient transfigurés, du seul fait qu'ils sont les traits de l'être aimé. Finalement, les qualités elles-mêmes n'entrent guère en jeu dans l'éveil du sentiment amoureux. Le prix accordé à l'autre ne tient pas tellement à ses mérites, mais à ce don plus radical d'une réciproque transfiguration. Aimer et être aimé, est-ce rien d'autre que la perception, vive et allègre, d'exister soi-même en faisant exister l'autre [5] ? Alors, enchantés l'un par l'autre, les conjoints, comme dans la « carte du tendre », se promènent ensemble dans « les terres inconnues » qu'ils ont découvertes au-delà de la « mer dangereuse ». Et ces « terres inconnues » leur sont comme le paradis retrouvé.

II. Le choix du conjoint : une élection complexe

Alain Girard fut le premier, en France du moins, à mener sur ce point une enquête systématique [6]. Le premier, il montra que le « choix du conjoint » suit la règle d'homogamie, c'est-à-dire que la probabilité est très forte que chacun élise un partenaire socialement proche. Le médecin n'épouse généralement pas une employée de commerce ni la femme ingénieur un ouvrier spécialisé. Seuls les romans-photos nous content aujourd'hui les belles histoires où les princes épousent des bergères. Ils demeurent d'ailleurs très discrets sur les reines qui auraient épousé un berger.

La norme d'homogamie

L'ouvrage d'Alain Girard date de 1964. Les enquêtes qui ont été faites en France par la suite, soit par Claude Thélot [7], soit tout récemment par Michel Bozon et François Héran [8], confirment très large-

5. Robert Musil, *op. cit.*, p. 520.
6. Alain Girard, *Le choix du conjoint. Une enquête psycho-sociologique en France*, Paris, PUF, 1964.
7. Claude Thélot, *Tel père, tel fils ?*, Paris, Dunod, 1982.
8. Michel Bozon et François Héran, « La découverte du conjoint »,*Population*, 1987, n° 6, et 1988, n° 1.

ment les conclusions de cette première étude. De l'autre côté de l'Atlantique, il semble bien qu'il en aille de même. Les jeunes le plus souvent choisissent un conjoint « convenable » aux yeux des parents, un conjoint qui appartient à leur milieu. Mais laissons un instant la parole à Peter Berger : « Devant un couple qui se promène au clair de lune, le sociologue... s'intéressera à la machinerie qui a contribué à cette mise en scène, sous ses aspects non lunaires, le rang social dont témoigne la voiture qui a amené les amoureux en ce lieu romantique, les canons du goût et de la mode qui ont façonné leurs costumes, la situation sociale que traduit leur langage... finalement la signification et l'intentionalité sociale de toute la scène[9]. »

Mais de quelle machinerie s'agit-il ? Suivant quels déterminismes s'opère le choix homogame ? Une première contrainte est pour ainsi dire mécanique : le sentiment amoureux ne peut s'éveiller que s'il existe des occasions de se rencontrer suffisamment longues ou nombreuses pour que s'établissent les conditions d'un début de familiarité, le prétexte à un premier dialogue. Les lieux de rencontre, comme l'a montré Alain Girard, sont ceux de la vie quotidienne, usine, université, transports publics ; mais aussi les bals, dont la finalité est précisément de favoriser de tels rendez-vous. Qu'il s'agisse de vicinités quotidiennes ou d'occasions provoquées, ces rencontres ne sont accessibles qu'à des populations relativement homogènes : le marché des éligibles est ainsi en quelque sorte morphologiquement prédéterminé.

La pression sociale confirme le réalisme des individus et elle « souffle » à chacun que la vie conjugale conduirait, avec un partenaire trop différent, à une coexistence difficile, sinon impossible. Elle montre la fragilité des mariages « mixtes », rappelle que les promenades au clair de lune ne constituent qu'une petite part de la vie commune. Bref, elle fait en sorte que chacun ne s'autorise à choisir que son semblable. Un jeune peut bien être le « fan » d'une vedette de la chanson ou du cinéma, il n'en tombe pas amoureux, tant paraît nécessaire pour cela, l'existence d'une certaine proximité sociale. On ne devient amoureux que de celui ou de celle qui est susceptible, plus ou moins rapidement, de répondre positivement à la demande de réciprocité, et chacun sent qu'une trop grande distance sociale est ici un obstacle rédhibitoire. Ainsi, dans notre société, le sentiment fonde

9. Peter L. Berger, *Comprendre la sociologie*, Paris, Centurion, 1973.

l'union conjugale et, ce faisant, il ne permet pas seulement d'écarter la violence ; il assure une certaine continuité de l'ordre établi. Paradoxalement, le sentiment amoureux, aujourd'hui, présente le plus souvent une fonction conservatrice. Rien de fondamental ne serait changé ainsi par rapport au mariage de raison ; celui-ci serait simplement plus joliment habillé.

Certes, il existe des exceptions. Les mariages « mixtes » sont rares, mais non exceptionnels. Mariage inter-ethnique, mariage d'un jeune conjoint avec une personne nettement plus âgée, mariage d'un titulaire de certificat d'études avec une étudiante, mariage d'un pratiquant avec une athée. On opposera, à juste titre, ces exemples à une interprétation trop mécaniste de la loi d'homogamie. Plusieurs observations méritent pourtant d'être faites. D'abord, certaines différences ont perdu leur signification sociale : qui s'étonnera du mariage d'un catholique et d'une protestante, dans des sociétés où les caractéristiques religieuses ne sont plus généralement perçues comme un motif de conflit ? D'autre part, deux hétérogamies peuvent parfois s'équilibrer et aboutir à des dotations en quelque sorte équivalentes : ainsi, suivant le stéréotype classique, un homme d'un certain âge, mais riche, peut épouser une femme jeune mais pauvre. Enfin, la règle de l'homogamie trouverait, dans l'échec final d'une forte proportion des mariages mixtes, interculturels, une confirmation de son bien-fondé. Le sentiment amoureux ne suffirait pas à triompher des incompréhensions que provoque l'appartenance à deux cultures trop différentes. Chacun, plus ou moins consciemment, en serait conscient et, d'emblée, se garderait généralement d'une trop forte hétérogamie.

Le poids du hasard

L'importance de la contrainte d'homogamie ne peut donc guère être mise en doute. Dans certains « marchés matrimoniaux » étroits, son mécanisme suffisait autrefois à désigner l'unique éligible possible. Le fils du notaire, au chef-lieu de canton, n'avait parfois d'autre choix que d'épouser la fille du pharmacien. Mais cette situation est devenue exceptionnelle et les mariables socialement possibles et géographiquement accessibles sont aujourd'hui nombreux. Le tri homogamique élimine la plus grande partie de la population, mais laisse encore plus ou moins largement ouvert le marché de la nuptialité. Quel facteur décidera donc de l'élection définitive ? Milan Kundera, dans *L'insoutenable légèreté de l'être,* insiste sur l'importance du hasard [10]. Voici comment il décrit les conditions de la rencontre de Thomas et Thereza : « Sept ans plus tôt, un cas de méningite s'était déclaré *par hasard* à l'hôpital de la ville où travaillait Thereza... *Par hasard* le chef de service avait une sciatique... Il avait envoyé Thomas à sa place. Il y avait cinq hôtels dans la ville ; il était descendu *par hasard* dans celui où travaillait Thereza... » Et la série des « par hasard » continue ainsi en une longue phrase qui tend à montrer que la rencontre entre Thomas et Thereza résulte d'une aléatoire convergence d'événements eux-mêmes aléatoires. Le deuxième tri serait donc celui de Dame Fortune.

On remarquera d'abord que cette théorie ne contredit pas la première mais la prolonge. Le hasard opérerait parmi les « socialement possibles » une nouvelle sélection. Mais l'explication, du moins interprétée ainsi, est peu satisfaisante. Thomas, le héros du roman, avait déjà rencontré d'autres femmes, avait déjà plus ou moins durablement vécu avec elles. Ce qu'il faudrait expliquer, c'est pourquoi cette rencontre avec Thereza est moins « légère » que les autres, pourquoi il est tombé amoureux de cette femme-là précisément.

On présenterait sans doute une démonstration plus convaincante du poids du hasard en le décrivant comme la rencontre fortuite entre une offre d'amour et une attente d'amour. Celui-là en somme tomberait amoureux qui souhaiterait l'être et qui simultanément rencontrerait un partenaire qui lui ferait la cour. Et fort probablement les choses se passent-elles souvent ainsi. Mais reste à expliquer l'essentiel : la naissance du sentiment amoureux de la partie « offrante » et parfois le refus de la partie « sollicitée ». Nous ne sommes donc guère avancés en invoquant le hasard.

L'attirance sexuelle

L'élection finale, si elle n'est imputable ni au calcul ni au hasard, ne tient-elle pas en définitive aux lois encore mystérieuses de l'attirance sexuelle ? Chacun serait ainsi, sans en connaître la raison, attiré par un « type » particulier de partenaire. Cette capacité

10. Milan Kundera, *L'insoutenable légèreté de l'être,* Paris, Gallimard, 1984, p. 49-50.

d'émouvoir serait sélective et son mécanisme répondrait à des lois biologiques encore mystérieuses. On connaît sur ce point la théorie de Freud. Le sentiment amoureux serait un fantasme, fondé sur un désir sexuel réciproque, mais dont la réalisation se révélerait provisoirement impossible. Ce délai provoquerait un montage imaginaire à la fois consolant et exaltant, le sentiment amoureux. L'idéalisation réciproque ne serait donc que le masque d'un refoulement. Que la relation sexuelle devienne possible et les sentiments, perdant leurs fonctions, s'apaiseront d'eux-mêmes.

Nier l'importance de la sexualité dans le sentiment amoureux relèverait d'un angélisme naïf. Le désir de « fusion » trouve sans doute son expression la plus manifeste dans la relation sexuelle. Celle-ci n'est plus seulement reconnue par beaucoup comme source de plaisir : dans les jeunes générations surtout, elle est considérée comme le révélateur par excellence de l'identité personnelle. C'est ce qu'écrit avec force Michel Foucault : « Par un renversement qui a sans doute commencé depuis longtemps, nous en sommes arrivés maintenant à demander... notre identité à ce qu'on percevait comme obscure poussée sans nom[11]. »

Cette interprétation du sentiment amoureux, parce qu'elle est réductrice, est bien tentante. Elle renvoie en effet, de ce qui serait un mystère à une instance biologique, encore mal connue certes, mais dont on est en droit de penser qu'elle relève, en définitive, de la connaissance scientifique.

Faut-il admettre cette explication ? Condition nécessaire du sentiment amoureux, l'attrait physique en épuise-t-il vraiment la réalité ? Est-il certain que nous soyons amoureux de celui qui apporte le plus de satisfactions érotiques ? D'où vient alors cette exclusivité dans la solidarité affective, cette neutralisation sexuelle à l'égard d'autres personnes, auxquelles nous pouvons bien, dans le même temps, reconnaître leur forte séduction physique ? Et pourquoi aujourd'hui encore, en dépit de l'affirmation de Shorter, l'aveu amoureux dépasse-t-il la simple reconnaissance du désir physique ? Contrairement à ce que dit cet auteur, par ailleurs excellent, les sentiments ne semblent en effet pas réductibles aux « oripeaux » de la sexualité.

---

11. Michel Foucault, *La volonté de savoir, op. cit.* p. 236.

La collusion festive

Sur ce problème difficile et controversé, l'ignorance du sociologue doit céder la place aux hypothèses ou aux théories du psychologue. Avant de le consulter, revenons un instant à la société traditionnelle. L'individu y trouvait son identité dans l'enchevêtrement des statuts dont il était le centre. Sa confirmation dans l'être, c'est la société qui la lui accordait constamment en le reconnaissant comme un de ses membres. L'homme moderne ne se définit plus ainsi. Il lui semble que son identité sociale n'est qu'une part de lui-même et la plus anonyme. Il prétend à une existence singulière, dont le personnage public serait en définitive davantage un masque qu'une expression authentique. A cette question : « Qui suis-je ? », c'est d'abord à l'intéressé de répondre désormais. Et chacun de se faire de soi-même une image plus ou moins complaisante, qui, en quelque sorte, le légitime dans l'existence. Mais comment ne pas soupçonner que ce « moi idéal » est davantage un rêve qu'une réalité. Comment persister dans un aveuglement rassurant lorsque la vie quotidienne rend constamment le sujet à sa réalité véritable, médiocre et fragile ; comment ne pas douter de soi devant l'indifférence polie des autres ?

Que quelqu'un alors reconnaisse tout à coup en moi cette figure idéale, au moins comme une promesse latente, et que dans le même temps je me sente intérieurement contraint de lui reconnaître singularité et excellence, ne voilà-t-il pas installé un système efficace de réciproque confortation dans l'être ?

Encore faut-il que le système fonctionne, c'est-à-dire qu'effectivement chacun se sente promu par l'autre au meilleur de soi-même. Le sentiment amoureux n'existe vraiment que si chacun croit en même temps au pouvoir « enchanteur » de l'autre et à son propre pouvoir, également enchanteur, sur l'autre.

Mais la question n'est pas résolue pour autant : elle porte plus précisément sur les conditions précises qui font que cette relation s'établit avec telle personne et non avec telle autre. Le « parce que c'était toi et parce que c'était moi » de La Boétie nous laisse à notre ignorance, aussi bien dans le domaine du sentiment amoureux que dans celui de l'amitié.

Pour éclairer quelque peu ce point difficile, nous emprunterons quelques hypothèses à l'excellent livre de Jean Lemaire : *Le couple, sa vie, sa mort*[12]. Pour ce psychologue, la rencontre amoureuse ne peut se faire qu'entre deux sujets qui perçoivent, le plus souvent inconsciemment, qu'ils affrontent « des conflits intérieurs communs » et qu'ils y réagissent de manière différente. Ainsi sont-ils conduits à la fois à se sentir proches et à espérer que la conjonction de leurs différences leur donnera à chacun la plénitude jusqu'ici vainement recherchée. Ainsi devient possible cette oscillation inlassable entre la perception de sa propre conscience et de celle de l'autre, comme s'il ne s'agissait que du double visage d'une même personne. Ainsi naît le sentiment d'une certaine fusion et le désir que celle-ci ne cesse de s'approfondir. Cette convergence des attentes fondamentales, Jean Lemaire, à la suite de son collègue zurichois Jürg Willi, la désigne par le terme de « collusion ». « A partir du moment où celle-ci s'est produite, on peut admettre, écrit-il, qu'un micro-groupe bien particulier s'est formé avec ses attaches inconscientes ; on peut lui appliquer le terme de couple et lui reconnaître son fonctionnement systémique[13]. »

C'est dire que cette collusion, qui restructure et rééquilibre les deux identités, va être rectrice. Elle ne sera pas simplement une nouvelle perception de soi et de l'autre. Elle entraînera, pour chacun séparément, non seulement des représentations nouvelles, mais une réorganisation générale de ses conduites. Elle constitue donc un régulateur inconscient pour les relations entre ces amoureux, comme pour leurs conduites individuelles. Chacun, spontanément, s'ajuste à ces nouvelles images échangées, qui sont à la fois gratifiantes et exigeantes.

On comprend bien, dans cette perspective, que cette « confrontation narcissique », pour reprendre l'expression de J. Lemaire, n'est pas indépendante de la sexualité ; celle-ci demeure un enjeu très important, mais elle cesse d'être l'instance ultime. Le sentiment amoureux, l'informe, la subsume, en quelque sorte, pour lui donner une signification nouvelle. M. Kundera n'écrit-il pas : « Le sexe n'est pas l'amour, ce n'est qu'un territoire que l'amour s'approprie[14]. » Sans doute parle-t-il d'« amour », mais son affirmation est déjà vraie

12. Jean Lemaire, *Le couple, sa vie, sa mort*, Paris, Payot, 1979.
13. *Ibid.*, p. 142-143.
14. Milan Kundera, *Le livre du rire et de l'oubli*, Paris, Gallimard, 1979, p. 210.

du « sentiment amoureux ». L'ultime tri de l'élu se fait donc à un niveau qui englobe, mais dépasse, la gratification sexuelle. Chacun choisit, suivant d'inconscients critères, l'autre avec qui il espère trouver, enfin, le sentiment d'une existence pleine et pathétique.

L'idée était certes candide, que le choix du conjoint fût indépendant de tout réalisme et de tout calcul, et le sociologue avait raison d'en démontrer l'illusion. De ce point de vue, les analyses précises de François de Singly sont tout à fait bénéfiques [15]. Il n'en reste pas moins que, pour une part, et sans doute pour l'essentiel, le sentiment amoureux échappe à la fois au raisonnable et au biologique et que beaucoup de couples aujourd'hui encore ont besoin, pour demeurer durablement ensemble, d'une évidence d'un autre ordre, celle de se donner l'un à l'autre, et d'une manière singulière, le sentiment d'exister, dans une fête commune.

Le mot « fête » mérite qu'on s'y arrête. Ne peut-on avancer l'hypothèse que le sentiment amoureux joue, pour le couple, un rôle analogue à celui de la fête collective dans la société traditionnelle, celui d'une bienheureuse subversion de l'ordre où toute loi semble un moment abolie ? N'ouvre-t-il pas, comme celle-ci, un passage vers ce qui n'est pas institutionnalisé, vers un mode d'être, où il est possible de vivre « entre soi » dans une indistincte allégresse ? La fête traditionnelle réactualisait, rituellement, pour un temps bref et rigoureusement limité, la conscience d'une réalité ordinairement occultée, dont, selon Claude Lévi-Strauss, nous gardons la nostalgie, celle d'un monde sauvage de confusion et de ferveur. Le sentiment amoureux ne rendrait-il pas, lui aussi, possible l'accès à cette réalité originelle en rétablissant durablement, mais entre deux êtres seulement, une sorte de confusion, au sens étymologique du terme ? La fête y est limitée, non plus dans sa durée, comme dans le monde traditionnel, mais, cette fois, dans son extension ; l'ensemble des institutions continue à fonctionner normalement. Simplement, une étroite brèche y serait pratiquée : là, le seul visage d'un être tient lieu, pour l'autre, d'univers. La société traditionnelle refusait autant qu'il lui était possible le sentiment amoureux, mais légitimait et utilisait la fête. Nos sociétés n'ont cessé au contraire d'exalter le sentiment individuel et de se méfier de la fête collective : à ce signe, nous reconnaissons que ces deux situations n'entraînent plus les mêmes risques qu'autrefois, ni ne se proposent les mêmes fins.

---

15. François de Singly, *Fortune et infortune de la femme mariée*, Sociologie de la vie conjugale. Paris, PUF, 1987.

Mais cette comparaison entre fête et sentiment amoureux n'est-elle pas gratuite ? Moins sans doute qu'il n'y paraît. Jean Lemaire, et il n'est pas le seul de cet avis parmi les psychologues, insiste sur le risque du sentiment amoureux, qui, trop intense, serait une « régression annihilante... dans une “ dédifférenciation ” et en fin de compte un retour au grand tout du néant et au zéro du temps[16] ». Et, un peu plus haut, il parle de « tentatives pour reformer la symbiose primitive de la dyade mère-enfant ». Il ne s'agit pas, là non plus, d'un vague rapprochement, mais probablement d'une situation analogue. Entre l'enfant et sa mère, même sentiment de complétude lorsque l'autre est proche, même angoisse d'abandon lorsqu'il cesse de manifester sa proximité. Faut-il ajouter que, dans le sentiment amoureux, l'opposition mère-enfant est oscillante et que chacun, tour à tour, désire ardemment être l'enfant de l'autre ? Le sentiment amoureux n'est-il pas, en définitive, comme il a été suggéré plus haut, cette permanente possibilité, pour deux êtres, d'être à la fois celui qui comble et celui qui est comblé, et l'intense sentiment d'exister ne vient-il pas de ce mouvement constant entre deux positions extrêmes de la conscience de soi ? Le sentiment amoureux, comme le lien mère-enfant, est bien une situation où l'on attend tout d'un seul être : l'adulte y est renvoyé à une nouvelle enfance.

III. Le désenchantement

Plus durable que la fête traditionnelle, le sentiment amoureux n'en demeure pas moins fragile. S'il est un point sur lequel profanes ou spécialistes, poètes ou psychologues, sont d'accord, c'est bien celui de la précarité de cet état. Rappelons le mot d'Alain : « Il y a toujours à craindre pour un ménage trop isolé et qui se nourrit d'amour seulement ; ce sont des barques trop légères, trop mobiles au flot, sans lest[17]. » Mais comment expliquer qu'un sentiment qui donne à chaque partenaire une si dense conscience d'exister et de si nombreuses gratifications, soit ainsi, dans son principe même, frappé de caducité ?

16. Jean Lemaire, *op. cit.*, p. 336.
17. Alain (Émile Chartier, dit), *Propos sur le bonheur*, Paris, Gallimard, 1928, p. 115.

Deux explications sont généralement avancées pour expliquer la dégradation, le plus souvent lente, du sentiment amoureux. La première tiendrait au conflit permanent entre l'idéalisation de l'autre que provoque le sentiment amoureux et la réalité de ce même autre que révèle progressivement la vie commune. L'image du conjoint, « transfiguré » en somme, ne résisterait pas durablement aux contraintes banales de l'existence quotidienne. La « statue » imaginée se révélerait parfois un petit être mesquin, intéressé, rancunier. Le piédestal lentement s'effriterait. On avait cru aimer un partenaire hors du commun. On se retrouve, après un an de mariage, avec un conjoint banal et médiocre. Le filtre a perdu son charme. La fin du sentiment amoureux serait, pour l'un des conjoints ou pour les deux, celle d'une illusion. Mais cette explication ne rend pas compte de la complexité de cette dissolution ni de son caractère inexorable. Après tout, pourquoi chaque amoureux ne trouverait-il pas dans les confortements qu'il reçoit du sentiment la force de maintenir, en dépit de l'usure du temps, cette situation d'enchantement ?

Une autre raison, plus radicale, expliquerait cette précarité : le sentiment amoureux porterait en lui-même une contradiction mortifère et, se déployant ou s'approfondissant, il accélérerait du même coup le processus de sa disparition. L'explication de sa fin se trouverait dans son principe même, dans la nature contradictoire de son projet. Celui-ci, on l'a dit, est désir de fusion, ce qui implique une volonté de captiver l'autre et d'être captivé par lui. L'« amour naissant » durera aussi longtemps que les deux amants croiront à la compatibilité de ces deux mouvements. Mais ce souhait est contradictoire puisque, si je captive mon partenaire, je l'empêche par là même de me captiver. Pourtant, avec le temps, l'un des conjoints réussit le plus souvent à s'assurer une emprise sur l'autre, situation où il trouve d'abord une certaine sécurité. Il se rendra compte rapidement qu'il s'est dupé lui-même par sa victoire. En effet, il a ainsi transformé son conjoint en une sorte d'objet que, conquérant ingénu, il s'imagine désormais connaître tout à fait et sur lequel il pense exercer un pouvoir sans limite. Au terme de sa victoire, il ne trouve en face de lui que l'image de son propre projet. L'autre a perdu toute consistance et celui qui domine ne peut plus recevoir, de l'autre, les tendres et crédibles aveux qu'il en attendait. Le voilà rendu à sa solitude.

Son conjoint, en effet, s'est trouvé placé dans une impasse.

S'opposait-il au dessein d'annexion, son partenaire lui en faisait grief, y voyant un refus de la fusion désirée. Le temps commençait alors des insatisfactions, des doutes et, de part et d'autre, de la désillusion. L'autre avait-il au contraire consenti à la dépendance, il ne faisait qu'accélérer le processus en devenant tel que l'autre le souhaitait, cessant ainsi d'être, au sens fort du terme, aimable [18]. Lui-même d'ailleurs supportait de plus en plus mal la perte de son autonomie, la fin de l'exaltante réciprocité, en un mot l'effritement de cette identité authentique qu'il avait cru, enfin, trouver.

Tout est joué en somme lorsque l'un des partenaires ou les deux sont, avec le temps, désenchantés. Aussi le sentiment amoureux ne peut-il être que « naissant ». La durée révélera l'incohérence et la précarité du projet, inéluctablement. Le scénario de la « mort du couple » est parfois plus brutal. Là aussi le « coup de foudre » peut survenir. La révélation soudaine d'une infidélité provoque parfois une brusque inversion des sentiments. Mais l'infidélité n'était-elle pas déjà le signe d'une certaine dégradation ? D'ordinaire les sentiments doucement tiédissent. C'est que les amoureux disposent de stratégies, un temps efficaces, pour retarder le terme de leur union. Celui-là, par exemple, qui se sent progressivement dominé et prévisible, voudra montrer qu'il est encore capable de surprendre l'autre : il se déclarera, par exemple, prêt à rompre. Ou encore, dans certains couples contemporains, comme le note S. Chalvon-Demersay, les amoureux se répéteront comme une incantation rituelle que leur couple « durera ce qu'il durera » [19]. Ils ne tentent pas ainsi d'apprivoiser l'idée d'une probable séparation, mais bien plutôt de distiller, dans une solidarité qui se banalise, un ferment de risque et d'inattendu. Bien d'autres moyens existent d'introduire artificiellement du nouveau dans le couple. La rupture provoquée par une croisière peut être l'occasion de revenir au temps du « voyage de noces » [20]. La recherche d'une nouvelle apparence physique, coupe de cheveux inhabituelle par exemple, est, elle aussi, une manière de dire à l'autre qu'il ne connaît encore qu'une partie des possibilités de son conjoint. Il s'agit en somme de rendre aux amoureux leur imprévisibilité réciproque. Mais ce ne sont là généralement qu'artifices peu crédibles dont la multiplication traduit seulement les derniers sursauts d'un lien amoureux qui se défait sans recours possible.

18. Georg Simmel, in : *The sociology of Georg Simmel, op. cit., p. 328.*
19. Sabine Chalvon-Demersay, *Concubin, Concubine,* op. cit.
20. Francesco Alberoni, *op. cit.*, pp. 148-149.

Le sentiment amoureux est-il donc, de toutes manières, précaire ? Tout ce qui a été dit conduit à répondre par l'affirmative. La ferveur du sentiment est un capital qui s'épuise suivant un procès que l'on peut sans doute ralentir, mais dont le sens est irréversible. De cette précarité, nous trouvons un excellent résumé dans la préface de Ph. Jaccottet au livre de Gustave Roud, *Essai pour un paradis :* « C'est presque comme si son âme, s'éprouvant désincarnée, errante, toujours " en peine ", avait enfin trouvé un corps – celui de l'ami cru, quelques instants, vraiment proche –, jusqu'au moment où elle se voit rejetée durement dans son exil, mais non sans qu'ait été dite, tout de même, en quelques phrases simples et parfaites, l'entrevision du paradis perdu ; et ce n'est pas peu de chose[21]. »

Et pourtant, il existe des couples qui, après trente ans de mariage, prétendent s'aimer encore comme durant les premiers mois de leur union. Dans la plupart des cas, l'affirmation est de façade. Parfois elle relève de la naïveté. Les psychologues affirment pourtant que de telles situations existent bien. Serait-ce donc là, enfin, difficile mais possible, une histoire heureuse d'amour ? Non, s'il faut en croire ces mêmes spécialistes. Une relation amoureuse définitivement cristallisée serait pathologique, en ce sens qu'elle exprimerait, non la perfection du sentiment, mais une inaptitude des partenaires à affronter la réalité, et une « massive méconnaissance de cette incapacité »[22]...

Ces conclusions paraîtront bien pessimistes. Elles présentent en somme le sentiment amoureux comme une sorte de piège qui induit le mariage. Quand la désillusion vient, l'engagement est pris et longtemps la pression sociale rendit difficile de le rompre. Cette théorie ne concerne, rappelons-le, que l'« amour naissant » et non l'amour lui-même. Mais, dira-t-on, quelle distinction faire entre ces deux situations ? Beaucoup d'auteurs se sont efforcés de la définir. J. Lemaire la situe surtout dans le souci qu'a le couple de durer et dans l'acceptation des conflits et tensions, inséparables de ce projet[23]. F. Alberoni insiste plutôt, comme E. Fromm d'ailleurs, sur le passage d'une union d'abord imaginaire et comme subie, à une solidarité lucide et active[24]. La plupart des descriptions, avec des variantes plus

21. Philippe Jaccottet, préface au livre de Gustave Roud, *Essai pour un paradis,* Lausanne, Bibliothèque des Arts, 1984.
22. J. G. Lemaire, *op. cit.,* p. 321.
23. J. G. Lemaire, *op. cit.,* p. 321.
24. Eric Fromm, *The art of loving,* New York, 1936.

ou moins importantes, ne s'écartent guère d'un même schéma général. Disons que le passage d'une situation à l'autre est celui d'un sentiment partagé à une histoire commune, d'une passion réciproque à une entreprise concertée.

L'amour véritable implique précisément la renonciation à un certain nombre d'illusions. Renoncement à l'illusion d'immédiateté : reconnaissance du fait qu'il faudra du temps pour mieux connaître l'autre. Renoncement à la « capture » de l'autre : reconnaissance de l'irréductibilité du conjoint à un territoire une fois pour toutes exploré. Renoncement à l'image transfigurée de soi-même que l'autre lui présente sans cesse : reconnaissance que ce jeu des miroirs magiques témoigne seulement d'une complaisance narcissique. Renoncement à l'enfermement du couple : reconnaissance de la nécessaire ouverture au monde. Renoncement en un mot au fantasme de la toute-puissance du désir et reconnaissance de l'inaliénable altérité du conjoint. Sortie de l'enfance donc, et entrée dans la maturité.

Chacune de ces conversions témoigne donc à sa manière d'une autre, plus radicale, d'une métamorphose, au moins projetée, du sentiment amoureux. Ce passage de la folie amoureuse à la « sagesse de l'amour »[25] ne consiste-t-il pas, pour les conjoints, dans un projet commun nouveau et paradoxal, celui précisément de dépasser le sentiment amoureux, dans la mesure au moins où celui-ci implique la tentation d'annexer l'autre, de le « dévorer » ? Cette alliance nouvelle serait de bienveillance, c'est-à-dire que le désir y serait subordonné au respect ; chacun alors presserait l'autre de devenir enfin ce qu'il est, dans sa vérité. Ainsi apparaîtrait, dans cette solidarité nouvelle, un sens transcendant au sentiment et qui ferait, suivant la très belle expression d'Edmond Ortigues, « que chacun pût exister dans quelque place universellement reconnaissable et non pas seulement dans l'ombre de l'autre[26] ».

Une nouvelle histoire commence alors, difficile, complexe, elle aussi pathétique, heureuse parfois, mais en tout cas une histoire réelle. Chacun échange avec l'autre non plus des fantasmes, mais des paroles vraies et des promesses qui peuvent être tenues. Tout se passerait comme si chaque individu, au début de sa vie adulte, devait, une seconde fois, acquérir son autonomie : il renoncerait alors à la

---

25. Alain Finkielkraut, *La sagesse de l'amour,* Paris, Gallimard, 1984.

26. Edmond Ortigues, « La psychanalyse et les institutions familiales », *Annales ESC*, numéro spécial sur la famille, 1972.

fusion avec son conjoint, comme autrefois il avait abandonné le lien privilégié avec sa mère, comme s'il lui fallait, en somme, une seconde fois quitter un impossible paradis. Ces oppositions entre le sentiment amoureux et l'amour n'excluent pas une continuité : l'un est passage quasi obligé vers l'autre ; le second ne révoque pas le premier, mais il l'assume et le transforme. Ainsi l'amour n'abolit ni les calculs ni la sexualité, ni le désir de fusion. Il ne se substitue pas à ces projets, mais les hiérarchise, les transforme, et seul il rend possible la promesse de durée puisque l'autre est devenu pour chacun plus que son désir de l'autre.

Conclusion

Rien ne semble plus étranger à l'analyse des statistiques démographiques qu'une description, même sommaire, du sentiment amoureux. S'il a pourtant paru nécessaire de faire ce qui apparaît peut-être au lecteur comme un détour, c'est que l'on se marie aujourd'hui, ou que l'on vit ensemble, « parce que l'on s'aime ». Tout ce qui a été dit ici devrait donc nous éclairer sur ce premier temps de la famille qui, pour la grande majorité des couples, est vécu sur le mode de l'« amour naissant », celui d'un sentiment intense et mêlé, fait de certitudes et de doutes, d'espoirs démesurés et de craintes plus ou moins justifiées, bref de joies et d'angoisses. La précarité de ce type de solidarité, on a essayé de le montrer, aboutit plus ou moins rapidement, mais nécessairement, à une crise, c'est-à-dire à ce temps d'hésitation et d'instabilité qui précède un nouvel équilibre. Ce moment peut survenir avant le mariage, mais plus souvent après quelques années de vie commune. Les différents modèles de famille dont il va maintenant être question ne sont rien d'autre que les diverses manières dont les couples font le deuil de leur passion et relèvent, ensemble ou séparément, le défi de leur désenchantement.

CHAPITRE VI

Le retour à la réalité

> *Le plus vraisemblable est que... aucune forme familiale donnée ne prévaudra très longtemps. Au lieu d'adopter un mode de vie* ne varietur, *les gens passeront d'une formule à l'autre au fil de leur existence en décrivant une trajectoire personnalisée – « sur mesure ».*
>
> Alvin Toffler.

Sans doute est-il temps maintenant de mesurer le chemin parcouru et de montrer brièvement la logique qui en lie les parties. Ce retour en arrière devrait conduire à poser deux nouvelles questions. La description des familles traditionnelles avait servi de point de départ. Nous avions tenté de montrer qu'elles avaient toutes une finalité unique : à travers la survie de l'individu, assurer la reproduction du groupe. Cet objectif prioritaire et général s'était donné un instrument : l'institution. Sans doute son contenu variait-il considérablement suivant l'environnement physique et culturel, le niveau technologique, et, finalement, parce qu'une même situation pouvait appeler des réactions différentes. Mais les innombrables systèmes matrimoniaux n'en gardaient pas moins, dans leur objectif commun, une radicale unité. Par ailleurs, dans chaque société particulière, il semble qu'il n'existait qu'un seul système matrimonial, de sorte que la stratégie institutionnalisée y était unique et s'appliquait à tous.

Avec la modernité, la famille paraît avoir trouvé un fondement nouveau, celui de l'harmonie, pour ainsi dire ontologique, entre le désir et la loi, le bonheur de l'individu et le bien commun. L'institution devenait ainsi le guide socialement reconnu de l'accomplissement de l'individu et en particulier de sa félicité familiale. Les ébranlements démographiques des vingt dernières années nous ont avertis que ce fragile équilibre s'était soudain rompu et que, pour une part importante des jeunes générations, les aspects institutionnels du mariage ont aujourd'hui perdu, partiellement au moins, leur signification et leur prégnance.

C'est donc le sentiment désormais, et ici le sentiment amoureux, qui devrait, exclusivement, gouverner les comportements conjugaux. Il semble bien qu'il en aille généralement ainsi dans le choix du conjoint et dans les débuts de la vie du couple. Mais nous venons de voir la précarité de la pure passion ; en même temps, nous observons pourtant la relative stabilité des familles. Tous les amoureux ne sont pas condamnés à des unions éphémères : la passion n'est donc pas l'unique ressort de leur solidarité. Beaucoup trouvent, dans leurs relations affectives mêmes, des raisons de donner, au couple et à la famille, une durée qui dépasse largement celle de l'effervescence sentimentale. D'où une double question : « A quoi tient aujourd'hui la durée des couples ? » ; « La nature de ce lien est-elle la même pour tous ceux qui vivent dans la même société ? »

L'observation démographique a mis en évidence la grande dispersion de la structure morphologique des ménages : une part de plus en plus grande de la population vivait dans des ménages formés d'une seule personne, d'un parent et d'un enfant, ou dans une union conjugale simplement consensuelle. Une analyse plus radicale de cette diversité simultanée conduisait à considérer ces situations différentes comme des moments de biographies diverses. Il avait fallu, finalement, admettre qu'il existait, pour les individus, divers types d'histoires démographiques possibles. L'effacement du système institutionnel se traduisait ainsi logiquement par la disparition d'un modèle dominant. Désormais le destin, la mortalité en particulier, avait perdu de son pouvoir de diversification, mais la liberté reconnue aux couples et aux personnes avait amplement compensé ce facteur.

Pour s'en tenir au champ de l'observable et du mesurable : il existe bien dans notre population, plusieurs types de biographies socialement admises et dont l'extension, sous certaines conditions, pourrait être mesurée. Cette reconnaissance d'un pluralisme pose maintenant une deuxième question : « Cette diversité morphologique ne correspond-elle pas à des différences qualitatives ? » Autrement dit, les séquences variées d'événements expriment-elles ou non des manières différentes pour les couples contemporains de se représenter leur union et d'organiser leur vie commune ? N'y a-t-il pas, pour lier les couples et fonder les familles, plusieurs projets possibles ? Nous entrons ici dans le champ de la sociologie.

I. Des descriptions diverses

S'il est un point sur lequel, aujourd'hui, les chercheurs semblent d'accord, c'est précisément sur la réalité de ce pluralisme qualitatif. Une anecdote est ici très suggestive : la Conférence de la Maison-Blanche sur la famille, en 1980 [1], devait proposer un certain nombre de réformes au gouvernement américain. De longues discussions n'aboutirent, entre les participants, qu'au constat de divergences insurmontables ; la seule décision qui fut prise consista à transformer, dans le nom de la conférence, un singulier en pluriel : on ne parla plus désormais de « Conférence sur la famille », mais de « Conférence sur les familles ». D'une manière très générale, dans les titres des livres ou l'énoncé du thème d'un colloque, le dénominateur commun est souvent le « s » du mot « familles ».

Une des tâches du sociologue consistera donc désormais à élaborer la typologie des familles qu'il observe dans la société où il vit. Faut-il rappeler que ces classements diffèrent fondamentalement suivant le point de vue où se place celui qui les construit. Prend-on comme critère discriminant la classe sociale, le moment historique, les fonctions remplies, la répartition des rôles, on aboutit évidemment à des classements, apparemment au moins, tout différents. Nous nous placerons ici à un point de vue plus général en retenant comme principe de distinction les traits que les auteurs de typologie considèrent comme essentiels au fonctionnement familial.

Les typologies ainsi construites sont déjà nombreuses. Il est, dans ces conditions, étonnant que les listes des caractéristiques discriminantes retenues par les auteurs soient si semblables. Jean Kel-

1. Voir sur ce point : Berger B. et Berger P., *The War over the Family*, Doubleday and Company, inc., New York, 1983, p. 19.

lerhals estime que ces « axes » quasi unanimement reconnus peuvent se réduire à quatre : « L'établissement de la cohésion interne, l'intégration entre le groupe et son environnement social, la définition des objectifs prioritaires et les modalités de la régulation dans le groupe[2]. » Il n'est pas possible ici d'exposer, même très succinctement, les principales typologies établies autour de ces caractéristiques. Il a paru préférable de présenter deux des plus connues, celle de David Reiss et celle de Jean Kellerhals.

Un exemple : la typologie de David Reiss[3]

David Reiss est un psychiatre dont les analyses ont principalement porté sur des familles ayant un enfant schizophrène. La typologie qu'il propose est donc un sous-produit d'une observation entreprise d'abord pour des raisons thérapeutiques. La meilleure manière, selon lui, de caractériser les différences entre familles consiste à examiner les mécanismes variés suivant lesquels celles-ci s'ajustent à des problèmes nouveaux. C'est sur l'analyse de cette situation que l'auteur construit sa typologie. Il utilise, pour définir la variété des types, trois axes.

Le premier est l'importance que les familles accordent à l'environnement, sa plus ou moins grande confiance aussi dans la cohérence de ce monde extérieur *(« configuration »)*. Certaines vont considérer que, face à un monde radicalement hostile, c'est peine perdue de vouloir comprendre la situation pour la contrôler. D'autres, au contraire, réagiront en essayant de saisir les mécanismes qui règlent leur environnement, pour tenter de résoudre ainsi les problèmes posés.

La seconde dimension est le degré de coopération du couple dans ses efforts pour surmonter une difficulté, théorique ou pratique *(« coordination »)*. Ici aussi, D. Reiss oppose deux attitudes comme deux pôles contraires : certains couples semblent « sur une même longueur d'onde », conçoivent l'environnement comme une réalité

2. Jean Kellerhals, « Les types d'interaction dans la famille ». *Année sociologique*, 1987, p. 156.

3. On a particulièrement utilisé pour cet exposé l'article rédigé par Mary Oliveri et David Reiss, The structure of families'ties to their kin : the shaping role of social constructions, *Journal of Marriage and the Family*, May 1981. On peut également consulter D. Reiss et D. Klein, Paradigm and pathogenosis. A family antered approach to problem of etiololgy and treatment of psychiatric diseases, in : Theodore Jacob, ed., *Family interaction and psychopathology*, Plenum Publishing Corporation, 1987.

qui agit de même manière sur tous : chacun gagne donc à en débattre avec son partenaire ; d'autres estiment que les réactions de chacun sont trop différentes pour qu'il vaille la peine de coopérer dans la recherche d'une commune interprétation.

Enfin, le troisième axe est la capacité plus ou moins grande à ne pas ramener la situation présente à des configurations passées. Une partie des couples ne s'enfermera donc pas dans les images rigides des solutions jusqu'ici utilisées *(« closure »)*. Elle ne répondra pas au problème présent par un réflexe immédiat, hérité des réactions passées ; bien plutôt elle se donnera le temps de se livrer à une analyse patiente et éventuellement innovatrice. L'autre, au contraire, mécaniquement, reprendra pour une difficulté nouvelle, la solution déjà apportée à une difficulté ancienne.

Trois axes donc, où s'opposent chaque fois deux positions extrêmes. Désignons les trois axes par A (configuration), B (coordination) et C (closure). Combinons ces lettres avec l'indication « e » pour la position positive et « b » pour la position négative. Ainsi Ae signifie : appréciation positive de la cohérence du milieu extérieur, et Ab : appréciation négative. Nous obtenons ainsi 8 combinaisons possibles :

1	Ae	Be	Ce
2	Ae	Be	Cb
3	Ae	Bb	Ce
4	Ae	Bb	Cb
5	Ab	Be	Ce
6	Ab	Be	Cb
7	Ab	Bb	Ce
8	Ab	Bb	Cb

De ces huit combinaisons possibles, David Reiss, à partir de ses expériences de laboratoire, en trouve trois qui sont très nettement prépondérantes. La première (n° 1) se caractérise avant tout par sa sensibilité à l'environnement (« environment sensitive »). Elle implique généralement une forte solidarité entre les conjoints dans la recherche d'une solution et une forte capacité à résister aux réflexes fondés sur l'expérience passée. Le second type (n° 6) accorde une valeur prioritaire à la solidarité (« consensus sensitive ») : il est souvent peu sensible à l'environnement ; les problèmes que celui-ci pose sont perçus avant tout comme des moyens d'exercer et de développer la solidarité du couple. Les réponses à la situation se font le plus souvent rapidement et dans le sens favorable de la confirmation de l'unité du couple, donc en fonction de ses expériences passées. Enfin, le dernier type (n° 8) est caractérisé par la volonté des conjoints de maintenir entre eux une distance (« interpersonal distance – sensitive »). Le souci principal des conjoints est de garder leur autonomie. La réponse aux situations sera avant tout l'occasion pour chacun de marquer cette volonté. Elle est le plus souvent rapide, choisie en fonction de ce qui permet le mieux d'affirmer le maintien de l'indépendance, c'est-à-dire ce qui reste conforme aux positions antérieures. Elle peut aussi être retardée jusqu'au moment où les autres membres de la famille auront donné leur avis.

Cette typologie est-elle entièrement satisfaisante ? Elle a sans doute aidé le psychiatre D. Reiss dans la formulation de ses diagnostics comme dans le choix de ses thérapies et, de ce point de vue, le sociologue et encore moins le démographe n'ont compétence pour formuler un jugement. Une question plus générale se pose néanmoins. Nous avons théoriquement huit combinaisons possibles, donc huit types de conduites, mais empiriquement D. Reiss n'en trouve que trois[4]. Pourquoi donc trois seulement ?

Une première explication pourrait être que les autres types n'existent pas dans les familles de schizophrènes. Mais D. Reiss avait pris soin d'observer un échantillon témoin et, là non plus, il n'avait pas rencontré, ou très rarement, les cinq autres types possibles. Une autre explication se présente : les « axes » retenus correspondraient à des variables qui, dans la réalité, ne seraient pas indépendantes. Si tel était le cas, certaines combinaisons de variables ne seraient donc pas possibles : la conscience d'une configuration négative ne pourrait, par exemple, se composer avec celle d'une coordination positive ; on ne pourrait simultanément caractériser l'environnement comme hostile, chaotique, et en même temps estimer que ce monde extérieur est perçu par chacun d'une manière concordante. Les types n° 3 et n° 4 qui se définissent par ces deux attitudes seraient fonctionnellement impossibles.

On passerait ainsi, pour définir les formes différentes de famille, de l'idée d'un *type* où l'on observe la constellation d'un certain nombre de traits indépendants, à celle d'un *modèle* où une finalité centrale se déploie en une stratégie plus ou moins complexe et donne aux comportements leur unité. On irait en somme d'un constat à une

4. Sans doute fait-il parfois allusion à un quatrième, mais celui-ci serait vraiment rare.

logique : pour y parvenir, il faut non seulement observer, mais aussi chercher la cohérence interne des attitudes dont on a d'abord reconnu qu'elles allaient ensemble. L'idée de type et celle de modèle ne s'excluent pas, la seconde prolonge la première : il faut reconnaître des types avant de construire, à partir d'eux, des modèles.

La typologie « subjectiviste » de Jean Kellerhals

Jean Kellerhals adopte quant à lui une méthode toute différente[5]. Au lieu d'observer les comportements, il demande aux familles de se définir elles-mêmes en s'identifiant par des « devises » que les conjoints doivent élaborer ensemble et par l'énumération de traits où elles déclarent se reconnaître. Le sociologue entreprend donc une typologie d'un point de vue non plus « objectiviste », mais « subjectiviste ».

L'analyse des résultats permet à l'auteur de montrer que trois dimensions sont utilisées par la « quasi-totalité des familles » pour se définir. La *cohésion* oppose les couples qui valorisent une véritable fusion à ceux où chaque conjoint est soucieux de garder son autonomie. La *régulation* distingue les familles qui décident suivant des règles de celles qui préfèrent la négociation. Enfin l'*intégration* fait le partage entre des couples ouverts sur le monde extérieur et d'autres « repliés sur eux-mêmes ».

A partir de ces trois dimensions, l'analyse des jugements que les familles portent sur elles-mêmes autorise une classification où dominent trois types principaux. Laissons J. Kellerhals lui-même les définir :

> – « Les groupes *Bastion* sont caractérisés par une cohésion de type fusionnel et une régulation à allure normative ; ils sont, sur la variable intégration, identifiables le plus souvent par le repli sur eux-mêmes. »
>
> – « Les groupes *Compagnonnage* sont également caractérisés par la fusion, mais recourent à une régulation principalement communicationnelle ; ils sont le plus souvent ouverts sur l'extérieur. »

5. Jean Kellerhals, « Les types d'interactions dans la famille », *op. cit.*, 1987, pp. 153-179.

– « Les groupes *Négociation* se définissent par une cohésion fondée sur la spécificité et l'autonomie des membres et une régulation de type communicationnel ; ils sont systématiquement ouverts sur l'extérieur. »

Le mérite de J. Kellerhals est d'avoir montré une certaine correspondance entre les résultats des méthodes objectivistes et les analyses subjectivistes. Les types auxquels aboutit l'auteur ne sont pas tout à fait identifiables à ceux de D. Reiss par exemple. Mais les axes à partir desquels les définitions sont établies se ressemblent fort. Sans doute serait-ce simplifier la présentation que d'identifier la « coordination » de l'un à la « cohésion » de l'autre, ou la « configuration » à l'« intégration ». Mais les analogies sont suffisantes pour que l'hypothèse d'une possible correspondance soit vraisemblable. N'oublions pas que dans ce domaine les travaux sont encore ceux de pionniers. On peut espérer que dans un jour prochain, sur un même échantillon, approche objectiviste et approche subjectiviste seront menées simultanément. Une telle enquête se révélerait sans doute très féconde.

Ajoutons que, à notre sens, comme chez David Reiss, une certaine ambiguïté demeure dans le travail de Jean Kellerhals. Il s'agit d'ailleurs de la même : en insistant sur la pluralité des axes nécessaires à la définition, J. Kellerhals semble suggérer que ces axes sont indépendants. Pourtant, ici ou là, il est fait allusion à « une logique propre »[6]. L'idée d'un modèle à finalité déterminante n'est peut-être pas aussi absente de cette conception subjectiviste qu'une première lecture pourrait le faire penser. En tout cas, cette logique ne paraît pas incompatible avec ce que l'auteur nous a déjà présenté de sa théorie.

II. Des projets variés

La distinction entre le concept de type et celui de modèle est nette. Le premier permet de discerner en caractérisant par une

6. *Ibid.*, p. 171.

constellation de traits. Le second reconnaît des finalités différentes qui donnent leur vérité à ces traits et qui rendent cohérentes les attitudes et les comportements. Le pluralisme véritable serait donc finalement celui des projets. C'est ce que l'on voudrait maintenant établir en justifiant le choix des modèles retenus.

On admettra d'abord, et cela semble difficilement récusable, que la famille « ouverte » du XIXe siècle, avec quelques variantes, a gardé la faveur d'une partie de la population : elle constituerait le premier modèle contemporain. On se demandera ensuite quels types de liens peuvent assurer à la majorité des couples une relative stabilité une fois dévaluée la solidarité institutionnelle. Le sentiment, même s'il est précaire, peut soutenir certaines unions, du moins tant que dure la ferveur amoureuse. Un autre fondement possible consiste dans une « arithmétique »[7] des gratifications garantissant que le mariage actuel est la position la meilleure dans la situation présente. Enfin, le couple peut tenter progressivement de donner à son union une signification unifiante. Il s'efforcera dans ce cas de faire de la vie commune une histoire cumulative où le passé sera sans cesse intégré au présent, où un projet global donnera aux événements et aux décisions une cohérence délibérée.

Ces finalités permettent d'ailleurs de retrouver, mais cette fois en les hiérarchisant, les grands axes généralement retenus comme critères discriminants. Posées en effet les finalités de ces modèles, les caractéristiques principales en découlent logiquement. Là où, par exemple, l'intensité du sentiment est privilégiée, le monde extérieur n'est-il pas quelque peu dévalué au profit de la fusion, et les conduites ne sont-elles pas réglées par les normes affectives plutôt que par une négociation à la recherche d'une équité rationnelle ? De même, la distance prise par rapport au conjoint rend au monde extérieur son importance et implique, pour régler les choix ou les différends, des critères objectifs. Enfin, la recherche d'une histoire cumulative suppose, dans la relation familiale comme dans l'exploration de l'environnement, sinon la foi en un sens déjà existant, du moins l'espoir d'en découvrir un. Dans ce dernier cas, les cartes sont sans doute brouillées, fusion et distance, normes et négociation, environnement et intimité ne sont plus termes d'alternative mais moments d'une histoire. Ils ne s'excluent pas, ils s'appellent.

---

7. Le philosophe Bentham parle d'une arithmétique des plaisirs comme fondement de la morale.

Soit, concédera-t-on peut-être, mais pourquoi ces quatre modèles seulement ? N'est-il pas d'autres manières possibles de fonder la solidarité familiale ? L'objection faite à Reiss ou Kellerhals n'a pas ici perdu sa pertinence. Question difficile. Il a paru, mais c'est là hypothèse et non vérité démontrée, qu'une conduite humaine ne peut guère se justifier que par quelques motivations idéales : le souci d'une certaine sécurité, la plénitude de l'instant, l'appréciation rationnelle des gratifications escomptées, et, en dernier lieu, un espoir peut-être illusoire, mais tenace, de lier, grâce à la relation avec le conjoint, les moments de la vie en donnant à celle-ci un sens. La famille n'est pas, dans ce cas, la signification dernière de l'existence, mais le lieu où celle-ci, le plus souvent, se révèle et se réalise. La question finale est donc de savoir autour de quels projets s'organise la solidarité des couples, ou encore quelles sont les raisons que ceux-ci se donnent pour demeurer unis, étant entendu que les moyens se trouvent différemment définis suivant le projet adopté.

Une précision ici pourtant s'impose : fondée sur le bénéficiaire prioritaire du fonctionnement de la famille, une typologie comme celle de B. Farber ne correspond pas exactement au concept de modèle. On sait que ce sociologue américain distingue des familles où l'instance privilégiée est l'enfant, d'autres plutôt orientées vers le couple ; d'autres enfin centrées sur l'individu[8]. Cette « hiérarchie des appartenances », pour reprendre l'expression de J. Kellerhals[9], peut constituer un classement commode : elle n'a pas valeur explicative, en ce sens qu'elle n'explique pas pourquoi, par exemple, les relations du couple se donnent pour objectif ici l'enfant, là le couple. Le modèle véritable doit comporter l'évidence fondatrice de ces choix : quelle motivation déterminante donne sa prééminence à l'un des trois bénéficiaires possibles.

Appliquer à la famille l'idée de modèle se définit donc par le projet général qu'un couple, placé dans un environnement socioculturel donné, se propose de réaliser à travers des stratégies pertinentes. N'est-ce pas ainsi d'ailleurs qu'a été définie la famille traditionnelle ? Dans un environnement de précarité et d'urgence, pour survivre, elle avait adopté, comme stratégie générale, l'institution. On voyait bien que la finalité, l'environnement, les instruments

8. Bernard Farber, « Types of family organisation : child oriented, home oriented and parent oriented », in : A.M. Rose, *Human behavior and social process*, London, Routledge and Kegan, 1962.
9. Jean Kellerhals, *Micro-sociologie de la famille*, Paris, PUF, 1984, p. 32.

adoptés, y faisaient système. La cohérence y était particulièrement évidente puisque la rigueur de l'environnement ne permettait guère d'autre ambition que celle de survivre et ne laissait sans doute d'autre stratégie que celle de l'institution.

La famille moderne

Les temps sont changés ; l'environnement social s'est radicalement transformé. De la famille traditionnelle, dans les pays industrialisés, il ne reste guère dans la population que d'étroites enclaves. La famille *moderne* s'est, elle, largement diffusée au cours du XIXe siècle et du début du XXe siècle. Jusqu'aux environs de 1970, elle demeurait largement majoritaire ; elle occupe encore, surtout parmi les plus de quarante ans, une place importante.

Comment nommer convenablement ce modèle ? Nous devons avouer que nous avons beaucoup tâtonné. Nous l'avons d'abord appelé « *romanesque* » (*Le mariage dans la société française contemporaine*, Paris, PUF, 1975, p. 367). Nous voulions signifier par là l'irruption soudaine du sentiment amoureux dans des familles qui restaient par ailleurs attachées à la régulation institutionnelle. Nous l'avons désigné ensuite (« Mariages et divorce », *Population*, 1980, 6, p. 1032) par l'expression « *alliance* », pour souligner que le sentiment et l'institution s'y confortaient réciproquement. Le terme *alliance* désignant déjà les unions fondées sur les stratégies patrimoniales, au sens large, il nous a paru plus clair d'y renoncer et de garder le terme de « moderne » qui marque mieux la continuité entre les formes contemporaines de ce modèle et les caractéristiques qu'il présentait au cours du XIXe siècle.

On se souvient que ce modèle se définit par une double inspiration : d'une part la recherche du bonheur, particulièrement à travers le sentiment amoureux : d'autre part le respect de l'institution, considérée comme le guide infaillible vers ce bonheur. Plus précisément, on admet que la loi exprime la nature de l'homme et que lui obéir, ce n'est jamais autre chose que suivre la pente de ses véritables désirs. On recherche donc le bonheur. On se marie par amour. Mais l'intensité des gratifications immédiates n'est pas le critère ultime dans les choix. L'institution, une institution nouvelle, fondée en raison, décide en dernier ressort. L'immédiat se trouve ainsi contrôlé par des objectifs à la fois stables et collectifs. « Consentir à l'institution, écrit Robert Grimm, c'est parier qu'elle soutient et oriente nos désirs profonds et qu'en un sens elle n'est pas l'ennemie de l'homme, mais son éducatrice [10] ».

Voilà donc le long terme justifié, à nouveau, mais pour d'autres raisons. Voici les enfants qui lesteront l'existence des parents d'obligations et de gratifications nouvelles, leur permettant ainsi de prolonger au-delà de leur propre mort les rêves de leur jeunesse. Par l'institution et à travers l'enfant, les parents, comme dans la famille traditionnelle, se sentent moments d'une longue histoire, débordés à la fois par le passé et l'avenir, porteurs de devoirs, mais aussi de sens. A la différence de la famille traditionnelle, ce n'est plus la seule survie qu'ils prétendent assurer ainsi, mais une vie dont ils ont, dans leur amour réciproque, apprécié la valeur et dont ils pensent que leurs enfants pourront encore améliorer la qualité. Telle serait la signification de ce modèle. On voit qu'il s'organise spontanément autour de l'enfant.

Faut-il admettre que cette forme de famille est restée identique dans le temps, que la « modernité » d'aujourd'hui reste celle d'il y a un siècle, et que, simplement, ce modèle a cessé d'être dominant ? Elle a incontestablement évolué sur deux points. Dans la combinaison institution-bonheur, un équilibre existait entre les deux pôles. La pondération, depuis, a dérivé vers le bonheur.

Par ailleurs, des deux formes de famille moderne que décrivait R. Sennett, celle qu'il appelait «*fermée* » paraît en voie de disparition. Le repli austère, même sur un foyer chaleureux, ne rencontre plus guère d'adeptes. Cela ne signifie pas que le public, au sens où l'on parle de bien public, ait retrouvé son prestige, mais simplement que les « tyrannies intimes » n'imposent pas l'« enfermement ». Nos contemporains, dans les jeunes générations surtout, veulent « être au courant », garder un large réseau de relations, être au fait de toute nouveauté, ouverts aux changements, prendre leur part des jeux et loisirs collectifs. En un mot, ils désirent vivement être « animés ». Ils sont aussi soucieux d'occuper dans cette société une place sans cesse plus avantageuse.

Ceci dit, les caractéristiques démographiques du modèle n'ont guère varié : la divortialité y demeure relativement peu élevée et la

10. Robert Grimm, *L'institution du mariage*, Paris, Cerf, 1984, p. 295.

fécondité faible. Ce sont là deux points communs avec les comportements de la famille « ouverte » de la fin du XIXe siècle. Le rôle que continue à y jouer l'institution est difficilement compatible, du moins durablement, avec des unions libres et des naissances hors mariage. Le divorce, s'il survient, sera encore fréquemment suivi d'un remariage. L'augmentation récente des divorces et des cohabitations sans mariage tient à ce que, dominant dans les années cinquante, ce modèle ne reste adopté aujourd'hui que par une minorité de la population jeune.

La famille fusionnelle

Un autre modèle s'est, au contraire, développé. Lui aussi est une réaction du couple face à l'attiédissement du sentiment amoureux. La réaction, dans ce cas, consiste à ne pas se résigner au désenchantement, à tenter de prolonger la ferveur aussi longtemps qu'il est possible, pour, lorsque l'échec devient patent, se résoudre de façon plus ou moins tumultueuse à la rupture.

Les conjoints, dans ce cas, considèrent que leur union n'aurait ni sens ni authenticité s'ils ne pouvaient plus vérifier constamment leur capacité réciproque de s'émouvoir et de s'installer dans le pathétique. Toute autre forme de solidarité serait à leurs yeux artificielle et, en quelque manière, hypocrite. Ce qui a été le fondement initial de leur union doit le demeurer définitivement. La famille, comme le couple, sera *fusionnelle* ou ne sera pas. L'exposé du chapitre précédent nous dispense donc d'une nouvelle description : on montrera seulement les implications démographiques de ce modèle.

Dans la mesure où il ne retient comme critère de légitimation que l'évidence du lien amoureux, le mariage n'en constitue plus ni le fondement, ni un moment significatif. La société exige-t-elle, pour la vie commune, un enregistrement légal, on s'y soumettra, plus ou moins volontiers. Dans cette évidence d'une solidarité déjà établie, le mariage apparaît alors comme une formalité inutile ; bien plus, il est perçu comme un dispositif social qui donne à l'entourage une idée fausse du lien conjugal ; il risque surtout, et ce serait alors la fin du sentiment amoureux, de canaliser dans les normes institutionnelles l'élan spontané, multiforme, inventif, du sentiment amoureux. Dans la mesure où la société le permet, dans la mesure aussi où elle ne réserve pas aux couples mariés l'exclusivité de certains avantages, autant donc se dispenser de ce rite, ou du moins autant le retarder le plus longtemps possible. Ce type de relation conjugale, au sens large de l'adjectif, tend, par la logique même du lien, à favoriser la cohabitation juvénile et l'amour libre, donc à bouleverser les tables de nuptialité : dans ce modèle, on se mariera tard et ceux-là qui refuseront définitivement le mariage seront relativement nombreux.

Le nombre des enfants est lui aussi influencé par la priorité accordée à la relation amoureuse. Ceux-ci sont en effet désirés, et perçus après leur naissance comme expressions vivantes du couple, comme confirmation permanente de la réalité et de la qualité du sentiment qui lie les parents. D'une manière générale, le nombre d'enfants idéal, dans ce modèle, serait de deux, si possible de sexes différents. Cette symétrie entre le couple parental et la fratrie confirmerait la continuité entre les conjoints et leur descendance.

Par contre, un nombre plus important d'enfants risquerait de déséquilibrer le couple, de mobiliser au profit des enfants un temps que, jusque-là, les amants consacraient au dialogue et aux échanges. Si la famille devenait trop nombreuse, il y aurait déséquilibre au profit des enfants. D'ailleurs, une fratrie de trois ou quatre enfants constitue, face aux parents, une unité affective quelque peu autarcique : elle forme en tout cas un obstacle au vœu de ces parents, celui d'une unité familiale transparente, centrée sur leur union. Le couple fusionnel souhaite donc être fécond, mais il limite délibérément sa descendance à un ou deux enfants, exceptionnellement trois.

Quant au statut matrimonial des parents au moment de la naissance du premier enfant, c'est affaire d'opportunité. Qu'une naissance ait lieu avant ou après le mariage, voire sans mariage, perd de son importance. Ce qui compte, c'est que l'enfant soit porté par le désir commun des parents et qu'il soit souhaité comme l'expression, particulièrement précieuse, de leur amour.

Mais surtout, ce qui a été dit sur l'inéluctabilité du « désenchantement » se traduira, dans le modèle fusionnel, par la fréquence des ruptures et la multiplication des solidarités successives. Démographiquement, cette instabilité se traduira par une forte probabilité de divorce pour les couples mariés, de séparations pour les unions libres. Ces ruptures aboutiront à leur tour à des périodes plus ou moins longues de solitude, jusqu'au moment où, avec un autre partenaire, en mariage ou sans mariage, s'instaure une nouvelle relation amoureuse, qui sera probablement la répétition de la première.

Ainsi, le projet de fusion se réalise dans un type de biographie familiale qui pourrait se définir par une union assez précoce, d'abord sans mariage, puis légalisée à l'occasion d'une naissance ; par le risque élevé d'une rupture, suivie de la formation d'un nouveau couple, plus probablement cette fois sans mariage ; cette seconde union ne sera pas toujours la dernière, et, pour la femme surtout, ce type de biographie se terminera le plus souvent par une vie précocement solitaire.

La famille « club »

D'autres, et ce sera le troisième modèle, se veulent plus réalistes. Ils renoncent, d'emblée ou après un échec, aux risques trop lourds de la fusion amoureuse. Ils y voient une forme de captivité qui risque de compromettre ce à quoi ils disent tenir le plus, leur indépendance. Ils redoutent aussi, dans cette forme de solidarité intense, le caractère souvent dramatique des ruptures. Ils récusent bien entendu aussi les normes institutionnelles qui, dans leur principe même, ruineraient une autonomie qu'ils veulent inaliénable. Ils déclarent fonder leur conduite sur la raison. Celle-ci prendra la forme d'une comptabilité, plus ou moins explicite, plus ou moins consciente aussi, des gratifications et services échangés.

Il ne faudrait pourtant pas avoir de ce modèle une interprétation trop bassement calculatrice. Ce qui entre en ligne de compte dans la recherche de cette « équité » dont parle J. Kellerhals, ce sont des plaisirs et des avantages mesurables, mais aussi la joie de partager les mêmes goûts, d'avoir un capital de souvenirs communs, la satisfaction aussi de voir grandir ces enfants où chacun retrouve une part de lui-même. Ce qui caractérise finalement ces couples, c'est le souci de la disponibilité à l'avenir[11]. L'autonomie que chacun s'accorde, plus ou moins largement, dans le présent est équilibrée par le pouvoir que chacun reconnaît à l'autre, en particulier celui de rompre l'association si celle-ci lui apparaît comme trop déficitaire ou incompatible avec une opportunité plus avantageuse. « Nous sommes ensemble aujourd'hui. Nous sommes bien ensemble. Il est probable que cela durera. Mais si un jour... »

---

11. Bernard Farber, *Family, organization and interaction,* San Francisco, Chander Publishing Company, 1964, p. 108-109.

Faut-il prendre au mot ces déclarations parfois, apparemment au moins, un peu cyniques ? Les conjoints manifestent certes une surprenante pudeur au sujet de leur vie affective [12]. Mais les psychologues soupçonnent parfois ces « indifférents » d'être en réalité des personnes qui, dans leur conscience claire, refusent l'union fusionnelle parce que précisément ils se sentent plus ou moins confusément à la fois tentés et menacés par cette situation. Nous nous en tiendrons ici au discours des conjoints : il serait aussi naïf de le tenir pour faux que de le prendre pour argent comptant. Disons que nous sommes dans un type d'association qui se veut dans le moment et surtout, à terme, limitée, résiliable. L'expression *famille-club* exprime cet aspect contractuel, ce souci d'autonomie, mais aussi de respect pour l'indépendance du partenaire.

A l'intérieur de ce modèle, deux sous-ensembles se dessinent. Dans l'un, les conjoints tentent sans cesse d'améliorer le rapport bénéfice/coût en s'efforçant surtout de rendre le premier terme aussi élevé que possible. Après tout, qu'il y ait des difficultés, parfois des conflits, importe assez peu. Ce qui donne toute sa valeur à l'association conjugale, c'est la qualité des gratifications qu'on en retire. Comme celles-ci s'affadissent par la répétition, on sera toujours en quête de nouveautés, d'expériences, aussi bien dans la vie du couple que dans la recherche des loisirs et dans l'extension du réseau de relations sociales. Cette sorte de « club » se veut permanente invention.

Tout autre se présente l'attitude du second sous-ensemble. Ici l'on est plutôt soucieux d'obtenir un solde positif en minimisant le poste « coût ». On préfère renoncer aux changements aventureux, aux risques de l'innovation. On réglera sa conduite sur le moindre risque. Dans les relations internes au couple, on réduira les échanges, de crainte de créer de douloureuses tensions. La nouveauté sera redoutée, à moins qu'elle n'apporte toute garantie de sécurité. Bref, l'on vivra « petit », multipliant les précautions, préoccupé avant tout de minimiser les risques.

Cette manière d'association tend vers une limite où les conjoints continuent à vivre ensemble sans échanger désormais d'autres biens que des services domestiques ou économiques, sans partager ni plaisirs ni soucis, des couples en somme dont l'encéphalogramme est

12. Philippe Payot, *Le travail des apparences,* Paris, Seuil, 1984.

définitivement plat. Quelles raisons, dira-t-on, justifient alors le maintien d'une solidarité aussi faible ? Elles peuvent être nombreuses : l'impossibilité pour un des conjoints, la femme le plus souvent, d'avoir en cas de rupture une vie matérielle décente ; des considérations d'opportunité patrimoniale ; enfin, et le plus souvent, la logique même qui a présidé à la vie du couple : celle de ne pas se créer des situations nouvelles qui exigeraient souffrances, effort et affrontement de l'inconnu. La meilleure manière de prolonger cette absence d'épreuves, cette ataraxie, n'est-ce pas de demeurer, dans une manière de vivre peu satisfaisante, mais rassurante ?

Combien de couples vivent ainsi, dans cet état de demi-somnolence ? Impossible évidemment de répondre à cette question. Cette attitude est sans doute plus répandue chez les époux qui ont déjà une longue histoire derrière eux et qui ne voient guère dans l'avenir la possiblité de « refaire » leur vie. Les jeunes générations estiment généralement, mais c'est là probablement un effet d'optique, que telle fut, d'emblée, la vie conjugale de leurs parents. Justifiée ou non, cette hypothèse en conduit beaucoup à déclarer que, de toutes manières, leur propre vie familiale ne saurait s'inspirer de ce modèle. Peut-être, et c'est tout normal, les jeunes, dans ce domaine comme dans les autres, ont-ils toujours estimé pouvoir faire mieux que leurs ascendants. Jamais pourtant, sur ce point, ils ne revendiquèrent une si nette rupture avec la génération de leurs parents.

Ainsi le modèle associatif est-il en réalité multiforme. On peut certes le caractériser par la volonté, commune à toutes les variantes, d'une certaine « légèreté » : l'engagement y est parfois ressenti comme précaire ; son objet, toujours, comme limité. On peut résumer cette attitude en soulignant que chaque conjoint considère comme prioritaire ses propres objectifs : les deux sous-modèles sont bien à la fois opposés et fondés sur la même raison, une raison un peu arithmétique. Il faut ajouter qu'à la différence des autres modèles, celui-ci ne se propose pas une finalité clairement définie. Il s'agit seulement d'établir une sorte de concordat entre les aspirations de chaque partenaire. Celles-ci peuvent être fort diverses et des plus mouvantes. On trouve bien là le fondement du modèle : l'instance prioritaire est l'individu, mais un individu sans projet permanent, ou du moins dont le projet fondamental est de préserver sa disponibilité.

A la limite extrême de cette conception, certains conjoints seront, plus ou moins vite, conduits à vérifier que l'équité est bien respectée et, pour cela, à utiliser des étalons mesurables, l'argent et le temps. Et comme le temps a un prix, tout finalement se traduira dans un équivalent universel : l'argent. Telle est la part de vérité des théories économétriques de la famille. Le malheur est que, là où elles se vérifient, elles ne rendent compte que d'unions réductibles à des traités de commerce. La pertinence des disciples de Gary Becker ne se vérifie en somme que là où la solidarité a cessé d'être véritablement conjugale.

La véritable vie du couple implique sans aucun doute des échanges, et l'équité y est justement réclamée, mais moins comme un dû que comme la confirmation « courante » et attendue d'une solidarité affective qui, dans son principe, est irréductible à toute comptabilité. Le souci de l'équité chez soi et chez l'autre, serait, en somme, une forme de déclaration d'amour quotidienne.

Dans les deux sous-modèles, l'aventureux et le précautionneux, les implications démographiques sont différentes. Celui qui tend par priorité à maximiser les avantages de l'union considérera l'enfant comme un bien dont la qualité importe davantage que le nombre. Il considérera une descendance nombreuse comme un lest trop lourd pour la disponibilité où le couple veut s'installer. Il est clair aussi que, par définition, une telle union doit être facilement résiliable : l'éventualité de la séparation fait partie du contrat. La divortialité sera donc ici très élevée.

Quant à l'autre modèle associatif, celui où l'on s'efforce d'abord de réduire les coûts, il sera lui aussi malthusien, car l'enfant supplémentaire est un risque supplémentaire. Par contre, une fois adoptée cette attitude générale, la stabilité du couple semble assurée, puisque, aux yeux des conjoints, la rupture, le plus souvent, comporterait plus d'inconvénients certains que de possibles avantages.

La famille-histoire

L'examen de ces divers modèles n'est finalement guère exaltant. N'aurions-nous le choix qu'entre des règles toutes faites, un sentiment vif mais précaire, et des calculs finalement un peu sordides ? Le chapitre sur le sentiment amoureux se terminait par la description d'une autre issue possible : la solidarité affective était alors comme assumée par la volonté délibérée de poursuivre activement une rencontre d'abord accueillie comme une grâce. Il s'agirait ici d'une sorte de pacte qui transformerait la collusion amoureuse en projet réel, qui ne tirerait pas ses motivations de la seule intensité immédiate ; un sentiment en somme qui se ferait histoire. Appelons donc ce dernier modèle la *famille-histoire.*

Le couple ici reconnaît la difficulté de la rencontre véritable avec l'autre, même si cet autre est l'objet d'un très vif sentiment. C'est une solidarité qui se donne du temps, qui oppose aux inévitables déceptions ponctuelles le souvenir toujours vivant d'un passé heureux et l'espoir fondé d'un avenir meilleur. Une résolution donc de rester, ensemble, ouverts et lucides, confiants et solidaires. Ainsi les moments successifs se lieraient entre eux, s'imbriqueraient, se conforteraient réciproquement. Point de règles définitives peut-être, mais une recherche et une obstination communes, pour trouver un sens commun à la vie commune. La famille-histoire serait celle qui consentirait à quitter l'illusion d'un *partenaire imaginé* pour la réalité d'un *conjoint éprouvé.* Une histoire qui renoncerait à captiver l'autre, et d'abord en abandonnant l'illusion de connaître, une fois pour toutes, sa richesse. C'est là, sans doute, ce que signifie, entre homme et femme, le mot fidélité.

Ce modèle d'union ne trouve, lui aussi, toute sa vérité que dans la volonté de s'exprimer à travers une réalité vivante, un être nouveau, à la fois tout proche et autonome. Le projet commun des conjoints devient ainsi désir d'enfants. Rien là, dira-t-on, qui soit différent de ce qui se passe dans la famille-fusion. En apparence seulement, car ici l'enfant souhaité n'est pas le double imaginaire d'un conjoint, mais l'être qui reprendra pour son compte et à sa manière la résolution d'exister et, en particulier, d'exister dans une relation intense avec un autre. L'enfant n'est pas seulement un prolongement de l'histoire du couple. Il signifie que cette histoire demeure ouverte. Il n'est plus nécessaire dans ces conditions de limiter à un ou deux le nombre des enfants. Trois ou quatre enfants représenteront un choix tout à fait conciliable avec ce modèle.

Pour ce qui est de la stabilité de ce couple, elle n'est évidemment pas acquise. L'histoire, à tort ou à raison, peut paraître définitivement compromise, engagée dans une impasse et les conjoints peut-être alors se sépareront. Mais deux facteurs réduiront cette probabilité. D'une part, le système fonctionne sur le long terme. Il faut sans doute que des gratifications actuelles viennent confirmer, parfois réactualiser, le privilège accordé à l'avenir. Mais chacun aura accordé à l'autre un large crédit de temps. D'autre part, la présence des enfants, leurs besoins affectifs, la conscience d'une parentalité définitive, ne rendent pas impossible, mais plus improbable, l'éventualité d'une rupture.

III. La logique des choix

Est-il besoin de mettre en garde, une fois encore, contre la tentation de figer ces modèles, de les considérer comme effectivement distincts et tels qu'un couple puisse se définir par référence exclusive à un seul d'entre eux ? Il s'agit bien entendu, encore une fois, de projets « idéaux », et l'on peut dire que chacun de nous est partagé entre eux. Rallié en principe à l'un d'eux, il garde plus que la nostalgie des autres : une part de soi y demeure attachée. La réalité subjective est faite d'une certaine pondération, pondération instable d'ailleurs, qui permet des combinaisons nuancées et qui explique aussi la possibilité pour un individu de passer de l'un à l'autre.

Une autre précision est nécessaire. Nous avons jusqu'ici présenté les modèles comme si tous avaient pour les conjoints la même probabilité d'être adoptés. Il faut maintenant se demander quels facteurs inclinent un couple vers celui-ci plutôt que vers celui-là. Tous les choix relèvent sans doute plus ou moins des biographies antérieures des conjoints. L'échec dramatique d'une expérience amoureuse, par exemple, conduira à une conception moins ambitieuse de la solidarité et vers une forme de lien où la prudence l'emporte sur les autres tendances.

Mais il faut surtout prendre en compte deux variables externes : les contraintes socio-économiques et les préférences culturelles. Georges Ménahem a mis l'accent sur le premier type de facteurs[13]. Sans déterminer mécaniquement le choix, la classe sociale à laquelle on appartient, l'oriente avec plus ou moins de force. Il semble certain en tous cas que plus leur situation économique est fragile, plus les conjoints auront tendance à valoriser l'aspect institutionnel de la

13. Georges Ménahem, « Les mutations de la famille et les modes de reproduction de la force de travail », *L'homme et la société*, 1979, n° 51-54, pp. 63 et séq.

famille. Celle-ci demeure, à leurs yeux, fondatrice de statuts et de droits. Ils chercheront à utiliser ces statuts comme des instruments et donc à leur accorder une valeur non négligeable. Qui, au contraire, a suffisamment d'aisance pour choisir, pourra plus facilement se méfier du caractère normatif de l'institution. Comme pour le choix du conjoint, nous renonçons, dans l'adoption d'un modèle conjugal, aux solutions dont nous pressentons l'impossibilité. Ce sont les contraintes sociales qui opèrent généralement le premier tri entre les modèles conjugaux, comme elles le font dans la formation du couple.

Les orientations culturelles interviennent ensuite. Dans la plupart des situations économiques, une certaine marge reste en effet possible dans les attitudes : l'ouvrier sera tantôt résigné, tantôt militant, suivant l'image qu'il se fait de la société. Ce choix est en partie au moins culturel et il retentit sur l'adoption du modèle familial. Une des variables culturelles, longtemps considérée comme très discriminante en matière de « modèle familial » était le degré de pratique religieuse [14]. Celui-ci était-il élevé, des normes impératives interdisaient le recours aux pratiques contraceptives, et bien entendu à l'avortement. Dans la religion catholique, le divorce aussi demeure interdit. La fréquence des ruptures, parmi les fidèles, y était logiquement plus faible que la moyenne nationale. On a pourtant récemment observé que le facteur religieux perdait, dans le domaine des comportements familiaux, une part de sa prégnance : pour les pratiquants aussi, la vie intime tend de plus en plus à devenir domaine réservé du couple et donc indépendante des attitudes religieuses.

Il serait faux d'en conclure que les facteurs culturels sont désormais obsolètes. Ce n'est pas un petit changement que celui qui tend à dissocier pratique religieuse et comportements familiaux. Mais d'autres spécificités culturelles existent, dont le pouvoir déterminant reste important. N'est-ce pas un trait culturel de percevoir le monde extérieur comme un chaos hostile ou au contraire comme un espace où déployer ses potentialités ? N'est-ce pas un choix culturel de concevoir la relation avec l'autre comme une collusion spontanée ou comme une entreprise délicate, faite de tendresse et de respect ? N'est-ce pas un choix culturel que de faire confiance à la négociation plutôt qu'à l'observance de règles préétablies ? Nous vivons dans des

14. Louis Roussel et Odile Bourguignon, *Générations nouvelles et mariage traditionnel*, op. cit., p. 162 et suivantes, par exemple.

sociétés pluriculturelles. Les conjoints adhèrent, avec des variantes singulières, à l'une de ces sous-cultures. Leur union risque d'être précaire s'ils ne s'accordent pas, pour l'essentiel, sur les représentations et les normes de ces représentations. C'est finalement cette vue générale ou, pour emprunter la termonologie de D. Reiss, ce paradigme, qui détermine la forme de vie commune. A chaque sous-culture correspond, d'une manière évidemment souple, un modèle familial.

Tout n'est pas dit pour autant. Il existe en effet une certaine correspondance entre sous-culture et classes sociales. N'allons-nous pas retrouver ici indirectement le déterminisme supposé de l'appartenance sociale ? A classes sociales différentes, dotations scolaires différentes, conceptions différentes de la vie, et finalement modèles familiaux différents ? Le facteur économique est certes toujours présent, son poids est d'autant plus fort que la situation est contraignante, mais sa « causalité » est-elle pour autant exclusive ou toujours déterminante[15] ?

Il arrive d'ailleurs qu'un couple change de modèle familial s'il connaît, au cours de sa vie, une sensible promotion sociale. Mais cette circonstance n'est pas la seule capable de provoquer une telle modification. Un divorce, une infidélité, ou simplement l'usure du temps, sont susceptibles de provoquer ce passage. Ainsi, pour comprendre l'adoption de tel projet familial plutôt que de tel autre, sommes-nous finalement conduits à prendre en compte d'autres facteurs, par exemple la biographie antérieure des conjoints, l'histoire de leurs relations avec leurs parents, ou des traits de caractère marqués. Voici quelqu'un qui accorde un prix extrême à son indépendance et qui estime le mariage incompatible avec cette exigence ; il restera sans doute juridiquement célibataire toute sa vie. Tel autre, déçu, ou blessé, renoncera à la famille-club aventureuse pour un idéal conjugal où les situations comportent moins d'aléas. Tel autre enfin gardera toute sa vie le même modèle, mais en changeant plusieurs fois de partenaire.

Le roman de chaque couple ne se réduit d'ailleurs pas à la succession de ces conceptions du couple ou au maintien de l'une d'elles. Le destin apporte ses marques, parfois heureuses, parfois tragiques. Mais c'est finalement suivant le modèle de solidarité choisi que le couple va faire face à ces situations imprévues. Le dernier mot reste toujours aux acteurs.

15. François de Singly, *Fortune et infortune de la femme mariée. Sociologie de la vie conjugale, op. cit.*

Conclusion

La vie familiale n'est pas une suite d'événements juxtaposés. Il existe une certaine unité latente qui gouverne les choix, une sorte d'habitus général qui s'exprime dans la succession des comportements. Sur le pluralisme de ces modèles idéaux, un certain consensus existe. Mais les études sur ce point en sont à leurs débuts : elles seront difficiles parce qu'elles exigent le concours de plusieurs disciplines. D'ores et déjà, l'on comprend bien que ce serait faire fausse route que de s'obstiner dans l'idée d'un projet familial unique par société. Par ailleurs, on admettra de plus en plus souvent, à notre sens, l'intérêt de reconnaître des modèles logiques plutôt que de constater simplement des types définis par des grappes de caractéristiques. La sociologie de la famille gagnera probablement ainsi un pouvoir explicatif plus convaincant.

Quant au démographe, comment ne se poserait-il pas la question d'une éventuelle correspondance entre ces modèles qualitatifs et les types de cycle de vie qui se rencontrent dans une population ? Les événements que sont le choix du conjoint, la décision de vie commune, l'acceptation ou le refus de la fécondité, la rupture du couple sont bien les moments d'une histoire démographique et en même temps les étapes d'une biographie affective. Sans doute n'existe-t-il pas, d'une série à l'autre, de stricte correspondance ; du moins peut-on penser que l'adoption latente d'un modèle familial entraîne une plus ou moins forte probabilité dans la séquence des comportements familiaux qui sont eux observables et mesurables.

CHAPITRE VII

La fin du « règne » de l'enfant

Les enfants ne sont pas du matériel à remplir le vide de notre vie. Ils ne sont ni le jouet des parents ni l'accomplissement de leur besoin de vivre.

Wilhem Steckel.

A la fin de la dernière guerre mondiale, Antoine de Saint-Exupéry publiait un conte illustré qui obtenait un énorme succès, *Le petit prince*[1]. Le héros de cette fable était un enfant, ou plutôt l'enfant. Trente ans plus tard, Philippe Ariès, qui avait également reconnu le règne de celui-ci, en annonçait la fin prochaine[2]. Qu'en est-il en réalité ? L'enfant, de nos jours, est-il vraiment un prince et, si oui, pourquoi annoncer son imminente déchéance ?

On a montré plus haut la place de l'enfant dans la famille traditionnelle. Le mariage et la fécondité, alors, ne se dissociaient pas. Qui se mariait, sauf stérilité d'un conjoint, avait très rapidement son premier-né. L'opinion, voici quinze ans, était encore persuadée de la naturelle continuité d'un événement à l'autre. La question suivante avait été posée dans une enquête de l'INED : « A votre avis, si deux

1. Antoine de Saint-Exupéry, *Le petit prince*, Paris, Gallimard, 1971 (1re édition, Alger, 1943).
2. Philippe Ariès, « L'enfant : la fin d'un règne », *Autrement*, mars 1975. Quelques années plus tard, il écrivait : « L'enfant est en train de perdre un monopole tardif et peut-être exorbitant ; il revient à une place moins privilégiée, pour le meilleur et pour le pire. Le XVIIIe-XIXe siècle se termine sous nos yeux. » Entretien, in : *L'enfant*, Nouvelle revue de psychanalyse, printemps 1979.

personnes se marient en décidant d'avance de ne pas avoir d'enfant, est-ce un véritable mariage[3] ? »

Les deux tiers des personnes interrogées répondirent par la négative. Pas de vrai mariage donc sans projet d'enfants, pas de véritable famille sans présence d'enfants. Des enquêtes plus récentes sembleraient montrer qu'en France au moins cette idée rallie encore la majorité des suffrages. Pourtant, dans le même temps, un brusque changement est survenu dans la fécondité : la plupart des couples retardent la première naissance, et beaucoup d'entre eux, dans la plupart des pays industriels, ont en moyenne un enfant de moins que leurs parents.

I. La fécondité mesurée au désir

Lorsque l'on interroge les jeunes ménages sur ce point, ils mettent généralement en avant des raisons d'ordre matériel et économique : logement trop petit, revenus insuffisants. Sans doute sont-ils sincères en donnant, presque unanimement, de telles raisons. Pourtant, au lendemain de la Seconde Guerre mondiale, alors que sévissait une grave crise du logement, alors que les rationnements se prolongeaient et que le niveau de vie était au plus bas, la fécondité se redressait, et les indices élevés se maintenaient bien au-delà de la période prévue de rattrapage. Qui ne voit au contraire aujourd'hui que la faiblesse de la fécondité est plutôt corrélée avec la richesse de la population ?

Il faut sans doute remonter beaucoup plus loin dans le temps pour trouver l'origine du mouvement qui a abouti à la situation actuelle : la baisse de la fécondité a suivi avec un certain décalage la baisse de la mortalité. Il n'était pas possible en effet que le nombre moyen d'enfants demeurât longtemps constant alors que l'espérance de vie passait de 30 ans à 70 ans : la croissance de la population serait rapidement devenue insupportable. Ce n'est évidemment pas la perspective d'un éventuel déséquilibre démographique qui motiva le

3. Louis Roussel *et alii*, *Le divorce et les Français. II. L'expérience des divorcés*, Paris, PUF, Cahier de l'INED, n° 72, 1975.

changement de comportement des couples. Comme on l'a dit plus haut, la difficulté d'établir les enfants fut, dans le monde agricole au moins, le catalyseur de la baisse de la fécondité. Mais par-delà cette difficulté, la famille nombreuse semblait difficilement conciliable avec la réalisation de la nouvelle finalité prioritaire du mariage, le bonheur des conjoints : élever cinq ou six enfants impliquait en effet une mobilisation permanente des parents, du début du mariage au seuil de la vieillesse. La volonté de limiter le nombre des enfants trouve là son origine. Cette idée, avec le temps, devint de plus en plus générale et de plus en plus suivie. La baisse de la fécondité est donc une tendance lourde, liée à des changements culturels séculaires. On tentera plus loin d'expliquer le renversement provisoire de ce mouvement au cours des années 50, mais à cette parenthèse près, avec des périodes d'accélération ou de ralentissement, la fécondité ne cessa de diminuer. Au cours des deux dernières décennies, une véritable rupture s'est produite, entraînant les taux bien au-dessous du niveau de renouvellement des générations.

Cette hypothèse d'ordre culturel peut paraître naïve. Comment ne pas voir que la baisse du XIXe siècle correspond à la diffusion, même en milieu rural, des « funestes secrets », qui, strictement pratiqués, limitaient fortement le nombre des naissances non souhaitées ? Qui ne sait aussi que la rupture entre 1973 et 1977 tient à la soudaine disponibilité de moyens qui réduisaient presque totalement la marge d'« accidents » ? Maîtriser la fécondité, c'était la diminuer. Et ce d'autant plus que l'état permanent de la femme, aujourd'hui, est celui de la stérilité artificielle ; aussi bien pour avoir un enfant doit-elle prendre l'initiative de faire cesser provisoirement cette incapacité.

Mais l'explication est-elle suffisante ? Pour qu'elle le fût, il faudrait admettre que depuis deux siècles au moins, les couples désiraient peu d'enfants, en moyenne deux et parfois un seulement, et qu'ils ne parvenaient pas à rendre effectif leur souhait, faute d'une maîtrise suffisante de leur fécondité. Le niveau actuel, puisque toutes les naissances, ou peu s'en faut, sont désormais désirées, correspondrait enfin à un idéal séculaire.

Cette constance sur une longue période est pourtant très improbable : à notre sens, les enquêtes de Charles Westoff et Norman Ryder montrent au contraire que non pas une mais deux raisons expliquent la brusque baisse des années 70 : le pouvoir, désormais sans faille, de réduire le nombre de ses enfants, pouvoir, dont l'effet est immédiat mais également la baisse du nombre d'enfants souhaités, tendance dont l'évolution est plus lente [4]. Les recherches de ces deux sociologues américains visaient précisément à pondérer l'importance respective des deux facteurs. Les questions posées aux enquêtées portaient sur la descendance réelle, sur les naissances désirées et sur celles qui ne l'étaient pas, sur celles qui étaient survenues à la date prévue et celles désirées mais survenues prématurément. Henri Leridon a réalisé pour la France des analyses analogues [5]. Les résultats de ces recherches sont résumés dans les deux tableaux suivants.

Tableau 1. – Descendance totale et descendance désirée aux États-unis, par périodes

Descendance	1950-1954	1955-1959	1960-1964	1965-1969	1982
Descendance totale	3,40	3,67	3,68	2,56	1,81
Descendance désirée	2,93	3,20	2,99	2,13	1,67
Descendance non désirée	0,47	0,57	0,69	0,43	0,13
Pourcentage des enfants non désirés par rapport au total	14 %	16 %	19 %	17 %	7 %

Sources : Ch. Ryder, *op. cit.* Pour 1982, il s'agit d'une estimation faite à partir des données présentées pour cette date par W. F. Pratt *et alii,* Understanding U.S. fertility, *Population Bulletin,* Vol. 39, n° 5, déc. 1984, p. 31.

Tableau 2. - Descendance totale et descendance en France, par périodes

Descendance	1963-1967	1968-1972	1973-1977	1985
Descendance totale	2,82	2,50	2,01	1,82
Descendance désirée	2,33	1,99	1,74	
Descendance non désirée	0,59	0,51	0,27	
Pourcentage des enfants non désirés par rapport au total	21 %	20 %	13 %	

Source : H. Leridon, *op. cit.*, p. 515.

4. Charles Westoff et Norman Ryder, *The Contraceptive Revolution,* Princeton University Press, 1977. Norman Ryder, « A Model of Fertility by Planning Status », *Demography,* nov. 1978. Voir aussi, des mêmes auteurs, « The predictive validity of reproductive intentions », *Demography,* 4/1977.

5. Henri Leridon, « La baisse de la fécondité depuis 1965 : « moins d'enfants désirés et moins de grossesses non désirées », *Population,* 1985, n° 3, p. 515.

Suivant ces deux tableaux[6], on voit clairement que l'hypothèse d'un nombre constant d'enfants désirés est fausse. Ce nombre a baissé de 43 % aux États-Unis et, au cours d'une période plus courte, de 22 % en France. Le pourcentage des enfants non désirés est descendu, aujourd'hui, aux États-Unis, à un niveau très bas (probablement de l'ordre de 5 %).

Plusieurs critiques peuvent être adressées à ce type d'enquête. Et d'abord, que signifie précisément l'expression « enfant non désiré » ? Qu'en est-il du cas où la femme a d'abord regretté une grossesse supplémentaire pour ensuite désirer cet enfant nouveau et l'aimer tout autant que les autres ? La ligne de démarcation est floue et souvent difficile à repérer entre l'enfant souhaité et celui qui ne l'a pas été. Alain Monnier a montré par ailleurs, dans une enquête longitudinale, la très forte versatilité des parents en la matière[7]. Telle femme qui, dans un premier temps, déclarait ne plus vouloir d'enfant en avait un supplémentaire deux ans plus tard. La situation inverse, elle aussi, n'était pas rare.

Il faut reconnaître donc que les pondérations calculées entre l'effet des contraceptifs nouveaux et les changements d'attitude des parents ne peuvent être mesurées d'une manière très précise. Mais comment ne pas admettre que les deux facteurs ont joué, et tous deux dans le même sens, celui de la baisse de la fécondité ? Comment ne pas voir aussi que, des deux facteurs, la diminution du nombre d'enfants désirés est désormais celui qui pèsera le plus, les effets de l'autre étant désormais acquis ?

D'ailleurs, ne faut-il pas remettre en question l'apparente indépendance des deux facteurs : la diffusion de la contraception et le désir des parents de limiter davantage encore leur descendance ? N'est-il pas une étroite corrélation, pour une même méthode contraceptive, entre la résolution de l'utilisateur et l'efficacité du procédé ? Une méthode, en principe hasardeuse, mais rigoureusement observée, peut réserver moins de surprises que l'infaillibilité d'une autre pratiquée avec quelque légèreté. Peut-on d'autre part supposer que la mise au point des contraceptifs nouveaux soit sans relation avec la conscience, chez les investiteurs nécessaires, de l'existence d'un mar-

6. Comme toutes les données du moment, celles-ci souffrent d'un effet de calendrier. La fécondité devenant soudain plus tardive, les indices la sous-estiment par rapport à ce que seront les tendances finales des générations. Toutefois, ces indices sont révélateurs des mouvements en cours, aussi bien de l'évolution du total des naissances que du poids de celles qui ne sont pas désirées.

7. Alain Monnier, « Projets de maternité et comportements réels. Une enquête longitudinale, 1974-1976 », *Population*, 1978, 4-5.

Tableau 3. – Méthode contraceptive utilisée. (Enquête de 1988)

Proportion (%) de femmes qui :	Ensemble des femmes âgées de 20 à 44 ans au 1er janvier 1988							
	18-19 ans	20-24 ans	25-29 ans	30-34 ans	35-39 ans	40-44 ans	45-49 ans	18-49 ans
Utilisent une méthode dont :	**51,4**	**60,4**	**69,8**	**73,6**	**71,6**	**62,3**	**47,6**	**64,4**
Pilule	44,4	50,8	41,7	33,5	25,0	14,2	11,0	31,8
Stérilet	0,4	2,7	14,9	25,6	27,8	25,3	14,2	17,3
Préservatifs	2,5	2,0	4,3	4,2	4,9	5,9	3,0	4,0
Retrait	2,5	2,0	4,8	6,5	7,3	11,6	15,1	7,0
Abstinence périodique	0,8	1,3	1,9	1,3	3,6	4,3	3,1	2,4
Autre (ou Inc.)	0,8	1,6	2,2	2,5	3,0	1,0	1,2	1,9
N'utilisent pas de méthode dont :	**48,6**	**39,6**	**30,3**	**26,4**	**28,4**	**37,6**	**52,4**	**35,6**
Stérilisation	–	0,2	0,2	4,1	9,4	15,9	21,2	7,1
Stériles	–	0,2	1,3	1,1	3,9	7,5	18,8	4,2
Enceintes	0,8	8,3	10,2	5,6	2,1	1,0	–	4,7
Sans partenaire	47,0	25,1	8,1	7,5	7,4	6,9	9,7	13,3
Autres situations et :								
● veulent des enfants	0,8	5,6	9,5	6,5	3,7	0,8	0,4	4,5
● ne veulent plus d'enfant	–	0,2	1,0	1,6	1,9	5,5	2,3	1,8
Ensemble	**100**	**100**	**100**	**100**	**100**	**100**	**100**	**100**
Population (milliers)	811	2 096	2 086	2 094	2 144	1 757	1 384	12 372

Comparaison entre les enquêtes de 1978 et 1988

Pour 100 femmes de 20 à 44 ans	Enquête de 1978	Enquête de 1988
Utilisent une méthode	**68,1**	**67,7**
Méthode principale utilisée		
– Pilule	27,9	33,6
– Stérilet	8,9	19,1
– Préservatifs	5,2	4,2
– Retrait	18,3	6,3
– Abstinence périodique	5,6	2,4
– Autre	2,2	2,1
Méthode utilisée seule ou en association :		
– Préservatif	6,0	5,0
– Abstinence périodique	9,3	4,3
– Diaphragme, crème, ovule...	0,9	2,5

Source : Henri Léridon et Laurent Toulemon, *Population et sociétés,* octobre 1988.

ché immense ? Quant à la levée des interdictions qui frappaient la vente des contraceptifs, elle s'explique par la pression de l'opinion. Impossible donc de considérer que tout a changé parce que le hasard de la recherche aurait tout à coup permis de produire un moyen efficace de maîtriser rigoureusement la fécondité.

La diffusion effective de ces méthodes contraceptives montre bien que le nombre de femmes qui souhaitent ne plus avoir d'enfant et qui pourtant en acceptent le risque est devenu très faible. L'exemple de la France est à cet égard très suggestif.

Si l'on tient compte d'une part des femmes stériles ou stérilisées, de celles qui sont seules, et d'autre part de celles qui désirent encore un enfant ou qui sont enceintes, on voit que le pourcentage de celles qui acceptent le risque d'une conception non désirée est, à tout âge, très faible. Le tableau ci-dessus montre que de 1978 à 1988 la proportion des utilisatrices du stérilet a nettement progressé et qu'en revanche la méthode du retrait est moins pratiquée. Des données portant sur les États-Unis par exemple, ou la province du Québec, montrent que la maîtrise y est encore plus rigoureuse et qu'elle prend, à partir d'un certain âge, chez une partie importante des couples, une forme généralement irréversible, la stérilisation.

Les données les plus récentes[8] pour la France suggèrent que la fréquence des stérilisations y demeure assez proche du niveau de 1978. Il est vrai aussi qu'une partie des personnes stérilisées regrettent leur décision, surtout si elles se remarient[9]. Certains vont jusqu'à tenter de retrouver leur fécondité par une difficile et souvent inefficace intervention chirurgicale. De toute manière, il semble bien qu'à partir du moment où ils décident de ne plus avoir d'enfants, les couples, dans certains pays au moins, recourront de plus en plus souvent à cette pratique. Au-delà de 30 ans, ce pourrait devenir la méthode utilisée par la majorité des couples. Des progrès dans les techniques de réversibilité devraient encore accuser cette tendance.

8. En particulier, une récente enquête de l'INED, réalisée par Henri Leridon et son équipe.

9. Nicole Marcil-Gratton, *Le recours précoce à la ligature des trompes au Québec*, Université de Montréal, Démographie, collection de tirés-à-part, 1986, n° 231.

Tableau 4. – Pourcentage des couples stérilisés suivant le groupe d'âge de la femme, au Québec et aux États-Unis

Age	QUÉBEC		ÉTATS-UNIS
	1971	1982	1982
15-19 ans	–	–	–
20-24 ans	–	3	4
25-29 ans	2	21	12
30-34 ans	7	39	30
35-39 ans	13	63	35
40-44 ans	13	69	40
Total	10	45	18

Sources : Québec : Nicole Marcil-Gratton, « De la stérilisation à la pilule », *Cahiers des sciences sociales et sexologiques,* Université de Montréal, n° 9 (juin 1965). États-Unis : W. F. Pratt *et alii,* « Understanding U.S. Fertility », *Population Bulletin,* vol. 39, n° 5, déc. 1984.

Finalement, toutes les données statistiques présentées soulignent la répugnance des couples contemporains à considérer comme « normale » une conception qui n'aurait pas d'abord été décidée par eux. Au-delà du nombre d'enfants, la maîtrise s'étend déjà au calendrier de la naissance ; elle portera demain sur le choix du sexe. Comme le dit Alain Norvez : « Ne rien laisser au hasard, contrôler le développement du fœtus et demain la conception elle-même : telle semble être l'évolution inéluctable [10]. » Cette attitude constitue d'ailleurs un trait beaucoup plus général dans les sociétés industrielles ; c'est ce que l'on pourrait appeler le *refus du destin.* « Qu'il ne m'arrive jamais que ce que j'ai d'abord résolu ou accepté. » Cette disposition revêt une forme catégorique lorsqu'elle porte sur un point aussi important que la venue d'un nouvel enfant [11].

La quasi-totalité des naissances sont donc, dans nos pays, des naissances souhaitées. Mais cette attitude ne s'est radicalisée et généralisée que lentement. En donnant le bonheur comme finalité au mariage, on limitait déjà virtuellement la taille de la descendance réelle à celle de la descendance souhaitée. C'est la modernité même qui est au principe du malthusianisme. Paradoxalement, elle fonde

10. Alain Norvez, *L'enfant d'âge préscolaire dans la France contemporaine. Étude démographique et sociale.* Thèse de doctorat d'État, Université Paris V, 1988.

11. Philippe Ariès, « Deux motivations successives du déclin de la fécondité en Occident », Communication au Séminaire de Bad Homburg (14-17 avril 1980).

aussi cet étrange « droit à l'enfant » que revendiquent certains couples, s'il est vrai du moins que tout désir légitime fonde un droit. Cela ne signifie pas pourtant que l'expression « désir d'enfants » recouvre, pour tous les parents, la même réalité. Nous avons vu plus haut qu'il existe divers modèles de conjugalité. A chacun d'eux correspond aussi une manière différente de désirer un enfant : amour conjugal et attitudes envers l'enfant ne sont pas indépendants ; une certaine correspondance règne dans le champ affectif familial. Il convient donc de préciser ces différences et de montrer comment celles-ci aboutissent à des attitudes et à des comportements éducatifs dissemblables.

II. Des sentiments différents

Rappelons très brièvement l'image de l'enfant dans la famille *traditionnelle.* Ce n'était point ses qualités singulières qui faisaient son prix, ni l'affection que l'on pouvait en attendre. Il insérait les parents dans le futur, leur donnait la dignité de porteurs d'avenir et les intégrait ainsi définitivement à la partie vive de la société. Ne pas avoir d'enfant, c'était ne pas avoir de place véritable dans le groupe et, en quelque sorte, ne pas exister. Le couple ne recherchait donc pas d'abord des gratifications affectives, mais plutôt l'accès à un statut de membre à part entière de la communauté. En ce sens, l'enfant mort était remplaçable et le nouveau-né prenait la place et parfois le prénom du frère décédé. Il fallait d'ailleurs s'assurer que l'enfant s'intégrerait à son tour au groupe et qu'à travers lui la famille se prolongerait. Sa socialisation était à la fois rigoureuse et naturelle. Rigoureuse, car on ne s'intéressait guère à ses états d'âme. Son premier devoir était l'obéissance. L'amour envers les parents était d'abord une obligation, un « commandement ». Mais cette éducation, dans notre aire culturelle au moins [12], était également « naturelle » en ce sens qu'elle n'impliquait pas une institution spéciale et qu'elle se faisait dans un cadre familial. Point donc de pédagogie abstraite,

12. Il existait certes des sociétés où le groupe prenait en main la socialisation des enfants. Celle-ci se faisait sous une forme institutionnalisée et se terminait par des cérémonies initiatiques où était vérifiée la capacité du jeune à prendre rang parmi les adultes.

mais une immersion précoce dans le monde des adultes et l'évidence, pour les petits comme pour les grands, des tâches quotidiennes. Les aînés prodiguaient à l'occasion quelques conseils pratiques, mais finalement on apprenait « sur le tas » à devenir un homme ou une femme.

En somme, à l'enfant-héritier, les *conjoints traditionnels* tenaient, par leurs attitudes au moins, le discours suivant : « Tu es notre fils ou notre fille. Tu appartiens à une lignée dont tu dois te montrer digne. Voici ton nom qui désigne ta place dans le groupe. Voici tes devoirs et tes droits. A toi de répéter un jour notre histoire, comme nous-mêmes avons répété celle de nos parents. » Pour cet enfant, point de choix possible. Il suivra le chemin d'avance tracé ou se perdra. Ce qui est en jeu dans son éducation, c'est, d'une manière ou d'une autre, sa survie.

Dans la *famille moderne,* l'idée de bonheur devint centrale. Dans la « plus douce des sociétés », l'enfant était à la fois entouré d'affection et lui-même pourvoyeur de joie pour ses parents. Il demeurait porteur d'avenir. Au moins dans la famille « ouverte », les conjoints donnaient à l'enfant « délégation » pour que celui-ci devienne ce qu'eux-mêmes auraient voulu être : eux s'identifiaient, fantasmatiquement, à ce qu'il serait un jour. C'est à travers lui qu'ils réalisaient leurs rêves : leur identité définitive, ils l'attendaient de la réussite et du bonheur de leur descendance.

Incompatible avec une famille nombreuse, cette fonction de l'enfant appelle, chez tous les membres de la famille, un comportement qu'Ariès qualifiait d'ascétique [13]. Les parents renonçaient à des satisfactions immédiates. Les enfants acceptaient, de plus ou moins bon gré, une morale rigoriste, dont l'éthique puritaine constituait l'idéal ; la pratique y introduisait certes quelques accommodements ; mais l'étroitesse de la descendance et la sévérité de l'éducation étaient les conditions de la promotion sociale. Pour l'essentiel, cette éducation tendait à différer les gratifications immédiates, à accepter le difficile détour de l'effort, bref à valoriser le long terme. Le discours des parents était ici plus explicite et tout différent de ce qu'il était dans la famille traditionnelle : « Tu es notre raison de vivre. Voici les sacrifices que nous faisons pour toi. Agis de telle sorte que

13. Jean-Louis Flandrin souligne que cet ascétisme s'exprimait jusque dans les pratiques anticonceptionnelles, le « coïtus interruptus » constituant lui-même une sorte de sacrifice in *Famille, parenté, maison, sexualité dans l'ancienne société,* Paris, Hachette, 1976, p. 220 et sq.

ceux-ci ne soient pas vains. Tu vas entrer dans un monde qui sera meilleur que le nôtre. Tu y occuperas une place plus élevée. A toi de te forger un nom. Que nos rêves, en toi, se transforment en réalité. » Si l'enfant déçoit, s'il ne devient pas cet être idéal dont l'image confortait les efforts des parents, alors ceux-ci se sentiront frustrés. Enfant « indigne », parfois culpabilisé, il n'acquerra le plus souvent son autonomie qu'au prix d'une douloureuse rupture.

Quant aux *conjoints fusionnels,* comme il a été dit, ils percevront l'enfant comme l'expression vivante de l'amour qui les lie. N'est-ce pas aujourd'hui au désir d'avoir ensemble un enfant que les parents reconnaissent la maturité et la force de leur union ? N'est-ce pas à partir de ce désir reconnu qu'ils décident souvent de se marier ? La logique affective veut ici que la tendresse circule intensément entre tous les membres de la famille. Un devoir primordial s'impose à chacun : aimer les autres comme il en est aimé. L'enfant devient donc, cette fois, un être singulier, irremplaçable et rare. Cette exigence d'intensité affective mutuelle est en effet difficilement compatible avec une descendance nombreuse, avons-nous indiqué plus haut. Elle implique une certaine étroitesse du groupe, qui seule en permet la forte cohésion affective. Le risque de « captivité réciproque » qui menace les conjoints fusionnels s'étend bien entendu aux enfants. Aimés, trop aimés ou mal aimés, ceux-ci doivent devenir les êtres imaginaires dont les parents ont rêvé. Ils sont pris dans une chaîne de tendresse où il leur est difficile, à eux aussi, de trouver la voie de leur autonomie.

De telles dispositions affectives laissent peu de place à une éducation directive. Point de règles intangibles ici. Tous les comportements de l'enfant doivent être spontanés et authentiques, comme la tendresse que les parents attendent de lui. L'éducation consistera à favoriser chez lui l'épanouissement de son « moi » unique et merveilleux. Ses premiers dessins seront d'emblée du grand art. Il sera crédité de talents innombrables. Toute contrainte, ne parlons pas de sanction, risquerait de tarir ou de diminuer cette inépuisable « créativité ». Point donc de sourcils menaçants, mais seulement des sourires engageants. Les parents se perçoivent comme d'attentifs jardiniers soucieux que chaque fleur s'ouvre en son temps, avec ses couleurs singulières et son parfum unique. On arrachera les mauvaises herbes qui pourraient retarder la floraison, mais la plante ne connaîtra ni la blessure de la greffe ni celle de la taille. Protégé, intact, l'enfant trouverait finalement son authentique forme. On reconnaît ici, exposés un peu caricaturalement, quelques principes de cette éducation nouvelle qui fait la part belle à la spontanéité de l'enfant, comme si tout chez lui devait être exalté du seul fait que s'exprime son irremplaçable singularité.

A cet enfant de la famille fusionnelle, les parents disent finalement : « Tu es l'expression de notre amour. Comme celui-ci, tu es grâce, spontanéité, intensité. Nous te donnerons un amour constant et inconditionnel. Tu n'auras d'autre loi que celle d'une réciprocité affective totale. Désormais notre bonheur est lié à la tendresse que tu nous portes. » Le risque ici est que l'enfant soit captif, non plus d'une image idéale cette fois, mais de cette paradoxale obligation d'aimer. Le danger, dans ce modèle de relation, est la possibilité d'un chantage permanent au sentiment : « Fais cela pour ta maman », « Si tu n'acceptes pas cela, c'est que tu n'aimes pas tes parents », ... Il peut arriver que ce langage soit longtemps entendu et accepté. L'enfant alors devra obéir à une « double contrainte » : d'une part, une dépendance affective où il voit la seule forme possible de loyauté à l'égard de ses parents, d'autre part, son besoin d'exister dans sa propre identité. Là aussi la maturation sera difficile et la rupture, quand elle interviendra, parfois traumatisante.

Venons-en au modèle de la *famille-club*. Là aussi l'enfant est désiré. C'est une source irremplaçable de gratifications. On attendra pourtant de lui qu'il apporte à l'équipe familiale son écot, et qui n'est pas mince : sa gentillesse, son charme, cette adoration pour ses parents qui donne à ceux-ci le sentiment que, pour un être au moins, ils sont comme des héros. Dans une existence quotidienne, banalisée, il apporte l'évidence que, lui au moins, croit que le monde est encore une sorte de paradis à découvrir. Et quoi, mieux qu'un sourire d'enfant, peut en convaincre l'adulte ? A l'égard de ce fils ou de cette fille, les parents se reconnaissent des devoirs. Ils s'efforceront de rendre celui-ci heureux, détendu, « bien dans sa peau » ; ils lui donneront une bonne instruction. L'autonomie, plus ou moins large, qu'ils se reconnaissent mutuellement, ils l'accordent ensemble à l'enfant. Partenaire, celui-ci l'est en principe à part égale. Il a droit d'emblée au respect. Il ne sera pas le beau jouet de ses parents. En retour, lui-même ne devra pas considérer qu'il est le pôle exclusif de l'existence de ceux-ci et que la famille doit être organisée autour de lui. Il n'en est qu'un membre parmi d'autres. Il peut prétendre aux soins particuliers que demande son âge, mais il déséquilibrerait le système de relation en exigeant des privilèges exorbitants et inconditionnels. S'il le fait, ses parents lui indiqueront les limites de ses droits : le club comporte un règlement. Il impose à ceux qui ne le respectent pas des sanctions. L'enfant, dans ce modèle, ne saurait se considérer comme à l'abri de ce risque.

Dans une telle situation, la position de l'enfant est étrange. En principe il a les mêmes droits que les adultes. Mais, bien entendu, ce sont les parents en fait qui édictent le règlement et en contrôlent l'application. Ils peuvent, seuls, transgresser les principes d'équité. Lorsqu'une des parties n'est pas en mesure de faire respecter son dû, la présence d'un arbitre s'impose : aussi bien n'est-ce pas un hasard que la diffusion de ce modèle familial coïncide avec la création d'un Droit des enfants et l'instauration de procédures qui leur permettent de le faire valoir, au besoin contre leurs parents. Que ce soit là une relation idéale entre parents et enfants est une autre question.

Comment résumer l'attitude des parents à l'égard de l'enfant partenaire ? Voici ce que disent, d'une manière plus ou moins claire, les deux adultes de la famille-club : « Enfant, nous t'avons désiré. Nous savons que notre association, sans toi, est incomplète. Le bonheur que tu nous donnes, nous essayons de te le rendre, et largement. Tu seras notre compagnon de route durant ton enfance et ton adolescence. Nous t'aimons et respecterons tes droits, à charge pour toi de respecter les nôtres. Nous acceptons d'avance que l'essentiel pour toi est de devenir autonome. Comprends de ton côté que nous tenions, dans notre tendresse, à maintenir, nous aussi, une certaine indépendance à ton endroit. »

De l'enfant de la *famille-histoire,* nous dirons peu de choses. La préférence accordée à un temps cumulatif se traduit par des changements dans le pacte conjugal, changements qui retentissent sur les relations entre parents et enfants. Leur principe demeurera pourtant la reconnaissance dans l'enfant d'un sujet de droit, non pas d'un être déjà autonome, mais de quelqu'un qui doit un jour se donner sa propre histoire. L'éducation consistera précisément à l'y aider. Singulier, mais peut-être seul véritable amour à l'endroit de l'enfant, celui des parents désintéressés : toute leur tendresse vise à lui donner, à terme du moins, son autonomie affective, et d'abord par rapport à eux. Mais le choix d'un tel trajet, pour idéal qu'il paraisse, n'implique ni que les parents aient trouvé pour le réaliser l'attitude la plus pertinente, ni que, l'ayant trouvée, ils aient le courage de s'y tenir.

Il ne faut pourtant pas prendre trop à la lettre ces correspondances entre modèle de couple et attitude parentale. N'oublions pas que les modèles de couples ne sont que des constructions idéales qui, dans la vie concrète, s'enchevêtrent plus ou moins. Les images d'enfants et les types d'éducation, eux aussi, doivent donc être relativisés et, dans la vie quotidienne, eux aussi sont souvent inextricablement mêlés. L'enfant-partenaire à l'état pur n'existe pas plus que la famille-club. Ne désirons-nous pas un enfant qui remplirait à la fois toutes nos attentes : qu'il soit l'héritier certes et qu'il prolonge notre histoire, mais aussi qu'il devienne le délégué et qu'il magnifie ainsi la signification de notre vie ? Ne souhaitons-nous pas un enfant-prince qui compléterait le « cercle » de notre univers affectif ? Ne rêvons-nous pas aussi de cet enfant-partenaire, déjà compagnon et contemporain de nos joies et de nos soucis ? Les enfants, heureusement, bénéficient de nos hésitations entre ces images et peut-être leur autonomie en est-elle facilitée.

Bien plus, il serait naïf d'imaginer que dans cette relation entre parents et enfants, les premiers auraient l'exclusivité de la fonction éducative. Les adultes sont aussi, d'une certaine manière, « élevés » par leurs enfants : les joies et les peines de ceux-ci, leurs réussites et leurs échecs avertissent parfois les adultes qu'un équilibre est rompu dans leur vie familiale. La peine d'un enfant, a fortiori son désespoir, ne conduit-elle pas souvent à de profondes révisions du pacte conjugal ? Tout enfant exige de ses parents plus que des gâteries, une certaine qualité de vie. Il propose ses utopies candides à notre trop facile réalisme. L'éducation pourrait bien se définir comme un effort réciproque, des parents comme des enfants, pour ne pas trop décevoir l'autre partie. Enfin, ces correspondances entre modèles conjugaux et images d'enfant sont aussi atténuées du fait que tous les enfants partagent aujourd'hui un environnement morphologique semblable : ils se trouvent donc placés, de ce point de vue, dans des conditions proches.

III. Un environnement commun

Le premier trait de cette nouvelle condition, le plus manifeste parce que morphologique, est l'étroitesse générale de la grande majorité des fratries. Les échanges internes à la famille et les relations entre générations sont en effet influencés par la taille du groupe. L'économie affective d'un ménage à enfant unique diffère considérablement de celle d'une famille où cohabitent cinq ou six personnes. Dans ce dernier cas, le groupe domestique constitue une instance qui permet une densité des rapports fraternels suffisante pour concurrencer la relation entre parents et enfants.

La baisse de la fécondité depuis un siècle, et tout spécialement depuis vingt ans, a multiplié les familles de 2 enfants. Plus récemment, et dans certains pays au moins, la descendance se réduit, dans une proportion notable, à un seul enfant. Celui-ci, simplement par le monopole qu'il détient, est bien placé pour exercer une sorte de pression inconsciente et pour « prendre le pouvoir » dans la famille. Le cas des ménages de deux enfants est différent mais les relations avec les seuls parents ne sauraient remplacer ce que les liens fraternels ont de spécifique : seuls ceux-ci permettent en effet un premier apprentissage d'une société de pairs. On ne peut certes pas davantage choisir un frère ou une sœur qu'on ne peut changer de père ou de mère, mais la présence de collatéraux rend possible d'équilibrer la relation avec les parents par la solidarité avec les frères et sœurs. Sans elle, les attentes réciproques risquent d'être harcelantes et excessives. La famille court alors le danger de se transformer en « nœud de vipères », où se mêlent inextricablement les désirs et les haines, les concurrences secrètes, les alliances non dites et les agressivités retenues. Le « Familles, je vous hais » d'André Gide se prononce sans doute le plus souvent dans les groupes domestiques étroits. Or c'est précisément ce type de famille restreinte qui se multiplie.

Ainsi les familles de 3 enfants et plus représentaient, en Allemagne, 38 % de l'ensemble des familles pour la génération féminine de 1935 ; la proportion est tombée à 20 % dans la génération 1950. En France, les pourcentages correspondants sont 45 % et 24 % ; alors qu'à la fin du XIXe siècle, 53 % des enfants avaient au moins deux frères ou sœurs (voir tableau 5, p. 170).

Tableau 5. – Répartition, dans plusieurs générations de femmes, des naissances suivant le rang de l'enfant

Rang	FRANCE			ALLEMAGNE	
	Génération			**Génération**	
	1881	1935	1950	1935	1950
1	21	24	32	24	34
2	26	31	44	38	46
3	19	22	16	22	14
4 et +	34	23	8	16	6
	100	100	100	100	100

Source : G. Calot, INED.

Deuxième trait, morphologique lui aussi : ces parents affectivement si proches de leurs enfants sont, en même temps, rarement présents. Le fait que désormais les deux parents travaillent limite considérablement le temps des contacts. Autrefois, le petit enfant « traînait constamment dans les jupes de sa mère ». Jeune garçon, il devenait ensuite aide de son père et l'accompagnait dans ses tâches ; jeune fille, elle faisait de même avec sa mère. Les enfants avaient ainsi de leurs parents une image réaliste. Ils les voyaient dans leur labeur, admiraient leur force et leur habileté, mais mesuraient aussi leurs faiblesses et leurs difficultés. Les enfants, désormais, ne sont généralement avec leurs parents que pour partager des moments de détente et de loisirs. De la réalité quotidienne, ils ne connaissent d'abord qu'une part, la meilleure. L'exiguïté du temps passé ensemble fait que chacun s'efforce de profiter le plus possible de cette rencontre. La famille ainsi fait écran entre l'enfant et le monde extérieur. Tout doit être bonheur échangé. L'enfant, dans ces conditions, ne perçoit la réalité qu'à travers l'école et surtout à travers la télévision qu'il regarde, très jeune, en moyenne plusieurs heures par jour. De cette télévision, disons simplement, pour l'instant, qu'on ne peut attendre d'elle qu'elle propose aux jeunes la découverte de la réalité, puisque son objectif est de permettre aux adultes de s'en évader.

Quant à l'école, les parents en attendent beaucoup. Elle serait, selon eux, le lieu d'apprentissage de la discipline et d'une élémentaire morale. Les contraintes qu'ils refusent, eux, d'imposer à l'enfant, ils souhaitent le plus souvent qu'instituteurs et professeurs s'emploient à en montrer la nécessité, quitte à désavouer ensuite ceux-ci pour leur sévérité ou leur incompréhension. D'ailleurs, la pédagogie scolaire « copie » désormais celle de la famille. Ce n'est pas d'hier que l'on prétend apprendre aux enfants l'anglais ou le latin « par la joie ». Mais la méthode a trouvé ses théoriciens et le plaisir de l'élève semble à beaucoup une motivation plus efficace que l'appel à l'effort. Bruno Bettelheim souligne les limites de cette méthode : « Les éducateurs qui essayent d'atteindre leurs élèves sur la base du principe du plaisir sont étonnés de constater à quel point les enfants apprennent beaucoup de choses et vite. Mais ces mêmes élèves se découragent dès qu'ils cessent de tirer un plaisir facile et immédiat de ce qui leur est enseigné [14]. »

A l'école et devant la télévision, l'enfant vit donc dans un univers presque toujours irréel, à sa dimension, feutré et qui lui donne le sentiment que tout est possible, qu'une main invisible manie une baguette de fée à son intention, que l'existence en somme, pour peu qu'on le désire avec assez d'intensité, est une longue fête. Elwood Carlson a souligné la relation étroite entre cette perception utopique et la difficulté des jeunes adultes à s'ajuster à la vie réelle, et d'abord à la famille qu'ils fondent [15]. Entre l'enfant de la famille traditionnelle, mêlé aux adultes, affronté au travail, et l'enfant d'aujourd'hui, surprotégé dans un univers artificiel, la différence est, d'évidence, considérable.

Autre dissemblance : l'enfant, le petit enfant en tout cas, vivait dans un univers stable, peuplé de figures familières. Sans doute était-il parfois confié, pour quelques heures, à une grand-mère ou à une voisine, mais celles-ci faisaient déjà partie de son environnement habituel. Les repères extérieurs à la famille étaient peu nombreux et ainsi facilement reconnus par le petit enfant [16]. Aujourd'hui, le monde des familiers est plus mouvant. Les maîtresses à l'école changent, comme se succèdent les « gardiennes », et les voisins, et les enfants des voisins. Les premières années de la vie se passent désormais dans un environnement humain volatile.

Le sentiment de précarité qui en résulte est parfois aggravé par la crainte de perdre un des parents. Tout enfant est parfois angoissé à l'idée que son père ou sa mère pourrait, d'un jour à l'autre, mourir.

---

14. Bruno Bettelheim, *Survivre*, Paris, Robert Laffont, 1979 (éd. française), p. 160.

15. Elwood Carlson, *Population Studies*, n° 33, nov. 79. Dans le n° 51 de la revue *Le Débat*, Marcel Gauchet écrit : « La dénégation du réel ne supprime pas le réel : au mieux elle en retarde le choc. »

16. Ceci restait le plus souvent vrai même s'il était confié à une nourrice : simplement ses familiers alors n'étaient pas ses parents.

Beaucoup aujourd'hui ne se demandent-ils pas, avec un effroi aussi vif, si leurs parents ne vont pas se séparer ? Le contact à l'école avec les condisciples est à cet égard à la fois rassurant et troublant. Les enfants de parents divorcés témoignent en même temps que la rupture de la famille est possible, mais que l'on survit à cet événement. Ces enfants-là rient et jouent, semble-t-il, comme les autres. Mais n'ont-ils pas souffert, et tout est-il maintenant pour eux redevenu « comme avant » ? Comment l'enfant dont les parents demeurent mariés ne se demanderait-il pas si ceux-ci, un jour, envisageront, eux aussi, de se séparer et si le petit univers où il vit ne se disloquera pas soudain ? L'évidence de la divortialité touche en fait tous les enfants et leur confirme la fragilité de leur environnement.

Autre changement par rapport aux formes antérieures de la famille : la distinction moins nette entre l'image du père et celle de la mère. Hier encore, la culture insistait sur l'évidence des différences biologiques, elle accusait même leurs significations et les constituait en deux « natures ». Ainsi se trouvaient légitimées les différences de rôles suivant le sexe. Dans le développement du petit enfant, Freud attribuait des fonctions complémentaires à chaque parent. A la mère de donner à son « petit » le sentiment de sécurité, de puissance, de bonheur indéfini. Au père, progressivement, il revenait de ramener l'enfant du rêve à la réalité et de lui interdire une excessive fusion avec sa mère. Sans prétendre que cette théorie soit universellement justifiée, elle semble bien avoir correspondu à la famille moderne. Cette économie affective fonctionne encore dans beaucoup de cas. Elle a cessé pourtant d'être considérée comme la meilleure : l'idéal serait que l'enfant ait non pas un père et une mère, mais deux parents interchangeables. Colette Chiland en témoigne lorsqu'elle écrit : « Les hommes ne sont pas seulement poussés par le féminisme de leur femme à s'engager davantage dans les tâches parentales. Il y vont d'eux-mêmes et ils s'autorisent à y prendre plaisir sans sentir leur virilité menacée. Les pères pouponnent, donnent le biberon, baignent et changent les bébés. Qu'en penser ? Je pense qu'il faut attendre les résultats lointains pour le dire [17]. » Réponse de sagesse sans doute, mais qui nous laisse dans le doute.

Le rétrécissement du temps de la présence du père et de la mère, le resserrement de la fratrie, la précarité redoutée de l'univers fami-

---

17. Colette Chiland, « Le clinicien défenseur du développement de l'enfant devant le changement des modèles familiaux », Communication aux Journées d'étude organisées par le Centre interuniversitaire belge, Bruxelles, 17-18 mai 1984.

lial, la moins nette différenciation des figures parentales, voilà les traits communs de l'évolution récente. Le jugement péjoratif que certains portent sur ces modifications ne tient-il pas à l'appréhension timorée que nous éprouvons devant toute innovation ?

Au total, l'observation de la vie quotidienne des familles ne permet peut-être pas de se faire une idée claire des changements survenus dans la situation de l'enfant. Les conclusions ne seront-elles pas plus faciles si l'analyse porte sur deux circonstances où les relations entre enfants et parents se révèlent peut-être plus nettement, parce qu'elles ont été partiellement rompues : la première, de plus en plus fréquente, celle d'un divorce des parents, la seconde, générale celle-là, où le mariage de l'enfant institue entre lui et ses parents un mode nouveau de relation ?

IV. Le divorce comme révélateur

Dans une situation « normale », les attitudes vis-à-vis de l'enfant vont comme de soi. Elles font partie du tissu de la quotidienneté. On ne se pose pas de question sur la hiérarchie des tendresses. On aime d'un même mouvement son conjoint et ses enfants. Le divorce rompt soudain cette continuité et oblige à des choix. Que devient l'amour à l'égard de l'enfant quand le conjoint est devenu un étranger ou un ennemi ? Alors peut-être apparaît plus clairement la valeur réelle des solidarités tenues hier pour évidentes.

Une analyse de la situation des enfants de divorcés ne se justifie pourtant ici que dans la mesure où les ruptures conjugales ont cessé d'être exceptionnelles et où plusieurs modèles contemporains de mariages incluent dans les clauses du pacte l'éventualité d'une séparation. Ainsi pourrons-nous étendre à une importante fraction des familles apparemment « intactes » les attitudes observées chez les parents divorcés à l'égard de leurs enfants.

En France le nombre d'enfants de moins de dix-sept ans qui ont « traversé » la dissociation du couple parental dépasse aujourd'hui largement le million[18]. Les deux tiers vivent avec un seul parent,

18. Jean-Louis Rallu, Quelques estimations statistiques, in *Du divorce et des enfants*, ouvrage collectif, Paris, INED-PUF, 1985, p. 11-32.

presque toujours leur mère. Au total, un enfant sur douze, dans ce groupe d'âge, se trouve dans cette situation. « A long terme, écrit Jean-Louis Rallu, environ 18 % des enfants de 16 ans seraient enfants d'un divorcé, avec un divorce stable affectant 31 % des mariages »[19]. Les résultats de la toute récente enquête de Henri Leridon et Catherine Villeneuve-Gokalp déjà citée semblent indiquer que le pourcentage de J.-L. Rallu sont d'ores et déjà atteints. Ils montrent aussi que, parmi les 13-16 ans, la proportion d'enfants ne vivant pas avec leurs deux parents monte à 22 %. Elle permet enfin d'estimer à 120 000, en 1985 le nombre des enfants de cohabitants non mariés et séparés.

Tableau 6. – Situation domestique des enfants de moins de 16 ans (France)

Vit avec :	Age de l'enfant				
	Ensemble	0-4 ans	5-8 ans	9-12 ans	13-16 ans
Père et mère mariés	82,8	84,9	85,7	82,2	78,2
Père et mère cohabitants	3,4	7,8	2,5	0,8	1,4
Mère + un conjoint	3,7	1,0	3,5	6,6	4,5
Père + un conjoint	0,7	0,2	0,3	1,0	1,3
Mère seule	6,9	5,0	5,8	7,0	10,0
Père seul	0,9	0,2	0,8	0,8	1,9
Aucun parent	1,1	0,5	1,2	1,3	1,5
Inconnu	0,5	0,4	0,2	0,3	1,2
Total	100,0	100,0	100,0	100,0	100,0
Effectif observé	(4 681)	(1 170)	(1 100)	(1 127)	(1 284)

● Âge révolu au 1-1-86

Source : Henri Leridon et Catherine Villeneuve-Gokalp. *Population et société*, janvier 1988. Tableau 1.

Les pourcentages d'enfants séparés d'un de leurs parents sont évidemment plus élevés dans les pays où la divortialité est plus forte. Aux États-Unis, le pourcentage des enfants de moins de 18 ans qui ne vivent pas avec leurs deux parents est passé, entre 1960 et 1986, de 12 % à 36 % ; dans la population noire, les indices correspondants

19. *Ibidem*, p. 19. Ce taux de 31 % correspond à la divortialité actuelle. Rien ne prouve évidemment qu'elle doive se stabiliser à ce niveau. Pour l'Allemagne fédérale Karl Schwarz indique qu'un million d'enfants de moins de 18 ans appartiennent à un couple divorcé : 40 % environ vivrait dans le ménage de leur mère remariée et le reste dans le ménage uniparental d'un des deux parents, celui de la mère neuf fois sur dix.

sont de 33 %, 59 % ; au total, 49 % de l'ensemble de ces enfants y vivent seulement avec leur mère[20].

Généralement, lorsqu'un enfant vit avec un seul parent, et dans 80 % des cas c'est la mère, il garde avec l'autre certains contacts. L'enquête précitée de l'INED a mesuré, pour la France, la fréquence de ces rencontres (voir tableau 7, p. 176). Le chiffre le plus remarquable ici est sans doute le pourcentage d'enfants confiés à leur mère n'ayant aucun contact avec leur père ou moins d'un contact par mois. Ce sont 55 % en effet d'entre eux qui voient leur père moins d'une fois par mois. En Allemagne fédérale, 40 % des enfants de divorcés n'auraient plus aucune relation avec le parent non gardien[21]. Nous sommes, dans les faits, bien loin de la garde conjointe. Cette proportion est nettement supérieure si les parents ont cohabité sans jamais se marier (74 %), plus faible s'ils ont été mariés (46 %). On pourrait voir dans ces chiffres la preuve que la justice fonctionne au bénéfice des femmes. On savait que celles-ci, en cas de litige, se voyaient presque toujours attribuer la garde des enfants : les données du tableau 7 indiqueraient qu'elles sont également mises en position de refuser aux pères le contact avec leurs enfants. Les associations de pères divorcés soutiennent généralement cette thèse.

Mais il faut rapprocher ces statistiques des informations dont nous disposons sur le versement des pensions alimentaires. Dans la plupart des pays, celles-ci ne sont, en pratique, exigées que des hommes. Or les données disponibles sur ce point montrent que ceux-ci manifestent souvent peu de bonne volonté à remplir leurs obligations. Une enquête menée en France en 1972 indiquait que « la pension n'était perçue d'une manière régulière » que dans 36 % des cas[22]. Ce constat recoupait les résultats de recherches conduites dans d'autres pays. Une étude très précise menée sur un échantillon représentatif de l'ensemble des divorcés apportera prochainement sur ce point de très utiles informations[23]. D'une manière générale, les femmes ne perçoivent régulièrement ces « pensions » que si l'État consent à se substituer aux défaillances du père, quitte pour celui-ci à se retourner ensuite vers lui pour en obtenir le remboursement. Ces

---

20. *Current Population Reports*, Serie P20, 1986, n° 418.

21. A. Napp-Peters, *Ein-Elternteil-Familien*, Édition Soziale arbeit, 1985.

22. Louis Roussel *et alii, Le divorce et les Français. II. L'expérience des divorcés op. cit., p. 108.*

23. Il s'agit d'une enquête INED menée par Patrick Festy et Marie-France Valetas. Elle confirmera le fait que les pères divorcés payent irrégulièrement la pension alimentaire de leurs enfants. Patrick Festy et Marie-France Valetas, « Le divorce et après », *Population et société*, n° 215, 1987.

Tableau 7. – Fréquence des rencontres des enfants avec leurs parents lorsque ceux-ci sont séparés (et tous les deux vivants)

Fréquence des rencontres	Ensemble	Enfants dont les parents sont :				Âge de l'enfant			
		Séparés dès la naissance	Cohabitants jamais mariés	Divorcés					
				ensemble	avec garde conjointe	0-4 ans	5-8 ans	9-12 ans	13-16 ans
Avec la mère									
– Vie commune*	81	94	78	82	70	89	82	83	75
– Mi-temps	2	1	1	2	11	2	2	1	2
– Un jour ou deux par semaine	0	0	0	0	2	0	0	1	0
– Tous les 15 jours	4	2	3	5	7	4	3	4	4
– Une fois par mois ou toutes les vacances scolaires	1	0	0	1	2	0	2	1	1
– Moins d'une fois par mois	4	0	8	4	6	0	4	3	7
– Jamais	6	1	10	4	0	5	5	7	7
– Non réponse, inconnu	2	2	0	2	2	0	2	0	4
TOTAL	100	100	100	100	100	100	100	100	100
Avec le père									
– Vie commune*	12	5	20	13	14	5	10	11	18
– Mi-temps	3	2	3	3	14	3	5	1	3
– Un jour ou deux par semaine	6	3	5	7	17	5	7	4	7
– Tous les 15 jours	13	2	5	18	9	14	15	14	10
– Une fois par mois ou toutes les vacances scolaires	7	2	3	9	4	3	8	8	7
– Moins d'une fois par mois	21	12	20	23	26	22	23	22	18
– Jamais	27	56	39	19	6	40	24	26	25
– Non réponse, inconnu	11	18	5	8	10	8	8	14	12
TOTAL	100	100	100	100	100	100	100	100	100

* Ou rencontre « presque tous les jours » *Source :* H. Leridon et C. Villeneuve-Gokalp, *Enquêtes sur les situations familiales, op. cit.*, p. 29.

faits interdisent d'interpréter systématiquement la rupture de contact entre enfants et pères divorcés comme une violence qui serait faite à ces derniers ; la prise de distance est sans doute assez souvent délibérément choisie ou acceptée par l'homme.

Ici aussi les relations entre parents et enfants prennent probablement des orientations différentes suivant le modèle familial qui était pratiqué par les parents avant leur rupture. Lorsque l'union rompue avait été fusionnelle, l'enfant était étroitement associé à ses parents ; il vivait lui aussi en état de symbiose affective. La séparation, pour lui comme pour les conjoints, aura parfois un aspect dramatique. Être brusquement séparé d'un être jusqu'alors si attentif et si aimant apparaîtra souvent au garçon ou à la fille comme totalement inacceptable. En outre, la rupture de telles unions aboutit le plus souvent à des rapports très conflictuels, où chaque conjoint veut se venger de l'autre. Dans cette situation, l'enfant court deux risques, dont il est difficile de dire lequel est le plus grave :

– les parents seront tentés de l'utiliser comme enjeu ; les visites seront alors l'occasion de transmettre par son intermédiaire des messages de haine ou de mépris. Dans ces conditions, il lui sera difficile de maintenir sa loyauté à l'égard de ses deux parents. Ce qui subsiste alors du mariage, c'est une haine tenace, où l'enfant est réduit à un simple instrument dans les mutuelles agressions des ex-conjoints ;

– le parent gardien sera le plus souvent, au lendemain du divorce, dans un grand désarroi. Il est alors tenté de « reporter » sur l'enfant une tendresse excessive et d'attendre de lui, en retour, une affection exclusive. La « captivité » du modèle fusionnel devient extrême. Le « Tu es tout pour moi » de la mère investit l'enfant d'une tendresse exigeante et, parfois, pathogène.

Faut-il ajouter que ces deux risques se cumulent parfois ?

De même, le divorce dans la famille-club va grossir, et donc révéler, les caractéristiques des relations entre parents et enfants. Ici la rupture entre conjoints devrait être moins pathétique : ne réalise-t-elle pas une éventualité d'avance acceptée par les parties ? Probablement les choses ne sont-elles jamais aussi simples, mais il reste vraisemblable que, dans ce modèle, les séparations sont plus sereines. L'enfant ainsi ne vivra pas écartelé entre deux parents qui se détestent ; des formules de partage des responsabilités seront négociées et, de part et d'autre, acceptées. Tout serait donc pour le mieux ? Pas nécessairement. Le danger n'est plus ici celui d'une captivité aliénante. Mais la tendresse un peu distante dont l'enfant était l'objet peut alors être perçue comme une sorte de désintérêt. Le club est dissous, chacun reprend son indépendance. L'enfant, trop jeune pour être affectivement autonome, se trouve livré à lui-même. Il est de ce fait plus ou moins condamné à une maturité précoce. Ce serait une forme de salut. Mais la partie n'est jamais facile et donc pas toujours gagnée.

La famille-histoire permet-elle d'éviter ce double écueil de la captivité ou de l'indifférence ? Sans doute offre-t-elle à la fois un espace de liberté plus large et, refusant la discontinuité du temps, maintient-elle au-delà de la solidarité du couple le lien de la parentalité. Mais en réalité cet équilibre est délicat et fragile. Ces conjoints, eux aussi, auront du mal à trouver avec leur enfant la relation juste qui permettra à celui-ci de continuer « à grandir ».

Le divorce agit donc comme un révélateur. Il rend manifeste ce qui est plus difficilement perceptible dans la vie courante, à savoir qu'aujourd'hui l'enfant est d'abord l'expression d'un désir des parents et que ce désir peut s'exacerber ou au contraire s'affaiblir. Le temps généralement permet vite aux parents de reconnaître que l'identité réelle de l'enfant sera bien différente de l'être imaginaire d'abord attendu, et chacun finit par convenir qu'il est bien qu'il en soit ainsi. La séparation rompt brutalement ce processus de renonciation : le désarroi alors peut rendre redoutable pour l'enfant des solidarités qui s'acheminaient vers de justes relations. Il n'existe pas finalement *un* type d'enfant du divorce, mais *plusieurs*, et les difficultés varient suivant le modèle conjugal, suivant aussi les modalités concrètes de la rupture. Il est vrai que celle-ci est parfois pour l'enfant la moins mauvaise solution. Tout n'est donc pas perdu avec la séparation des parents. Mais comment nier qu'il s'agit là souvent pour l'enfant d'une redoutable épreuve ?

Faut-il conclure de tout cela qu'en dépit d'un prétendu culte de l'enfant, les parents s'aiment eux-mêmes à travers leur progéniture et sont dans certains cas disposés à l'utiliser ou à l'abandonner ? Les psychologues qui reçoivent les conjoints sur le point de divorcer sont parfois étonnés de constater combien l'enfant est généralement peu évoqué dans ces entretiens ; on observe aussi que le fait d'avoir un ou deux enfants constitue de moins en moins un obstacle au divorce[24].

---

24. *Projet de rapport d'étape*. Haut conseil de la population et de la famille, sept. 1987, p. 25.

Il faut pourtant se garder d'une interprétation trop pessimiste de ces faits. Ces parents qui vont se séparer ont vraisemblablement déjà dans le passé songé à la rupture. La présence des enfants peut les avoir, un temps, peut-être détournés de ce projet. S'ils en acceptent maintenant l'éventualité, c'est qu'ils sont souvent rassurés par l'idée que leur divorce coïncide en fait avec l'intérêt de l'enfant : « Il vaut mieux, pensent-ils, que nos enfants cessent d'être les témoins attérrés de conflits permanents. Rien n'est plus perturbant pour leur équilibre que ces disputes spectaculaires et, pire encore, qu'une agressivité dissimulée mais constante. » Ils concilient ainsi leur volonté de se séparer et leur responsabilité maintenue à l'égard des enfants.

Sans doute ne faut-il pas considérer ce genre de réflexion comme une excuse facile : presque toujours aussi, les parents sont sincères, qui pensent que leur propre désir coïncide avec l'intérêt de l'enfant. Les conjoints qui divorcent aiment probablement leurs enfants tout autant que ceux qui restent ensemble : simplement la rupture et la séparation rendent plus visible l'ambiguïté et parfois la fragilité de cet amour. L'analyse d'une autre situation, celle des enfants mariés à l'égard de leurs parents, permettra de confirmer et de préciser cette opinion[25].

V. Après le départ des enfants

Parsons avait cru pouvoir avancer que les relations entre parents et enfants adultes étaient, dans la société moderne, effectivement assez distendues et que cette situation était la meilleure. Il en allait de la maturité et de l'autonomie des enfants, de leur nécessaire mobilité résidentielle. La société, et en particulier son secteur économique, avait besoin d'entrepreneurs et non d'héritiers. Il ne s'agissait

25. D'autres situations suggestives pourraient être analysées. Si choquant que puisse être le rapprochement, comment ne pas se demander si l'attitude des adultes à l'égard des animaux de compagnie ne mériterait pas une recherche plus approfondie. Ce n'est sans doute pas une simple coïncidence si les taux de fécondité ont baissé quand augmentait massivement le nombre des animaux domestiques. Il n'est pas insignifiant non plus que la femme s'adressant à son chien se désigne à lui comme sa « maman ». L'animal est-il devenu un concurrent de l'enfant ? L'animal n'est-il pas inconditionnellement tendre, captif en somme de sa dépendance affective ? Ne se laisse-t-il pas facilement éduquer ? N'a-t-il pas l'avantage que, lassé de lui, on peut, sans trop de remords, l'abandonner ? On trouvera dans le n° 1 de la revue *Enfance et culture* (mars 1979) un certain nombre d'articles sur ce sujet, en particulier celui d'André Béjin, « De l'enfant comme animal à l'animal comme enfant ».

pas d'oublier ses parents, de manquer de gratitude à leur endroit. Simplement il était nécessaire de prendre avec eux une certaine distance affective. Tel était l'idéal ; telle était, aussi suivant Parsons, la réalité dans la société américaine.

Un certain nombre d'études ont depuis démontré que cette réalité ne coïncidait pas avec les vues de Parsons. S'il est bien vrai que chaque jeune ménage tient aujourd'hui à son indépendance résidentielle, les contacts et les échanges entre parents et enfants mariés n'ont sans doute jamais été aussi denses, les conflits aussi rares, les discussions aussi sereines[26].

Faut-il voir là une preuve irréfutable d'une véritable continuité entre les générations ? On se souvient que, par construction, celle-ci était très forte dans la famille traditionnelle, précisément organisée comme un projet de reproduction au sens le plus large du terme. La transmission du nom paternel était essentielle puisqu'elle donnait à l'enfant son identité sociale. L'héritage, si modeste qu'il fût, apportait l'indispensable instrument de travail aux enfants mariés. Enfin, des parents aux enfants, circulaient, à des nuances près, un même système de croyances et de normes. Dans l'univers culturel des uns comme des autres, les mêmes grandes allées étaient tracées, avec les mêmes indications et les mêmes barrières. Et pour légitimer le plan du parc, l'ombre demeurait présente, aux uns et aux autres, du grand Jardinier qui en avait conçu l'ordonnance.

Tout cela évidemment a changé. Un nom est toujours transmis, mais il cesse d'être le déterminant principal de la position sociale. Le patrimoine s'est déprécié au profit de la compétence et du mérite. Mais surtout, d'une génération à l'autre, une rupture culturelle semble, dans la plupart des familles, être survenue. La sérénité des relations entre parents et enfants mariés peut en effet cacher cette disjonction. Point de grande dispute dans ces repas qui réunissent régulièrement parents et enfants mariés. C'est que chaque partie délibérément évite les thèmes trop sensibles. Qu'un convive s'écarte de la règle, et il se verra rappeler à l'ordre : « Nous ne sommes pas ici pour parler politique. » Ce qui oppose doit être tu. Les divergences aujourd'hui latentes entre générations auraient, au début du siècle, abouti à des conflits ouverts, voire à des séparations. Elles sont

---

26. Louis Roussel et Odile Bourguignon, *La famille après le mariage des enfants*, Travaux et documents de l'INED, cahier n° 78, Paris, PUF, 1976. Agnès Pitrou, *Vivre sans famille ? La solidarité familiale dans le monde d'aujourd'hui,* Toulouse, Privat, 1978. G. R. Lee, Kinship in the seventies : a decade review of research and theory, in : *Journal of Marriage and the Family*, nov. 1980.

aujourd'hui masquées par d'anodins commentaires sur l'actualité sportive, le cinéma, la mode, la situation météorologique. Sur ces sujets, il est possible de s'opposer sans risque et de tenter d'avoir raison sans remettre en cause l'unité de la famille.

Un point demeure pourtant où les tensions parfois apparaissent, celui de l'éducation. Les jeunes parents ne veulent pas, et ils le disent clairement, éduquer leurs enfants comme eux-mêmes l'ont été. Les grands-parents voient donc, à travers la pédagogie adoptée par leurs enfants, combien ceux-ci sont culturellement différents d'eux et combien leurs petits-enfants le seront davantage encore. Ils ne savent pas toujours cacher la déception qu'ils en éprouvent. Laissent-ils transparaître celle-ci, ils se font alors, et parfois sèchement, rappeler qu'ils ne respectent pas les règles du jeu. Différence ponctuelle entre les générations, dira-t-on. Qui ne voit que ce point est central et résume en quelque sorte deux univers culturels distincts ?

De cette rupture culturelle entre eux et leurs enfants mariés, les parents ne sont-ils pas en partie responsables ? Pour des raisons que l'on tentera d'expliciter plus loin, ne constituèrent-ils pas la première génération à éprouver des doutes, non seulement sur les grands récits fondateurs, mais aussi sur les idéologies qui, un temps, mobilisèrent le monde moderne ? Prudemment, ils tentèrent néanmoins de donner à leurs enfants une éducation assez semblable, au moins dans ses objectifs, à celle qu'ils avaient eux-mêmes reçue. Comment les enfants n'auraient-ils pourtant pas perçu, au-delà des tentatives de persuasion, l'écho du doute qui habitait leurs parents ? Les générations qui ont aujourd'hui 60 ans ou 70 ans furent des générations largement sceptiques. Il y avait de la bonne volonté dans leur démarche pédagogique, mais aussi, du moins aux yeux de leurs enfants, une évidente inconséquence. De toute manière, ils ne pouvaient pas transmettre une culture à laquelle eux-mêmes ne croyaient plus vraiment.

Les parents d'aujourd'hui n'en sont pas davantage capables. Ils le sont d'autant moins que de nouveaux « maîtres » sont là, qui les concurrencent par un enseignement dogmatique et prestigieux qui a sur les enfants une force de séduction presque irrésistible. On comprend qu'il faut revenir ici à l'influence de la télévision. C'est que celle-ci encourage chez l'enfant un sentiment qui fut d'abord essentiel à son développement : celui de sa toute-puissance. La sollicitude attentionnée de la mère, selon Winnicott, doit ouvrir à l'enfant, dans le début de sa vie, un indispensable capital de confiance en lui. Mais cette phase nécessaire peut-elle se poursuivre indéfiniment ? Les exploits des surhommes, l'exaltation de la force physique ou de l'efficacité d'armes fantasmagoriques, tels sont les « objets » trop souvent présentés à l'enfant. La publicité, dans le même temps, dispense l'idée que tout est possible et qu'il suffit, pour vivre heureux, de savoir acheter. Nous imaginons que la télévision n'est qu'un innocent loisir, alors que c'est elle qui « élève » nos enfants. D'où ce sentiment général de malaise, voire de culpabilité, des parents à propos de l'usage qu'ils font de la télévision dans leur relation avec leurs enfants ; objet de promesse ou de punition, instrument de tranquillité efficace, celle-ci fait désormais partie – et à quelle place ! – de l'éducation des enfants[27].

De leur jeunesse, ceux-ci garderont sans doute un souvenir attendri. Sur la mémoire familiale de ceux qui sont aujourd'hui à leur tour père et mère, les études empiriques sont encore insuffisantes pour que l'on puisse en parler en connaissance de cause. On ne peut pourtant oublier son enfance, et les premières relations avec les parents constituent pour le bébé une sorte de grammaire affective qui le marquera durant toute sa vie. Il est probable que la majorité des jeunes adultes gardent de leurs premières années au moins, un souvenir heureux. Ils ont plaisir, seuls ou en famille, à évoquer ces temps anciens : les fêtes, les habitudes, tel ou tel événement, les coutumes et les rites, les mets les plus fréquents, les discussions autour de la table. Nous avancerons pourtant l'hypothèse que, pour beaucoup, ces souvenirs, à tort ou à raison, seront perçus comme les pièces d'un musée : celles-ci émeuvent encore, mais ne sont plus des modèles pour la réalité présente. Cette impression de désuétude ne correspond sans doute pas entièrement à la réalité. Nous demeurons probablement plus marqués que nous le pensons par les images de nos premières années. Il n'en reste pas moins que c'était autrefois honneur pour l'adulte de conformer sa vie à cette mémoire familiale, alors qu'il est désormais un peu ridicule, tant le monde a changé, de prétendre reproduire le passé, si attendrissant qu'il puisse paraître.

Étudiant la famille américaine des années cinquante, Parsons avait compris combien l'éducation était difficile dans une société où la famille a pour fondement principal la tendresse réciproque. De

27. Robert Solé, « La France sans carré blanc », *Le Monde*, 25 octobre 1988.

tous temps les parents ont souhaité avoir des enfants. De tous temps ils ont désiré pour eux qualités et bonheur. Ce qui est nouveau comme dans le mariage, c'est la primauté accordée aux sentiments : la famille perd de ce fait ses régulations externes. C'est peu de dire qu'elle tend à être une enclave ou un refuge. On voudrait qu'elle soit un paradis.

Mais sortir de ce paradis implique pour l'enfant bien des risques. Il faudra bien un jour tenter de faire, même approximativement, le compte global de ces dangers, les délinquances mineures, les dépressions, les fugues et les incursions dans le monde de la drogue. Pourra-t-on alors toujours considérer comme statistiquement marginaux ceux-là qui, au sortir de l'enfance, butent contre une réalité à laquelle ils n'étaient pas préparés et provisoirement recherchent une compensation ou un refuge dans une situation extrême ?

Mais contentons-nous de considérer des difficultés moins graves et plus répandues, les échecs scolaires. On mettra en cause ici tantôt des déficiences ou difficultés de l'enfant, sa « croissance » par exemple, tantôt les insuffisances des maîtres. On parlera d'une baisse de niveau des élèves, mais plus souvent d'une « inadaptation » à l'école. Tout cela contient bien entendu une part de vérité. Mais l'explication n'est-elle pas plus radicale ? C'est que la spontanéité n'aide ni à l'intelligence de la grammaire ni à celle de la logique. C'est que les gratifications du savoir ne sont pas immédiates. C'est que l'idée même d'un univers irréductible au désir et gouverné par d'impersonnelles nécessités est trop éloigné de celui où vivent nos enfants.

Beaucoup de pédagogues se veulent rassurants. Il n'y aurait pour l'enfant guère de risques dans les nouvelles conditions de vie qui lui sont faites, que ce soit la rareté des contacts avec les parents, l'indifférenciation progressive de leurs rôles, la fragilité vécue ou pressentie du couple parental, l'évacuation de toute sanction du système pédagogique. Chacun de ces changements serait neutre, voire bénéfique. On nous assure qu'un bébé ne souffre pas de l'activité professionnelle de sa mère, et ceux qui le disent ont sans doute raison[28]. On nous affirme que les enfants peuvent surmonter sans séquelles le divorce de leurs parents, et c'est sans doute vrai. On nous dit qu'un

---

28. Tout récemment encore, Alain Norvez montrait combien apparaissait peu fondée l'hypothèse de la nocivité des crèches, *op. cit., p. 396 et sq.*

enfant unique se développe aussi bien que s'il avait frères et sœurs. Pourquoi pas ? Enfin, l'interchangeabilité entre père et mère constituerait sans doute un progrès. Soit encore. Mais tout cela, au bout du compte, multiplie les incertitudes et, du même coup, les risques.

Une autre interprétation devrait pourtant être sérieusement examinée, à savoir que les adultes adoptent le mode de vie qui leur plaît et qu'ils ne veulent pas trop savoir ce qu'il en résulte pour l'enfant. Leur sincérité n'est pas en cause ici, mais un mécanisme plus profond qui nous pousse à croire que ce qui nous convient est aussi favorable à nos proches.

Et pourtant, comment ne pas se demander si le cumul de ces risques ne constitue pas, pour une fraction de ces enfants, une épreuve trop redoutable ? Ici encore l'idée d'une restauration pure et simple des méthodes « qui ont fait leurs preuves » constituerait probablement la pire des erreurs. Du moins ne faut-il pas se dissimuler les conditions de vie nouvelles de l'enfant et les difficultés qu'il y rencontre. Et ne serait-il pas logique de consacrer à la recherche d'une solution des investissements en rapport avec la gravité de l'enjeu ? Ceux qui évoquent cette nouvelle situation de l'enfance se voient souvent opposer un argument « ad hominem » : « Allons donc : souvenez-vous de votre propre enfance. Vous n'étiez pas si différent des enfants d'aujourd'hui. Simplement vous avez oublié les défauts et les difficultés du petit garçon que vous avez été. » Nous retrouvons ici, une fois encore, l'attitude qui consiste à nier que le monde ait jamais vraiment bougé : les hommes sont les hommes, et l'enfance demeurerait l'enfance.

Une toute autre réaction, mais elle aussi finalement rassurante, consiste à lier les échecs éventuels des jeunes à l'« anormalité » de leur famille d'origine : mésentente des parents, violence domestique, chômage chronique, alcoolisme. Voilà les raisons qui perturbent l'enfant. A parents normaux, enfants normaux. Chacun est ainsi renvoyé à sa propre histoire et tenu pour personnellement responsable des épreuves affrontées par son fils ou sa fille. Il n'est pas question de nier une certaine corrélation entre l'histoire des parents et le développement de leurs enfants. Mais peut-on encore admettre que la délinquance ou l'échec scolaire est toujours lié aux tensions conjugales ? Et si celles-ci existent effectivement, ne sont-elles pas de quelque manière le fait de notre culture et du mode général de vie autant que des erreurs individuelles ? Les présomptions sur ce point sont désormais assez lourdes et les risques assez importants pour que soit posée d'urgence la question suivante : « Ce que nous tenons chez nos enfants pour pathologique n'est-il pas finalement imputable à des attitudes que nous considérons désormais comme normales chez les adultes ? »

Conclusion

Pourrons-nous maintenant répondre à la double question initiale : pourquoi ce « règne », et pourquoi la fin probable de celui-ci ? Nous avancerons seulement une hypothèse. L'image de l'enfant-prince correspond sans doute à une période où le modèle fusionnel était considéré, en principe du moins, comme une manière d'idéal. Aimer le conjoint et aimer l'enfant participaient d'un même désir. L'enfant était naturellement au centre de la vie des conjoints : l'écouter, l'exaucer dans ses désirs, c'était en même temps reconnaître l'amour conjugal comme bien suprême.

Les relations changent avec la conception associative de la famille. Tout n'est pas permis. Chacun doit respecter les droits de l'autre et en particulier son droit à une juste part de gratifications. Le statut de l'enfant n'est plus royal. Du groupe familial, il est membre à part entière mais non plus souverain. Il a ses droits, à la mesure de son âge. Mais il a cessé d'être celui en fonction de qui toutes les décisions se prennent.

N'aimerions-nous donc plus nos enfants ? L'évidence de cet amour est constamment manifeste, dans les moments de bonheur de la famille comme dans les temps d'épreuve. Pourtant la majorité de nos contemporains ne pensent plus que le bonheur de leurs enfants suffit à les rendre eux aussi heureux. Ils sont toujours prêts à faire pour ceux-ci des « sacrifices », mais que l'enfant devienne un obstacle à leur propre bonheur, ils le supportent mal. Ils continuent parfois à soutenir que l'enfant demeure le partenaire privilégié, mais, plus souvent, ils organisent désormais leur vie suivant d'autres priorités. Dans les choix de la vie quotidienne, comme pour les décisions dramatiques, le point de vue de l'enfant demeure très important ; il semble pourtant qu'il ait cessé d'être l'ultime raison. C'est en ce sens précis que l'on peut parler de la fin d'un règne.

CHAPITRE VIII

En quête d'une explication

La cause de toutes les grandes révolutions, cause plus profonde que leur prétexte, n'est pas l'accumulation de circonstances intolérables, mais l'usure de la cohésion qui favorisait la satisfaction artificielle des âmes. Quand cette croyance est épuisée..., la banqueroute ne tarde pas ; les âges et les empires s'écroulent, comme les affaires, quand leur crédit est épuisé.

Robert Musil.

Les démographes n'ont jamais renoncé à expliquer les phénomènes qu'ils mesuraient. D'abord parce qu'il est difficile de ne pas se poser le problème du « pourquoi ». Peut-être surtout parce que les pères fondateurs de cette jeune science étaient soucieux de mettre celle-ci au service de la société. Le sens des recherches, pour ne parler que de notre société, de Landry ou de Sauvy, par exemple, laisse peu de doute sur ce point.

Mais comme il a été dit plus haut, l'étude des populations avant 1940 avait surtout révélé des tendances lourdes, des évolutions lentes et régulières. Certes des circonstances, rares d'ailleurs, venaient parfois un temps perturber ces évolutions : la guerre et l'inflation de la mort, provoquaient, on l'a dit, une diminution provisoire des autres événements démographiques. Mais l'immédiate après-guerre annulait l'effet de la crise : on rattrapait en quelques années les naissances manquées, les mariages non célébrés, les divorces retardés. Rien là qui fût mystérieux et qui méritât une explication sophistiquée.

Restait à comprendre ces grandes tendances séculaires qui progressivement raréfiaient les naissances, rajeunissaient les mariages et multipliaient les divorces. Mais les essais d'interprétation étaient et ne pouvaient guère être que juxtaposés à l'analyse démographique. Quelle prise pouvait-on avoir en effet sur ces courbes lisses qui ne renvoyaient, sauf catastrophe, à aucun facteur repérable ? Mieux valait dans ces conditions, selon certains démographes, demeurer dans une sage réserve sur les motifs de ces lentes dérives et laisser à d'autres disciplines le soin d'en trouver raison.

Comment ne pas comprendre ce parti-pris ? Voilà des hommes, les démographes, qui disposent de données de plus en plus nombreuses, de méthodes d'analyse de plus en plus précises. Point de désaccord entre eux sur le constat des indices, peu de divergences sur les méthodes. Ils peuvent parler comme un corps scientifique constitué. De toutes les sciences humaines, la leur est considérée comme la plus proche des disciplines dites exactes. Et voici qu'il faudrait quitter ce terrain assuré et autonome pour formuler des hypothèses hasardeuses. Voici qu'il faudrait quitter les eaux tranquilles du mesurable et emprunter des routes encore mal reconnues. Danger d'autant plus grand que l'explication proposée pour les changements observés n'est jamais idéologiquement neutre. Avance-t-on des raisons surtout économiques, ou au contraire culturelles, c'est que l'on se range dans un système général d'explication du monde ; le corpus des données démographiques jouerait alors le rôle d'un simple alibi. Ce faisant, le démographe entrerait dans une guerre où sa rigueur scientifique pourrait céder devant la passion politique ou idéologique.

Plutôt que de se livrer à des spéculations un peu gratuites, ne valait-il pas mieux faire porter l'effort sur les procédures d'analyse des données ? Il était en particulier intéressant de mettre au point des indices plus précis et d'étudier les rapports qui lient entre eux les différents phénomènes proprement démographiques. Ne fallait-il pas aussi, pour mieux comprendre la situation contemporaine, la comparer à celle du passé ; c'est dans les années soixante que la démographie historique, en particulier avec Louis Henry, s'imposa comme une discipline scientifique.

I. Trop de raisons insuffisantes

Les bouleversements qui vers le même temps, « surprirent » les démographes ne devaient pas interrompre ces recherches. Mais le problème d'une explication se posait désormais en des termes tout différents. Il ne s'agissait plus de rendre compte de tendances séculaires mais, semblait-il, d'une rupture soudaine. Celle-ci n'affectait pas un comportement, mais tous les comportements. Elle ne correspondait pas à une crise sociale, mais survenait dans une période de prospérité et de paix. Ainsi paraissait remise en cause l'idée de l'inertie des phénomènes de population.

Dans le même temps, des sociologues s'interrogèrent sur les transformations de la famille que révélaient les indices démographiques. Pourquoi cette poussée brusque du divorce ? Que signifie la diffusion massive des cohabitations juvéniles et leur transformation de plus en plus fréquente en unions libres fécondes ? Ainsi cherchaient-ils à mieux mesurer, grâce aux données statistiques, l'ampleur des changements qu'ils observaient, tandis que cette même ampleur incitait les démographes à réfléchir, mais cette fois, à partir de leurs propres observations, sur le sens de l'évolution. C'est probablement ces deux démarches convergentes qui marquèrent le début d'une véritable coopération entre ces deux disciplines : des démographes s'initièrent à la sociologie de la famille, tandis que des sociologues devenaient démographes[1].

On peut évidemment se demander pourquoi le second renversement des tendances, celui qui débuta vers 1970 retint l'attention des sociologues et des démographes plus que le premier, celui des années 50. Les démographes alors s'étonnèrent sans doute du prolongement, au-delà du temps nécessaire au « rattrapage », d'indices supérieurs à ceux qui avaient eu cours avant la guerre. Mais assez vite, la question fut abandonnée. En réalité beaucoup interprétaient ce « renversement » comme un retour à une situation plus normale et laissaient aux historiens le soin d'expliquer ce mouvement. Après tout, l'essen-

1. *Année Sociologique*, 1987. Présentation.

tiel n'était-il pas de retrouver un régime stable ? Tout autrement fut perçu, dès qu'il se confirma, le deuxième renversement. Lui allait contre toutes les attentes ; il semblait, avec le temps, s'accentuer ; il remettait en cause les équilibres entre les générations. A beaucoup, il apparaissait comme inquiétant. Il fallait tenter de le comprendre.

La réflexion se mobilisa donc autour de la rupture des années 60 : qu'était-il donc arrivé pour que soudain l'ensemble des comportements démographiques parussent déstabilisés ? Ainsi posée, la question appelait une réponse presque inévitable : le début du deuxième renversement coïncidait avec la diffusion massive des nouveaux moyens contraceptifs.

Ceux-ci, incontestablement, furent un facteur essentiel de la baisse de la natalité puisqu'ils réduisirent l'intensité de la fécondité à la seule fécondité désirée, ou peu s'en faut. Du coup, des dizaines de milliers d'enfants qui n'avaient pas été souhaités, mais qui auraient été acceptés et finalement aimés, ne sont pas venus au monde. Westoff et Ryder avaient bien montré que cette cause n'avait pas été la seule ; ce faisant, ils n'en confirmaient pas moins le poids de ce facteur. Tous nos changements viendraient donc de là. En effet, grâce aux nouveaux moyens contraceptifs, la cohabitation sans mariage pouvait se diffuser : elle était désormais sans risque et la crainte d'une conception entraînant un mariage forcé n'avait plus de raison d'être. La dissociation entre activité sexuelle et risque de fécondité favorisait une « émancipation sexuelle » qui touchait jeunes et adultes, hommes et femmes. Enfin, changement fondamental dont on ne parle pas assez, cette maîtrise de la fécondité était, cette fois, assurée, non plus par l'homme mais par la femme. Bref, cette petite pilule, à elle seule, aurait suffi à déclencher une révolution.

Celle-ci est d'autant plus spectaculaire que, devant son ampleur, les États tentent un peu partout dans les pays industriels d'y adapter leur législation. Autorisation donc des moyens contraceptifs, légalisation de l'avortement, libéralisation du divorce, autant de facteurs qui, pour ainsi dire, légitiment les comportements nouveaux. On a suffisamment insisté plus haut sur la double désinstitutionnalisation, des individus et des lois, pour qu'il ne soit pas nécessaire de revenir sur ce point. Disons seulement qu'il ne s'agissait pas là de simples libertés formelles, mais de pouvoirs que rendait effectifs la situation économique de la majorité des individus.

Celle-ci se caractérisait par une prospérité générale, accompagnée d'une entrée massive des femmes sur le marché de l'emploi. En France, entre 1968 et 1985, trois millions de femmes supplémentaires devinrent « actives » alors que les effectifs masculins restaient relativement stables. Entre 25 et 35 ans, c'est-à-dire aux âges où se concentrent aujourd'hui les naissances, 60 % à 70 % des femmes occupaient un emploi. La figure 1, empruntée à M. Huet et N. Schmitz illustre cette évolution[2]. Et il ne s'agit pas là d'un phénomène français. Les proportions sont souvent plus élevées, ou au moins autant, dans d'autres pays.

Figure 1. Évolution des taux d'activité féminine, entre 1968 et 1985.

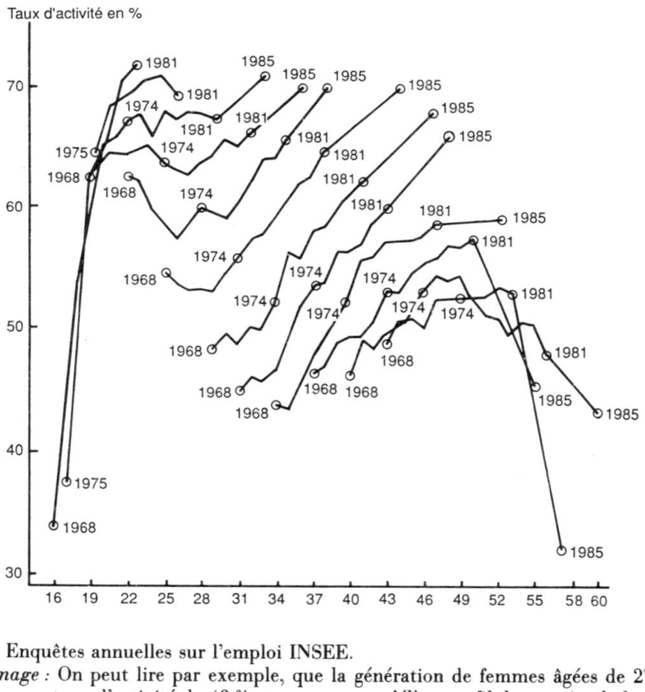

Source : INSEE. Enquêtes annuelles sur l'emploi INSEE.
Lecture de l'image : On peut lire par exemple, que la génération de femmes âgées de 27 à 29 ans en 1968 avait alors un taux d'activité de 48 % et que ce taux s'élève au fil des ans (et de leur âge) jusqu'à 62 % en 1981 elles ont alors 40 à 42 ans (lecture le long d'une courbe). On peut lire aussi (lecture parallèle à l'axe des ordonnées) que les femmes ayant 36 à 38 ans en 1968 sont actives à 46 % ; celles qui atteignent cet âge en 1971 ont un taux de 47,5 %, en 1974 de 53,5 %, en 1977 de 53 %, en 1980 de 63 %. Ce graphique montre bien comment la baisse des taux d'activité selon l'âge est pourtant le résultat de taux d'activité croissants de génération en génération.

2. Maryse Huet et Nicole Schmitz, « La population active », *Données Sociales*. 1984, p. 30. Les points pour l'année 1985 ont été estimés à partir de l'enquête *Emploi 1985*, p. 30 et suivantes.

Possibilités techniques d'éviter facilement une naissance, légalisation des nouveaux moyens contraceptifs, forte augmentation de la proportion des femmes mariées actives, n'est-ce là pas une conjonction de facteurs qui suffisent amplement à expliquer ce qui, d'abord, avait surpris les démographes ? Pour la première fois sans doute dans l'histoire de notre société, la dissociation entre sexualité et fécondité, et une forte activité féminine, aboutissaient, dans le domaine de la fécondité, à des changements analogues à ceux qu'avait provoqués autrefois la guerre ou la famine. Mais cette fois, ces transformations étaient voulues et durables. L'argumentation paraît convaincante. Elle donne toute satisfaction au bon sens. Est-elle pour autant scientifique ? Si l'on s'y tient, les transformations observées semblent résulter d'une série de hasards, ou du moins d'une aléatoire simultanéité d'événements favorables : situation économique prospère, appelant pour ainsi dire les femmes à entrer dans la vie active, découverte technique d'un contraceptif révolutionnaire, transformation des lois matrimoniales. Les partisans de cette thèse rétorqueront qu'on ne saurait, parmi les facteurs d'évolution, écarter le hasard et que précisément l'ampleur exceptionnelle des changements exigeait des convergences exceptionnelles. Soit.

Pourtant, à rester à ce niveau d'explication, des difficultés subsistent. Elles tiennent d'abord à l'aspect un peu mécanique des causalités invoquées. La découverte de la pilule n'explique pas la baisse du nombre d'enfants désirés. De même les techniques de la stérilisation sont connues depuis bien des années : pourquoi donc leur poussée soudaine dans certains pays et l'hésitation dans d'autres ?

L'idée d'une sorte de causalité directe entre la pilule et la baisse de la fécondité paraît pour le moins insuffisante. Il en va de même de la relation déterminante que certains voient, par exemple, entre les réformes législatives et l'augmentation concomitante de la fréquence du divorce, ou une prétendue multiplication des avortements[3]. Les réformes législatives peuvent bien avoir, comme ce fut le cas pour le divorce en Suède et aux Pays-Bas, de sensibles effets immédiats. Il s'agissait là du « déstockage » de situations où le divorce avait été impossible, sous la législation antérieure. Une fois passé le flux de ces

3. Le refus, pour des raisons religieuses, du principe de l'avortement est une chose. C'en est une autre, et mal fondée celle-là, de prétendre que la législation de l'avortement fut suivie en France d'une augmentation massive de cette pratique.

régularisations, le niveau de la divortialité est d'ailleurs retombé au point où il se serait sans doute trouvé sans réformes, à cette date. On n'en conclura pas, pour en rester à l'exemple du divorce, qu'à long terme les nouvelles législations n'auront pas d'effet sur la fréquence de la divortialité [4], mais seulement que les hausses récentes ne lui sont pas imputables. Celles-ci avaient d'ailleurs, dans beaucoup de cas, précédé largement la promulgation de la loi et il est probable que cette augmentation des ruptures a encore incité le législateur à réviser les conditions du divorce [5]. Dans la relation entre « la loi et le nombre », la causalité est sans doute, du moins au début, plutôt du côté du nombre.

Enfin, aussi bien pour expliquer les changements de la fécondité que ceux de la divortialité, on avance l'argument des forts taux d'activité féminins. Alain Lery a montré, par exemple, qu'en France la fécondité des femmes actives est demeurée stable, entre 1970 et 1980, comme celle des femmes inactives. La baisse moyenne s'expliquerait donc non par une diminution des indices dans ces deux sous-populations, mais par une nouvelle pondération de leurs effectifs. Dans les comparaisons internationales, on trouve généralement une corrélation négative entre le niveau de la fécondité et le pourcentage des femmes actives. Ici aussi, la « causalité » paraît manifeste. Il ne faut pourtant pas se hâter de conclure. Cette corrélation est loin d'être générale : des populations à faible taux d'activité féminine, comme celles de l'Italie, de la Suisse, des Pays-Bas, sont des populations à faible fécondité. Ici aussi le bon sens est pris en défaut.

Cette explication par une série de causes concomitantes présente à notre avis une autre limite : chacun des facteurs invoqués appelle à son tour sa propre explication. Pourquoi donc cette diffusion de moyens contraceptifs, pourquoi cette soudaine montée de l'activité féminine, pourquoi ces réformes législatives ? Il serait évidemment naïf de récuser l'importance de ces changements. On peut s'interroger sur leur indépendance ; il convient surtout de les considérer comme des causes intermédiaires, exprimant chacune à leur manière une raison plus générale du bouleversement observé. Mais ce bouleversement ne serait-il pas en réalité plus apparent que réel ?

4. *Le divorce en Europe occidentale. La loi et le nombre op. cit.*

5. Patrick Festy, « L'évolution récente du nombre des divorces en Europe occidentale », in *Le divorce en Europe occidentale. La loi et le nombre, op. cit.*

II. La théorie d'Easterlin

C'est ce que soutiennent certains démographes qui pensent que nous avons ici affaire à un faux problème. La difficulté viendrait en réalité de la courte vue historique de ceux qui s'interrogent. En se limitant à la rupture de 1965, en ne prenant pas en compte les renversements antérieurs, il est évidemment impossible de voir que nous sommes à cette date, tout simplement, entrés dans une nouvelle période d'un mouvement cyclique qui semble s'être établi depuis plus d'un demi-siècle. C'est l'existence de ce cycle qu'il faut montrer et son mécanisme qu'il faut comprendre.

On aura reconnu ici l'hypothèse d'Easterlin[6]. Suivant ce démographe, un mouvement oscillatoire réglerait, dans les pays industrialisés, les flux de naissances. A des phases de forte fécondité succéderaient régulièrement des phases de faible fécondité. La période, au sens physique du terme, de ces oscillations serait d'environ deux générations, autrement dit la tendance s'inverserait tous les quarts de siècle environ. Le mécanisme en serait de nature économique : une jeune génération réglerait en effet sa fécondité sur la probabilité qu'elle aurait de trouver devant elle un marché du travail plus ou moins favorable. Si les effectifs des adultes actifs sont très nombreux, si donc les places qu'ils vont libérer à leur retraite sont abondantes, la jeune génération sera féconde ; sinon elle adoptera un comportement malthusien. Cette perception ne peut être assimilée aux calculs individuels délibérés des agents démographes. Elle se rapprocherait plutôt de ce que les sociologues appellent la « visibilité sociale », c'est-à-dire la prise en compte à la fois décisive et le plus souvent inconsciente des mouvements collectifs. Il faut ici citer le texte de Maurice Halbwachs : « Les formes matérielles de la société agissent sur elle, non point en vertu d'une contrainte physique, comme un corps agirait sur un autre corps, mais par la conscience que nous en prenons, en tant que membres d'un groupe qui perçoivent son volume, sa structure physique, ses mouvements dans l'espace. Il y a

6. Richard Easterlin, « Relative économic status and the American fertility swing », in *Family economic behavior. Problems and prospects*, ed. by E. B. Sheldon, Philadelphie, J. B. Lippincott, 1973.

là un genre de pensée ou de perception collective qu'on pourrait appeler une donnée immédiate de la conscience collective[7]. »

Pour Easterlin, le régulateur de la fécondité serait la perception plus ou moins confuse, mais très efficace, d'un rapport arithmétique entre la population des jeunes adultes et celle des générations plus âgées, entre les effectifs des groupes d'âge 35-64 ans et 15-34 ans. Que le rapport du premier au second soit supérieur à 1 et l'indice de fécondité sera élevé ; qu'il devienne inférieur à cette valeur et la descendance finale baissera. La forte fécondité des parents entraînerait une faible fécondité des enfants et réciproquement. Le mouvement s'entretiendrait ainsi de lui-même.

Théorie séduisante s'il en fût, par sa simplicité. Simplicité statistique d'abord ; un simple rapport d'effectifs serait ici un indicateur satisfaisant. Inutile donc d'avoir recours à de savantes théories pour expliquer ces mouvements de la fécondité, puisqu'une relation mathématique, accessible à un élève de l'école primaire, livre le secret de ces évolutions. Bien plus, non seulement cette formule rend compte du passé, mais elle permet de prévoir l'évolution probable pour les quinze prochaines années, puisqu'il est facile de calculer aujourd'hui ce que seront dans quinze ans les effectifs des 15-34 ans et des 35-64 ans. N'est-ce point l'« œuf de Colomb » ?

Théorie limitée, objectera-t-on, à l'explication de la fécondité. Ce serait déjà un gain appréciable, mais certains sociologues américains pensent avoir trouvé dans cette alternance la clé pour l'interprétation d'autres phénomènes démographiques. E. Carlson par exemple, estime que les variations d'effectifs de 0 à 14 ans, induites par l'évolution de la fécondité, influent sur les comportements des parents en matière d'éducation et que ces modes différents de socialisation, à leur tour, pèsent sur le niveau de la divortialité[8]. La chaîne de raisons qu'il expose ne manque ni d'habileté ni de vraisemblance. Et voici la démographie presque autonome et maîtresse de ses propres mouvements.

N'est-ce pas trop beau ? Un premier test de la valeur de la théorie d'Easterlin consiste dans la vérification rétrospective du mécanisme qu'il présente : est-il bien établi que, dans le passé, les générations pleines ont eu une faible fécondité et les générations creuses

7. Maurice Halbwachs, *Morphologie sociale, op. cit.p. 201.*

8. Elwood Carlson, « Divorce rate fluctuations as a cohort phenomenon », *Population Studies*, 33, 3 nov. 1979.

une fécondité élevée ? La corrélation semble vérifiée, pour certains pays au moins, depuis un demi-siècle. La figure 2 a été établie pour la France par Henri Leridon[9]. Les maigres générations nées entre les deux guerres ont effectivement eu beaucoup d'enfants et ceux-ci, à leur tour, ont effectivement eu une faible descendance. Nous ne discuterons pas ici le point délicat de savoir si l'explication d'Easterlin est valable rétrospectivement pour *tous* les pays industrialisés. Observons, en revanche, qu'Easterlin a dû lui-même réviser les perspectives de fécondité qu'il avait formulées sur la base de sa théorie, pour les années 1980 : la reprise de la fécondité annoncée par lui ne s'est nulle part encore produite.

Figure 2. – Évolution de la somme des naissances réduites et du rapport des effectifs masculins 35-64 ans sur les effectifs masculins 15-34 ans (France).

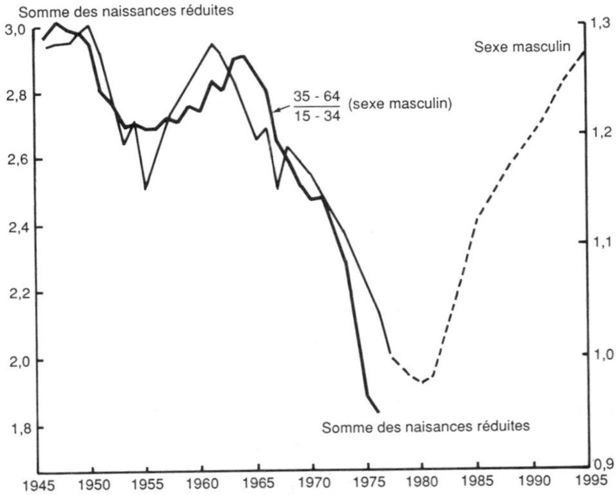

Source : Henri Leridon, *op. cit.*, p. 445.

Cet échec tient peut-être à l'évolution même du marché de l'emploi. L'entrée dans la vie active d'un pourcentage de femmes beaucoup plus élevé qu'il y a vingt ans fausse les équilibres prévus. De même, le passage rapide d'une situation de plein emploi à celle d'un chômage persistant se solde-t-il, dans la logique même d'Easterlin, par la persistance de faibles taux de fécondité : les effectifs des 35-64 ans sont en train de croître ; ils décroissent par contre si l'on en déduit le nombre des chômeurs et des retraités.

9. Henri Leridon, « Fécondité et structures démographiques : une hypothèse sur l'évolution de la fécondité depuis 1940 », *Population*, 1978, n° 2, p. 441 et suivantes.

Une autre critique paraît plus décisive. Un postulat fonde la théorie : le motif finalement déterminant des comportements démographiques serait d'ordre économique. Easterlin suppose que l'adulte est avant tout un calculateur, conscient ou inconscient, peu importe. Nier l'importance de ce facteur serait absurde. Affirmer qu'il est ici déterminant exige une démonstration qui ne semble pas avoir été vraiment faite. En particulier dans le champ démographique où grondent souvent en sourdine la violence des passions et l'horreur de la mort, il paraît un peu naïf de réduire les motivations à une arithmétique utilitaire et sereine. Que le postulat se fonde sur la macro-économie, comme chez Easterlin, ou sur la micro-économie, comme chez les « nouveaux économistes », il faut que le critère des préférences soit essentiellement utilitaire, ou alors la théorie perd toute spécificité.

Que la diffusion du modèle de famille-club puisse inciter certains à faire de l'intérêt la raison des décisions du couple, cela se conçoit. Mais, même dans ce cas, le souci de « maximiser » ne porte pas seulement sur des satisfactions monnayables : le processus des prises de décisions de l'individu est beaucoup plus complexe que les calculs les plus sophistiqués. Nous échangeons certes, dans le couple, des moyens de survivre, mais aussi, à travers ces moyens, des raisons de vivre. L'échange est plus important que les biens échangés. On le voit, le débat ici porte sur la conception même de l'homme. « Ni ange, ni bête », celui-ci, pour une part plus ou moins importante de ses comportements, offre sans doute une large prise à l'analyse économétrique. Affirmer que ses décisions les plus graves se prennent sur cet unique registre relève d'un postulat plus que d'une conception vraiment démontrable.

Si l'on admettait pourtant cette hypothèse, il faudrait encore, pour qu'elle réponde à la question posée, expliquer pourquoi, entre 1950 et 1956, il était de l'intérêt de la majorité des familles d'avoir trois enfants et pourquoi, depuis lors, il est avantageux de n'en avoir que deux ou un seul. Cette démonstration n'a guère été scientifiquement établie par les partisans des théories utilitaristes. Le succès que celles-ci ont pu rencontrer témoigne simplement de la faveur dont jouissent dans notre société les conceptions les plus réductrices.

Cette théorie, enfin, prétend rendre compte surtout des changements qui sont advenus depuis la Seconde Guerre mondiale. Sur l'évolution antérieure, elle est beaucoup plus discrète. Au bout du compte, il est permis de se montrer sceptique, même si la démographie renonce par cette critique, à trouver, pour les comportements qui l'intéressent, une application générale et simple.

III. Un changement culturel ?

Un troisième type d'explication soutient qu'il n'est possible de comprendre ce qui se passe actuellement que dans la continuité avec les tendances séculaires. Easterlin lui-même aurait péché par myopie. La baisse récente de la fécondité prolongerait en réalité un mouvement qui débuta avec la transition démographique. Les ruptures d'unions, d'abord sous la forme de séparations légales, puis de divorces, n'ont cessé de croître. La remise en cause du mariage ne date pas d'hier. La situation actuelle s'inscrit en somme dans un long processus. Il faut bien reconnaître qu'il y a eu accélération depuis 1965 et la diffusion des nouveaux moyens contraceptifs n'y est pas étrangère. Mais, à regarder les choses d'un peu loin, on résistera aisément à l'illusion d'un véritable renversement.

Reste pourtant le fait que de 1950 à 1965, on a observé des indices qui sont incompatibles avec les tendances séculaires. On le voit : le problème se déplace dans le temps et pour que cette théorie de la continuité soit crédible, il faut préalablement expliquer que les deux décennies qui suivirent la Seconde Guerre mondiale constituèrent une sorte de parenthèse dans le mouvement des indices ; il faut montrer pourquoi cette anomalie provisoire s'est introduite dans l'évolution du long terme.

L'idéologie du XIXe siècle avait été celle du progrès, de la confiance dans le système des valeurs qui gouvernait les décisions des individus et présidait à l'élaboration des grandes politiques. La science ouvrait une ère nouvelle : la paix serait universelle et la prospérité générale. Il y aurait sans doute encore quelques passages difficiles. Mais des temps nouveaux étaient proches où l'Humanité verrait ses aspirations comblées et où, d'une manière ou d'une autre, la raison gouvernerait l'histoire.

L'ère du soupçon s'instaura sans doute après la Seconde Guerre mondiale. Tant de morts et si peu justifiés ! L'idée d'une fraternité universelle qui soudain débouchait sur une violence généralisée ! C'est alors que Paul Valéry interpella ses contemporains : « Nous autres, civilisations, nous savons maintenant que nous sommes mortelles [10]. » Comment ne pas citer aussi ce qu'il avait dit à Zürich vers la même époque : « On peut dire que toutes les choses essentielles de ce monde ont été affectées par la guerre... Parmi toutes ces choses blessées est l'Esprit. L'Esprit est en vérité cruellement atteint ; il se plaint dans le cœur des hommes... et se juge tristement. Il doute profondément de soi-même [11]. »

Là-dessus survient la crise économique des années 30. Les hommes se montraient incapables de maîtriser l'immense machinerie qu'ils avaient montée. Le sociologue américain Glen H. Elder explique les effets de cette crise sur les générations qui la vécurent jeunes [12]. La vie alors est difficile pour ces enfants et ces adolescents. Beaucoup voient leurs pères impuissants à trouver ou à garder un emploi. Ils comprennent que la famille ne s'en tirera que par la solidarité de tous. Eux-mêmes, adolescents, deviennent parfois le seul « gagne-pain » de leur famille. Ils s'émancipent donc plus vite du contrôle parental. Ils demeurent pourtant persuadés que le salut est là, dans cette cohésion du groupe domestique qui leur paraît la seule véritable parade contre l'insécurité [13]. Phénomène mondial, la crise ébranlera un peu partout la confiance dans les instances économiques et politiques.

En Europe, elle ne fut pas étrangère aux changements de régime qui firent basculer alors un certain nombre de démocraties dans des régimes totalitaires. L'Espagne républicaine fut vaincue. Rien ne semblait pouvoir s'opposer aux desseins de l'Allemagne nazie. Le chômage, la pauvreté, le désarroi s'installaient en Europe. L'évolution démographique exprimait à sa manière la situation générale ; la fécondité était faible, la divortialité montait. Aussi bien ceux qui se risquaient à tracer des perspectives croyaient-ils à un déclin rapide des populations, au moins dans les nations démocratiques.

Que dire alors des réactions des jeunes générations, qui, en France, connurent la défaite de 1940 ? Celle-ci leur apparut, quelle

---

10. Paul Valéry, « La crise de l'Esprit », in : *Variété*, Paris, Gallimard, 1924.
11. Paul Valéry, Conférence donnée à l'Université de Zürich le 15 novembre 1922.
12. Glen H. Elder, *Children of the Great Depression*. Chicago, University of Chicago Press, 1974.
13. Richard Sennett décrit une réaction identique de repli sur la famille parmi les ouvriers de Chicago vers 1880. Immigrés du milieu rural, ces générations se trouvent soudain plongées dans un monde difficile et qu'elles perçoivent comme hostile. Une des stratégies adoptées fut alors une fermeture au monde extérieur et une survalorisation du groupe familial. R. Sennett, *op. cit.*

que fût leur opinion politique, non comme le fait d'une armée désuète, mais comme l'effondrement d'un univers politique et culturel. Comment croire encore tous ceux-là qui avaient assumé, apparemment avec une inébranlable présomption, les politiques qui devaient mener au désastre ?

Le relatif succès de l'idéologie développée par le gouvernement de Vichy fut évidemment lié à cette défaite globale. Les valeurs alors préconisées prenaient le contre-pied de la culture moderne. Elles encourageaient un repli des idées générales trompeuses vers les certitudes quotidiennes éprouvées de la terre, de l'artisanat, de la famille aussi. Rien d'étonnant dans ces conditions que dans la France de l'armistice, la fécondité à partir de 1942 fût en augmentation. L'Amérique, elle, était entrée en guerre ; la majorité de ses jeunes finit par être mobilisée et quitter provisoirement les États-Unis pour les divers théâtres d'opérations. Elle fait alors l'expérience du front, affronte le risque de mort, souffre de la séparation et de l'isolement. La famille devient, par contraste, le lieu de la sécurité, de la tendresse.

En Amérique comme en Europe, parmi les vainqueurs comme parmi les vaincus, la paix revenue n'effaça pas chez les jeunes adultes le souvenir des atrocités de la guerre et des difficultés qui l'avaient précédée. La victoire de 1945 ne rétablit jamais la confiance dans l'avenir, qu'avait balayée la défaite de 1940. On se réjouissait certes de la fin du conflit, mais l'on n'oubliait ni les souffrances éprouvées, ni l'imprévoyance des États, ni la remise en cause des idées dans lesquelles on avait été élevé. Rien d'étonnant dans ces conditions que se poursuivît alors un reflux des espérances vers la vie privée. Et comment alors ne pas identifier celle-ci avec la famille qui, dans les épreuves ou les désastres économiques ou militaires, avait été le seul havre véritable ? Le groupe domestique retrouve donc tout son attrait et son prestige : on veut se marier et de plus en plus jeune ; on souhaite aussi avoir suffisamment d'enfants pour former une microsociété affectivement autarcique. David Riesman a décrit, pour les États-Unis, ce moment de sursaut du familialisme [14]. Il a souligné l'impatience des jeunes à se marier [15], il a décrit les stratégies sco-

14. David Riesman, *La foule solitaire*, trad. franç., Paris, Robert Laffont, 1964.

15. David Riesman, *L'abondance, à quoi bon ?*, trad. franç., Paris, R. Laffont, 1969. Voir en particulier le Ch. 12. Plus de la moitié des femmes américaines se mariaient alors avant vingt et un ans. Un des problèmes les plus souvent traités par les sociologues américains de la famille était d'ailleurs celui des mariages précoces.

laires d'étudiantes, soucieuses de ne pas concurrencer à l'université leurs camarades masculins, conjoints possibles et recherchés. Tout avait commencé par un retour massif à la maison de plusieurs millions de femmes, qui durant la guerre avaient occupé dans l'économie les places laissées libres par les hommes mobilisés. Le bonheur alors, pour l'Américain moyen, semblait lié à ce qui dans les années 30 apparaissait comme difficilement accessible : le mariage, la présence de trois ou quatre enfants, la possession enfin d'une maison et d'un jardin dans une banlieue résidentielle. Ainsi s'expliqueraient les comportements démographiques des deux décennies qui suivirent le dernier conflit mondial.

A cette interprétation, une objection historique se présente : nos guerres n'étaient pas les premières guerres. Et nos crises économiques étaient moins graves que la famine et la peste. Si le malheur avait dû déstabiliser notre culture, ce serait chose faite depuis longtemps. L'Occident, en réalité, a traversé mille désastres, affronté des menaces plus redoutables encore que le chômage, mené d'implacables guerres de religion, et il n'a pas pour autant remis en cause les fondements de sa culture.

Il est vrai, mais la modernité a changé les esprits. La catastrophe hier relevait du destin. Ses effets pouvaient être désastreux. Ils demeuraient interprétables à l'intérieur de la logique du système. C'était Dieu qui détruisait les villes impies ou envoyait la peste pour punir les hommes de leur turpitude. Plus ou moins facilement, les malheurs de Job et l'incendie de Lisbonne pouvaient trouver leur place dans la logique des philosophies ou des théories.

Mais, sorties de la conception traditionnelle, ces catastrophes deviennent incompréhensibles. Dans un monde que l'homme désormais prétend maîtriser, l'échec ne remet pas en cause la sagesse de quelque puissance transcendante, mais la gestion des acteurs humains, les idées qui inspirent leurs actions et les espoirs qui les mobilisent. C'est l'homme désormais qui porte la responsabilité de son malheur. Et tout est changé. La guerre n'est plus seulement un malheur, c'est un échec.

Si l'on admet cette interprétation, le renouveau démographique des années 50 devient lui-même compatible avec la continuité d'un désenchantement culturel déjà engagé[16]. Bien plus, cette réaction

16. C'est aussi le moment où le marxisme représentait pour certains la seule idéologie que l'histoire n'avait pas démentie.

exprime à sa manière l'aggravation de cette tendance, même si elle se traduit par un renversement des indices.

Dans ces conditions, qui furent un peu partout les mêmes dans les pays industriels, en Europe comme en Amérique, pourquoi ce familialisme cessa-t-il d'avoir, vingt ans plus tard, la faveur générale ? Il reposait, on l'a dit, sur le souvenir proche de situations catastrophiques. Or voici que les populations s'établissent durablement dans une période de paix et de croissance économique. Chaque année apporte une aisance plus grande. La technique semble de nouveau une garantie de confort et de richesse. Chacun trouve aisément un emploi conforme à sa qualification. Il devint vraisemblable que la famille stable n'était pas la seule manière d'organiser sa vie privée.

IV. Nouvelle image de la femme

Dans le même temps, il apparaissait, à l'expérience, que les contraintes de l'institution matrimoniale étaient parfois lourdes et qu'elles pouvaient constituer un handicap pour la réussite personnelle. Les femmes surtout prenaient conscience qu'à ce jeu, elles étaient perdantes, que la prospérité était surtout l'affaire des hommes, en un mot, que la famille les tenait éloignées d'une société florissante qui leur demandait beaucoup et dont elles avaient le sentiment de recevoir peu. Jamais les mouvements féministes ne furent plus passionnés qu'à la fin des années 50. Sans qu'on le sût, s'épuisait alors le crédit qui, au lendemain de la guerre pour un temps bref, avait encore été accordé à une image inégalitaire mais rassurante de la famille [17]. Après avoir favorisé le groupe domestique, la privatisation aboutissait logiquement aux revendications des individus et, dans cette logique, les femmes disposaient des meilleurs arguments. Ne sont-ce pas elles d'ailleurs qui ont été d'abord concernées par les principaux changements, aussi bien dans leur statut que dans leur

17. Aux États-Unis en 1970, 80 % encore des femmes blanches estimaient qu'il était « bien meilleur » que l'épouse restât à la maison. Le pourcentage tombe à 50 % en 1977. Données présentées par Andrew Cherlin, *Marriage, divorce, remarriage,* Cambridge, Harvard University Press, 1981 (pp. 60-61). Dans le même ouvrage l'auteur indique qu'en 1937, moins de 30 % des hommes auraient éventuellement voté pour une femme candidate à la présidence ; en 1977 le pourcentage est de l'ordre de 90 % (p. 63).

situation concrète ? En quelques années elles sont devenues aussi nombreuses que les hommes dans les universités ; la plupart, même aux âges de fécondité, ont pris une activité professionnelle ; la loi leur reconnaît l'égalité totale avec les hommes ; enfin, elles ont acquis la maîtrise de leur fécondité. Une image nouvelle de la femme s'est ainsi progressivement imposée : elle impliquait à terme une transformation radicale des rapports conjugaux et des biographies familiales.

En effet, maîtresse de sa fécondité, assurée de son autonomie matérielle, juridiquement égale de l'homme, la femme « nouvelle » bouleverse les anciens équilibres du couple. Elle ne se perçoit plus elle-même comme simple régente de la maison, elle refuse d'être reléguée dans l'« expressivité » d'épouse tendre et de mère dévouée. Elle se sent victime d'une oppression millénaire. Elle se veut désormais l'égale de son conjoint et pour que le mot « égal » ne dissimule pas quelque piège subtil, elle revendique, comme fondement de cette égalité, l'identité entre l'homme et la femme, identité de leurs capacités, de leurs facultés, et donc de leurs droits. L'ère de sa « domesticité », au sens étymologique de ce dernier mot est terminée. De cette thèse, Andrée Michel fut, en France, la très sincère et très passionnée protagoniste. Son rôle fut alors déterminant dans le développement de la sociologie de la famille dans notre pays.

Réaction très significative, cette « profession de foi » suscita peu de controverses et encore moins d'opposition déclarée de la part des hommes. Il semblait à beaucoup, qu'immémorialement les époux avaient opprimé leur compagne et qu'ils avaient obstinément défendu, pour eux, des privilèges injustifiables. L'histoire du mariage leur apparaissait comme une longue exploitation de la femme. Engels semblait avoir rallié tous les suffrages, ceux des femmes certes, mais aussi ceux de la plupart des hommes, convaincus et, apparemment au moins, repentants. La situation n'était pas pour autant transformée dans les faits. Le « règne » de l'homme se maintenait dans le ménage et surtout dans la société : les femmes continuaient à assumer la plus grande part des travaux ménagers ; elles étaient toujours largement minoritaires à occuper les postes de responsabilité, dans l'économie comme en politique.

Le changement d'attitude des hommes n'était pourtant ni de façade ni de simple principe. Quelque chose s'imposait soudain, comme irréversible, du moins à durée prévisible. Les universités accueillirent désormais plus de femmes que d'hommes, les emplois se féminisèrent. Les pères prirent leur part dans ce qui leur était le plus étranger, les soins aux petits enfants, sous le contrôle de la mère. Les grandes décisions relevèrent d'un consensus préalable des conjoints. La « communication » devint aussi importante que la fidélité. Les femmes qui, hier, étaient flattées par une demande en mariage et qui craignaient le célibat comme la pire des situations, refusèrent de plus en plus souvent, provisoirement au moins, le mariage proposé par un partenaire, cohabitant ou non. De plus en plus souvent aussi, ce furent elles qui prirent, juridiquement au moins, l'initiative du divorce [18]. La maîtrise de la fécondité leur donna enfin un pouvoir à la fois réel et symbolique. Dans la république familiale, la femme n'a sans doute pas moins de tâches qu'hier ; elle a incontestablement plus de pouvoirs. On se demandera plus loin si ce n'est pas elle qui, désormais, est la personne centrale de la famille. Cette description est certes simpliste et trop générale : elle rend pourtant bien compte des changements qui se produisirent entre 1965 et 1985 dans les représentations collectives dominantes.

L'hypothèse d'une série de causes indépendantes, dont la simultanéité aurait fait basculer l'ensemble des comportements démographiques, doit donc être écartée. Ce qui s'est réellement passé forme système ; les facteurs s'articulent, se confirment réciproquement. Il est impossible de décider, par exemple entre l'activité féminine et la baisse de la fécondité, où est la cause et où est l'effet. Par contre, l'ensemble des changements paraît trouver son explication dans l'idée que la figure de la femme a changé et que les anciens arrangements sont désormais périmés. Et ce n'est pas là un événement parmi d'autres : soudain s'estompe une distinction essentielle, non seulement à notre civilisation, mais aux fondements mêmes des cultures traditionnelles, celle qui séparait et hiérarchisait les sexes. Ce qui signifie que désormais les femmes refusent de se reconnaître dans les images que les hommes se font d'elles et qu'elles avaient si longtemps acceptées. Comment tout, dès lors, ne serait-il pas transformé ?

---

18. Le pourcentage des demandes formulées par l'épouse est passé en France de 64,9 % en 1973 à 73,5 % en 1985. *Projet de rapport d'étape, op. cit., sept. 87, p. 15. Voir aussi P. Festy et M.F. Valetas, « Le divorce et après », op. cit.*

Le crépuscule des pères

Le front des institutions, avec ses lois et ses interdits, ses grands récits justificatifs, ses hiérarchies de petits et de grands chefs, ses guerres aussi, de conquête ou de défense nationale, c'était l'univers des hommes. Ainsi justifiaient-ils leur prééminence. Dans son livre sur les enfants de la grande dépression économique des années 30, Glen Elder insiste aussi sur le fait que c'est la figure du père qui apparaît comme vaincue[19]. Ce qui est défait et qui a perdu crédit, c'est le monde organisé par les hommes et qui soudain apparaît usé, fissuré, vétuste. La perte de prestige et d'autorité des pères vient d'une faillite plus générale, celle de l'univers masculin. C'est donc l'ensemble des institutions qui était remis en cause, et au-delà, le principe même de l'institutionnalité. Est-il interdit de penser que, si cet univers-là ne s'était pas effrité – mais il portait sans doute depuis le début de la modernité, cette défaite comme une possibilité interne – alors l'émergence de la nouvelle figure de la femme n'aurait pu, avec une telle ampleur et une telle force, soudain s'imposer ? Dans ce sens, ce sont les hommes qui, par leurs échecs, ont finalement provoqué, et en tout cas soudain accéléré, l'émancipation et la promotion des femmes.

L'explication des changements démographiques présents devrait donc être recherchée, non dans des événements qui n'ont été que des catalyseurs, comme les méthodes contraceptives nouvelles, mais dans une vaste réorganisation des comportements matrimoniaux, réorganisation dont nous n'avons peut-être vu que les premiers effets. Il s'agit d'une « subversion » massive à forte inertie et que l'on ne saurait maîtriser par les stratégies trop légères du Droit social ou même par l'appareil, plus lourd, du Droit civil. L'évolution ne touche pas seulement la fécondité ou le divorce ; elle remet en cause un équilibre déterminant pour la société, celui du rapport entre les hommes et les femmes.

---

19. Glen Elder, *op. cit.* Voir aussi Alexandre Mitscherlich, *Vers une société sans pères*, trad. franç. Paris, Gallimard, 1969.

Une désinstitutionnalisation généralisée

Cette interprétation n'est-elle pourtant pas trop large ? La société continue à fonctionner et des institutions règlent toujours les comportements, de la conduite automobile aux transactions économiques, du choix des responsables politiques à la socialisation de l'enfant. Si l'argumentation proposée était la bonne, c'est l'ensemble des institutions qui se serait effondrées et, de ce fait, notre société tout entière aurait disparu. Il faut donc, si l'on veut sauver l'argument, dire pourquoi la seule institution familiale s'est trouvée ainsi dévaluée alors que la crise serait celle de l'institutionnalité en général.

Il serait facile de montrer que le système matrimonial ne fait pas exception. N'observe-t-on pas une désinstitutionnalisation de la langue ? Son évolution récente, qu'elle soit parlée et écrite, ne relève pas seulement du dynamisme propre à tout ce qui vit. Nous assistons plutôt à un étrange appauvrissement de la capacité d'expression, à un mépris des règles instituées qui obligeaient à distinguer les modes, à articuler logiquement les propositions, à utiliser le mot propre. Si, par ailleurs, nous observons nos contemporains dans la manière dont ils usent de leur automobile, si nous regardons la télévision ou lisons une publicité, ne sommes-nous pas conscients d'un dédain général pour ce qui, hier encore, réglait impérativement les conduites ? Il ne s'agit ici ni de critique, ni de morale, ce qui n'aurait aucune justification dans une analyse qui se veut sociologique. Il n'empêche que l'observation doit être faite : les normes et les interdits deviennent de plus en plus, et pas seulement dans le domaine matrimonial, relatifs et conditionnels. La crise, si crise il y a, est bien celle de l'institutionnalité générale.

Pourquoi, pourtant, cette détérioration est-elle à l'évidence, plus forte, dans le domaine matrimonial ? C'est qu'à tort ou à raison il a semblé aux individus qu'ils pouvaient sur ce point revendiquer leur souveraineté sans compromettre la bonne marche de la société et que, partiellement au moins, les responsables politiques les ont crus. N'acceptent-ils pas progressivement qu'une frontière soit tracée entre privé et public, de telle sorte que l'individu agisse ici suivant la loi et là suivant son désir ? Ce découpage ne serait-il pas finalement bénéfique à la bonne marche de la société puisque les contraintes plus nombreuses qu'elle impose aujourd'hui dans les domaines économique et administratif seraient compensées par l'autonomie dont jouirait l'individu sur l'étroit territoire de son intimité ?

Il fallait bien, de toutes manières, maintenir, vaille que vaille, les prescrits et interdits dans les autres secteurs de l'activité, même si certains en contestaient la légitimité. Le fonctionnement de la société était à ce prix. Pour les abolir, une révolution collective radicale aurait été nécessaire, dont bien peu finalement dans cette période de prospérité, étaient partisans. Pour la vie privée au contraire, les changements paraissaient, par construction, sans conséquence collective, et la « révolution » pouvait être discrètement réalisée dans le secret des familles. Rien d'étonnant donc à ce que l'institution matrimoniale fut la première à se dévaloriser dans une large fraction de la population. L'évolution de la famille s'expliquerait ainsi comme une percée, réalisée sur le point le plus faible, d'un front tout entier menacé.

Une étrange simultanéité

Une objection dernière subsiste pourtant contre cette hypothèse. Cette « grande transformation », difficile à relier à un événement particulier, se trouve précisément située historiquement. Tous les démographes sont d'accord pour en fixer le début à une date précise : 1965, avec peut-être une ou deux années d'avance ou de retard, suivant les pays.

Objection secondaire ? Non pas : les simultanéités sont assez nombreuses pour que soit posée la question. Cette année 1965, reconnue par tous comme repère, ne présente d'ailleurs pas plus que celles qui l'entourent, un élément susceptible d'expliquer cette rupture. Tout au plus pourrait-on dire que, dans certains pays, c'est autour de cette date pivot que les méthodes nouvelles de contraception se sont diffusées. Ce facteur ne saurait néanmoins, à lui seul, expliquer l'étrange simultanéité de l'ensemble des changements démographiques. Les effets de moment paraissent donc, en 1965, étrangers au grand retournement des tendances.

Par contre, cette année-pivot marque le moment où les générations nées à la fin de la guerre, ou immédiatement après, deviennent adultes et s'engagent dans la formation de leur propre famille. Ces cohortes-là n'ont pas connu la guerre ou si peu ; leur enfance s'est passée dans un climat de relative sécurité et de promotion sociale. Elles n'ont subi ni catastrophe, ni privation ; le marché de l'emploi était alors largement ouvert devant elles.

On se trouve ainsi renvoyé vers les effets de générations. Qu'ont donc en commun tous ces jeunes ? Comment expliquer qu'ils commencent à se construire une biographie familiale différente de celle de leurs parents ? On a vu combien ceux-ci avaient été culturellement touchés par la crise économique des années 30 et par la Deuxième Guerre mondiale. Ne faut-il pas en conclure que quelque chose en a été changé dans la manière dont les parents ont depuis lors éduqué leurs enfants ? Apparemment, ils ont essayé de leur transmettre le patrimoine culturel qu'ils avaient eux-mêmes reçu, le respect des mêmes institutions, la foi dans les mêmes valeurs. En fait, le message n'est pas passé. Les dernières années de la décennie 60 ont été marquées dans les universités de façon spectaculaire mais plus discrètement dans le secret des maisons ou dans les discussions entre jeunes, par un refus brutal de l'héritage culturel. « Jamais comme nos parents ». Qu'à cet âge-là les valeurs familiales fussent, plus que les autres, contestées, qui s'en étonnerait ? Mais leur mise en cause n'était en réalité qu'une partie de la contestation beaucoup plus vaste qui se manifesta alors. Elle ne fut sans doute pas générale, mais plus rien dans les familles, après 1968, ne fut tout à fait semblable à ce qui se passait avant cette date.

Une des accusations les plus souvent répétées par les enfants portait alors sur l'« hypocrisie » de l'éducation qu'ils avaient reçue. L'expression n'est pas très claire. Elle semble pourtant bien signifier, comme il a été dit plus haut, que les parents auraient généralement essayé d'élever leurs enfants dans le respect des normes traditionnelles, bien qu'ils aient eux-mêmes éprouvé de sérieux doutes sur les justifications religieuses ou idéologiques de ces normes. Il est probable en effet qu'enfants et adolescents aient ressenti, et souvent à juste titre, cette ambivalence. Adolescents ou jeunes adultes, ils avaient abandonné les tables de la loi, à leurs yeux sans fondement véritable. Les grands récits, ou les rêves collectifs qui donnaient vie aux institutions, ne trouvaient plus créance dans cette génération de parents sceptiques. C'est pourquoi la transmission toujours difficile, cette fois, ne s'était pas faite, au moins pour une large part de la génération montante [20].

Tous les événements récents, la crise économique en particulier, ont évidemment joué un rôle de confirmation dans cette attitude. L'idée est désormais reçue, parmi les jeunes générations, que « quelque chose est pourri » dans le royaume qu'ils habitent. Les grandes certitudes de l'ère traditionnelle semblent épuisées. Les assurances qu'offrait jusqu'ici l'État-providence sont moins solides [21]. Les accidents nucléaires ou écologiques déconcertent et inquiètent. La science devient menace autant que promesse de progrès [22]. L'avenir apparaît imprévisible et d'abord à ceux qui ont devant eux une longue espérance de vie. Les jeunes adultes ne rentrent pas dans le même univers que celui où s'avançaient leurs parents à vingt ans. Illusion ou vérité, mais ferme croyance de toutes manières, la vision qu'ils ont du présent est celle d'un monde sans grande signification et sans espoir collectif. Faut-il s'étonner que, dans les démarches les plus personnelles de leur vie, leurs attitudes à l'égard du mariage et des enfants, ils soient si différents de ce que leurs parents ont été ? Les changements de ces vingt dernières années, ceux-là même qui avaient surpris le démographe, s'expliquent par leur désarroi commun bien plus que par des certitudes nouvelles.

Conclusion

Que fallait-il finalement expliquer ? Non pas une juxtaposition de changements portant sur les différents secteurs de la vie familiale, mais bien plutôt l'adoption progressive de nouveaux modèles de biographies dont la plupart, en principe au moins, avaient évacué les normes institutionnelles. On peut encore formuler la question de la manière suivante : « Pourquoi depuis vingt ans, le modèle de la famille moderne a-t-il été souvent abandonné au profit d'autres modèles réglés eux-mêmes sur la seule recherche de l' " épanouissement individuel " ? »

On pouvait espérer qu'une réponse satisfaisante serait obtenue en s'adressant directement à ceux qui sont les témoins et les acteurs

20. Gérard Mendel, *La crise des générations,* Paris, Payot, 1969.
21. Pierre Rosanvallon, *La crise de l'État-providence*, Paris, Seuil, 1981.
22. Jürgen Habermas, *La technique et la science comme idéologie,* trad. franç., Paris, Denoël, 1973.

de ces changements. Qui donc, par exemple, comprendrait mieux la baisse de la fécondité que ceux-là mêmes qui limitent le nombre de leurs enfants ? Or les tentatives faites pour explorer sur ces points la conscience claire de nos contemporains se sont révélées vaines : à la question posée, la réponse le plus souvent apportée était l'insuffisance du revenu. Cet échec dans les enquêtes comporte pourtant une information essentielle : les conduites familiales relèvent d'un niveau de conscience profond, d'une mémoire qui n'est pas événementielle, mais qui pourtant rend compte des raisons ultimes de nos choix. Nous savons généralement pourquoi nous voulons changer notre voiture ; nous ignorons ce qui nous fait désirer ou refuser une nouvelle naissance, parce que les raisons qui nous déterminent relèvent ici d'un niveau culturel qui n'exige pas de motivation spéciale, tant il nous paraît naturel. Telle est notre première conclusion.

La deuxième, mais sous une autre forme elle réitère la première, est que les changements récents relèvent des mouvements lourds enracinés dans le temps, même si certaines circonstances ont un moment occulté, puis accéléré ces tendances. Plus importante que la rupture de 1965, c'est la continuité séculaire qui est éclairante. La parenthèse des années 50 semble elle-même plus apparente que réelle. Elle s'inscrit dans la continuité d'un mouvement de dévaluation progressive des valeurs publiques au profit des gratifications privées. Un temps, la solidarité familiale fut considérée comme l'instrument privilégié de ces gratifications. Ce qui a changé depuis vingt ans, c'est que celles-ci soient aujourd'hui attendues prioritairement de satisfactions individuelles. La conscience immédiate « de soi » est ainsi devenue, pour certains au moins, le critère décisif des choix.

Enfin, il serait absurde d'opposer ces changements culturels aux transformations technologiques, sociales, économiques, concomitantes, comme si les premiers seuls avaient pesé sur l'évolution. Toutes ces réalités sont solidaires et il n'est pas concevable que les transformations familiales aient pu survenir dans une société qui serait demeurée économiquement inerte. Il faut bien parler d'un phénomène social global. Il s'agit bien là en définitive, suivant la formule de Dirk van de Kaa, d'une seconde « transition démographique »[23] et, comme la première, elle est irréductible à une cause déterminante unique, même si l'interprétation que nous en donnons accorde une influence plus directe aux poids des représentations collectives.

---

23. Dirk van de Kaa, *Europ's Second Demographic Transition*, Washington, Population Reference

CHAPITRE IX

La famille désinstitutionnalisée ou le temps de l'incertitude

Le mariage, un problème. Devenu problématique avec le temps comme tout le reste.

Thomas Mann.

De la famille traditionnelle, on peut dire qu'elle était à la fois précaire et sans problème. Précaire en ce sens que le destin, la mort en particulier, menaçait constamment ses membres, qu'ils fussent enfants, adultes ou vieillards. Sans problème, puisque la nécessité de choisir s'imposait rarement : chacun y devait suivre une partition écrite d'avance. C'était le statut en somme qui commandait. Il y avait doute sur la survie, même à court terme, mais assurance sur ce qu'il fallait faire de la vie. L'incertitude portait sur le destin et non point sur la conduite. En matière de famille, le seul moment où des stratégies étaient possibles se situait, comme le fait remarquer Pierre Bourdieu, autour de l'alliance matrimoniale ; encore faut-il noter que les acteurs étaient les parents des mariés et non les intéressés eux-mêmes [1].

Certes il existait des cas de conscience, des conflits de loyauté. De telles situations ne constituaient-elles pas le « ressort » du théâtre de Pierre Corneille ? Mais ces débats intérieurs étaient réservés à des

1. Pierre Bourdieu, « Les stratégies matrimoniales dans le système de reproduction », *Annales ESC* 1972, 1105-1127.

personnages hors l'ordinaire, princes et grands-prêtres, généraux vainqueurs et nobles dames. Peut-être d'ailleurs la tragédie classique française se développa-t-elle au moment où, dans un certain public au moins, les normes traditionnelles commençaient à être contrebalancées par d'autres valeurs suivant lesquelles les sentiments individuels pouvaient, sans scandaliser, remettre en cause le devoir de conformité. L'incertitude demeurait donc généralement un article de luxe ou une attitude exceptionnelle : que l'on hésitât d'ailleurs un instant à une bifurcation obscure, le guide n'était pas loin, parent ou prêtre, qui permettait de reconnaître le bon itinéraire.

Aujourd'hui, les institutions remises en cause, les directeurs de conscience récusés, chacun doit décider pour son compte, dans la vie quotidienne comme dans les situations graves. Le seul devoir est l'obligation de choisir. La famille est sans doute devenue l'espace où ce devoir est le plus difficile à pratiquer. C'est que l'enjeu y est plus important qu'ailleurs : il y va tout simplement du bonheur.

I. La confusion amoureuse

Rien, on l'a signalé plus haut, ne paraît pourtant plus éloigné du doute que le sentiment amoureux. Dès que celui-ci s'est établi, il suspend la plupart des questions qui pouvaient jusqu'alors se poser. Ce qui importe est d'être aimé par cet autre singulier, hier encore inconnu ou indifférent. La hiérarchie des critères se simplifie : avec l'autre, j'ai tout ; sans lui, rien. Voici dévalorisées, du moins subordonnées, les fins qui, hier encore, paraissaient dignes des plus grands efforts.

Chacun alors éprouve la certitude d'avoir enfin trouvé son identité et sa plénitude. La véhémence des sentiments ressentis semble relever d'une sorte de nécessité intérieure où n'entre pas la fragilité des calculs ou des choix. La passion amoureuse présente un trait commun avec l'institution : elle porte avec elle une évidence et un pouvoir contraignant. Nous aurions donc quitté une forme de certitude pour une autre, toute différente mais aussi poignante et aussi vive.

En témoigne, par exemple, le sentiment que chaque amoureux

éprouve d'avoir fait, non pas le meilleur choix du conjoint, mais le seul possible. « Ce sera lui, ou personne. » L'expression fait sourire, parce qu'elle traduit une certaine naïveté, mais elle paraît aller de soi pour l'amoureux.

Et pourtant toutes ces assurances ne sont pas sans zone d'ombre. On a dit plus haut que l'« amour naissant » remet en cause toute la personnalité, cette lente sédimentation construite et mémorisée qui est finalement notre identité. Et voici que soudain entre en scène un personnage à la fois très proche et très différent. Comment la rencontre de ces deux histoires pourrait-elle se produire sans remise en cause de certaines opinions ou habitudes ? C'est un temps où l'on reconsidère son passé pour s'ajuster à la fascination du présent : tous les équilibres d'hier apparaissent sans commune mesure avec les évidences d'aujourd'hui. N'aurait-on, jusqu'alors, pas vécu ? Comment ne pas ressentir quelque trouble à se poser une telle question ?

L'intensité même des gratifications, reçues et prodiguées, provoque d'ailleurs de douloureuses contreparties. La plus vive est sans doute la crainte, sans cesse renaissante, jamais apaisée durablement, de ne plus être aimé. Dans *Fragments d'un discours amoureux*, Roland Barthes décrit minutieusement ces alternances de confiance et de doute, ce besoin permanent de réassurance [2]. C'est que le bonheur ne va jamais sans la hantise de perdre le bonheur, et plus le sentiment est ardent, plus forte est la crainte.

On peut sans doute imaginer un sentiment amoureux qui se traduirait par une suite de rencontres toujours neuves, sans passé, innocentes. Une « légèreté » à l'opposé de ce que les surréalistes appelaient l'« amour fou » [3] ? Mais une telle situation, fût-elle d'abord souhaitée, n'est pas longtemps tenable. Il faut donc très vite, et sans doute d'emblée, qu'une mise en ordre, d'abord floue et indécise, se produise dans le couple. Il s'agit de cette collusion dont on a parlé dans le chapitre sur le sentiment amoureux : elle consiste en un ajustement progressif des mémoires, en une redistribution des loyautés, en l'élaboration d'un système commun des idées et des goûts, en une première distribution des rôles. Cette conversion réciproque prend du temps. Elle ne va pas sans quelques frictions. Elle est relativement aisée, en raison d'abord de la volonté commune de sauver la

2. Roland Barthes, *Fragments d'un discours amoureux*, Paris, Seuil, 1977.
3. André Breton, *L'amour fou*, Paris, Gallimard, 1975.

situation fusionnelle, mais aussi parce que le couple, dans cette phase de son histoire, vit encore, pour l'essentiel, au niveau de l'imaginaire.

Autre obsession pour les amoureux, et celle-ci fondamentale, la conscience des limites de leur fusion. Le désir de n'être plus qu'un seul être relève, d'évidence, de l'illusion. Chaque partenaire le sait, tout en continuant à rêver de cette impossible fusion. Il y a là une impasse dont il faut bien accepter la réalité. Aussi tous les amoureux pourraient-ils finir par reprendre à leur compte le mot de Madame de Lafayette dans *La princesse de Clèves :* « Vous avez attendu de moi des choses aussi impossibles que celle que j'attendais de vous[4]. » Sentiment, donc, d'une limite insurmontable, ontologique en somme, qui contredit, douloureusement, le projet, fantasmatique, d'une communion totale.

Enfin, ce désir de fusion n'est-il pas ambivalent ? L'impossible projet ne se double-t-il pas d'une crainte de perdre son autonomie ? A certains moments, l'être aimé est aussi l'être le plus redouté, même si cette peur n'apparaît pas toujours clairement. L'amoureux appréhende alors une emprise trop forte de l'autre. Il redoute la « captivité ». Les assurances qui ne manquent pas de lui être fournies sur ce point par son partenaire ne sont jamais tout à fait convaincantes[5].

Tous ces traits ne sont pas nouveaux. Ils tiennent à la nature même du sentiment amoureux. Ils étaient, dans le système traditionnel de nos sociétés, le fait d'un petit nombre. De plus, en principe au moins, ils n'étaient pas associés au mariage. Les arrangements se faisaient, en dehors des « promis » : ceux-ci se rendaient aux raisons de leurs parents. Pas plus en cas de mariage harmonieux que de mésentente, les conjoints ne se sentaient responsables de la situation. Malheureux, ils pouvaient l'être, mais ils n'avaient point de reproches à se faire sur leur précipitation ou leur aveuglement. Ils n'avaient pas davantage de raisons de se remettre en cause, de se demander pourquoi leur union n'était pas heureuse. Ils pouvaient regretter leur situation ; ils n'avaient nul besoin d'en éprouver du remords. Tout change avec la société moderne. Le mariage y était comme l'aboutissement naturel du sentiment amoureux : l'aveu était aussi une promesse. Les parents une fois d'accord, les fiancés assurés de leurs sentiments, les conditions matérielles de l'union une fois acquises, les noces étaient célébrées. Qui s'aimait, se mariait.

---

4. Madame de Lafayette, *La princesse de Clèves*. Cité par Évelyne Sullerot, *Histoire et mythologie de l'amour*, p. 111.

5. Jean Lemaire, in *Autrement*, art. cit.

La continuité aujourd'hui est beaucoup moins évidente. Le mariage, pour les amoureux eux-mêmes, fait problème : « Qu'ajoute, pensent certains, la formalité de la cérémonie à la réalité de la solidarité affective ? » D'autres estiment même que le non-mariage est finalement le cadre le plus approprié pour une véritable solidarité. Ne renouvelle-t-on pas ainsi, chaque jour, un engagement, qui dans le mariage aurait été donné une fois pour toutes ? Paradoxalement, devint crédible ce qui aurait paru absurde dans un passé proche, l'idée par exemple que le refus du mariage est peut-être la meilleure preuve d'amour. Faut-il ou non se marier : les avis des jeunes cohabitants peuvent être différents chez l'homme et la femme ou bien les hésitations partagées. Pour une fraction non négligeable de la population, il y a là, pendant un certain temps du moins, un choix à faire et qui ne semble pas toujours facile.

Admettons, et c'est le plus souvent le cas, que nos amoureux, finalement, soient convaincus sinon de la valeur intrinsèque du mariage, du moins de l'opportunité sociale pour eux et leurs enfants de « passer devant Monsieur le Maire ». On pourrait croire qu'ils abordent enfin dans un port tranquille : il n'en est rien.

II. La vie conjugale

Quel que soit le sens que les conjoints donnent à leur mariage, il implique un certain projet de durée. Il n'est pas possible d'imaginer que l'on va ensemble tout inventer tous les jours : le temps est venu de se donner, pour le quotidien au moins, un « règlement intérieur » stable, un régulateur en somme des opinions et des comportements. L'institution jouait ce rôle dans la famille traditionnelle. Cette fonction sera assurée désormais par un pacte d'alliance privé. Ce contrat conjugal n'exclut pas le sentiment amoureux. Chacun seulement a constaté la part de fantasme que celui-ci contient : il a renoncé à l'illusion d'un état de grâce où tout serait reçu d'une solidarité vive, gratuite, permanente ; cela suppose une prise de conscience du caractère nécessairement actif de toute véritable solidarité. L'amour se fait entreprise et l'enchantement histoire commune. On attend peut-être autant de l'autre, mais l'on sait désormais qu'il y faudra du temps et que c'est là une entreprise difficile.

Cette conception suppose le choix, plus ou moins conscient, d'une règle générale d'échanges et de solidarité. On retrouve ici l'idée des modèles conjugaux. Le choix jamais exclusif ni définitif d'une de ces formes générales de vie commune facilitera la résolution d'un certain nombre de problèmes. Va-t-on chercher plutôt à maximiser les gratifications ou à réduire les risques ? Dans quelle mesure tenir compte de l'institution ? S'engage-t-on dans une solidarité inconditionnelle ou l'union est-elle, dans son principe même résiliable ? Bref le modèle définit seulement un cadre général tandis que le pacte singularise ce modèle. Ainsi celui-ci s'adapte aux contraintes particulières et aux désirs du couple. Il définit donc les tâches de chacun, détermine le réseau des relations, hiérarchise les loyautés, décide du nombre d'enfants, du mode d'éducation, bref traduit d'une manière particulière un premier choix trop général pour assurer une régulation de la vie quotidienne.

Que l'on ait adopté, par exemple, le modèle du couple « associatif » n'implique pas quelles règles y seront appliquées pour que chacun garde le sentiment d'une certaine liberté et trouve son compte de gratifications. Il n'indique pas non plus la plus ou moins longue durée que les conjoints acceptent entre la prestation donnée et le bénéfice reçu. Enfin, le modèle laisse très flou le barème des valeurs qui fonde l'équité des échanges. Ce sont tous ces points que le pacte précise et, sans lui, le modèle ne serait qu'un cadre vide de tout contenu concret. Sans lui aussi, l'énergie du couple s'épuiserait en discussions, en constantes remises en cause ; avec lui, les hésitations de la quotidienneté sont, le plus souvent, levées spontanément.

Précisons d'un mot ce que nous entendons par le « quotidien ». Ce n'est rien d'autre que la modalité du temps où le « je » se réduit à la mémoire du « je ». Un temps qui marche sur son erre. Le dramatique au contraire est le moment où quelque événement nouveau, fût-ce une pensée, vient troubler le cours des choses et impose une prise de décision. Chaque instant est sans doute un mélange de quotidien et de dramatique, mais selon le cas, le premier l'emporte sur le second ou inversement. De même y a-t-il dans la vie conjugale du quotidien et du dramatique.

Revenons d'abord au premier. Il est, en principe, simple déploiement du pacte. Mais celui-ci n'est pas trouvé, tout élaboré, dans la corbeille de mariage. Pas davantage n'est-il une fois pour toutes décidé. D'où vient alors que chacun, le plus souvent, y acquiesce si volontiers ? C'est que le pacte n'est rien d'autre que la mémoire commune du couple. On a insisté, sur le point dans le chapitre relatif au sentiment amoureux. On se souvient qu'il s'agissait d'une sorte d'ajustement entre les imaginaires des deux conjoints. L'opération de mise en commun est, cette fois, plus délicate, car elle porte davantage sur la réalité : elle prend en compte des personnages réels, leur histoire effective, les contraintes subies ensemble, les réactions à ces contraintes, les compromis, les échecs, les évidences communes.

Le pacte n'est donc rien d'autre que la sédimentation de la longue série des choix qui jalonnent la vie du couple. Autrefois, tout cela était décidé d'avance plus ou moins précisément par l'institution. Il s'agissait d'une mémoire pour ainsi dire commune à l'ensemble de la société. La mémoire rectrice est désormais conjugale. Elle est, pour reprendre un terme de P. Bourdieu, un *habitus,* le « dépôt des expériences passées »... « qui, fonctionnant comme capital accumulé, produit l'histoire à partir de l'histoire »[6]. Il n'est pas besoin d'imaginer ici une impossible âme commune, mais seulement le développement avec le temps[7], de correspondances de plus en plus étroites qui finissent par constituer une « histoire incorporée » commune. Comme l'explique P. Berger, la longue conversation de la vie conjugale dispose les conjoints à une même réaction. « Le mariage, écrit ce sociologue, dans notre vie est un acte dramatique dans lequel deux étrangers se rencontrent et se redéfinissent[8]. » Pour reprendre une expression banale : « Ils s'entendent. »

Combien de temps faut-il pour que le pacte ait pris une consistance suffisante, pour que les ajustements couvrent le champ de la vie quotidienne, pour que cette mémoire fasse partie de la conscience au point de devenir inconscient ? Cela varie évidemment avec chaque couple. L'ordre de grandeur est sans doute de plusieurs années ; c'est dire que mariés ou non, beaucoup de conjoints se séparent, faute d'avoir pu le réaliser. Y sont-ils parvenus au contraire qu'il leur semble avoir atteint désormais une certaine stabilité : les choses sont désormais en ordre.

---

6. Pierre Bourdieu, *Un art moyen,* Paris, Minuit, 1970, p. 94. *Esquisse d'une théorie de la pratique,* Paris, Minuit, 1972. François Héran présente une excellente analyse du concept d'habitus dans « La seconde nature de l'habitus », *Revue française de sociologie,* XXVIII, 1987, 385-416.

7. Yvonne Castellan, *La famille,* Paris, PUF, 1982. « Tout se passe, écrit-elle, comme s'il fallait un certain temps de vie commune... pour que la création psychologique du couple s'élabore. Ce certain temps, dans l'état actuel des recherches, semble dépasser cinq ans » (p. 104).

8. Peter Berger, *Affrontés à la modernité, op. cit.*

Chacun de nous, durant des périodes plus ou moins longues, a éprouvé le sentiment que rien ne se passait dans son couple, alors qu'en réalité se renforçaient les goûts, les opinions et les désirs communs. Couple heureux, couple sans histoire. Mais cette apparence d'immobilité cache de lentes maturations. De plus elle est adaptée à la seule quotidienneté, et la belle spontanéité peut buter tout à coup sur l'inattendu, ou tout simplement devant l'arrivée d'échéances inéluctables. Là il va falloir, et cette fois en conscience claire, choisir.

Les événements

Certaines décisions aujourd'hui encore ne supportent guère d'hésitations. La plupart des couples veulent d'emblée au moins un enfant. Si discussion il y a, elle portera généralement sur le calendrier de la naissance. Sur la longueur du délai, il faut bien prendre une décision où interviennent les souhaits de chaque conjoint, mais aussi les opportunités professionnelles. Surtout si l'on tient compte de la cohabitation prénuptiale, la durée entre le début de la vie commune et la première naissance est de plus en plus longue : il n'est pas rare qu'elle dépasse trois ans. Les conditions actuelles du contrôle de la fécondité exigent de toutes manières un choix délibéré, puisque la conception suppose que le couple mette fin à la stérilité artificielle dans laquelle il est installé. Après cette naissance, le mode de vie des conjoints est remis en cause. Il faut établir une nouvelle redistribution des tâches. S'il est de plus en plus probable que la femme demeurera *professionnellement* active, il faudra décider combien de temps elle quittera son emploi, se demander si elle ne doit pas opter pour un travail à temps partiel, se préoccuper de la garde de l'enfant. Bref, d'une manière ou d'une autre le couple devra adapter le pacte à la situation nouvelle.

Chaque nouvelle naissance apportera ainsi son lot d'hésitations, exigera de nouvelles décisions. Les dispositions du pacte initial du début du mariage, à l'expérience, seront remises en cause. La présence des enfants ne change pas tout, mais appelle une reconsidération générale : le couple est devenu une famille. Ces enfants, on l'a dit plus haut, seront élevés suivant le modèle de conjugalité adopté par les parents. Ce petit être, on le voit d'abord tel qu'on l'a imaginé.

Il semble se plier à toutes les attentes du couple. Mais cette correspondance ne dure qu'un temps. Voici qu'il révèle son caractère propre, ses qualités mais aussi ses défauts. Voici qu'il surprend. Pour ceux-là même qui ont les idées pédagogiques les plus arrêtées, le problème de ce qu'il faut précisément faire se posera désormais : « Quelle attitude adopter, quel degré d'autonomie accorder ? » L'hésitation des parents augmentera parfois de voir, autour d'eux, des modèles d'éducation différents de celui qu'ils ont spontanément adopté.

Ainsi, la vie commune comme l'éducation des enfants conduisent les conjoints de leurs attentes initiales aux contraintes du quotidien, de l'imaginaire au réel et beaucoup, dans ces difficiles passages, se demandent s'il ne conviendrait pas de rompre une union devenue décevante. Dans notre civilisation au moins, ce problème autrefois ne se posait pas : marié l'on était, marié l'on restait. Quant aux hommes qu'un veuvage précoce affectait, ils n'avaient guère d'autre issue que de contracter un nouveau mariage. Si cette fois les parents ne s'en mêlaient pas, les règles et les coutumes étaient trop précises et contraignantes pour que le choix du nouveau conjoint fût très ouvert.

Aujourd'hui, qu'elle se réalise ou non finalement, la possibilité, à terme, d'une rupture constitue une des clauses souvent implicite du contrat d'alliance. Cette virtualité donne à l'ensemble de la vie conjugale une tonalité d'instabilité. Rares sont sans doute aujourd'hui les ménages où jamais aucun des conjoints n'a songé au divorce. La présence d'enfants, la réconciliation ou la lassitude empêchent beaucoup de ces velléités de se réaliser. Parfois, l'éventualité d'une rupture demeure le secret d'un seul conjoint. Plus souvent, aujourd'hui les époux en ont débattu. Là aussi il faut prendre une décision.

Divorce-t-on ? L'un des deux conjoints pourra sans doute éprouver d'abord un sentiment de libération. Mais les divorces « heureux » sont rares. La décision prise, il faudra en débattre les modalités, tenter de s'entendre sur la garde des enfants, marchander parfois d'une manière sordide sur le partage des acquêts. Tout cela terminé, la question se posera de se « refaire une vie ». Et les questions renaîtront, et les hésitations, aiguisées cette fois par la conscience de l'expérience d'un échec.

Reste-t-on ensemble ? Les difficultés et les insatisfactions ne disparaîtront pas d'elles-mêmes. Faut-il en débattre, au risque de troubler le conjoint ? Comment faire pour réduire les tensions ? La série des interrogations reprend. Bien entendu, ces problèmes ne se posent pas toujours avec acuité. Il existe des couples sereins et qui ont conscience que le partenaire hier choisi le serait aujourd'hui encore. Mais cette certitude fondamentale n'est pas exempte de problèmes : « N'y a-t-il pas habitude plus que ferveur dans l'attachement réciproque ? Ne renonce-t-on pas, pour une satisfaction médiocre, à des gratifications plus vives ? N'est-il pas appauvrissant de s'enfermer, la vie durant, dans une " conversation " unique ? »

Nos deux époux sont finalement demeurés ensemble, ils ont élevé leurs enfants, ceux-ci se sont à leur tour mariés. Entre-t-on enfin dans la « mer de sérénité » ? Si certaines difficultés s'atténuent alors dans la « coquille vide », la famille réduite aux deux conjoints constitue, et parfois soudainement, une situation à laquelle il va falloir s'adapter. Le souci commun des enfants n'était-il pas,avec le temps, devenu entre les parents le fondement le plus solide de leur union ? Seuls, dans un tête-à-tête que la retraite professionnelle accentuera, que va devenir leur solidarité ? Ici aussi un remaniement global est inévitable.

Une des principales questions qui se pose alors est celle des relations des parents avec leurs enfants mariés. Il est clair que la réponse n'appartient que partiellement aux premiers. Il leur reste pourtant à décider s'ils vont construire la fin de leur vie sur ces relations ou bien s'ils garderont, et dans quelle mesure, des centres d'intérêts propres. Bref, même à ce point de la biographie, rien n'est joué. Chacun doit encore décider. Il y a certes des contraintes, des exemples autour de soi, mais les décisions finales relèvent toujours du choix des individus et de la concertation éventuelle des couples.

Résumons-nous. Ce que nous avons appelé le « pacte conjugal » définit la manière de régler la vie quotidienne. Les événements attendus dans le cycle de vie sont abordés dans l'esprit général de ce pacte, mais leur gravité appelle le plus souvent une décision préalable tandis que leur arrivée provoque des changements difficilement prévisibles. Quoi que nous fassions, nous n'échappons pas plus aux contraintes du cycle familial qu'aux atteintes de l'âge. Si prudents que nous soyons, il n'est pas possible de régler sa vie conjugale sur le seul mode du pacte. Et ce l'est d'autant moins qu'aux événements prévisibles s'ajoute le plus souvent la part, celle-là toujours inattendue, du destin.

La part du destin

Les coups du destin peuvent être heureux. Voici, par exemple, un héritage, une promotion soudaine et les conditions de la vie matérielle se trouvent transformées. Si faste pourtant que soit le changement, il comporte le risque de déséquilibrer ce qui d'abord avait été mis en place dans les échanges internes du couple. L'un des conjoints voit soudain augmenter la valeur de son apport et donc parfois son pouvoir effectif. Il faut là encore, réaménager le pacte conjugal.

Le plus souvent, hélas, les coups du destin ont le visage du malheur : ce peut être une maladie grave d'un conjoint, un licenciement, la ruine financière, un handicap définitif à la suite d'un accident. Nous ne retiendrons qu'un exemple, parce que d'une manière ou d'une autre, chaque famille le redoute : une menace brutale ou progressive sur l'équilibre, la santé ou le bonheur d'un de ses enfants. Ce risque semble aujourd'hui prendre les formes les plus diverses : échecs scolaires, dépression incompréhensible, trouble de l'affectivité, usage occasionnel de drogue douce, petite délinquance. Quels parents peuvent imaginer leurs enfants adolescents définitivement à l'abri de tous ces périls ?

Et puis, parfois la menace devient réalité : un fils ou une fille est malade, inadapté, anxieux. Les parents vivent alors intensément eux-mêmes le malheur de cet enfant, perçu de nouveau comme une partie d'eux-mêmes. En même temps, ils s'interrogent, et souvent pathétiquement, sur leur responsabilité : ont-ils fait ce qu'il fallait faire ? Ont-ils donné assez de tendresse ? N'en ont-ils pas au contraire trop manifesté ? Ont-ils consacré assez de temps à leur formation ? Enfin, cette crise n'est-elle pas le résultat de l'échec de leur propre vie, des difficultés conjugales traversées, ou tout simplement de la médiocrité d'une existence qui empêchait l'enfant de « s'identifier » à ses parents et à les considérer comme des repères acceptables ? Ainsi l'épreuve de l'enfant impose aux parents une remise en cause difficile. Ce cas particulier ne pousse-t-il pas simplement, à sa limite, un sentiment qu'éprouvent au moins une fois ou l'autre beaucoup de parents, celui de n'avoir pas toujours fait les bons choix, de n'avoir pas dit tout ce qu'ils auraient dû dire, de n'avoir pas été ce que les enfants attendaient qu'ils fussent. Autant d'attitudes qui semblent bien avoir été étrangères, le plus souvent, à nos arrière-grands-parents paysans.

Mais pourquoi ainsi ne considérer que le pire ? N'existe-t-il pas des couples qui vivent calmement, dans une complicité heureuse, dans la fidélité à un pacte solide, remanié parfois, d'un commun accord, mais jamais remis en cause ? Des couples qui ont construit une famille harmonieuse, où les enfants grandissent sans drame, des biographies sans crise ? Accordons-leur encore que le destin ne les a jamais frappés et qu'ils vivent « sans histoire ». Sans aucun doute de telles familles existent, dont finalement l'histoire est lisse : voici des projets, voici qu'ils se réalisent, voici que chacun est comblé.

Pourtant, c'est probablement dans une banalisation apparemment heureuse de la vie conjugale que réside parfois pour le couple la plus forte probabilité d'échec. Supposons un ménage « sans histoire ». Ces parents ont élevé deux enfants, accumulé quelques économies, obtenu confort et aisance. Les enfants ont été de bons élèves à l'école, ils occupent maintenant des emplois stables et bien rémunérés. Point de dispute ni de conflit à la maison. Le bonheur donc. Est-ce si simple ? Toute cette tranquillité ne va-t-elle pas engendrer sclérose et ennui ? Une histoire sans événement, sans problème, sans risque, est-ce vraiment, pour ceux qui la vivent, une véritable histoire ? N'allons-nous pas vers ce couple mort qui, au bout du compte, jugera sa vie conjugale comme vide ? Beaucoup de chances, mais si peu d'existence ! Aussi ne faut-il pas croire trop facilement ceux-là qui, après plusieurs décennies de mariage, déclarent « qu'entre eux, il n'y a jamais eu un nuage ».

Que nous considérions les échéances démographiques ou les coups du destin, il semble bien qu'il ne soit pas possible de faire, dans notre conception moderne du mariage, l'économie du choix et de la responsabilité. Notre génération ne voit plus dans les échecs familiaux une épreuve envoyée par Dieu ni même une fatalité ; elle sait, même si elle ne se l'avoue pas facilement, que, d'une manière ou d'une autre, chacun, dans sa vie affective, est responsable de ce qui lui arrive. Il ne s'agit pas d'opposer une famille traditionnelle qui aurait été une forme réussie d'union à une famille contemporaine condamnée à l'échec. Nous comparons seulement un cycle de vie pour ainsi dire largement écrit d'avance, ou du moins réglé par des normes collectives, à une histoire où hommes et femmes réclament désormais d'être les acteurs. La volonté d'être plus heureux que dans le passé implique une autre manière de vivre, cette fois responsable. Il faut dire maintenant comment nous tentons d'atténuer les risques de cette prise en charge.

III. Les stratégies naïves

Erik Erikson décrit l'adolescence comme un « moratoire » entre l'enfance et l'âge adulte[9]. Alors, pendant quelques années, les activités et les relations gardent un caractère ludique ; tous les choix demeurent possibles. C'est le temps où l'irréversible est reporté à plus tard. Cette attitude semble aujourd'hui déborder considérablement la période de l'adolescence. Cet âge de tâtonnement et d'expérimentation, nos contemporains y voient volontiers un modèle qu'il faut suivre le plus longtemps possible : la meilleure situation pour l'adulte serait de demeurer adolescent. Une jeunesse permanente est devenue l'idéal de beaucoup d'adultes.

Aussi toutes les échéances, et d'abord les échéances démographiques, seront-elles, plus ou moins, retardées. Il y a quarante ans, les Américains s'inquiétaient des mariages « immatures » des moins de vingt ans. C'est aujourd'hui six ou sept ans plus tard que les hommes le plus souvent se marient. La plupart des premières naissances intervenaient autrefois dans les deux premières années du mariage. Il faut aujourd'hui attendre plus longtemps. Voici encore un quart de siècle, on était souvent parents avant vingt-cinq ans. On y songe aujourd'hui à l'approche de la trentaine. Jusqu'à cette première naissance les décisions sont encore assez facilement réversibles.

L'arasement des seuils

Mais cette situation ne peut s'éterniser. Le calendrier biologique, la crainte, si la naissance survient trop tardivement, d'une

9. Erik Erikson, *Adolescence et crise, la quête de l'identité*, trad. française, Paris, Flammarion, 1972. Voir aussi Susan Littwin, *The postponed generation*, New York, W. Morrow and company, 1986.

malformation de l'enfant, font que l'âge de la fécondité aujourd'hui ne dépasse guère trente-cinq ans. Le couple a-t-il pour autant, à cet âge, renoncé à ses fantasmes de jeunesse ? Pas toujours. Il lui faut donc user d'une nouvelle stratégie : puisqu'il est impossible de retarder indéfiniment le temps des décisions, que du moins celles-ci demeurent réversibles et qu'ainsi chacun garde le sentiment de demeurer jeune et de pouvoir encore s'inventer une nouvelle vie.

Les biographies traditionnelles étaient, elles, scandées par une série de ruptures : rupture par le mariage entre le célibat et les responsabilités familiales ; rupture aussi entre le légitime et l'illégitime, qu'il s'agisse d'union et de filiation ; ruptures dues au rang, à la parenté, aux statuts. Les seuils avaient une double fonction : dans le présent, ils rendaient une situation incompatible avec les autres ; dans le temps, ils marquaient les points d'irréversibilité. Les seuils introduisaient donc celui qui le franchissait dans une situation nouvelle, distincte et en quelque sorte définitive. C'est à l'arasement progressif de ces seuils que nous assistons aujourd'hui.

Il n'est plus de distinction claire entre le célibat et le mariage par exemple. On glisse facilement du célibat à la cohabitation, souvent par petites touches successives et comme insensibles [10]. Entre cette cohabitation et le mariage, les jeunes affirmeront volontiers qu'il n'y a de différence qu'une formalité. Hemingway ne faisait-il pas déjà dire à Catherine, l'héroïne de *L'adieu aux armes,* s'adressant à son amant : « Nous sommes réellement mariés. Je ne pourrais plus être mariée que je ne le suis [11]. » Situation alors exceptionnelle, aujourd'hui relativement fréquente. On glisse dans le mariage comme on s'était installé dans la cohabitation, sans discontinuité, en niant la spécificité de cet état nouveau. Le mariage est-il perçu comme formalité utile, ou bien cérémonie qui satisfasse les parents ? On le traverse sans que le couple se sente, pour autant, modifié. L'objectif, inconscient sans doute, de cette attitude est de se persuader de la réversibilité des choses : si l'on n'a rencontré aucune rupture en passant d'un état à un autre, pourquoi le chemin inverse ne serait-il pas également aisé et dénué de conséquences fâcheuses ?

---

10. Une enquête de l'INED comportait la question suivante, qui s'adressait à ceux qui cohabitaient sans mariage : « Au moment où vous avez commencé à vivre ensemble, y a-t-il eu décision consciemment arrêtée, ou bien les choses se sont-elles faites toutes seules ? » Les deux tiers des personnes interrogées, mais un peu plus les hommes que les femmes, répondirent que « les choses s'étaient faites toutes seules ». Louis Roussel et Odile Bourguignon, *Générations nouvelles et mariage traditionnel,op. cit.*

11. Ernest Hemingway, *L'adieu aux armes,* trad. française, Paris, Gallimard, 1976, p. 95.

Aussi bien certains rêvent-ils d'un divorce « en douceur ». D'autres se séparent sans divorce et, parfois, reprennent, après un temps, la vie commune. Nous exigeons de décider de notre histoire ; mais nous sommes terrorisés par l'idée même du définitif. Nos choix, inconsciemment au moins, gardent la nostalgie de toutes les autres décisions possibles.

Ainsi toute la vie se passerait sous le signe d'une jeunesse qui se prolongerait bien au-delà de la maturité. Le vœu profond de beaucoup est finalement que rien ne se passe, que les confins entre les diverses situations soient larges et flous et les passages d'un état à l'autre lents et insensibles. Cette volonté de mélange des genres et de réversibilité des démarches [12] correspond à une interrogation plus générale : celle de l'identité. Dans la société traditionnelle, sans doute se posait-on déjà la question de son identité. Mais à ce « qui suis-je ? », les réponses ne manquaient pas qui s'emboîtaient entre elles en un tout cohérent. Chacun était ce faisceau de statuts évidents pour tous ; il était aussi ce moment particulier d'une longue et singulière lignée. Enfin dans la plupart des cas un être transcendant apportait sa garantie aux représentations collectives et assurait que la destinée des individus se poursuivait au-delà de leur mort. C'étaient ces évidences qui légitimaient les comportements dans le quotidien comme dans le malheur.

De leur identité, nos contemporains s'interdisent de recevoir, de l'extérieur, la révélation. Le projet primordial est de pouvoir, dans sa propre expérience, trouver la réponse. D'où cette longue quête errante de la jeunesse. D'où aussi, les nouvelles attentes dont la vie familiale est investie : le conjoint doit être celui qui m'aide à me trouver ; les enfants doivent à leur manière assister les adultes dans cette découverte difficile. Et c'est précisément parce qu'elle est désormais au carrefour des attentes, que la famille devient le lieu où se multiplient les problèmes d'identité.

Les experts

Parsons, on s'en souvient, considérait la famille comme une sorte d'hôpital où l'homme moderne soignait les blessures qu'il rece-

12. Bernard Farber, *Family organization and interaction*, San Francisco, Chandler Publishing Company, 1964, pp. 108-109.

vait sans cesse de la société globale et, en particulier, de l'appareil de production. Mais il constatait en même temps l'imperfection de cet hôpital et, en cas de difficulté, il préconisait le recours à des ingénieurs de l'âme, ou plus précisément à des ingénieurs des relations interpersonnelles.

Le conseil de Parsons semble avoir été largement suivi : partout, « les signes sont innombrables d'une inflation de la psychologie dans la société contemporaine »[13]. Quelle que soit l'« école » particulière dont se réclament ces « psy », une hypothèse commune les réunit : les problèmes qui leur sont soumis sont dus le plus souvent à des dysfonctionnements dans la vie familiale et d'abord dans les rapports que les patients ont entretenus avec leurs parents, lorsqu'ils n'étaient encore que de petits enfants.

Les reproches n'ont guère été ménagés, et parfois à juste titre, aux psychanalystes. Le plus fondamental vise l'aliénation et la dépendance où ils installeraient leurs patients. Est-ce la peine de refuser la contrainte anonyme des institutions s'il faut finalement se rendre à l'autorité d'une personne qui vous explique l'illusion où vous étiez, la nature exacte du problème où vous vous trouviez et les moyens de résoudre celui-ci ? Sans doute, tout psychiatre véritable réagira devant le contresens que suppose une telle interprétation de son intervention. Il n'a d'autre objectif, dira-t-il, que la « maïeutique » : il aide son client à se trouver lui-même, de sorte que, se connaissant mieux, celui-ci puisse trancher enfin les liens dans lesquels il se trouve provisoirement entravé. Le rôle de l'expert est précisément, et le plus vite possible, de rendre l'expert inutile. Il n'est pas détenteur de recettes générales : il aide au contraire chacun à reconnaître sa singulière identité. Il se présente en somme, dans une situation difficile, comme l'ultime recours, c'est-à-dire comme le seul qui puisse rendre le sujet perturbé à lui-même. Le malheur est que son client conçoit généralement d'une manière différente le rôle du thérapeute. Nous retiendrons trois types d'attentes qui toutes s'appliquent aux problèmes familiaux.

La première consiste à demander à l'expert les moyens de « maximiser » les gratifications attendues du mariage. Comment réussir à maintenir intense le sentiment amoureux. Comment se comporter, pour que la sexualité conjugale s'épanouisse encore, ou

13. Robert Castel et Jean-François Le Cerf, « Le phénomène “ psy ” et la société française. », *Le Débat*, n° 1, mai 1980.

du moins atteigne le niveau de la « normalité » ? En somme, une personne sans problème particulièrement critique vient solliciter une sorte de supplément d'intensité, parce qu'elle soupçonne qu'elle n'a pas encore obtenu toutes les gratifications affectives qu'elle est en droit d'attendre de sa vie familiale. Les journaux sont pleins de petites annonces qui promettent d'améliorer en l'espace d'un weekend la « dynamique émotionnelle » du couple.

Tout autre est la demande de celui qui se trouve dans ces situations « extrêmes » dont il a été parlé plus haut. Il y va souvent alors de l'équilibre, voire de la vie d'une personne, de celle du patient ou d'un être proche, conjoint ou enfant. Celui qui se présente est un être désespéré, conscient de sa totale impuissance et qui met son ultime espoir dans la compétence du spécialiste. Alors disparaissent la préoccupation des succès, la recherche des avantages ou des plaisirs, alors s'effondrent toutes les certitudes passées ; il n'existe plus qu'un homme qui demande seulement à un autre homme de sauver ce qui pour lui est l'essentiel : une vie, la sienne, ou davantage encore, celle d'un être aimé. La fonction du psychiatre prend dans de tels cas, et ceux-ci ne sont pas exceptionnels, une dimension tragique.

Enfin, et ce type de consultation est probablement le plus fréquent, l'expert constitue une sorte de « directeur de conscience » à qui son client vient demander une permission, par exemple celle de divorcer. Autrement dit, l'homme ou la femme, déjà décidé à une rupture, veut l'effectuer sans consentir à en prendre la responsabilité. L'avis, ou l'interprétation des réactions du psychiatre, devrait permettre de faire l'économie d'une décision personnelle et des sentiments de culpabilité qui pourraient l'accompagner.

Faut-il donc condamner, en matière familiale au moins, l'intervention du psychiatre ou du « conseiller conjugal », et la considérer comme une aliénation de l'autonomie, comme une inutile humiliation ? Certes non. Il est bien vrai qu'il existe souvent entre les attentes du client et l'objectif du psychiatre un grave malentendu qui n'a pas toujours été assez clairement dénoncé. Il est clair aussi que l'alibi recherché par certains est le contraire même de ce que la psychiatrie se propose comme fin. Indéniable enfin que la situation de toute-puissance du traitant par rapport au patient constitue une tentation constante de manipulation pour celui qui est maître du jeu. Mais les choses étant ce qu'elles sont, et en particulier la famille, il faut bien convenir que la psychiatrie est un moindre mal nécessaire.

Du jour où les sentiments devenaient le fondement du couple marié, l'intervention des psychiatres était inscrite dans la « nature des choses ».

Il serait injuste d'ailleurs de nier que dans un nombre non négligeable de cas, la cure est bénéfique. Combien de suicides la psychiatrie a-t-elle évités, combien de souffrances a-t-elle rendu supportables ? Nous l'ignorons et les psychiatres les premiers mais ces bénéfices difficilement mesurables suffisent à justifier leur existence. Notre propos pourtant est ailleurs. Il consiste à souligner que les consultations individuelles se multiplient au moment même où disparaissent les évidences collectives. Les « psy », avec des succès mitigés, remédient en somme aux incertitudes qui, dans le domaine familial, sont nées du remplacement de l'institution par le désir. Leur multiplication est d'abord le signe irrécusable de nos désarrois. Mais rien ne nous assure que les experts puissent, dans notre système, être aussi efficaces que l'étaient les institutions dans les sociétés traditionnelles.

Conclusion

Considérons, un instant, les sentiments qui, dans les différents types de sociétés, servaient de régulateurs aux conduites et plus particulièrement aux conduites familiales. Dans les sociétés traditionnelles, qui transgressait la coutume éprouvait une sensation de *honte,* c'est-à-dire qu'il se percevait comme différent du groupe et réduit à son inconsistance individuelle. Cette sanction intérieure n'excluait pas de la part de la société des condamnations qui pouvaient aller jusqu'à la peine de mort.

Dans la société moderne, celle que David Riesman qualifie par l'autodétermination des acteurs, la transgression de la loi est vécue par l'individu comme une dégradation de sa qualité d'être [14]. C'est par rapport à ce qu'elle était ou aurait dû être que la conscience se sent déchue et « malheureuse ». L'ordre familial, comme les autres, était alors réglé par un sentiment de *culpabilité.* Mais les sanctions externes, en cas de besoin, gardaient toute leur rigueur.

---

14. David Riesman, *La foule solitaire,* trad. franç., Paris, Arthaud, 1964, p. 35 et suivantes. Cette description a été reprise par Gérard Mendel, *Cinquante-quatre millions d'individus sans appartenance,* Paris, Laffont, 1963, pp. 104-111.

Dans le système actuel, on l'a vu, la société laisse autant que possible, aux individus le soin de trancher leurs différends conjugaux. L'idéal serait pour elle une généralisation du « consentement mutuel ». Qu'éprouve alors l'individu ? Si diverses que soient les situations, il semble bien que cette fois, il ne peut éviter un sentiment plus ou moins vif d'*angoisse*. Prenons le cas du divorce. Même celui-là qui désire vivement la rupture, comment ne se souviendrait-il pas que c'est lui-même qui a choisi ce conjoint, lui qui en a reçu réassurance et gratifications : bref comment n'aurait-il pas, sur les choix les plus graves de sa vie, le sentiment d'avoir échoué ? Quant à l'autre conjoint, un sentiment de déréliction, de rejet, d'anéantissement parfois l'envahit. Description caricaturale dira-t-on ? Peut-être. Nous voulions seulement souligner la nature du sentiment nouveau que provoque l'échec familial : la remise en cause de l'équilibre personnel, le doute sur ce qui a été un temps le sens de l'existence. Que ce sentiment, suivant les cas et les personnes, soit plus ou moins fort est clair. Simplement le registre dominant n'est plus désormais ni la honte, ni la culpabilité, mais l'angoisse. S'est-on donné la partie trop facile en prenant l'exemple du divorce ? Peut-être. Mais il semble que le constat vaille pour l'ensemble des décisions qui doivent être prises.

Dans la vie familiale, que nos contemporains tiennent encore pour le lieu privilégié du bonheur, une contradiction est souvent ressentie entre la nécessité du choix et la répulsion qu'il suscite. Choisit-on, il y aurait là une aliénation d'une partie de soi. Ne choisit-on pas, décide-t-on de demeurer dans le réversible, on renoncerait alors à une part de la réalité qui exige un engagement à long terme. On le voit, l'angoisse n'est pas aujourd'hui un sentiment parmi d'autres. Elle est liée structurellement à tout choix important. Les contraintes abolies auraient dû nous faire, d'emblée, accéder à la liberté. Elles nous condamnent trop souvent au doute et à l'irrésolution, et cela d'abord dans notre vie privée. Pour reprendre un texte, de Marcel Gauchet, en l'appliquant à la famille, disons que « nous vivons dans une société psychiquement épuisante... Nous sommes voués à vivre désormais à nu et dans l'angoisse, ce qui nous fut plus ou moins épargné, depuis le début de l'aventure humaine, par la grâce des Dieux »[15].

---

15. Marcel Gauchet, *Le désenchantement du monde*, Paris, NRF, 1985, p. 302.

CHAPITRE X

La famille existe-t-elle ?

On peut dire que toutes les choses essentielles de ce monde ont été affectées par la guerre. L'usure a dévoré quelque chose de plus profond que les parties renouvelables de l'être.

Paul Valéry.

Tout au long de ce travail, nous avons délibérément omis de traiter des présupposés théoriques de notre démarche. Ce parti-pris pouvait se justifier dans la mesure où nous ne prétendions guère ici que rendre sensibles les problèmes, à partir de données démographiques indiscutables. Si nous avons proposé une interprétation des changements récents, c'est à partir d'une explication peu contestable, celle de la désinstitutionnalisation de la famille. Ainsi demeurerions-nous largement dans le descriptif. Mais ce type d'analyse ne permettait pas de dépasser vraiment l'empirique et laissait floue la définition de son objet.

Avant de s'interroger sur ce que sera la famille demain, il est devenu nécessaire de se demander ce qu'elle est en vérité, et plus précisément de chercher à savoir si elle constitue un objet spécifique. Le mot ne serait-il pas une simple commodité de langage, qui regrouperait, pêle-mêle, des images, des comportements et des normes ? La première condition pour que l'on puisse affirmer l'existence de la famille est que, partant de méthodes différentes pour l'appréhender, l'on aboutisse à un objet commun. Il faut en particulier que micro-sociologie de la famille et macrosociologie nous renvoient à une même réalité.

I. Micro-sociologie et macro-sociologie

Le lecteur s'est sans doute étonné parfois que, partant de comportements visibles et mesurables, on ait estimé possible de s'engager sur les sentiers secrets de l'intimité. Peut-être a-t-il semblé aussi que l'analyse des institutions n'était vraiment pertinente que pour les temps où les comportements se pliaient, de plus ou moins bon gré, à ces normes. Autrement dit, la macro-sociologie serait adaptée à l'analyse de la seule famille traditionnelle où les sentiments ne sont pas déterminants et où la régulation est de nature surtout institutionnelle. N'est-il pas en effet contradictoire d'affirmer que la famille contemporaine se règle sur les mouvements du cœur et d'utiliser en même temps pour l'étudier le recours aux statistiques, fussent-elles démographiques et à l'analyse des institutions, fussent-elles matrimoniales ?

Le privilège accordé à la micro-sociologie pour l'étude de la famille actuelle semble donc d'abord tout à fait justifié. Lorsque David Reiss analyse les réactions des couples face à un problème, il nous conduit dans les détours des consciences et montre les mécanismes qui rendent compte des comportements. Lorsque J. Kellerhalls montre les conditions complexes de l'échange dans la famille, il décrit bien les normes concrètes, pas toujours conscientes d'ailleurs, des choix quotidiens. Combien ces analyses nous paraissent plus proches de la réalité que les résultats de la macro-sociologie.

Il convient néanmoins ici de faire une remarque. La micro-sociologie ne vise pas à la compréhension de l'histoire singulière de chaque couple, mais à l'étude des principes qui les règlent tous. Dans nos sociétés, elle débouche donc nécessairement sur une typologie. Autrement dit, l'observation des échanges dans le couple *manifeste* par exemple les différentes manières dont le mot « équité » y est effectivement entendu. L'observation singulière vise à révéler les normes générales de l'échange dans une société donnée. Les consciences individuelles fournissent la matière de l'analyse ; mais sa dernière démarche est macro-sociologique : elle renvoie à des modèles collectifs.

Inversement, les mouvements globaux des statistiques, les évolutions cohérentes des institutions, les bouleversements des opinions ne trouvent leur sens et leur explication que dans le secret des consciences. Comme on l'avait indiqué d'emblée, toutes les statistiques n'expriment finalement que d'innombrables décisions individuelles qui se règlent sur quelques modèles collectifs de conduite. Ici, les agrégats sont la matière de l'analyse, mais la dernière démarche se doit d'y reconnaître les « tyrannies du cœur ». Dans les deux méthodes, le social existe et se situe au niveau des modèles.

Il est vrai pourtant que celui qui utilise la méthode macro-sociologique aura naturellement tendance à proposer comme explication ce que met le mieux en évidence l'instrument propre à sa recherche : le poids des modèles sociaux et l'évolution des lois. Symétriquement, par la logique même de sa démarche, la micro-sociologie souligne l'importance des mécanismes déterminants dans l'analyse des échanges intra-familiaux. Sur ce point, une illusion polémique soulève un faux problème. Les uns veulent garantir la liberté de l'acteur et marquer le pouvoir que celui-ci garde de se déterminer, lui-même. Sans doute admettent-ils l'existence de règles du jeu communes, mais pour eux celles-ci ne sont que la lente sédimentation d'initiatives individuelles convergentes. L'autre thèse tient pour duperie cette prétention à l'indépendance du sujet. Elle s'efforce de démontrer que la conscience que l'on a de sa liberté dissimule des mécanismes sociaux discrets et efficaces : ce n'est que pour mieux nous gouverner que la société nous laisserait l'illusion de l'initiative.

La vérité, ici non plus, n'est pas entre ces deux thèses, comme une sorte de juste milieu, mais dans leur indissociable combinaison. Peter Berger le montre clairement. Nous sommes, certes, ce que la société attend que nous soyons ; mais la société n'est peut-être que le rendez-vous d'innombrables et longues complicités. Sans doute avons-nous l'illusion d'une véritable autonomie[1]. Mais la facilité avec laquelle nous acceptons la discrète et efficace pression sociale, la spontanéité avec laquelle nous croyons y reconnaître notre propre désir, s'expliqueraient pourtant difficilement s'il n'y avait pas entre

1. Peter Berger, *Comprendre la Sociologie*, traduction française, Paris, Le Centurion, 1973.

cette société et l'individu une permanente interaction. Notre identité n'est en réalité ni dans le socialement construit ni dans le sentiment d'une inaliénable autonomie, mais dans le mouvement même qui nous porte tantôt vers notre moi intime tantôt vers nos solidarités externes, mouvement qui est sans doute la condition même de la conscience de soi. Ainsi nous pouvons à partir de l'introspection explorer les caractéristiques du social intériorisé ; inversement l'analyse des systèmes sociaux, des normes communes conduisent à retrouver, par une autre voie, ce que notre conscience tient à juste titre pour sa réalité intime.

Analysant les rapports entre la profession et la personnalité, Pierre Bourdieu écrit : « On ne peut donc comprendre le fonctionnement des institutions bureaucratiques qu'à condition de dépasser l'opposition fictive entre une vision " structuraliste " qui tend à chercher dans les caractéristiques morphologiques et structurelles le fondement des " lois d'airain " des bureaucraties, considérées comme des mécanismes capables de poser leurs propres fins... et une vision " interactionniste " ou psycho-sociologique qui tend à tenir les pratiques bureaucratiques pour le produit des stratégies... des agents[2]. » Ne pourrait-on pas dire à propos de la famille qu'il y a une « opposition fictive » entre ceux qui estiment que les comportements des conjoints reflètent seulement des structures collectives et ceux qui estiment que tout se résout dans des interactions singulières ? Il n'y aurait donc pas opposition entre une macro-sociologie et une micro-sociologie de la famille. Ce sont deux voies qui conduisent, par construction, au même carrefour : l'analyse des interactions révèle des règles du jeu qui débordent et gouvernent les individus ; l'étude des régulateurs collectifs renvoie à la manière dont la conscience les perçoit et les met en pratique.

Les deux démarches se valident donc réciproquement, de sorte que, peut-être, les progrès de la sociologie de la famille doivent être attendus moins du développement séparé de ces deux types d'analyses que de leur mise en rapport progressive. C'est une démarche difficile certes, mais sans doute se révélera-t-elle bientôt indispensable. La convergence finale de méthodes différentes constitue une bonne présomption de l'existence d'un véritable objet reconnu à partir de deux points de vue. Elle n'apporte pourtant pas de certitude sur la spécificité de cet objet.

---

2. Pierre Bourdieu, « Le mort saisit le vif », *Actes de la Recherche en Sciences Sociales,* n° 32-33, p. 3 et suivantes.

II. La famille est-elle un groupe spécifique ?

Cette question paraît artificielle, voire provocante : depuis l'origine, l'humanité, sous des formes variées, vit en groupes familiaux et sans doute n'a-t-elle pu survivre que grâce à cette situation. Mais la question précise est de savoir si cette forme d'association est ou n'est pas spécifique.

Qu'entendre par spécificité de la famille ? Il ne suffit pas pour l'établir de montrer ce que tout le monde reconnaît, que celle-ci occupe un champ propre. Encore faut-il que les critères qui règlent les relations conjugales ne soient pas assimilables à d'autres ; que ce qui lie un homme et une femme n'ait point de prix qui puisse se régler dans une autre monnaie. Il faut et il suffit que ce lien soit irréductible à tout autre type de solidarité. Alors seulement la sociologie de la famille ne renvoie pas à la sociologie générale. Cette thèse s'oppose en particulier à celle des économistes qui postulent au contraire qu'il existe toujours des équivalences entre les valeurs de la vie privée et celles de la carrière professionnelle, par exemple.

Le problème de la spécificité des relations conjugales déborde d'ailleurs la problématique des économistes. On se souvient de la théorie de T. Parsons. Les mécanismes d'interactions à l'intérieur de la famille seraient les mêmes que dans les équipages d'avions. La cohésion s'expliquerait partout de la même manière : complémentarité des fonctions exercées par les responsables, hiérarchie entre ceux-ci et leurs surbordonnés, interdit de collusion entre les premiers et les seconds. Dans la famille, les rôles des parents, responsables de l'équipe, sont donc différents ; les enfants (eux) doivent être soumis à leurs ascendants et la prohibition de l'inceste correspond à la loi plus générale qui veut que la solidarité entre responsables ne soit pas compromise par une complicité particulière entre un « leader » et un simple membre de la micro-société. Ainsi, la famille ne serait finalement qu'un cas particulier de la catégorie des « petits groupes »[3].

Mais comment montrer, s'il y a lieu, qu'il n'en est pas ainsi et

3. Partisans de cette réduction, la plupart des sociologues néerlandais qui travaillent sur la famille récusent l'appellation de sociologues de la famille.

que les relations familiales sont spécifiques ? Celles-ci le seront à notre sens si les partenaires présentent entre eux une différence irréductible à toute autre différence. Leurs rapports seront alors inassimilables aux lois générales des interactions. La question de la spécificité de la famille est donc inextricablement liée à celle de savoir si l'homme et la femme sont originellement différents, autrement dit : « La femme est-elle *naturellement* différente de l'homme ? »

Le problème a été généralement posé dans des termes qui transformaient toute discussion en un affrontement d'idéologies. Être partisan d'une distinction naturelle, c'était, aux yeux des militantes féministes, légitimer la situation traditionnelle de l'infériorité sociale de la femme. Qui était vraiment partisan de *l'égalité* entre les sexes ne pouvait qu'être convaincu de leur *indifférenciation*. Le droit évident à l'égalité jouait comme un argument imparable en faveur de l'identité naturelle.

Mais n'est-ce pas là ce qui s'appelle une idéologie, c'est-à-dire une idée générale avancée pour légitimer une revendication ou un droit acquis ? É. Sullerot le notait très justement : « Nombre d'entre nous, ne peuvent accepter que cette diversité [entre hommes et femmes] se traduise par des différences de destins... dont on peut tirer argument pour perpétuer des inégalités[4]. » Être pour la distinction, c'était, au principe même des choses, être contre la dignité de la femme.

Certes, toute l'argumentation ne se limitait pas à cette manière d'intimidation. La démonstration de l'égalité des capacités intellectuelles suivant le sexe était mise en avant. Mais qui aujourd'hui mettrait en doute cette parité des performances ? Pas davantage n'est contestée la capacité des femmes à assumer aussi efficacement que les hommes des responsabilités dans les entreprises ou les états-majors politiques. Chacun reconnaît aussi que, si les personnages illustres furent, jusqu'à nos jours, très majoritairement des hommes, c'est que la société barrait aux femmes les routes qui auraient pu les mener hors de leur territoire domestique. Mais la question de la spécificité ou de l'indistinction est-elle pour autant réglée ? A vouloir porter le débat uniquement sur l'égalité des facultés intellectuelles, les féministes ne se donnaient-elles pas, trop facilement, partie gagnée ?

4. Évelyne Sullerot, in : *Le fait féminin*, Paris, Fayard, 1978, p. 514. Ce livre rapporte les principales communications et débats du Colloque tenu à Royaumont en septembre 1976. É. Sullerot y a introduit des commentaires originaux et souvent très suggestifs.

É. Sullerot reconnaît volontiers que les débats du colloque de Royaumont sur le « fait féminin », ont été délibérément limités et qu'on n'y a pas abordé « les problèmes du désir, de l'érotisme, de l'amour, de l'affectivité, de la créativité – problèmes cruciaux de la vie des individus »[5]. Pour elle donc, la question posée n'avait pas trouvé une réponse scientifique définitive : elle demeurait ouverte.

Elle le reste aujourd'hui. Mais la discussion est devenue plus sereine. Non que l'égalité soit réalisée dans les faits. Nous en sommes encore loin ; une plus grande latitude des choix est pourtant laissée aux femmes. Les hommes comprennent mieux que lorsque les femmes ont pris conscience de leur condition, leur première réaction a été de nier toute différence avec eux. Les femmes de leur côté mesurent mieux la force de l'inertie culturelle. Certaines sont moins sûres aussi qu'une assimilation totale de leur existence à celle des hommes soit uniquement bénéfique. Il est désormais possible à chacun d'exprimer ses incertitudes et, si la théorie de la spécificité des sexes choque encore une large partie des femmes, elle apparaît moins comme une provocation.

Précisons davantage ce que l'on entend par spécificité des sexes. Il s'agit en réalité d'accorder à la différence biologique un retentissement plus ou moins important sur la sensibilité générale. La sexualité est-elle une fonction distincte, autonome, ou bien irrigue-t-elle toute la sensibilité pour définir en quelque sorte une manière particulière d'« être au monde » ? Quelles raisons peuvent incliner à la thèse d'un retentissement global et fonder ainsi la spécificité naturelle de chaque sexe ?

Il en est une, « ad hominem » si l'on ose dire. Elle se fonde sur un argument avancé par certains partisans de l'indifférenciation : « Voyez, disent-ils, les psychologues reconnaissent aujourd'hui qu'il existe une part de féminin en tout homme et une part de masculin en toute femme. » Pense-t-on réfuter ainsi l'idée d'une distinction radicale des sexes ? N'affirme-t-on pas plutôt la différence irréductible de la masculinité et de la féminité ? L'argument ruine la thèse. Qui doute d'ailleurs que se mêlent en chacun de nous, suivant des proportions variables, les deux principes ? Comment, s'il n'en était ainsi, l'homme et la femme pourraient-ils se comprendre et se désirer ? Comment se percevraient-ils réciproquement comme l'autre indispensable à leur propre complétude ?

---

5. É. Sullerot, *op. cit.*, p. 515.

On sait aussi que dans beaucoup de sociétés archaïques, la différence entre les sexes n'était pas seulement affirmée, mais tenue pour archétype de toutes les autres : les astres avaient un sexe, comme le chaud et le froid, le sec et l'humide. La sexualité apparaît bien dans ces cultures comme le principe d'une dichotomie générale de l'univers. Que ce soient là des preuves véritables, on ne le prétend pas. Mais ces arguments suffisent pour que l'hypothèse d'une différence naturelle ne soit pas traitée à la légère. E. Lévinas par exemple se rallie à la conception traditionnelle lorsqu'il écrit : « La féminité, et la différence des sexes en général, nous est apparue comme une différence tranchant sur les différences, non seulement comme une qualité, mais comme la qualité même de la différence. Idée qui devrait rendre possible la notion du couple comme distincte de toute dualité purement numérique[6]. »

Peut-être les observations ne démontreront-elles jamais d'une manière irrécusable la spécificité des sexes. Peut-être ne parviendrons-nous jamais à reconnaître scientifiquement ce qui à la fois sépare et réunit les deux principes tant nature et culture sont radicalement mêlées. Faut-il admettre avec certains psychologues que les sexes correspondent à deux attitudes fondamentales et différentes, l'une de vive reconnaissance du réel, l'autre de désir de modifier celui-ci ? Nous n'avons pas la compétence pour en décider. Il reste seulement que pour beaucoup le couple demeure le lieu d'une plénitude, dont ils n'imaginent pas pouvoir trouver un équivalent.

Qu'en est-il maintenant de la relation parents – enfants ? Ne voit-on pas que les arguments ici vont reproduire, d'une manière analogique, ce qui a été dit sur la spécificité des sexes ? L'enfant a-t-il un « prix » ? Est-il seulement, comme Gary Becker le dit, un « bien durable » ? Est-il possible d'imaginer que l'on puisse vendre ses droits sur un enfant, comme le propose B. Lemennicier[7] ? Si la relation parents/enfants n'est pas spécifique, cette éventualité perd son caractère provocateur. Une autre présomption peut être tirée du fait que dans les sociétés traditionnelles il existe un interdit de mêler les générations et d'annuler, même l'enfant une fois devenu adulte, cette fondamentale distinction. Comment donc refuser une certaine continuité entre l'attitude qui consiste à considérer comme indistincts les sexes et celle qui prétend possible de traiter ses enfants en « copains » ?

---

6. Emmanuel Lévinas, *Le temps et l'autre, op. cit., p. 14.*
7. Bertrand Lemennicier, *Le marché du mariage et de la famille*, Paris, PUF, 1988, chapitre 6.

On dira, avec raison, que se multiplient aujourd'hui des familles où les parents considèrent l'enfant comme un partenaire égal, de même que se rencontrent de plus en plus souvent des couples qui intègrent à leur pacte la norme d'indifférenciation. C'est là un fait. Toute la question demeure de savoir si les facteurs culturels qui longtemps avaient exaspéré les différences ne jouent pas désormais dans le sens inverse, celui d'une oblitération des spécificités. La famille n'est pas la seule instance où, au moins à titre de souhait, se révèle cette tendance, mais peut-être est-ce là que la revendication d'indistinction s'est le plus fortement manifestée.

On ne peut guère douter que le statut de la femme continuera à évoluer vers davantage d'égalité. Il est difficile de ne pas voir que ce changement ne cessera de modifier les équilibres du couple. Par contre, il est possible qu'une proportion plus importante de femmes considère qu'il est pour elles une autre forme d'égalité que l'indistinction. L'idée de la spécificité du champ familial, et donc celle de la justification d'une sociologie de la famille, nous semblent personnellement les hypothèses les plus probables. Pourtant une autre objection doit être levée avant d'en décider.

III. Vie privée et domaine public

La famille ne serait-elle pas en définitive un simple relais de la société, organisée et réglée par les seules lois de celle-ci ? La réponse, cette fois encore, paraît être différente suivant que l'on traite de la famille traditionnelle ou de celle d'aujourd'hui. Certains répondront en effet, que, dans le premier cas, la continuité paraît indiscutable, alors que de nos jours, tout au contraire, la famille apparaît comme un « ailleurs » où se retrancher des contraintes collectives. Cette opposition a quelque apparence de vérité. Il n'est pas faux de dire qu'autrefois circulaient dans la famille les mêmes valeurs que dans la société globale ; que par nature l'institution collective réglait les échanges privés ; que la structure du petit groupe mimait celle de l'État et, fondamentalement, que la finalité de la famille était la survie de la société. On a raison aussi, et nous l'avons fait plus haut, de souligner l'importance du renversement de la modernité : le bonheur des individus devient alors l'objectif principal de l'union. Et comment ne pas tenir compte de l'évolution récente qui refuse de plus en plus souvent tout contrôle de la société sur la formation et la vie du couple ? Désormais paraissent opposés les sentiments qui s'imposent dans les deux instances : ici tendre solidarité, là indifférence ou compétition. L'équilibre n'est-il pas dans une articulation nette entre ces deux parts de la vie et la société ne doit-elle pas attendre sa stabilité de la reconnaissance sans réserve du droit de chacun à un espace privé ? N'est-ce pas le prix qu'elle doit payer pour demeurer incontestée dans ce qui touche aux intérêts collectifs ? Nous serions passé, ainsi d'une situation où la société était tout dans la famille à une situation où elle devrait se garder de toute intervention.

Cette conception est simplificatrice. La famille traditionnelle ne se réduisait pas à être un relais passif de la société. Elle était plus autarcique qu'un ménage contemporain peut l'être. Elle était le siège de sentiments qui n'étaient pas tous conformistes. Elle avait une mémoire qui la distinguait des autres groupes. Dans un livre récent, Kaltenbach montre comment elle fut le champ, le plus efficace sans doute, d'une résistance aux prétentions de l'État[8]. Quant aux familles contemporaines, elles répugnent, il est vrai, à se plier aux institutions – mais, ce faisant, ne sont-elles pas attentives aux nouvelles normes culturelles ? Le privilège accordé au désir n'est pas seulement la revendication des individus ou des couples ; il résulte d'une histoire collective et sa légitimité ne s'explique que dans le contexte de la modernité. Aux familles contemporaines aussi peut s'appliquer la phrase de Claude Lévi-Strauss : « Des familles dans la société, on peut dire, comme des pauses dans les voyages, qu'elles sont à la fois, sa condition et sa négation[9]. »

A la prétention de la famille de s'ériger en « bastion »[10], certaines sociétés avaient répliqué peu avant la Seconde Guerre mondiale, en s'efforçant de « mettre celle-ci au pas ». Pour ce faire, elles avaient pris en charge, presque entièrement, la socialisation des enfants, elles avaient minimisé les valeurs privées, exaltant au contraire celles de l'État. Ainsi ont tenté de faire toutes les sociétés totalitaires ; elles ont bien compris que tant qu'elles n'auraient pas domestiqué l'instance familiale, leur pouvoir ne serait pas définitif.

---

8. P. P. Kaltenbach, *La famille contre les pouvoirs de Louis XIV à Mitterrand,* Paris, Nouvelle Cité, 1986.
9. Cl. Lévi-Strauss, *Le regard éloigné,* Paris, Plon, 1983, p. 93.
10. L'expression, on l'a vu, est utilisée par Jean Kellerhals.

Tout laisse à penser que leurs efforts, même à l'apogée de leur puissance, ne furent que partiellement couronnés de succès.

En réalité, la société ne peut pas davantage se passer de la famille que la famille ne peut durer si elle se coupe de la société. La première thèse ne fait pas difficulté. Encore faut-il préciser qu'il ne s'agit pas simplement d'assurer l'avenir démographique de la population, si nécessaire qu'il soit. Dans nos sociétés au moins, la collectivité a besoin de la famille surtout parce que celle-ci est la seule instance où l'enfant reçoit des mêmes personnes la satisfaction de ses désirs et l'ordre de les limiter ; où la loi prend le visage des êtres les plus proches. Grâce à cette association originelle et stable du « plaisir » et de la « réalité », garçons et filles entrent progressivement dans l'autonomie de l'âge adulte. Autrement dit, la famille rend la société acceptable en témoignant que celle-ci n'est pas tout et que la loi laisse sa place au bonheur. La famille, de ce point de vue, est la figure irréductible de l'incomplétude des valeurs sociales. Dans leur livre, Brigitte et Peter Berger soulignent la difficulté qu'il y aurait, selon eux, à maintenir la démocratie dans des sociétés où la famille ne permettrait plus l'apprentissage et la pratique de la loi[11].

Réciproquement, l'existence de la société signifie aux familles qu'il n'est pas de relation, si forte fût-elle, qui puisse se maintenir sans être en même temps une reconnaissance des autres et un engagement à respecter leur altérité. Ce qui a été dit du sentiment amoureux n'a-t-il pas montré que, dans la mesure où celui-ci ferme le couple à la réalité, il devient pur imaginaire ? Le mariage pourrait se définir, de ce point de vue, comme l'acte par lequel le couple renonce au repli dans l'intimité et reconnaît l'articulation de la société familiale et de la société globale. Ainsi sans doute ce qui est le plus privé exige la reconnaissance du domaine public et ce qui est public ne trouve son assise que dans l'assentiment des consciences individuelles. S'il est vrai que le mariage est la promesse réciproque qui lie deux individus, et donc un acte privé, la vérité de cet acte exige que le double aveu soit également accueilli par une instance sociale[12]. La publicité du lien signifie aussi que la société de son côté s'engage à respecter l'autonomie du couple en même temps que celui-ci reconnaît son implication dans le social. Les deux instances dans le

11. Brigitte et Peter Berger, *The War over the Family*, *op. cit.*

12. Paul Moreau, « L'institution du mariage », in : *Pourquoi se marier ?*, *Les Cahiers de l'Institut Catholique de Lyon*, n° 19. On trouvera également cette thèse chez Robert Grimm, *L'institution du mariage*, Paris, Cerf, 1984.

mariage se reconnaissent donc à la fois comme solidaires, différentes et autonomes. Ainsi l'espace privé n'aurait de réalité que lié à un espace public. Un sociologue comme R. Sennett a exprimé avec force les conséquences de la rupture entre les deux : il y voit le phénomène culturel central de l'évolution de notre société [13]. D'autres ont surtout mis l'accent sur un aspect complémentaire des changements culturels récents, la rupture entre le présent et l'avenir et le privilège accordé cette fois au court terme par rapport au long terme. Cette rupture ne remet-elle pas elle aussi en cause la réalité familiale ?

IV. La perception du temps

Revenons une fois de plus à notre terme de comparaison, la situation traditionnelle. La vie de l'individu était précaire, mais la famille était, elle, en principe immortelle. Il y avait un temps social où s'inscrire. Un passé où chacun puisait son identité. Il y avait aussi ce dessein collectif de survivre. Le temps était là, répétitif certes mais assuré, en amont et en aval de toute existence. C'est la naissance qui situait chaque individu à ce point de partage. L'institution soutenait le temps [14].

Avec la modernité, à une société fondée sur le respect d'un passé immémorial avait succédé une société qui se définissait comme un projet commun. L'individu cessait d'être seulement une part anonyme de la communauté : il était lui-même projet singulier. Dans une époque orientée économiquement vers le développement industriel, confortée dans ses ambitions par une efflorescence de découvertes scientifiques, légitimée culturellement par l'utopie, comment l'individu aurait-il pu ne pas imaginer que le meilleur de lui-même se situait dans l'avenir ? Comment n'aurait-il pas dès lors consenti dans la famille comme dans toute entreprise, à des investissements à long terme ? Telle était la famille optimiste et ascétique décrite par Philippe Ariès. Il y avait là deux conceptions du temps, différentes certes puisque l'une se proposait de répéter le passé, tandis que

---

13. Richard Sennett, *Les tyrannies de l'intimité, op. cit.*

14. L. Roussel et A. Girard, « Régimes démographiques et âges de la vie », Communication au VIIe Congrès national de Démographie, Strasbourg, 1982, in : *Actes du Colloque,* Paris, INED, 1982, p. 15-23.

l'autre privilégiait l'avenir. Toutes deux avaient pourtant ce trait commun de ne guère valoriser le présent, qui n'était dans ces représentations qu'un lieu de passage instable et insignifiant.

Que veulent dire exactement ceux qui prétendent que les générations nouvelles ont changé d'attitude à l'égard du temps ? Nos contemporains ne sont certes pas indifférents au futur. Jamais ils ne se sont autant préoccupés de leur santé. Jamais ils n'ont davantage eu le souci de se garantir et de s'assurer contre les aléas de l'avenir. Simplement ils perçoivent le temps comme une juxtaposition de moments équivalents, mais de plus en plus improbables au fur et à mesure que l'on s'éloigne du présent. Ils veulent donc être rassurés sur l'avenir pour disposer plus librement du présent. Dans ces conditions, le « tiens » vaut toujours plus que le « tu l'auras ». Cette préférence peut être présentée autrement : peu d'objectifs leur paraissent dans l'avenir d'une qualité et d'une probabilité suffisantes pour justifier le coût du détour et le délai de l'attente. Ils parviennent difficilement à imaginer un futur qui soit à la fois mobilisateur et vraisemblable. Ils rejettent le passé et ne croient guère à l'avenir.

Une explication moralisante de cette perception du temps paraît bien insuffisante. Il ne s'agit pas, comme on le dit parfois, d'une incapacité d'effort, d'un désir de jouissance immédiate. Cette attitude, réelle, dans beaucoup de cas, est elle-même seconde : elle résulte d'une conscience, erronée peut-être, à la fois de l'improbabilité du gain et de la médiocrité de l'enjeu. Les menaces d'un éventuel séisme sont d'ailleurs moins déterminantes sans doute que l'incapacité d'imaginer seulement un avenir qui vaille la peine de renoncer aux gratifications actuelles. Dès lors, pour reprendre la phrase de Raymond Boudon : « La structure de la situation est telle que les décisions à court terme ont seules un sens pour le joueur[15]. »

Ce repli sur le court terme entraîne bien sûr un changement dans ce que nous attendons du présent. Si nous nous sentons désormais assignés à l'immédiat, comment ne pas en espérer, d'un coup, l'équivalent de ce qui aurait été obtenu successivement dans la durée ? Aussi cette préférence nous pousse-t-elle à trouver dans le présent une sorte de fulguration, cette « plénitude des possibles » pour reprendre l'expression de M. Foucault, où tout de suite, tout nous serait accordé[16]. Cette recherche peut conduire, au risque de la

15. Raymond Boudon, *La logique du social*, Paris, Hachette, 1979, p. 79.
16. Michel Foucault, *La volonté de savoir, op. cit.* p. 191.

mort, à des états de conscience extrêmes. La drogue n'est jamais que l'une des voies d'accès à ces éphémères « plénitudes ». Mais le plus souvent la préférence pour le présent entraîne des calculs plus raisonnables et le choix de gratifications banales. On ne mise ni sur un avenir meilleur ni sur le présent, mais sur une suite de présents agréables.

C'est sans doute à travers cette forme très générale d'appréhension du réel que la société nous marque le plus, et donne aux mobiles familiaux des caractéristiques nouvelles. D'un individu à l'autre la perception du temps varie, mais le sentiment d'un futur assuré semble avoir pour la majorité perdu de sa force. Les échanges entre conjoints, entre parents et enfants sont ainsi jaugés en fonction des satisfactions immédiates qu'ils apportent. Dans le groupe familial, on vit « au comptant » et les décisions se prennent de désir à désir. Or le mariage et la famille sont demandeurs de temps.

Il en faut en effet pour se reconnaître, pour forger à partir de deux mémoires individuelles une sorte de mémoire commune qui les intègre au moins partiellement. Il faut du temps aussi pour parvenir à cette complicité spontanée qui devient comme la règle secrète des conduites. Il faut du temps enfin pour avoir des enfants, et pour les voir commencer, à leur tour, une histoire nouvelle, la leur. Qu'il paraisse préférable parfois de rompre l'alliance, ce n'est pas ici la question. Ce qui paraît indispensable pour qu'il y ait mariage, c'est la promesse initiale d'un certain crédit de temps. Le mariage commence vraiment dès que chacun sait que le sens de la rencontre ne sera pas de longtemps épuisé, et que chacun, pour le découvrir, consent à une « ardente patience ». Le privilège exclusif accordé au présent rend difficilement concevable un tel projet.

L'idée d'une vie commune définitive reste bien, pour certains, l'idéal. Mais il semble à beaucoup que ce projet soit de plus en plus difficile à réaliser. Le concept même de cycle familial paraît aujourd'hui méthodologiquement peu utilisable [17]. La vie familiale devient de plus en plus souvent une succession d'épisodes distincts. Les itinéraires individuels de ce fait, deviennent discontinus ; tout se passerait, en somme, comme si chacun disposait désormais non plus d'une vie, mais d'une série d'histoires successives.

La gravité se retirerait ainsi de la vie familiale, et peut-être tout

17. Hervé Le Bras, « Le cycle de la vie familiale : Une nouveauté déjà périmée », *Dialogue,* n° 72, 1981.

simplement de la vie. C'est ce qu'a très bien vu Milan Kundera lorsqu'il parle de « l'insoutenable légèreté de l'être » et qu'il écrit : « L'absence totale de fardeau fait que l'être humain devient plus léger que l'air, qu'il n'est plus qu'à moitié réel et que ses mouvements sont aussi libres qu'insignifiants [18]. »

Conclusion

La famille existe. Sous sa forme la plus générale, elle est ce qui transforme la relation sexuelle en une solidarité durable et ce qui donne à cette union, à travers les enfants, une portée qui passe la mort des conjoints. Ce sont là des réalités irréductibles, sans équivalent. Pourtant cette définition recouvre deux significations radicalement différentes. Dans la famille traditionnelle, l'institution vise, au-delà des individus, la reproduction du groupe social. Elle est cette solidarité élémentaire qui assume, un moment, le passé collectif et garantit l'avenir ; elle n'a donc d'autre stratégie possible qu'une forte intégration sociale. L'avènement de la modernité a transformé le sens de la famille. Celle-ci est devenue l'espace où un homme et une femme, ensemble, fondent une union dont ils attendent leur identité et une certaine plénitude ; et cette volonté exige d'eux, pour être authentique, qu'ils transmettent à d'autres, leurs enfants, le risque et la chance d'exister. S'ils doivent rester ouverts à la société, c'est au nom de l'authenticité de leur propre solidarité. Les amants, par la logique même de leur lien, deviennent parents.

Beaucoup croient que, pour réussir, la famille doit s'ériger en une sorte de contre-société, petite république souveraine dégagée des contraintes de la société globale. Cette situation nouvelle expliquerait, pour le dire en passant, l'apparente contradiction signalée d'emblée entre la forte cote de la famille dans les enquêtes d'opinion et le sentiment assez général que les tensions et les échecs affectent de plus en plus souvent celle-ci. C'est parce qu'elle est devenue le lieu des attentes les plus vives que la famille triomphe dans les sondages ; mais c'est précisément aussi à cause de ces espoirs exorbitants qu'elle suscite à l'expérience autant de déception à ceux qui en attendent le bonheur.

---

18. Milan Kundera, *L'insoutenable légèreté de l'être, op. cit.* p. 11.

L'ambiguïté de ce dernier mot rendrait compte, elle, de la multiplicité actuelle des modèles de famille. C'est qu'il y a plusieurs façons d'imaginer sa félicité : la prévalence d'un modèle est ainsi compromise. Et comment être jamais définitivement sûr d'avoir fait le bon choix ? Comment ne pas garder le tenace regret des modèles que l'on a, en principe, écartés ? Les couples qui rêvent d'une disponibilité permanente gardent en même temps la nostalgie d'une sécurité affective une fois pour toutes acquise. Ceux-là qui souhaitent que tout se règle par le dialogue s'inquiètent parfois du défaut de références décisives. Ceux-là qui se décident pour la transparence souhaitent aussi quelque jardin secret. Amoureux, ils se veulent transparents l'un à l'autre, mais en même temps redoutent une aliénante fusion. Ils voudraient que tout, en eux, soit gratuité heureuse, et ils exigent l'équité. Mais surtout, de même qu'autrefois le chaos originel continuait à couver sous la couche plus ou moins fragile de l'institution, ainsi aujourd'hui, le modèle traditionnel, si décrié qu'il soit, demeure latent et reste encore, plus souvent que nous ne l'imaginons, le véritable régulateur des conduites. Redisons-le donc : nous ne réglons pas nos comportements sur des modèles familiaux purs et exempts de toute nostalgie. Notre mémoire comme nos attentes sont pleines de contradictions. Cela ne signifie pas que la famille n'existe pas. Elle est au centre même de la vie de chacun comme une réalité inconvertible. Simplement la vérité des promesses qu'elle présente, la multiplication des risques qu'elle implique, rendent sa figure floue et son avenir incertain.

CHAPITRE XI

La famille de demain

Serait-il sage de croire qu'un mouvement social qui vient de si loin, pourra être suspendu par les efforts d'une génération ?

Alexis de Tocqueville.

De toutes perspectives, on peut dire en même temps que l'on a de bonnes raison d'y renoncer et qu'il n'est pas possible de le faire. Les démographes n'échappent pas à la règle. Force est de reconnaître que leurs entreprises, dans ce domaine, n'ont guère été couronnées de succès. Deux fois, en moins d'un demi-siècle, les démographes ont été « surpris ». F.W. Notestein, en 1944, et il n'était pas le seul, prévoyait pour l'Europe de 1970 une baisse drastique de la population[1]. C'est une brusque et sensible augmentation qui devait au contraire suivre de près la publication de ce travail prospectif. De même, vers 1960, l'ensemble des spécialistes annonçaient, pour les pays industriels, une longue croissance régulière : on sait ce qu'il en advint une décennie plus tard.

Ce tout récent démenti des faits, certains tentèrent un moment, on l'a dit plus haut, d'en atténuer la portée. Simple effet de calendrier, disaient-ils. Les naissances sont simplement en retard : au bout du compte, ces générations auront autant d'enfants que les pré-

1. F.W. Notestein, *La population future de l'Europe et de l'Union Soviétique*, SDN, Genève, 1944.

cédentes. Il fallut bien se rendre. Dans ces conditions n'est-il donc pas aujourd'hui présomptueux de vouloir continuer un jeu où le démographe a rencontré si souvent des déboires et, qui plus est, de le poursuivre dans un temps où les turbulences des indices ajoutent à la difficulté : à un moment aussi où il apparaît, en raison par exemple de la multiplication des situations de fait, de plus en plus difficile de prendre une exacte mesure des comportements effectifs ?

L'analyse des données actuelles laisse déjà une grande latitude à l'interprétation. Mais du moins les chiffres sont-ils là, qui opposent aux préjugés ou aux hypothèses fantaisistes une certaine résistance. Les perspectives, elles, laissent plus de champ aux passions et aux idéologies. Comme le note pertinemment Hervé Le Bras, les projections ne constituent souvent qu'un moyen détourné pour leur auteur d'exprimer ses « frayeurs » à long terme[2]. Craint-on aujourd'hui néfastes les effets de l'immigration étrangère, on tendra, sincèrement d'ailleurs, à en surestimer l'importance future. Y est-on plutôt favorable, on en minimisera les incidences probables. Pour toutes ces raisons, la tendance en matière de perspectives aujourd'hui est plutôt à la prudence. Les erreurs sont trop proches encore pour que l'on n'hésite pas sérieusement avant de s'essayer à raconter l'histoire démographique de demain.

Mais une telle dérobade est-elle possible ? Un colloque récent des démographes français sur ce thème (Grenoble, 1987) montre que l'intérêt n'a pas cessé de se porter sur les perspectives – et comment faire autrement ? Est-il possible, dans une société industrielle avancée, de ne pas se préparer aux contraintes qu'entraîneront à plus ou moins proche échéance les fluctuations de la population ? Bien plus, tenter d'imaginer le probable de l'an 2000, n'est-ce pas simplement désigner dans les évolutions actuelles, familiales ici, ce qui semble présenter les inerties les plus fortes ou les élans les plus forts. Ce n'est rien d'autre en somme que de regarder mieux l'actualité. Comprendre le présent, c'est d'abord voir d'où il vient. C'est aussi chercher où il va. Le passé interprété et l'avenir imaginé sont deux moyens de mieux qualifier et de mieux définir le présent. Et à cette nécessité de comprendre, il n'est pas non plus possible de se dérober.

Ainsi, regardant les courbes d'indices des vingt dernières années et constatant récemment leur redressement en paliers, quel démographe ne s'est pas demandé si nous ne venions pas d'entrer dans une

2. Hervé Le Bras, « Nature et limites des prévisions de population », in *Les Projections Démographiques*, VIIIe Colloque national de démographie, Paris, PUF, 1987.

nouvelle phase de stabilité, ou, pourquoi pas, dans un temps mort où se préparerait une nouvelle inversion des tendances ? Une rumeur ne court-elle pas, et bien au-delà du petit monde des démographes, qui voudrait que le temps se termine bientôt de ce qui est perçu par certains comme un excessif libéralisme : les valeurs familiales retrouveraient alors leur prestige et leur prégnance. Déjà le divorce reculerait, déjà la fécondité remonterait légèrement, on se marierait davantage. Et cela point seulement en France, mais dans la plupart des pays qui démographiquement semblent engagés dans des évolutions semblables. Cette inflexion des courbes vers la stabilité est une raison supplémentaire pour ne pas se dérober à la question de l'évolution prochaine. On peut certes soutenir que sur l'avenir de la famille toute réponse est hors de nos prises. Mais n'y aurait-il pas là, après le temps des présomptions, un parti pris d'excessive prudence ? En fait d'avenir, ne faut-il d'ailleurs pas distinguer pour le démographe deux champs, aux marches plus ou moins mêlées, celui du prévisible et celui de l'imprévisible ?

En effet, dans l'étude des populations, par exemple, il existe un futur qui, en quelque sorte est déjà arrivé, celui des « coups partis » comme disent les futurologues. Pour un temps, le plus souvent bref, et sur des points particuliers, les jeux sont faits, et il n'y a, pour dire l'avenir, nul besoin d'autres procédures que celles des analyses classiques. Les structures démographiques présentent en effet une très forte inertie. On ne peut remodeler par quelque artifice que ce soit la pyramide des âges. Les mères de l'an 2000 sont déjà nées, ce sont nos enfants ou nos petits-enfants. Le nombre des morts des prochaines années est déjà, sauf accident, connu. Celui des élèves de 1995 aussi. Beaucoup de situations présentes constituent d'irréversibles contraintes à moyen terme. Examinons quelques-unes d'entre elles, avant de voir s'il est raisonnable de s'avancer plus loin et de dire pour le début du prochain millénaire ce qui déjà apparaîtrait comme probable dans l'évolution de la famille.

I. Le prévisible

Pour les changements démographiques prochains, la fécondité récente, la divortialité, l'entrée massive des femmes à l'université et sur le marché du travail, l'allongement enfin de l'espérance de vie sont autant de contraintes qui pèseront d'une certaine manière sur l'avenir à moyen terme de la famille.

Les conséquences de la faible fécondité

Ainsi est-il inéluctable que les enfants nés depuis la baisse de la fécondité vivront, jusqu'à leur âge adulte, dans une fratrie le plus souvent très étroite. Disons que la majorité d'entre eux auront un seul frère ou une seule sœur. C'est un point qui d'abord n'avait guère été souligné et sur lequel, depuis quelques années, les démographes insistent de plus en plus [3]. Cette taille de la fratrie retentira sur les relations affectives entre parents et enfants. Est-il téméraire d'avancer qu'elles se traduiront probablement par une dépendance plus grande et peut-être plus longue des enfants par rapport à leurs parents ?

Ajoutons que dans les ménages composés de deux enfants, la moitié de ces fratries, est et sera formée d'enfants du même sexe, deux garçons ou deux filles. Il est possible que cette caractéristique joue, elle aussi, un certain rôle dans le développement des enfants, et le fait que nous en ignorions l'exacte incidence n'en supprime pas les effets. Allons plus loin. A la génération suivante, ces enfants auront une très étroite parentèle, trois ou quatre grands-parents, deux parents, certes, mais un frère ou une sœur, deux oncles, deux tantes et, en moyenne, quatre cousins. Au total une petite quinzaine de personnes dont cinq ou six ascendants. Si l'on tient compte de la dispersion géographique moyenne de cette parentèle, le nombre de ceux entre qui existeront des relations régulières peut devenir très faible et se réduire parfois à la famille nucléaire. Tout le changement tient évidemment à la baisse très forte du nombre des collatéraux et à l'augmentation de la mobilité résidentielle. Ici aussi une évolution quantitative conduit à un problème qualitatif. Que perdront ces enfants qui se retrouveront en tête-à-tête avec un seul frère ou une seule sœur ? Que perdront-ils de n'avoir ni cousins, ni oncles, ni

---

3. Par exemple, Charlotte Höhn, *Social Consequences of Population Decline*, Colloque franco-allemand, Rouen, 1987. Et, pour le Canada, Nicole Marcil-Gratton, *Les enfants d'aujourd'hui et les comportements nouveaux de leurs parents*, Département de Démographie, Université de Montréal, Sept. 1987.

tantes ? Nous l'ignorons, mais, bon ou mauvais, comment ne pas penser que le changement ne sera pas indifférent ?

Serions-nous sceptiques, la Chine constitue dans ce domaine un immense laboratoire, et les nouveaux enfants uniques y semblent aussi turbulents et indisciplinés qu'étaient sages et respectueuses les générations où les fratries étaient nombreuses. Ce constat ne peut évidemment pas être transposé tel quel dans nos sociétés. L'exemple chinois montre pourtant, massivement, que la taille de la fratrie est un facteur important dans la socialisation de l'enfant.

Les conséquences de la forte divortialité

Pour ce qui est de la divortialité, la baisse de la nuptialité durant la dernière décennie a entraîné une diminution sensible de l'effectif des divortiables aux durées de mariage où la probabilité de rupture est la plus élevée. L'effectif annuel des divorcés devrait donc finir par baisser et cela de façon d'autant plus certaine que les mariés appartiendront de plus en plus souvent à une sous-population qui aura délibérément opté pour le mariage. Plus attachée à sa signification spécifique elle sera moins encline à divorcer. On est ainsi conduit à penser que les indices de divortialité diminueront, et pas seulement le nombre des divorces. Pourtant, même si la divortialité diminue, le stock total des divorcés continuera lui à augmenter pour deux raisons. La première tient au fait que le flux actuel des entrées, même en baisse, demeurerait supérieur à celui d'il y a vingt ans. Il y aurait donc plus d'entrées que de sorties. La seconde est liée à la baisse des taux de remariage.

Sans tomber, comme le dit avec humour Jean Dumas, dans le mythe de l'ingénue et du barbon, de Géronte et d'Agnès, il est certain en effet que la différence d'âge moyenne dans le mariage d'un divorcé et d'une célibataire est de 6 à 7 ans [4]. Or, lorsqu'un divorcé se remarie, il épouse dans 50 % des cas environ une femme célibataire, donc, la plupart du temps, nettement plus jeune que lui. Situation favorable donc pour lui sur le marché du mariage ; mais les femmes, dans le même temps, ne peuvent épouser vers 35-40 ans que des

4. Jean Dumas, « Mariage et remariage au Canada », *Cahiers québécois de démographie*, 14(2), octobre 1985.

hommes aussi ou plus âgés qu'elles et souvent peu disposés à se remarier. Là aussi, il y a un mécanisme induit inévitable. Il est donc possible d'affirmer que le remariage des femmes divorcées restera moins fréquent que celui des hommes et que les taux de remariage, pour l'un et l'autre sexes, ne sont pas à la veille de remonter.

En revanche, le raccourcissement de la durée du mariage avant divorce constitue un facteur favorable à une augmentation de la fréquence des remariages, puisque la probabilité de ceux-ci diminue avec l'âge. Mais du même coup, le nombre des deuxièmes divorces risque, lui aussi, d'augmenter.

Si donc, comme il est très probable, le stock de divorcés ne cesse de s'enfler, les perspectives suivantes deviennent vraisemblables :

- une nouvelle augmentation de l'effectif des hommes divorcés vivant au moins provisoirement seuls, puisque la garde des enfants ne leur est que très rarement confiée ;
- une croissance de l'effectif des femmes divorcées vivant seules, parce que la durée du mariage devient plus courte et donc les ruptures de couples sans enfants plus nombreuses ;
- une fréquence plus forte, en dépit de la remarque précédente, des ménages à famille monoparentale, presque toujours sous la responsabilité de la mère ;
- la multiplication des couples de cohabitants non mariés dans lesquels l'un au moins des partenaires est divorcé.

Répétons-le : cette évolution demeurerait, pour la prochaine décennie au moins, très probable même dans le cas où la divortialité se stabiliserait ou diminuerait. Ainsi l'évolution récente des ménages, suivant leur type morphologique, se poursuivra : la population se dispersera dans des ménages de plus en plus étroits, parmi lesquels un nombre de plus en plus important de cas constitueront des situations de transit entre deux configurations plus stables.

Les conséquences de l'allongement de l'espérance de vie

Les modifications récentes dans la mortalité constituent elles aussi une donnée, à moyen terme, irréversible : à fécondité constante, le poids des personnes de plus de 60 ans par rapport à celui des adultes de 25-59 ans continuera en effet à augmenter et, dans cette population des plus de 60 ans, le nombre des plus de 80 ans croîtra plus vite que celui de l'ensemble de la population âgée. De plus en plus de personnes franchiront donc leur quatre-vingtième anniversaire et, dans l'état actuel de la médecine, de plus en plus nombreuses seront celles qui perdront, quelques années avant de mourir, leur autonomie physique. Si l'on ne prend en compte que la population des 85 ans et plus, elle passera, en France de 650 000 en 1985 à un peu plus de 1 050 000 d'ici à l'an 2000, soit une augmentation de 60 %[5]. Cette évolution retentira, dans des cas de plus en plus nombreux, sur le cours de la vie familiale : la charge de ces parents âgés incombera en effet fréquemment à leurs enfants, alors âgés d'une soixantaine d'années. Beaucoup plus souvent et sensiblement plus longtemps, une femme, après avoir élevé ses propres enfants, devra, au début de sa retraite, prendre soin d'une mère âgée et impotente. Il est peu vraisemblable que cette assistance prenne souvent la forme d'un accueil permanent. Mais elle se traduira par des visites nombreuses, des soucis constants, des contraintes résidentielles. Sans doute ces charges peuvent-elles être partagées entre tous les enfants. Mais ceux-ci sont de moins en moins nombreux et des préjugés encore vivaces veulent que le plus lourd de ces soins soit assuré par les femmes. Dès maintenant, beaucoup de personnes âgées ont la hantise d'être un jour ainsi dépendantes d'un de leurs enfants.

Dans les cas, et ils seront nombreux, où aucune aide des enfants ne sera disponible, les personnes très âgées, le plus souvent des femmes, devront terminer leur vie dans un hospice ou une « maison de retraite ». Dans l'ensemble de la population française actuellement âgée de plus de 60 ans, 3 % résident dans de telles institutions ; mais parmi ceux qui ont 85 ans et plus, le pourcentage atteint 10 %. A moins de progrès spectaculaires en gériatrie, l'allongement de la vie signifiera, pour une fraction importante de la population, une situation de dépendance, soit par rapport à leurs enfants, soit par rapport à une institution. Faut-il ajouter que la plupart de ceux qui resteront autonomes à un âge très avancé vivront la fin de leur vie résidentiellement seuls ?

---

5. Quang-Chi Dinh, « Projection de la population de la France métropolitaine, 1985-2040 ». *Les projections démographiques, op. cit.*, pp. 112-113. Voir aussi Simone Sandiez, « Dépenses de santé : les vieux ne coûteront pas si cher », *Population et Avenir*, n° 589, 1988.

Les conséquences du changement de statut social des femmes

Contrairement à ce qui s'était passé au moment de la crise économique des années trente, le chômage, jusqu'ici au moins, ne s'est pas traduit par une baisse des taux d'activité féminins : ceux-ci n'ont cessé d'augmenter, bien que le chômage affecte les femmes beaucoup plus que les hommes. Les raisons de cette attitude nouvelle sont nombreuses, du droit social aux changements des attentes des femmes et, en particulier, à leur volonté de maintenir, en dépit de l'étroitesse du marché de l'emploi, les conditions matérielles de leur autonomie. Alors qu'au début du siècle, les femmes représentaient moins de 3 % de la population étudiante, depuis quelques années elles constituent plus de la moitié des effectifs. Elles seront donc de plus en plus nombreuses à occuper les emplois qualifiés, ceux où l'on fait carrière et que l'on n'abandonne que sous la contrainte, infirmité ou licenciement. On peut donc considérer comme très probable, pour les quinze prochaines années, le maintien de taux élevés pour l'activité des femmes et, pour une partie d'entre elles, une promotion sensible dans la pyramide professionnelle. Certains n'hésitent pas à prévoir que, dans la première décennie du prochain siècle, 80 % des femmes de 25-54 ans seront professionnellement actives[6]. Nul doute aussi que leur part croisse dans les catégories de cadres.

Les conséquences de la cohabitation juvénile

Quant à la cohabitation juvénile, elle a d'abord pu être assimilée à une forme nouvelle de fiançailles. On lui reconnaissait une certaine influence sur le calendrier de la nuptialité et indirectement de la fécondité. Mais sa portée démographique était finalement limitée. De même les cohabitations après divorce concernaient souvent des couples dont la période de fécondité était terminée. La multiplication des cohabitations juvéniles dont un nombre de plus en plus impor-

6. Olivier Marchand, « Les Français de l'an 2000 », n° Spécial d'*Économie et Statistique*, juillet-août 1986, n° 19 D.

tant se révèle finalement des unions libres, stables et fécondes, change le statut de ces modes de vie commune. Il ne s'agit plus de vivre ensemble quelques années avant de se marier ou de constituer une seconde union sans remariage : un modèle nouveau apparaît, susceptible de s'étendre sur toute la vie et de remplacer le mariage dans toutes ses phases. Ici aussi, « les jeux sont faits » pour une partie de la population. La multiplication depuis 1978, en France et ailleurs, des naissances hors mariage implique qu'une part des jeunes se sont engagés dans une forme de vie familiale d'où l'institution serait durablement exclue.

Dans la mesure où ce mode d'union implique encore une grande fragilité et une faible fécondité, on doit reconnaître qu'il pèsera sur les comportements démographiques, au moins jusqu'à la fin du siècle. En particulier, difficilement mesurable, le nombre des ruptures entre cohabitants tendra à augmenter et beaucoup de mères, statutairement célibataires, seront en réalité des femmes « séparées » d'un ancien conjoint.

En résumé, d'ici à l'an 2000, on peut sans grande crainte d'erreur avancer que les ménages auront une taille moyenne de plus en plus faible, que les femmes en auront de plus en plus souvent la responsabilité, que les unions de fait seront plus nombreuses, en particulier après 30 ans, et que l'instabilité des couples demeurera élevée.

On a tendance généralement à considérer que la prévisibilité se mesure par la distance à l'horizon visé : à court terme, perspective possible ; à long terme, perspective impossible. Il y a bien entendu une part de vérité dans cette proposition, mais elle ne désigne pas la véritable ligne de partage entre le prévisible et l'imprévisible en matière de famille comme dans les autres domaines. En réalité, le prévisible porte uniquement sur des contraintes qui surviendront nécessairement parce qu'elles sont déjà virtuellement présentes. Elles tiennent en grande partie à l'inertie de la pyramide des âges.

Il est possible par exemple de prévoir, sauf modification radicale de calendrier de la mortalité, qu'aux environs de 2030 l'effectif de la population des plus de 60 ans diminuera, parce que cette évolution est déjà inscrite dans l'effectif actuel des générations creuses nées après 1970. Par contre, il est aventureux d'avancer que d'ici deux ans, la fécondité sera en hausse, demeurera stable, ou continuera à baisser. Le prévisible n'est donc rien d'autre qu'une explicitation du présent. On ne prévoit pas : en réalité, on constate simplement, dans l'actualité, des structures qui présentent, morphologiquement, une nécessaire inertie. La contrepartie de la prévisibilité est l'étroitesse de son champ par rapport à celui, beaucoup plus large, de l'imprévisible.

II. L'imprévisible

Le prévisible, on vient de le voir, porte sur des problèmes futurs mais déjà inéluctables. C'est la solution de ces problèmes, notre avenir effectif, qui demeure, elle, imprévisible. Nous pouvons bien estimer l'effectif des personnes de plus de 85 ans en l'an 2000 ; nous ne saurions pour autant dire comment la société s'ajustera à cette croissance. Nous savons que les familles monoparentales se multiplieront ; nous ne pouvons en déduire ce que sera leur statut, ni en prévoir les conséquences sur le développement psychologique des enfants, ou sur les conditions de vie des adultes. Nous constatons bien que l'institution cesse progressivement d'être un régulateur de la vie familiale ; nous voyons mal ce qui à l'avenir en réglera le fonctionnement et lui assurera une certaine stabilité.

Et ce n'est pas là simple curiosité d'experts. Les problèmes qui sont ici posés, comme celui du remplacement des générations, peuvent paraître théoriques, ils sont d'abord pour beaucoup des problèmes personnels : « Faut-il avoir un troisième enfant ? » L'instabilité des unions, de son côté, affecte comme un risque permanent la famille de beaucoup de conjoints. A tout ce qui touche aux liens du sang ou de l'alliance, à tout ce qui suggère que leur signification peut changer, nous sommes tous finalement sensibles. La sociologie de la famille trouve dans cet intérêt direct le fondement sans doute le plus décisif de son récent développement. Or, cet intérêt porte moins sur les problèmes qui vont se poser que sur les conséquences à terme des solutions qui leur seront apportées. Autrement dit, nous sommes surtout curieux de l'imprévisible.

Lorsqu'un spécialiste comme Easterlin pense pouvoir nous éclairer sur cet avenir, surtout s'il affirme que le changement finalement ne sera pas aussi considérable que certains le prétendent, quand il soutient qu'une certaine autorégulation des effectifs de la population, mais aussi des comportements, ne cesse d'être efficacement à l'œuvre, sa théorie trouve spontanément un écho favorable aussi bien parmi ses collègues que dans l'opinion. Pour des raisons présentées plus haut, il semble pourtant que les mécanismes qu'il a décrits n'aient pas l'efficacité que l'auteur leur prête. Dans ces conditions, et compte tenu des échecs des tentatives passées, ne faut-il pas s'en tenir à une analyse du « déjà joué » dont la garantie tient à l'inertie des structures morphologiques ? Attitude tout à fait légitime. Mais cette inertie est-elle la seule qui permette de justifier quelques hypothèses sur l'avenir probable ? En même temps que sur l'inertie morphologique, ne peut-on se fonder sur une certaine inertie culturelle ? Parmi les « représentations collectives » qui règlent les comportements familiaux, n'en est-il pas quelques-unes dont on puisse penser qu'elles commandent des attitudes lourdes[7] dont le poids et la direction générale ne risquent pas de se modifier dans un proche avenir ? A défaut de pouvoir mettre en chiffres l'image de la famille future, n'est-il pas possible de dire, à moyen terme, vers quelle figure elle paraît se diriger ? Ce qui a été dit dans le chapitre sur les raisons de l'évolution actuelle incite à le penser : il y a, dans les changements récents, continuité et non rupture avec les tendances séculaires.

Cette démarche dans son principe est donc justifiée. Elle suppose pourtant une nouvelle distinction. Veut-on parler seulement de la logique interne des évolutions auxquelles nous assistons, là où nous conduit « la force des choses », ou bien prétend-on prendre en compte ce que les économistes appellent des « externalités », autrement dit des facteurs externes au système, assez importants pour perturber soudain le fonctionnement du modèle et pour transformer brutalement le système actuel des représentations collectives ? Chacun sait que de telles externalités ne sont pas dénuées de toute probabilité et qu'elles risquent, à court ou moyen terme, de rendre effectif ce qui aujourd'hui encore est tenu pour improbable. Laissons pour l'instant de côté ces éventualités et demandons-nous d'abord, parmi l'ensemble des changements culturels récents, quels sont ceux qui, à moyen terme, sauf circonstances extrêmes, paraissent irréversibles ; ces tendances lourdes seraient donc dans les prochaines décennies les normes à partir desquelles se décideraient les choix des couples et la biographie familiale de chacun.

7. Fernand Braudel, « La longue durée », *Annales ESC*, n° 4, oct.-déc. 1958.

La logique de l'évolution

Lorsque nous avons tenté d'expliquer les changements récents, nous avons souligné l'importance manifeste, apparemment centrale, du changement relatif à la situation de la femme dans la société et dans la famille. Le changement statutaire n'y est que l'expression dans le Droit d'une transformation plus fondamentale, celle de l'image que la femme contemporaine se fait d'elle-même, qu'elle impose pour la première fois à la société, celle d'un être égal en dignité et en pouvoir à son partenaire masculin. Jusque dans les changements de définitions statistiques, l'homme a cessé d'être « chef de ménage » : il s'est transformé en « personne de référence ». De cette transformation, nous sommes loin encore d'avoir pris toute la mesure. Qu'on le regrette ou non, les relations du couple, et donc l'organisation de la famille, paraissent irréversiblement modifiées. La femme a cessé d'être une mineure ; le partriarcat est abrogé, qui, sous des formes différentes, réglait jusqu'ici l'ordre de la famille. Ceux-là qui commenceront leur vie d'adultes en l'an 2000 auront été, en majorité, élevés dans un environnement culturel favorable à ces changements. Cela n'entraîne pas nécessairement qu'ils y resteront attachés ; cela implique au moins qu'ils seront enclins à suivre des modèles qui correspondent à leur souhait d'émancipation et à leur désir de liberté dans les domaines affectif et sexuel.

Ce mouvement général et son inertie se traduisent dans plusieurs domaines. L'activité des femmes n'est évidemment pas un phénomène nouveau, mais son état de salariée aboutit à une autonomie effective, en tout cas à la possibilité d'une telle autonomie. Désormais la décision de rompre peut venir aussi bien des femmes que des hommes. Autre changement qui exprime la nouvelle situation des femmes : la fin de la double morale sexuelle qui leur interdisait, avant le mariage, ce qui était permis aux hommes, et plus généralement la fin d'une perception d'elles-mêmes où leur sexualité était subordonnée aux désirs des hommes, où l'« initiative » leur était, en principe au moins, refusée.

Enfin, les procédés actuels de contraception font que la maîtrise de la fécondité relève désormais de la femme. C'est l'homme qui sollicite d'elle un enfant. Que la décision soit le plus souvent prise d'un commun accord ne change rien à la réalité du pouvoir féminin. On comprend que de tels bouleversements ne puissent passer pour simple effet de mode. Ils confortent mutuellement leur inertie et expriment à l'évidence une modification fondamentale et donc durable.

Ces changements n'auraient sans doute pas été possibles sans une autre évolution qui affecte aussi bien les hommes que les femmes : leur résolution commune de tenir les relations de couples à l'écart de toute emprise extérieure, en particulier de celle qui jusque-là contrôlait la vie familiale : l'institution. On concède encore que pour vivre en société, des contraintes doivent être respectées, qu'il faut bien un code pour que la circulation automobile soit possible, des règles pour que l'économie puisse fonctionner, des lois pour que l'on ne s'entretue pas aux coins des bois et des rues, mais beaucoup voient mal pourquoi il faudrait renoncer à leur souveraineté sur ce qui est privé, sur ce qui semble au moins sans conséquence sur autrui ? Dans le champ de l'intimité, la contrainte perdrait tout fondement : l'interdit ici deviendrait illégitime.

Il ne suffit pas d'ailleurs à nos contemporains que chacun soit le maître exclusif de son choix, qu'il n'y ait pas d'intervention externe. Il est nécessaire aussi que la décision leur appartienne en permanence, autrement dit qu'ils puissent à tout moment révoquer ce qu'ils viennent de décider. Le chapitre précédent a insisté sur cette caractéristique : elle est simplement rappelée ici pour qu'en soit soulignée la très forte inertie.

Si l'on accorde que, pour un temps au moins, ces principes généraux demeureront décisifs, il devient possible d'en tirer quelques conclusions probables sur des points particuliers. Considérons d'abord la fécondité. Ce qui vient d'être dit entraîne en effet les conséquences suivantes :

– La quasi-totalité des naissances seront désormais voulues et comme programmées par le couple. Il ne faut donc plus tabler sur des naissances accidentelles. Par contre, comme cette élimination est déjà très avancée, la baisse brutale survenue au moment de la diffusion de la pilule est pratiquement terminée. Désormais le facteur principal de l'évolution réside dans le désir des parents. Ajoutons que probablement les méthodes contraceptives seront d'un emploi de plus en plus aisé et que l'état de stérilité artificielle permanent continuera à être perçu comme une situation normale pour le couple.

– Disparaîtront bientôt les troisièmes naissances qui seraient dues au désir des parents d'avoir un enfant de sexe différent des deux premiers. Il est probable en effet qu'à moyen terme les couples pourront décider du sexe de leur prochain enfant. Il y a aujourd'hui quelque chose de honteux pour les futurs parents à déclarer qu'ils préfèreraient un garçon à une fille ou inversement. Ce serait aller contre l'idée de l'indifférenciation des sexes. Il y a quelque hypocrisie dans ces déclarations : beaucoup de couples aujourd'hui encore souhaitent avoir une garçon et une fille. S'ils ont d'abord deux garçons ou deux filles, c'est pour certains un motif d'avoir un troisième enfant. L'incidence de cette maîtrise ne peut aller que dans le sens d'une baisse, si faible soit-elle, de la fécondité.

– Enfin, comme il a été dit, il est très probable qu'augmentera encore la proportion des filles parmi les étudiants, comme celle des femmes dans la population active en particulier dans la population active qualifiée. Malgré quelques exceptions, ces deux indices demeurent généralement liés à la fécondité : leur augmentation est le plus souvent fortement corrélée à une baisse de la fécondité. Le mécanisme précis de cette relation et les conditions de son fonctionnement sont mal connus. Mais la présomption d'un rapport réciproque est assez forte pour que l'on tienne compte de ce facteur.

Ainsi, de l'inertie des représentations relatives à la nouvelle image de la femme comme du refus de laisser le hasard décider du nombre des naissances, on peut conclure à une forte probabilité de voir la fécondité demeurer à un niveau très faible. Si l'on ajoute à cela l'arrivée à l'âge de la fécondité des premières générations creuses, on peut présumer, en France et dans d'autres pays, à fécondité constante, une nouvelle baisse sensible du nombre des naissances et une nouvelle diminution du taux d'accroissement naturel.

A propos de la nuptialité future, que peut-on avancer comme hypothèse probable en se fondant sur l'inertie culturelle ? D'abord, aux yeux de certains[8], Élisabeth Badinter, par exemple, l'avenir du sentiment amoureux, de l'amour passion, paraît compromis. Il implique des sentiments trop violents, des serments trop graves, des risques de souffrances trop élevés, bref des bouleversements trop forts

8. Élisabeth Badinter, *L'un est l'autre. Des relations entre hommes et femmes*, Paris, Odile Jacob, 1986. Allan Bloom, *L'âme désarmée*, Paris, Julliard, 1987, p. 136 et sq. L'interprétation que donnait Freud du sentiment amoureux aboutit à la même conclusion : la satisfaction immédiate des désirs sexuels empêcherait la « cristallisation » d'un dispositif idéal de compensation. Dans la mesure où les rapports sexuels sont de moins en moins différés, le sentiment amoureux perdrait sa raison d'être.

pour qu'il soit compatible avec le souci de disponibilité des jeunes générations. On continuera bien entendu à s'aimer en l'an 2000, mais sans doute beaucoup le feront-ils avec plus de réserve encore et de crainte. Mais n'y a-t-il pas quelque contradiction à vouloir aimer seulement modérément ? Et si l'on redoute le tragique, ne faut-il pas aussi renoncer à l'amour ? Parmi les différents modèles de couples, l'emportera sans doute celui qui est fondé sur une solidarité délibérément souple entre conjoints, celui qui a été désigné plus haut par l'expression « famille-club ». On se souvient qu'il s'agit d'une association dont la finalité prioritaire est pour chaque partenaire la maximisation à court terme, pour employer le langage des économistes, du rapport coût/profit. On n'y prétend pas au grand amour, on y recherche plutôt une complicité heureuse, où les décisions sont préalablement négociées, où l'enfant est perçu très tôt comme un partenaire supplémentaire à qui l'on reconnaît des droits, mais qui en retour doit apporter sa part de gratifications. Il s'agit en somme d'une équipe qui vit sous une forme de contrat que le dédit d'un seul de ses membres suffit à rendre caduc. C'est dire que ce modèle est, de par son fondement même, révocable et que les ruptures devraient y faire figure non d'échecs, mais d'une éventualité toujours possible, de par les termes mêmes de l'engagement.

Par ruptures, il faut entendre ici non seulement les divorces, mais les séparations définitives de tous ceux qui ont, un temps, mené la vie commune. Car, dans ce modèle, la différence est faible entre mariage légal et union libre. Le choix entre ces situations tient à l'opportunité plus qu'aux principes. Cohabitation sans mariage, avec ou sans enfant, durable ou provisoire, risque donc de se diffuser. Les couples associatifs se multiplieront de préférence aux autres modèles, parce qu'ils correspondent mieux aux représentations collectives qui sont affectées actuellement de la plus forte inertie.

Mais comment savoir vraiment quelles sont ces représentations à forte inertie ? Il ne suffit pas que le lecteur lisant ce texte le ratifie en se disant : « Oui, c'est bien ainsi que les choses se passent ». On n'accordera que peu de créance aussi au fait que les enquêtes d'opinion accordent de bons scores à telle ou telle idée : on a déjà constaté la fragilité de tels engouements. L'inertie est plus probable lorsqu'elle repose sur la fréquence des comportements effectifs. Ce qui est socialement visible est généralement doté d'une espérance de vie non négligeable. Tant qu'une fraction relativement importante de la population cohabite avant de se marier, tant que le divorce est affaire courante, ces pratiques, même réprouvées, mais socialement visibles, sont considérées comme normales. Leur fréquence les légitime et leur légitimité assure, pour un temps au moins, leur maintien.

Pourtant, la meilleure garantie de l'inertie tient probablement à ce qu'une norme qui règle un champ particulier fasse système avec les mouvements plus larges qui affectent l'ensemble de la société. Or tel est le cas pour ce qui concerne la famille. On l'a dit plus haut ; ce que nous observons dans ce secteur particulier exprime simplement des desseins plus généraux : la résistance au destin, la volonté d'une indistinction plus grande entre les acteurs sociaux, la résistance à l'institution. De ce fait, les changements au niveau des modèles matrimoniaux font corps avec l'ensemble des tendances de la réalité sociale. Ajoutons que ces correspondances entre famille et société globale existent au niveau le plus radical, celui des grands régulateurs, comme par exemple la perception du temps. Ainsi les changements dans la pratique conjugale ou la fécondité sont-ils liés au fondement même de notre culture actuelle : c'est dire que ces tendances ne peuvent changer de cap que lentement.

Ajoutons que ce qui est « déjà » joué, c'est précisément que, dans les prochaines années, la mobilité matrimoniale, comme les unions de fait, deviendront socialement plus « visibles » encore. Cette évolution n'est pas seulement la conséquence inerte du passé : elle renforce les tendances en cours. La visibilité du prévisible pèsera sur l'imprévisible.

Sans doute cette visibilité ne joue-t-elle pas à sens unique pour légitimer les situations de fait. Elle provoque aussi des réactions défavorables. Certains, d'abord surpris par la rapidité des changements, les minimisaient et acceptaient des évolutions qu'ils pensaient superficielles ou éphémères. « Après tout, ces enfants qui cohabitent finiront par se marier, et alors la réalité se chargera de les persuader d'une conception plus classique de la vie en général, de la vie conjugale en particulier. » Face à la persistance de l'évolution, certains adoptent aujourd'hui une position moins résignée et pensent qu'il est temps de redresser la situation.

Qu'une partie de la population partage aujourd'hui ce point de vue, c'est un fait. Que le nombre des partisans de cette idée augmente est sans doute également vrai. L'opinion a d'abord été saisie par les changements soudain survenus. Mai 1968 a positivement

« sidéré » ceux-là mêmes qui ne partageaient pas les slogans étudiants. Chacun, dans une part de lui-même, était touché par ces idées auxquelles se ralliaient autour de lui des amis, des parents, un fils peut-être. Le calme revenu, les positions extrêmes abandonnées, il se produit nécessairement une sorte de reflux vers des conceptions plus modérées.

Toute la question est de savoir mesurer l'ampleur de cette réaction, de repérer les groupes où celle-ci se développera, de se demander au nom de quels arguments ceux-ci tenteront d'endiguer le changement. Que beaucoup critiquent publiquement les comportements actuels ne suffit pas à infléchir le cours de l'évolution. Il faut que leurs idées soient accueillies, qu'elles trouvent audience et complicité dans le public. Il faut donc pouvoir opposer non pas argument contre argument, mais système contre système. Il serait nécessaire, en d'autres termes, que cette réaction fournisse une autre « représentation générale du monde », une autre référence globale porteuse de nouvelles certitudes et d'espoirs plausibles. Or rien ne permet aujourd'hui de penser qu'une telle innovation soit en train de se développer. Peut-on imaginer que demain la majorité des couples considéreront de nouveau la contraception comme une ruse coupable contre la nature et admettront qu'elle redevienne un délit légal ? Beaucoup plus radicalement, on ne voit pas se développer une conception nouvelle qui rendrait leur gravité aux engagements matrimoniaux et qui motiverait un sursaut durable de la fécondité. C'est ce « vide »[9] qui, finalement, rend compte des changements récents et autorise à croire qu'ils n'ont pas encore produit tous leurs effets.

Dira-t-on pourtant qu'un revirement est en train de se produire, que les mariages deviennent plus fréquents, que la fécondité doucement se redresse, et qu'en somme nous serions à la veille d'une nouvelle inversion des tendances ? C'est aller vite en besogne et oublier un peu trop les statistiques : dans l'Amérique de Reagan, on ne s'est pas davantage marié et l'on n'a pas moins divorcé que sous la présidence de Carter.

A défaut d'un renversement spontané de l'évolution, peut-on faire fond sur une intervention de l'État ? Il est certain que celui-ci sera obligé, un jour ou l'autre, de prendre des initiatives pour tenter de résoudre les problèmes pratiques que pose la diffusion de modèles

9. Gilles Lipovetsky, *L'ère du vide*, Paris, Gallimard, 1983. Voir aussi : Pierre-Patrick Kaltenbach, *La famille contre les pouvoirs, de Louis XIV à Mitterrand*, *op. cit.*

nouveaux, en particulier des situations de fait. Tant que la fréquence de ces situations restait faible, un certain pragmatisme pouvait suffire. Leur multiplication appelle une réponse plus systématique. Convient-il finalement d'assimiler le statut d'union libre à celui du mariage ? Faut-il au contraire continuer à les distinguer, mais alors sur quels points ? L'État ne se doit-il pas d'encourager une reprise de la fécondité ? Doit-il finalement faire en sorte que l'individu seul et non plus le groupe familial soit vecteur de droits et de devoirs ? Les décisions qui seront prises, et qui pourront varier de pays à pays, ne sont pas neutres. Mais il est probable qu'elles devront tenir compte de l'opinion publique et qu'elles ne pourront s'opposer de front à des pratiques largement diffusées. L'entreprise, on le comprend, serait d'autant plus difficile qu'il s'agirait de rétablir des normes et des contraintes qui depuis vingt ans se sont considérablement allégées.

En résumé, et toujours sous l'hypothèse qu'aucune crise majeure n'ébranle notre société, il semble qu'au cours des deux prochaines décennies, le mariage et la famille continueront à évoluer dans le même sens : l'inertie culturelle suivra sa logique. Les comportements et les pratiques de la majorité des couples continueront, certes, à évoluer, car l'inertie ne signifie pas immobilité mais lente poussée dans la même direction. Sans doute aussi se produiront, plus affirmées, certaines réactions minoritaires, mais elles ne conduiront ni à une restauration du passé, ni à un gel de la situation. Il paraît donc bien difficile d'attendre, de l'évolution spontanée, des attitudes vraiment nouvelles à l'égard de la nuptialité et de la fécondité. Le pluralisme actuel des modèles se maintiendra avec une place privilégiée pour la famille-club. La situation nouvelle de la femme, son égalité avec l'homme et l'indistinction des rôles masculins et féminins, tout cela probablement se confirmera. Enfin les aspects institutionnels du mariage perdront encore de leur prégnance, ce qui, sans doute, maintiendra ou augmentera la fréquence, à tous âges, des unions libres. Il n'est pas impossible que les réactions à cette situation aboutissent à la formulation d'un nouveau projet de vie familiale, mais il est peu vraisemblable que, dans la prochaine décennie, cette conception nouvelle se précise et se développe suffisamment pour réorienter les tendances qui depuis 1970 transforment notre système matrimonial.

Morphologiquement, toutes ces tendances doivent aboutir à la multiplication d'une configuration domestique jusqu'ici rare, celle formée de deux ménages « noués » par un ou plusieurs enfants dont les deux parents biologiques sont séparés. Il s'agit le plus souvent du réseau complexe de relations qui résulte du divorce d'un couple avec enfants. Nous ne parlerons ici, pour simplifier, que d'une des formes possibles de cette situation, celle où les deux ex-conjoints se sont remariés chacun de son côté et où tous les enfants du premier mariage ont été confiés à la mère. Irène Théry montre bien que, dans cette situation, les relations de l'enfant, à la différence de ce qui se produisait avec les remariages des veufs, deviennent beaucoup plus nombreuses : il peut avoir jusqu'à huit grands-parents et le nombre de ceux qui sont liés directement ou indirectement à l'enfant, étant données les nouvelles alliances, fait de celui-ci le centre d'un groupe beaucoup plus large que la constellation d'une famille nucléaire [10].

Dans ce réseau, les relations d'un membre à un autre sont plus ou moins denses : elles vont de l'indifférence presque totale, à la solidarité la plus vive, sans parler des ressentiments qui animent encore parfois les anciens conjoints. Il s'agit en somme d'une configuration « nébuleuse » avec des points pôles et des zones plus pâles. Dans cet ensemble large et différencié, les conduites ne sont pas ou peu codées. Quelle solidarité entre le nouveau mari et le fils adolescent d'un premier mariage de son épouse ? Quelles responsabilités précises pour le père qui n'a pas la garde de son enfant ? Il se produit donc une redistribution générale des loyautés, suivant des critères très variables. Comme l'a très bien noté A. Cherlin, le remariage est une institution incomplètement définie (*incomplete institution* [11]). A force de négociations et tâtonnements, on y établit avec le temps un équilibre fragile, plus ou moins satisfaisant et qui permet à chacun de maintenir, sans trop de conflits, ses solidarités préférentielles. Point d'obligations précises entre enfants et beaux-parents, pas de modèle unique dans les rapports entre ex-conjoints ; quant aux demi-frères, faut-il plutôt les traiter comme de véritables frères, comme des cousins ou comme de simples familiers ? A chacun d'en décider.

Une hésitation globale caractérise ce réseau. I. Théry l'a soulignée lorsqu'elle se demande si les décisions de justice doivent favoriser la solidarité de l'enfant avec son père-gardien ou avec son père biologique. L'enfant doit-il préférer la tension d'une double apparte-

---

10. Irène Théry, « Remariage et familles composées : des évidences aux incertitudes », *Année sociologique*, 1987.

11. Andrew Cherlin, « Remariage as an incomplete institution », *American Journal of Sociology*, volume 84, n° 3, nov. 1978.

nance ou la mutilation affective qui résulterait d'un allègement de sa solidarité avec le père biologique ? Dans le second cas, il tenterait de *reconstituer* la situation antérieure, en acceptant simplement le changement d'un partenaire. Dans l'autre choix, il choisirait une nouvelle forme de solidarité : celle qui s'exercerait au sein de sa nouvelle famille, la famille *recomposée* [12]. A cette alternative, se mesure l'importance des incertitudes que connaissent à la fois les acteurs familiaux et ceux qui, comme les juges, doivent parfois décider des nouvelles conditions de vie de l'enfant.

Il serait dès maintenant intéressant de porter une attention plus systématique à cette forme de réseau. La plus faible prégnance de l'institution laisse mieux apparaître, dans cette instance floue, les tendances de l'évolution actuelle. Dans un article très dense, B. Guibert pense que « la famille va certainement changer de modèle : à la " ferme familiale " se substituera la " pension de famille " » [13]. De cette forme nouvelle, la famille « recomposée » aura sans doute été la préfiguration et, d'une certaine façon, le laboratoire.

Quoi qu'il en soit, ce sont les enfants qui donneraient une certaine unité au groupe. La famille recomposée s'élargirait en nébuleuse où se trouveraient liés, à travers les enfants, quelques adultes, anciens ou nouveaux alliés, leurs ascendants et leurs collatéraux. Les segments mère-enfants constitueraient les maillons les plus stables de cette trame complexe. Nous passerions ainsi d'un système patrilinéaire et nucléaire, à une forme de famille élargie à prépondérance matrilinéaire.

Le poids des externalités

Nous avons raisonné jusqu'ici comme si aucun facteur externe ne pouvait venir perturber le fonctionnement et l'évolution de notre système culturel. C'est là une hypothèse générale qui pourrait bien, à plus ou moins long terme, se révéler fausse. On ne peut certes pas envisager toutes les externalités théoriquement possibles. On se contentera d'une brève revue de celles qui déjà représentent une

12. Irène Théry, « La référence à l'intérêt de l'enfant, usage judiciaire et ambiguïtés », in : O. Bourguignon, J.-L. Rallu, I. Théry, *Du divorce et des enfants, op. cit.*
13. Bernard Guibert, « Les familles en 2025 », *Bulletin Recherche et prévisions,* CNAF, n° 10, décembre 1987.

menace plus ou moins sérieuse pour les équilibres actuels en général et donc pour nos modèles familiaux.

Comment ne pas penser d'abord, comme déclencheur possible d'un nouveau bouleversement, à une aggravation soudaine de la crise économique. Celle-ci a sans doute déjà eu, en particulier par l'augmentation du nombre des chômeurs, quelques incidences démographiques. La baisse massive de la fécondité ne lui était certes pas imputable : les indemnités perçues, la multiplication des ménages où la femme travaille, l'aide parfois des parents aux jeunes couples, la durée relativement faible des périodes de chômage aux âges de la fécondité apparaissaient jusqu'ici comme rassurants. Mais ils perdent de plus en plus de leur efficacité. Tant que la crise économique peut être imaginée comme un épisode fâcheux mais très provisoire, les projets à long terme et donc la fécondité ne sont guère affectés. Y voit-on au contraire le résultat d'une évolution structurelle et durable, on a alors toutes les chances d'en tirer les conséquences sur le plan démographique.

Sur un point déjà, le chômage a entraîné une évolution mesurable : le calendrier de l'autonomie résidentielle des jeunes. Celui-ci, durant les années 70, n'avait cessé de rajeunir et ce phénomène avait largement contribué à augmenter parmi les 20-29 ans le nombre de ménages constitués par une personne seule. Aujourd'hui, en France comme dans la plupart des pays affectés par un fort chômage des jeunes, la tendance s'est inversée. Comme le note P.-A. Audirac dans un article récent de la revue *Économie et statistique,* les sorties de la famille se font désormais plus tardives. Si la crise économique se prolongeait, et rien n'en annonce la fin prochaine, il serait probable que le calendrier des départs vieillirait encore et que les enfants demeureraient plus longtemps à la charge effective de leurs parents. La baisse récente observée depuis 1984, en France, de la cohabitation sans mariage parmi les 20-24 ans est sans doute également liée au chômage et ce phénomène s'étend probablement à d'autres pays. On peut se demander dans ces conditions si ne se multiplieront pas les cohabitations juvéniles au domicile d'un des parents des conjoints. Cette situation, plutôt rare, n'existait en France que pour les très jeunes couples. Depuis peu, elle est devenue plus fréquente, dans certaines populations, celle du Québec par exemple, en cas de chômage d'un ou des deux jeunes conjoints. L'aide des parents pourrait bien, de plus en plus souvent, prendre cette forme. On reviendrait ainsi, provisoirement au moins, mais dans des conditions tout à fait différentes, au type de ménages complexes où résidaient ensemble les familles de deux générations d'adultes.

La précarité des emplois aura-t-elle aussi une influence sur la divortialité ? L'insécurité économique ne tendra-t-elle pas à maintenir entre les conjoints une solidarité matérielle qui leur apparaîtra alors comme plus importante que leurs éventuels dissentiments ? Le maintien de l'union permet en effet d'espérer qu'un des deux conjoints au moins gardera son emploi et assurera les ressources du ménage. Mais les temps d'insécurité peuvent aboutir à des comportements où le « chacun pour soi » l'emporte et multiplie les ruptures.

De même les rapports entre générations risqueraient de se détériorer. On vient de signaler la tendance des jeunes adultes à demeurer chez leurs parents. Cette perspective n'enchanterait pas tous les parents, en particulier ceux-là qui sont eux-mêmes dans une situation matérielle difficile. Quant aux jeunes adultes, ils ne se résoudraient pas de gaieté de cœur à cette dépendance prolongée et il est probable que la coexistence permanente des générations aboutirait le plus souvent à des situations tendues et à des conflits sans cesse renaissants.

Les relations ne seraient souvent pas meilleures entre les adultes actifs et leurs parents âgés. Que le chômage s'intensifie encore et il n'échappe à personne que les problèmes de la répartition du revenu national entre les adultes actifs et les personnes âgées deviendra de plus en plus difficile. Et probablement beaucoup d'arbitrages se feront au détriment des « anciens ». Par ailleurs, l'État ne tentera-t-il pas alors de faire prendre en charge par les enfants adultes leurs parents démunis ? Déjà, l'allongement de l'espérance de vie impliquera de lui-même plus souvent et plus longtemps des charges plus lourdes pour les enfants. Si l'aide aux parents implique non seulement du temps, mais des subsides, comment cette situation sera-t-elle supportée, et par les parents, et par les enfants ? Les personnes âgées n'apparaîtront-elles pas comme une fraction de la société et de la famille dont le coût est excessif ?

Plus généralement, la persistance de la crise, a fortiori son aggravation, rendrait rapidement caduc le système d'un État-providence garantissant à chaque citoyen un minimum de soins et de revenus [14]. A défaut d'une « sécurité sociale », il faudrait en revenir à

14. François Zwald, *L'État-providence*, Paris, Grasset, 1986. Pierre Rosanvallon, *La crise de l'État-providence, op. cit.*

d'autres formes de solidarité. Pour l'instant, la famille semble le seul relais possible. Il n'est pas certain qu'elle consente longtemps à le demeurer, surtout si des charges extérieures pèsent trop lourdement sur des ressources déjà diminuées du ménage. L'égocentrisme pourrait bien trouver, dans la crise elle-même, de nouvelles motivations.

Ainsi finalement l'exacerbation de la crise économique ne provoquerait probablement pas un resserrement des solidarités face aux difficultés. La redistribution dans la famille des droits et devoirs suivant les générations risquerait au contraire d'aboutir à des situations nouvelles où chacun se sentirait frustré de ses droits acquis. Une telle évolution entraînerait probablement la fin de la « paix » toute relative qui semble aujourd'hui régner entre les générations.

Tout aussi imprévisibles sont les conséquences d'une extension du sida. Il existe en effet ici deux axes d'imprévisibilité. L'un ne relève en rien du démographe ou du sociologue. Il porte sur les chances d'une rapide extinction de ce que l'on peut bien appeler, au moins dans certains pays, une véritable épidémie. Que les laboratoires trouvent contre ce mal un vaccin efficace et disparaîtraient soudain toutes les craintes et mythes qui se forment déjà autour de ce fléau. Ainsi perdrait sa crédibilité, par exemple l'idée d'une sorte de nouveau déluge, d'une punition de Dieu pour les turpitudes des nouvelles Sodome et Gomorrhe.

Plaçons-nous maintenant dans l'autre cas, celui où les recherches pour découvrir un vaccin traîneraient en longueur et où la maladie provoquerait quelques milliers de morts par an en France [15]. Comment réagirait la population et quelles seraient les incidences sur la vie de famille ? Deux hypothèses a priori sont possibles. Dans un premier scénario, la crainte serait alors le commencement de la vertu. Les relations sexuelles redeviendraient affaires graves, lourdes de menaces. Tout changement de partenaire constituerait un risque qu'une part au moins importante de la population refuserait de prendre. Les unions libres persisteraient peut-être, mais stables. L'adultère deviendrait rare. On reviendrait d'une certaine manière à la société traditionnelle, en ce sens du moins que la volonté de survivre l'emporterait de nouveau sur la sollicitation du désir. Pourtant gageons que la famille ne ressemblerait que de loin à celle de l'An-

15. Depuis 1980, aux États-Unis, 40 000 morts ont été imputées au sida suivant *Aids weekly surveyance Report,* 15 août 1988. Sur la gravité de la menace, cf Gerband Heilig, *The impact of Aids on future mortality,* communication à l'IIASA, conférence des 18-21 octobre 1988.

cien Régime. Toute la différence, et elle est essentielle, tiendrait dans le fait que les comportements relèveraient d'une finalité avant tout individuelle, déliés donc des objectifs collectifs et des régulations qu'ils impliquaient autrefois.

Deuxième scénario possible, et dans une certaine mesure, compatible avec le précédent : la stratégie mettrait cette fois l'accent sur la ségrégation. Les victimes du sida seraient les pestiférés de cette fin de millénaire. Les contrôles se multiplieraient. Toute personne atteinte serait assignée à résidence dans des habitats à l'écart de l'ensemble de la population. Par contre, les services de santé garantiraient que ceux qui n'ont pas été éloignés sont sains et qu'ils peuvent mener une vie normale. On voit bien qu'une telle situation aurait des conséquences qui déborderaient largement le champ de la famille : seul un État policier, accepté d'ailleurs sous la pression de la hantise générale, pourrait assurer ce tri permanent entre la partie saine et la partie malade de la société, seul aussi, il pourrait établir et maintenir ce que l'on ne peut pas s'empêcher d'appeler des camps de concentration pour malades. Est-ce là imagination délirante ? Avant d'en décider il est bon de se souvenir de ces « faits divers » récents, où une part importante de la population exigeait violemment que les enfants atteints de sida soient mis définitivement en quarantaine. Et, pour en revenir à la famille, qu'adviendra-t-il d'elle lorsqu'un de ses membres sera atteint par la maladie ? Ce que nous savons des grandes épidémies de peste ne porte pas sur ce point à l'optimisme : le malheur ne conduit pas toujours à la vertu.

D'autres « externalités » commencent à se manifester, mais d'une manière encore peu sensible, statistiquement au moins : les progrès actuels de la biologie et de la génétique auront des conséquences sans doute importantes, mais dont nous mesurons encore mal l'ampleur et la signification, qu'il s'agisse d'un brusque allongement de l'espérance de vie ou de tout ce qui a trait à la « fécondation médicalement assistée ». Nous ne dirons rien, sinon que le souci d'écarter à tout prix le hasard pourrait bien entraîner de nouvelles formes d'eugénisme [16].

Mais revenons à la crise économique et à un éventuel développement du sida. Si différents que soient ces deux phénomènes, si dissemblables que puissent être leurs conséquences, pour la famille en

16. Voir sur ce point le très beau livre de Jean-Louis Boudoin et Catherine Labrusse-Riou, *Produire l'homme. De quel droit ?*, Paris, PUF, 1987.

particulier, ils peuvent conduire avec le temps à des situations extrêmes, où s'aboliraient soudain les inerties acquises, les systèmes de légitimation comme les pratiques quotidiennes. De telles situations, si elles sont brèves, n'interdisent pas toujours une certaine restauration des équilibres antérieurs. Répétées ou prolongées, elles marquent la fin d'une époque et appellent, pour le meilleur ou pour le pire, une restructuration générale de toutes les relations, y compris bien entendu celles qui règlent les attentes entre les hommes et les femmes, entre les adultes et les enfants. Autant dire que nous sommes ici en pleine imprévisibilité.

Conclusion

A partir de ce qui est déjà joué, se profilent à l'horizon proche quelques problèmes importants. L'inertie morphologique nous en désigne quelques-uns avec plus ou moins de clarté et plus ou moins de certitude. Quant à l'inertie culturelle, elle nous autorise à présumer le sens général des solutions les plus probables. Dans la limite donc où aucune externalité importante ne fera dériver le cours des choses, à la question de savoir si nous sommes à la veille d'un revirement des tendances lourdes, il paraît possible de répondre, sans équivoque, par la négative. Aucune réaction culturelle ne devrait à moyen terme devenir assez forte pour infléchir les mouvements actuels. Il est donc peu vraisemblable que quelque mécanisme se mette en place qui, spontanément, reconduirait nos sociétés à des situations proches de celles qu'elles ont connues avant 1965.

Sans doute avons-nous assisté au reflux et très rapidement à la disparition d'une forme demeurée exceptionnelle d'union, la « communauté » qui, au début des années 70 eut un grand succès de curiosité. Le phénomène correspondait à un moment de paroxysme « révolutionnaire » dans une toute petite partie de la population. Le choix de relations volatiles dans un cadre collectif stable, la permanence d'un groupe qui refuse tout engagement et toute règle, relève bien évidemment de l'utopie et ceux-là mêmes qui en étaient les plus convaincus partisans n'ont pu tenir longtemps leur propos. Des expériences localisées de communautés demeurent possibles mais le souci de sécurité affective comme la recherche du confort matériel excluent une large diffusion de ce type d'union comme cadre de la vie quotidienne.

Nous allons plutôt vers la multiplication des couples associatifs et des familles-clubs où nos contemporains espèrent trouver à la fois une certaine stabilité et une disponibilité maintenue. Et ce, d'autant plus que cette forme d'union est tout à fait compatible avec une vie sociale intégrée et une réussite professionnelle. On a montré plus haut que ce modèle aboutissait à des biographies hachées et finalement, avec ou sans remariage, à des familles recomposées, complexes, souples, et sans doute elles-mêmes peu stables. Nous irions bien ainsi vers la « pension de famille ».

Conclusion

> – *Comment cela s'appelle-t-il, quand le jour se lève et que tout est gâché et que pourtant l'on respire ?*
> – *Cela a un très beau nom, femme Narsès, cela s'appelle l'aurore.*
>
> Jean Giraudoux.

A travers l'analyse des données quantitatives, nous avons tenté de percevoir plus précisément les mouvements qui affectent, depuis deux décennies, la famille. Nous avons pris la mesure de leur importance. Nous avons aussi avancé, pour les expliquer, une hypothèse très générale. Essayant d'imaginer l'avenir de cette famille, nous avons buté sur de l'imprévisible. Pourtant, à quelques questions posées, nous avons cru pouvoir avancer quelques réponses limitées, mais difficilement contestables.

Un constat d'abord : comment ne pas reconnaître que du monde traditionnel à l'époque contemporaine, nous avons échangé la fragilité du destin contre l'obligation de choisir, la hantise de la mort contre les incertitudes de la vie ? Nous avons, et c'est l'honneur de nos sociétés, quitté le monde de la tradition pour celui de l'innovation, celui de la résignation pour celui de l'entreprise. Nous voulons désormais décider de notre histoire. La famille, dans ce nouvel univers, n'est plus réglée par les impératifs de la survie, mais par l'impatience du bonheur. Il est désormais devenu clair que, depuis longtemps, avec des heurs et des malheurs, nos sociétés ont souhaité évacuer le hasard et réduire l'obligation, et que, depuis quelques décennies, les individus pensent qu'il est désormais possible de réaliser ce vœu, au moins dans leur vie privée. Il est donc difficile de continuer à penser qu'il ne s'est rien passé qui vaille la peine de s'interroger longuement.

De même la réalité de la famille peut-elle difficilement être mise en doute. Par réalité, on entend ici un objet spécifique, irréductible à d'autres. L'idée d'une équivalence possible entre les relations familiales et les interactions à l'intérieur des petits groupes, a fortiori d'une réduction du lien conjugal à des intérêts mesurables, paraît bien aventureuse. Non que la famille ne soit pas le siège des sentiments les plus divers ; mais si celle-ci garde une signification, la raison calculatrice n'y est pas l'ultime critère de décision.

De plus, il faut bien aujourd'hui parler de la famille au pluriel. Les types de biographies démographiques sont désormais multiples, et ce d'abord parce que les finalités de la famille, c'est-à-dire les pactes conjugaux, se sont différenciés. Ce pluralisme se maintiendra-t-il, comme caractéristique d'un nouvel équilibre stable, ou bien n'est-il qu'une phase précaire avant l'établissement d'un nouveau modèle dominant, qui pourrait le dire ? Mais la variété actuelle des modèles témoigne, en tout cas, que la situation demeure ouverte. De cette plasticité de l'avenir, témoignent aussi les divergences qu'il faut maintenant reconnaître d'une manière plus systématique dans les réactions aux bouleversements actuels.

Une première attitude ne manque pas de partisans parmi les spécialistes comme dans l'opinion. Elle consiste à prendre ses distances par rapport à ce qui ne serait finalement que turbulences. Nous nous trouvons soudain confrontés à des changements inattendus et spectaculaires. Ce n'est pas là une raison suffisante pour céder au désarroi. Les mœurs comme l'évolution démographique ne manquent pas de régulateurs puissants. Plus manifestes sont les changements, plus forte sera la réaction. L'histoire n'est-elle pas une longue série d'oscillations autour d'une normalité simplement idéale ? Nous nous imaginons volontiers aujourd'hui, après tant d'autres générations, être à « un tournant » : nous n'assistons en réalité qu'à une des innombrables péripéties qui se rencontrent à toutes les périodes, dans toutes les sociétés. L'équilibre de demain ne sera peut-être pas identique à celui d'hier, mais l'écart sera mince. A tout prendre, la sagesse consiste donc à attendre sans appréhension ni intervention imprudente la correction qu'apportera d'elle-même une histoire finalement assez répétitive.

Le lecteur reconnaît ici une thèse déjà présentée, en particulier, à propos de la cohabitation juvénile : il ne se passerait au total rien d'essentiel dans l'histoire des hommes et les changements apparents n'y seraient jamais que le retour, lui-même provisoire, de situations plus ou moins oubliées. Cette position se fonde en définitive sur le postulat d'une nature humaine qui posséderait une inertie la protégeant, à terme, de toute déviance excessive. Qui ne sait que la nature « revient au galop », même si l'on peut croire un instant l'avoir chassée ? Nous avons dit plus haut pourquoi il ne nous semblait pas possible de consentir à cette interprétation rassurante. Nous ne sommes pas engagés dans les inévitables oscillations d'un système homéostatique. Nous connaissons de véritables changements culturels : du système traditionnel à la modernité et d'une modernité encore réglée par l'institution à une situation qui prétend s'en affranchir.

Une autre interprétation prend bien acte qu'un changement considérable est survenu, mais elle considère celui-ci comme néfaste aussi bien pour l'individu que pour la société. Nous risquerions, faute d'un redressement rapide, de compromettre l'avenir de notre civilisation, et d'abord le renouvellement des générations. A l'origine, une crise morale massive se serait produite qui toucherait en particulier les jeunes générations. Pour mettre un terme à cette situation, l'intervention de l'État serait indispensable. Les lois récentes en matière matrimoniale auraient en effet encouragé une certaine forme de décadence. La puissance publique devrait maintenant réagir en rendant à l'institution familiale toute sa vigueur et son prestige.

Cette hypothèse n'est guère satisfaisante. Admettons que le constat qu'elle avance est partiellement vérifié, encore faudrait-il expliquer ce mouvement général : les générations ne naissent pas bonnes ou mauvaises. Nous n'avons pas affaire ici à des décisions individuelles, mais à un changement collectif : l'explication ne peut se situer qu'au niveau de la culture. Il nous avait paru possible, plus haut, d'avancer l'hypothèse d'une rupture, précisément culturelle, survenue dans le modèle de socialisation au lendemain de la Seconde Guerre mondiale. Hypothèse sans doute, mais à la mesure du changement.

Ceux qui, dans ces conditions, prônent une certaine forme, adaptée et souple, de restauration sont peut-être animés des meilleures intentions du monde. Mais sont-ils réalistes ? Nul doute que l'État puisse changer sa législation et modifier le droit social. Mais un retour au rigorisme, par simple changement législatif, ne risquerait-il pas finalement d'aboutir à une situation d'anomie plus radicale que celle que l'on entendait réduire ? Et à cette réforme, les jeunes générations, celles qui portent la responsabilité de l'avenir démographique, ne seraient sans doute pas les plus faciles à rallier.

De toutes façons, cette tentative dans le champ particulier de la famille ne saurait aboutir si elle ne s'intégrait pas dans un mouvement plus vaste, où l'idée d'institution retrouverait vigueur. Il est difficile d'imaginer qu'un secteur de la vie sociale, la famille, se trouve soudain réorienté tandis que les autres continueraient à évoluer dans un sens opposé. La restauration de l'institutionnalité dans la famille exigerait donc une conversion plus globale. Rien, pour l'heure, ne semble en annoncer l'imminence [1].

Dès lors, ne vaudrait-il pas mieux prendre nettement le parti du mouvement et interpréter la situation actuelle comme transition entre le modèle traditionnel et une formule nouvelle, délestée de toutes les nostalgies du passé ? Ce qui se passe serait dans la continuité de la modernité : le compromis entre l'institution et le désir, n'aurait constitué qu'un équilibre instable. Nous irions vers un système cette fois cohérent où les décisions naîtraient spontanément de la convergence des souhaits. Le malaise où nous vivons vient de l'incompatibilité de deux systèmes de régulateurs. Cette transition s'imposait sans doute. Il eût été dangereux de passer trop brusquement d'un monde à un autre. Mais nous gagnerions à ne pas prolonger la phase actuelle, et à ce qu'au moins les institutions accompagnent sans la freiner l'évolution des mœurs. Telle est par exemple la théorie exposée, dans un langage plus systémique, par J. Scanzoni [2].

Faut-il penser qu'une telle conception, si elle se généralisait, aboutirait à la mort de la famille, et à terme à une anarchie insupportable ? Probablement pas. Un ordre social peut être imaginé dont la loi soit exclue. Tocqueville, l'avait déjà pressenti, voici un siècle et demi. Cette société-là serait bien différente de la nôtre : l'ordre y serait fondé sur l'installation des citoyens dans une enfance indéfiniment prolongée : « Un pouvoir immense et tutélaire ne cherche qu'à les fixer irrévocablement dans l'enfance [3]. » Michel Foucault, par des

1. Jacques Commaille, « Ordre familial, ordre social, ordre légal », *Année sociologique 1987*.
2. John Scanzoni, *Shaping tomorrow's family*, Beverly Hill, Sage Publications, 1983.
3. Alexis de Tocqueville, *De la démocratie en Amérique,* Paris, Gallimard, 1968. (1re édition 1840).

voies toutes différentes, aboutit à une conclusion analogue. Il estime que nous risquons de voir se multiplier de nouveaux dispositifs de gouvernement très efficaces ; une certaine forme d'ordre se maintiendrait non pas grâce à l'institution, mais par le chantage à la normalité et la manipulation des désirs[4]. Une sorte de publicité diffuse nous tiendrait lieu de régulateur. Bateleurs, animateurs et amuseurs seraient nos héros tutélaires et nous entretiendrions avec eux, grâce aux médias, une stimulante familiarité. De fidèles à une idée, nous deviendrions les « fans » d'une vedette. Cette pédagogie douce est celle du « meilleur des mondes ». Cet univers infantile n'est pas encore vraiment advenu, mais il n'est pas absurde de se demander dans quelle mesure nous ne sommes pas en train d'entrer dans cette ère ludique.

Si cette tendance devait finalement l'emporter, les mesures incitatives se multiplieraient dans le domaine de la famille. Ne faut-il pas que d'une manière ou d'une autre la population se renouvelle ? Nous serions davantage sollicités par des jeux, des chansons, des concours qui mettraient l'enfant à la mode. La fécondité assistée serait encouragée, un marché des nourrissons s'installerait progressivement. Tout deviendrait jeux, y compris la famille. Tableau excessif et pessimiste ? Peut-être, mais les motivations auxquelles l'homme obéit ne sont pas innombrables : si l'on écarte la violence, si l'on renonce à l'institution, reste l'incitation sélective du désir.

Toute différente est l'interprétation qui a notre préférence. Elle voit dans les changements récents non pas l'aboutissement normal de la modernité, mais bien plutôt sa dégradation. L'évolution actuelle ne serait pas le point d'arrivée escompté, mais une impasse. La modernité n'aurait pas consisté, dans la famille comme dans les autres champs sociaux, à supprimer, à terme, les institutions, mais à les fonder sur une légitimité nouvelle, celle de l'espoir partagé et du consentement collectif. Pas de société sans un pacte d'obligations acceptées, pas de société sans institutions donc. Mais pas davantage d'institutions stables sans qu'un projet commun justifie les contraintes délibérées. Pas davantage non plus de projet commun sans un espoir collectif. Que cet espoir s'estompe, qu'il perde sa crédibilité, tout le système s'écroule, institutions comprises. Et c'est ce qui serait actuellement en train de se réaliser : l'oblitération du sens

4. Michel Foucault, *La volonté de savoir, op. cit.*, p. 188.

rendrait la modernité impraticable. Nous ne demeurerons institués que si nous croyons que le bonheur individuel ne peut être dissocié du bien commun et que ce bien commun n'est pas un leurre. Le risque que nous courons n'est rien moins que celui de « l'effondrement de la légitimité »[5].

Que préconisent donc les tenants de cette thèse ? Logiquement, il n'est pour eux d'autre solution que de donner une chance nouvelle à la modernité en trouvant un projet commun ou en réhabilitant l'ancien. Point de recettes ici qui soient à la mesure de l'entreprise. Mais une conviction que l'on peut exprimer en paraphrasant Malraux : « Le XXIe siècle sera légitime, ou il ne sera pas ».

***

Sommes-nous, comme l'écrit Valéry, « vers le commencement de la fin d'un système social », dans ce « moment délicieux » où l'ordre d'hier rend possible les « premiers relâchements de ce système » ? C'est une hypothèse vraisemblable. De toutes manières, deux traits caractérisent la situation présente : nous sommes intellectuellement dans l'incertitude et, historiquement, à un moment où les jeux ne sont pas encore faits. Cette conjonction de doute et d'ouverture provoque des attitudes très contrastées à l'endroit des recherches et des travaux sur la famille.

Les uns s'en désintéressent. Gavés de nouvelles et d'anecdotes, sollicités constamment par le circonstantiel et l'insignifiant, ils deviennent petit à petit insensibles aux mouvements profonds qui déjà nous affectent. La disparition des solidarités larges, les bouleversements de la vie familiale, la dégradation de l'environnement physique les affectent peu. L'effacement progressif des grandes références symboliques, religieuses ou politiques justifient, selon eux, leur indifférence : ils ignorent superbement les craquements écologiques ou les perturbations démographiques qui ne sont pour eux que faits divers. Cette crainte d'une perception trop nette de la réalité accompagne, bien entendu, la répugnance à reconnaître les seuils et à accepter l'irréversible.

D'autres supportent mal le doute. Ils se crisperont donc sur une

5. Voir sur ce point, Irène Théry, « L'expertise dans les procédures d'attribution de l'autorité parentale. Intérêt et limites d'une analyse sous l'angle des enjeux professionnels », *Annales de Vaucresson*, n° 27, 1987/2.

idéologie où ils espèrent trouver une justification à leurs idées. Ils refuseront de soumettre celles-ci au crible de l'expérience et de la recherche. Leurs craintes risquent de les conduire à un fanatisme buté. La sociologie de la famille a souffert et souffre encore de telles inerties : elles ne sont d'ailleurs pas le monopole d'un seul camp.

Pour nous, l'attitude qui nous paraît la plus conséquente consiste à prendre acte du fait que l'incertitude est, pour un temps, notre destin, ou plutôt le défi qu'il nous faut affronter. Elle devrait non pas endormir, mais stimuler la recherche. Ce que celle-ci nous révélera au cours des prochaines années ne correspondra sans doute pas aux idées aujourd'hui reçues. Mais l'importance de l'enjeu exige que nos hésitations deviennent « doute méthodique ». La volonté d'être lucide est la première forme du courage. Puissent les sciences humaines, la démographie et la sociologie de la famille en particulier, nous aider à y consentir. Alors peut-être trouverons-nous assez de lumière pour croire, de nouveau, comme le mendiant d'Electre, à l'imminence de l'aurore.

Table des matières

CHEZ LE MÊME ÉDITEUR

Marc Abélès, *Jours tranquilles en 89*, ethnologie politique d'un département français.
L'âge de la science, n° 1 : éthique et philosophie politique.
L'âge de la science, n° 2 : épistémologie.
Anatole Abragam, *De la physique avant toute chose.*
Claude Allègre, *Les fureurs de la terre.*
Elisabeth Badinter, *L'un est l'autre.*
Michel Baroin, *La force de l'amour.*
Jean-Claude Barreau, *Du bon gouvernement.*
Michèle Barzach, *Le paravent des égoïsmes.*
Jean Bernard, *C'est de l'homme qu'il s'agit.*
Jacques Blamont, *Vénus dévoilée, voyage autour d'une planète.*
Colloque, *Pierre Mendès France et l'économie.*
Conférence des lauréats du prix Nobel, *Promesses et menaces à l'aube du XXIe siècle.*
Yves Coppens, *Pré-ambules. Les premiers pas de l'homme.*
Michelle Coquillat, *Romans d'amour.*
Régis Debray, *Que vive la République.*
Alain Devaquet, *L'amibe et l'étudiant, université et recherche, l'état d'urgence.*
Jacques de Fouchier, *La Banque et la vie.*
Pierre Gascar, *Du côté de chez Monsieur Pasteur.*
Gilles-Gaston Granger, *Essai d'une philosophie du style.*
Gilles-Gaston Granger, *Pour la connaissance philosophique.*
François Gros, *Les secrets du gène.*
Claude Hagège, *Le français et les siècles.*
Joe Haines, *L'Incroyable Monsieur Maxwell.*
François Jacob, *La statue intérieure.*
Pierre Karli, *L'homme agressif.*
Philippe Kourilsky, *Les artisans de l'hérédité.*
Philippe Laburthe-Tolra, *Le tombeau du soleil.*
André Lebeau, *L'espace en héritage.*
Hervé Le Bras, *Les trois France.*
Xavier Le Pichon, *Kaiko, Voyage aux extrémités de la terre.*
Claude Lévi-Strauss, Didier Eribon, *De près et de loin.*
Philippe Meyer, *Le mythe de jouvence.*
Alexandre Minkowski, *L'art de naître.*
Hubert Montagner, *L'attachement, les débuts de la tendresse.*
Claude Olievenstein, *Le non-dit des émotions.*
Edgard Pisani, *Pour l'Afrique.*
Ginette Raimbault, Caroline Eliacheff, *Les indomptables, figures de l'anorexie.*

Michel Rocard, *Le Cœur à l'ouvrage.*
Jacques Ruffié, *Le sexe et la mort.*
Alfred Sauvy, *Aux sources de l'humour.*
Evry Schatzman, *La science menacée.*
Max J. Skidmore, Marschall Carter Tripp, *La démocratie américaine.*
Christian Stoffaës, *Fins de mondes.*
François Sureau, *L'indépendance à l'épreuve.*
Henri Teissier du Cros, *Louis Armand, visionnaire de la modernité.*
Emmanuel Terray, *Lettres à la fugitive.*
Alain Touraine, *La parole et le sang.*
Jean-Didier Vincent, *Biologie des passions.*
Edouard Zarifian, *Les jardiniers de la folie.*

Achevé d'imprimer
le 4 février 1989
sur les presses de
l'Imprimerie Hérissey
à Évreux (Eure)

N° d'imprimeur : 46924
Dépôt légal : février 1989
Imprimé en France